T. JEFFERSO

Né en 1957 à Los Angeles, T. Jefferson Parker n'a jamais quitté le sud de la Californie.
Après trois ans d'études supérieures à l'université d'Irvine, il se lance dans l'écriture. Reporter pour l'hebdomadaire *Newport Ensign*, où il couvre les faits divers et la vie culturelle, il travaille ensuite pour le quotidien *Daily Pilot*. Ces années d'apprentissage lui fourniront la matière de ses futurs romans écrit pendant ses heures de loisirs. *Un été d'enfer* lui vaut d'être remarqué d'emblée par la critique, qui couvrira d'éloges les livres qui suivront parmi lesquels, *Coup de blues* (Presses de la Cité, 2000), ou *Seul dans la nuit* (Presses de la Cité, 2003), récompensé par l'Edgar Award et le prix du meilleur roman policier décerné par le *Los Angeles Times*. Il reçoit à nouveau le prestigieux prix Edgar avec *California girl* (Presses de la Cité, 2005) consacré meilleur policier 2005.

SEUL DANS LA NUIT

T. JEFFERSON PARKER

SEUL DANS LA NUIT

Traduction de
Paul Couturiau

PRESSES DE LA CITÉ

ISBN : 2-266-15354-4

Pour Fritz et Flo
qui me connaissent depuis bien plus longtemps que
je ne me connais moi-même, et qui, pourtant,
m'invitent toujours dans leur maison et
dans leur pré

1

— Fonce, Joe. Je voudrais être rentré pour dix heures. Mary Ann a encore une fois le cafard.

Le boss a parlé. Will. Will Trona, superviseur du comté d'Orange, premier district. Mary Ann était sa femme.

— Oui, monsieur.

— Fonce et réponds-moi. T'es armé ?

— Comme d'habitude.

Will était tendu. Ça lui arrivait souvent, ces jours-ci. Il avait pris place à côté de moi, comme il aimait le faire. Jamais sur le siège arrière, sauf quand il était en conférence. Toujours à l'avant, d'où il pouvait garder un œil sur la route, un autre sur les compteurs ou sur moi. Il aimait la vitesse. Il adorait, à la sortie d'un virage, avoir la nuque plaquée contre l'appuie-tête. Il me demandait toujours comment je m'y prenais, comment je faisais pour rouler aussi vite sans être jamais déporté.

Et je lui répondais toujours la même chose : « Ralentir à l'entrée du virage, accélérer à la sortie » ; c'est l'une des premières leçons qu'on vous enseigne dans toutes les auto-écoles. Une bonne bagnole est capable d'accomplir des trucs que la plupart des gens croient impossibles.

On venait de quitter la maison de Will, dans les collines de Tustin. C'était un soir de la mi-juin ; le soleil flottait au milieu des nuages roses et de la brume. Beaucoup de nouvelles résidences là-haut, mais la maison de Will n'était pas de celles-là. Les superviseurs touchent un bon salaire, plus les primes. Le comté d'Orange est l'un des coins les plus chers de la région. La maison de Will était pourtant une bicoque selon les nouveaux critères en vigueur dans le voisinage. Vieille, modeste, c'est vrai, mais hormis cela, rien à lui reprocher.

En fait, c'était une bonne maison. Mieux que bonne. J'en parle en connaissance de cause parce que c'est là que j'ai grandi. Will est mon père, enfin, en quelque sorte.

— Première halte au Centre, a-t-il dit en vérifiant l'heure à sa montre. Medina refait surface, enfin.

Il parlait sans me regarder. Il a renversé la tête en arrière, les paupières mi-closes, mais les yeux vifs. Il avait souvent l'air déçu par ce qu'il voyait. Comme s'il évaluait toujours tout et s'efforçait de trouver le moyen d'améliorer le monde. Mais il y avait aussi une nuance d'affection dans son expression. La fierté du propriétaire.

Will s'est penché, a ramassé la mallette en cuir posée à ses pieds et l'a ouverte. Il en a sorti son calepin noir et a reposé la mallette sur le plancher, puis il s'est mis à griffonner. Il aimait parler tout en écrivant. Parfois il se parlait à lui-même, parfois il s'adressait à moi. J'ai grandi à ses côtés depuis que j'ai cinq ans, et je travaille pour lui, la nuit, depuis que j'en ai seize ; je sais donc quand il s'adresse à moi et quand il soliloque.

— Je vais accorder une deuxième chance à Medina.

Il a fait inscrire sur les listes électorales cinq cents étrangers en situation irrégulière ; ces gens ont été raconter à un journaliste du *Times* que leurs papiers n'étaient pas en règle mais que ça ne les empêchait pas de participer à une élection américaine, parce que Medina leur en avait donné l'autorisation. Et s'ils ont tous voté pour moi, c'est que Medina le leur avait demandé. Et moi, là-dedans, qu'est-ce que je suis censé faire, hein ?

J'avais déjà réfléchi à la question. Je lui ai donc répondu, tout en jetant un coup d'œil dans le rétroviseur.

— Gardez vos distances, monsieur. Cinq cents voix ne valent pas un scandale.

— C'est une vue à court terme, Joe. Une vue mesquine et stupide. Je bénéficie du vote de tous les Latinos grâce à Medina, et tu me conseilles de le lâcher au cœur de la tourmente ? Qui t'a donc appris à traiter les amis de la sorte ?

Will était toujours sentencieux. En toute circonstance, il pesait soigneusement le pour et le contre. Il formulait des arguments rien que pour voir l'effet qu'ils produisaient, pour voir s'il y croyait lui-même.

J'ai appris à appréhender certaines situations avec ses yeux. Pour d'autres, je n'y suis jamais parvenu. Will Trona a fait de moi ce que je suis, mais même lui ne peut m'influencer que dans une certaine mesure. Je n'ai pas la moitié de son âge. Il me reste un sacré bout de chemin à parcourir.

Pourtant, s'il est une leçon que j'ai retenue dans tout ce que m'a enseigné Will, c'est qu'il faut prendre ses décisions rapidement et les défendre avec fermeté. Instantanément. Seulement, si, ensuite, vous êtes amené à changer d'opinion, vous devez défendre la nouvelle décision avec autant de fermeté. Il ne faut jamais craindre de se tromper. Will ne déteste rien plus que l'indécision et l'obstination.

J'ai donc dit :

— Vous avez besoin du vote latino pour remporter les élections dans le premier district, monsieur. Vous le savez. Ces votes ne vont pas s'évaporer. Les Latinos vous adorent.

Will a secoué la tête et s'est remis à griffonner. C'est un bel homme, avec une forte carrure, la nuque solide, le torse large, les mains carrées et burinées à force d'avoir travaillé dans le bâtiment, pendant des années, à son retour du Vietnam, pour payer ses études. Des cheveux noirs coiffés en arrière, grisonnant sur les tempes, et des yeux bleus. Quand il vous regarde, il a toujours la même expression qu'en ce moment, dans la voiture, la tête légèrement renversée, l'air presque somnolent, mais les yeux vifs. Et, s'il se décide à sourire, les rides de ses cinquante-quatre ans s'organisent de manière à convaincre ses interlocuteurs qu'il les connaît personnellement et qu'il les aime. Le plus souvent, c'est vrai.

— Joe, surveille Medina, ce soir. Tais-toi et observe. Il se pourrait que tu apprennes quelque chose.

Tais-toi et observe. Il se pourrait que tu apprennes quelque chose.

L'une des toutes premières leçons de Will.

Il a refermé le calepin et l'a rangé dans la mallette qu'il a refermée à son tour. Il a de nouveau consulté sa montre. Puis, il a posé sa nuque sur l'appuie-tête, il a baissé les paupières et observé le boulevard fréquenté par la classe moyenne blanche de Tustin, qui se transformait progressivement pour devenir le *barrio* [1] de Santa Ana.

---

1. Quartier espagnol. (*N.d.T.*)

— Comment s'est passée la journée ?

— Calme, monsieur.

— C'est toujours calme, là-bas. Jusqu'au moment où éclate une bagarre ou une émeute raciale.

— Oui.

Pendant la journée, j'étais adjoint au département du shérif du comté d'Orange. J'étais détaché à la prison centrale, comme tous les jeunes adjoints. J'y travaillais depuis quatre ans, maintenant. Encore un an, et je pourrais être affecté à une équipe de patrouille et devenir flic à part entière. J'avais vingt-quatre ans.

J'étais devenu adjoint parce que Will me l'avait demandé. Il avait commencé comme ça, lui aussi, avant d'être élu superviseur. Will m'avait conseillé de suivre sa voie parce qu'il pensait que ce serait bon pour moi, et parce qu'il estimait que ce serait bon pour lui d'avoir, au département du shérif, un fils sur qui compter en toute circonstance.

Dans le bas de la 4e Rue, tout près de la prison, se dressait le Centre culturel hispano-américain. C'était la boîte de Jaime Medina. Le CCHA était une organisation philanthropique – il distribuait de l'argent et des victuailles aux pauvres Hispanos, il accordait des bourses et des allocations aux étudiants dans le besoin, il gérait les problèmes d'immigration et servait d'asile aux familles dans la dèche, rien que ça.

Mais, à cause de ce malentendu sur le droit de vote des presque citoyens de Medina, le district attorney envisageait de fermer le Centre pour faits de conspiration et fraude électorale. Ses hommes avaient opéré une descente au CCHA ; ils y avaient saisi tous les dossiers et les livres de comptes. Des types en costume trois pièces chargeant des caisses en carton dans un camion avaient ainsi fait la une des journaux.

Will n'aurait pas dû se montrer chez Jaime tant que l'enquête était en cours. Il était copain avec le DA, Philip Dent, une raison de plus pour adopter un profil bas pendant la durée de l'investigation. Seulement Will représentait le district de Medina au Conseil des superviseurs, un district où vous ne pouviez être élu qu'avec les votes et les dollars de la communauté espagnole. Une contrainte politique, une parmi les quelques milliers de contraintes qui empoisonnent la vie d'un superviseur. Tôt ou tard, Will devrait prendre position, parce que, comme il me l'avait enseigné dès le début, faire de la politique c'était agir.

— Joe, Jennifer a un colis pour nous. Pendant que je parle avec Jaime, range-le dans le coffre de la voiture et verrouille-le bien.

— Oui, monsieur.

J'ai quitté le boulevard et obliqué sur la gauche ; un coup d'œil dans le rétroviseur, un regard à la *zapatería* [1] qui faisait l'angle, et de l'autre côté, au magasin de robes de mariée avec, en devanture, tous ses mannequins vêtus de dentelle blanche. Je surveillais les voitures qui nous suivaient et les passants sur le trottoir. Moi aussi, j'étais tendu, ce soir-là. Quelque chose dans l'air ? Peut-être. Mais peut-être rien d'aussi précis. Même avec les vitres closes et le bruit de fond de l'air conditionné, on entendait la musique mexicaine qui s'échappait de la *discoteca*. Une polka endiablée à la mescaline. Un homme au visage sombre, chapeau blanc et bottes de cow-boy, s'est arrêté à l'angle de la rue pour nous laisser tourner ; il avait pu reconnaître la voiture de Will Trona, mais pas forcément ; un visage impassible qui avait tout vu et que plus rien n'impressionnait.

1. Magasin de chaussures. (*N.d.T.*)

J'ai garé la voiture sur un emplacement libre du parking, à l'ombre d'un immense peuplier, juste en face de la porte de service du CCHA. Nous sommes sortis dans la douce chaleur de cette fin de journée et Will a ouvert la marche, dans son habituel costume sombre et strict, sa mallette en cuir à la main.

Il a martelé avec force la porte, qui était verrouillée.

— Ouvre, Jaime ! *La Migra* !

Le battant s'est ouvert, timidement d'abord, puis presque brutalement.

— Décidément, tu n'es pas drôle, a grondé Jaime.

C'était un jeune homme élancé, aux épaules légèrement voûtées, qui portait des lunettes à monture en écaille de tortue et flottait dans un pantalon kaki qui semblait deux tailles trop grand.

— Les racistes ont fait une descente chez moi et toi, tu t'es défilé.

— Je suis de retour, non ? Alors parlons affaires. Je suis pressé.

Medina a tourné les talons et remonté le couloir. Will lui a emboîté le pas et j'ai suivi.

Ils sont entrés dans le bureau et Jaime a refermé la porte derrière eux ; il a enfin paru remarquer ma présence et m'a adressé un bref signe de tête avant de disparaître. J'avais l'habitude qu'on m'ignore et j'aimais autant ça. Quand on a un visage comme le mien, on ne tient pas à attirer l'attention. L'une des premières leçons de Will avait consisté à me faire prendre conscience que les gens étaient beaucoup moins tentés de me dévisager que je ne l'imaginais. Il prétendait que la plupart avaient peur ne fût-ce que de me regarder. Il avait raison. C'était il y a dix-neuf ans, lorsqu'il m'avait recueilli.

J'ai traversé le couloir, poussé des portes battantes et examiné la salle de travail. Elle rassemblait six espaces d'accueil : chacun composé d'un bureau avec son téléphone, ses piles de papiers, et trois sièges pour les visiteurs. Le drapeau américain était tendu sur un mur et le mexicain sur un autre, à côté d'affiches de paysages, de football ou de corridas.

Silence.

Plus de visiteurs depuis la descente.

Plus d'employés non plus, à l'exception de Jennifer, la directrice adjointe, l'assistante de Jaime.

— Bonsoir, mademoiselle Avila, ai-je fait en ôtant mon chapeau.

— Monsieur Trona. Bonsoir.

Elle s'est approchée de moi, m'a tendu la main et je l'ai serrée. C'était une beauté aux cheveux noirs, la trentaine, divorcée, mère de deux enfants. Des doigts très effilés. Elle portait une chemise d'homme en coton rentrée dans son jean ; la taille fine, un joli buste étroit et des bottines noires. Elle avait adopté un fard à lèvres rouge pomme depuis quelques mois, après avoir porté, pendant un an, du brun cannelle.

— Will est arrivé, je suppose.

— Il est dans le bureau de Jaime.

Elle a regardé par-dessus mon épaule, vers le fond du couloir, d'un mouvement furtif, puis elle est retournée s'installer à son bureau. Jennifer en pinçait pour le boss. C'était l'un de ces innombrables secrets que je n'étais pas censé connaître. Le monde en était plein.

Elle a dit :

— Votre colis est juste à côté de mon siège.

— Je m'en occupe, merci.

C'était un sac de tennis de l'US Open ; un grand sac en toile noire, avec une balle jaune vif imprimée sur les côtés. Je l'ai porté jusqu'à la voiture ; là, je l'ai posé par terre le temps de désactiver l'alarme et d'ouvrir le coffre. Ensuite, je l'ai rangé sous une couverture, j'ai refermé le coffre et rebranché l'alarme.

De retour dans le Centre, j'ai pris un magazine, j'ai fait rouler une chaise dans le couloir et je me suis installé à côté de la porte du bureau de Jaime Medina.

Medina : *Tu dois parler à Phil Dent, vieux...*

Will : *Je le connais, Jaime, c'est vrai, mais il ne me doit rien.*

Medina : *D'accord... et puis, ce ne sont pas tes affaires, cher... ami...*

Jennifer est passée à côté de moi, elle venait de se parfumer, et elle a passé la tête dans le bureau sans frapper.

— Café, bière ? Salut, Will.

— Café, s'il te plaît.

Elle est repassée à côté de moi, sans m'accorder un regard, et est revenue une minute plus tard avec deux tasses dans une main et une brique de lait dans l'autre.

Elle a pénétré dans le bureau. Will a murmuré quelque chose et je les ai entendus rire, tous les trois. Elle est ressortie et a refermé la porte, puis elle m'a regardé comme si je venais tout juste d'arriver.

— Vous prendrez quelque chose, monsieur Trona ?

— Rien, merci. J'ai tout ce qu'il me faut.

Elle est repassée devant moi et a regagné son bureau.

J'ai déplié le magazine sur mes genoux, mais sans lui accorder la moindre attention. Mon boulot consistait à surveiller et à écouter, pas à lire. *Tais-toi et observe.*

J'entendais les bruits de circulation sur le boulevard. J'entendais le bourdonnement de l'air conditionné. Une voiture est passée en faisant beugler son autoradio si fort que j'en ai ressenti des vibrations dans toute la poitrine. J'avais encore le sentiment que quelque chose ne tournait pas rond, mais je ne m'expliquais toujours pas quoi. Peut-être n'était-ce rien d'autre que l'humeur de Will qui déteignait sur moi. Je me suis souvent surpris à être influencé par ses humeurs. Cela tient peut-être au fait qu'il m'a adopté, qu'il a fait de moi son fils. J'entendais Jennifer composer un numéro de téléphone.

Medina : *Il y a tout l'argent de cet impôt sur le tabac, vieux... plus d'un milliard de dollars que tu...*

Will : *Ce milliard ne m'appartient pas, c'est l'argent du comté, Jaime. Je ne peux pas te le filer, emballé dans une taie d'oreiller. Les quatre-vingt-dix mille n'ont pas aidé ?*

Jennifer : *Passez-moi Pearlita.*

Medina : *La moindre somme nous aide. Mais qu'est-ce que je vais faire quand les caisses seront vides ? Rester assis sur mon cul et regarder le Centre se désagréger sous mes yeux ? Nous avons besoin d'argent pour fonctionner, Will. Nous en avons besoin pour assurer une formation professionnelle aux gens, pour payer des avocats, pour acheter de la nourriture, vieux, nous en avons besoin pour...*

Jennifer : *D'accord, d'accord. Ouais, il est ici en ce moment.*

Medina : *... nous ne pouvons même pas faire quoi que ce soit quand une malheureuse Latina enceinte se fait renverser par une bagnole à cent mètres de chez elle. Nous ne pouvons rien faire quand un jeune Guatémaltèque est abattu par les flics fascistes de Newport Beach. On est pieds et poings liés ; on est fichus !*

Will : *C'est terrible ce qui s'est passé, Jaime. Je le sais bien.*

Medina : *Alors, aide-nous à trouver un moyen de les tirer de là, Will.*

J'ai entendu Jennifer qui raccrochait le téléphone. Elle a tourné la tête dans ma direction, mais je n'ai pas levé les yeux du magazine.

Will : *Tu m'as aidé à retrouver Savannah ; peut-être que ça t'attirera les bonnes grâces de Jack. Le révérend lui glissera un mot en ta faveur et en faveur du Centre. En ce qui me concerne, c'est déjà fait.*

Medina : *Les bonnes paroles ne suffisent plus, Will.*

La porte du bureau s'est ouverte. Medina avait les traits défaits. Il nous a raccompagnés le long du couloir et nous a serré la main sur le seuil. Jennifer nous a rejoints près de la voiture ; elle avait laissé la porte de service ouverte derrière elle.

Will m'a adressé un petit signe de tête. Je suis monté en voiture, j'ai mis le contact et branché l'air conditionné. Je les voyais dans le rétroviseur extérieur : Will dans son costume sombre et Jennifer dans son jean, ses bottines et sa chemise blanche impeccable ; ils étaient debout, tous les deux, dans la lumière qui filtrait par la porte de service. Ils sont restés là un moment, à se parler. Will avait posé sa mallette sur le sol.

Puis il lui a serré la main, comme il a serré un million de mains : la paume droite grande ouverte, tendue vers l'avant, tandis que la gauche venait se poser par-dessus pour bien enserrer la vôtre ; en même temps, il renversait légèrement la tête, dans une attitude de bienvenue et de possession, appuyée par un large sourire.

— Je t'aime, a-t-elle dit.

Je n'entendais pas les mots couverts par le bourdonnement de l'air conditionné, mais il était facile de lire sur ses lèvres rouge pomme.

Will a plongé la main dans sa poche et lui a tendu les billets que j'avais moi-même comptés, roulés et serrés à l'aide d'une bande élastique ; un rouleau de la taille d'un Churchill fumé à moitié : quelques milliers de dollars pour aider certains de ses amis.

— Je t'aime, a-t-il répondu.

Nous avons quitté Santa Ana et nous sommes revenus à Tustin. Will m'a dirigé jusqu'au lycée de Tustin, où il m'a demandé de garer la voiture le long des courts de tennis. Il n'y avait pas beaucoup de joueurs en action à cette heure-là ; deux courts seulement étaient occupés.

— Joe, prends le sac de tennis dans le coffre et va le déposer sur le court central. Laisse-le sur le banc.

— Oui, monsieur.

A mon retour, nous sommes restés silencieux pendant une minute ou deux. Will a regardé sa montre.

— Qu'est-ce qu'il y a dans le sac, p'pa ?

— Silence.

— C'est une réponse ou un ordre, monsieur ?

— On va voir le révérend Daniel, au Grove, dit-il.

Ses membres n'appelaient jamais le Grove Club par son nom complet, juste le Grove. Il était perdu quelque part au milieu des collines, au sud du comté ; il fallait quitter la route à péage 241 et s'engager dans une allée privée qui sinuait jusqu'à un poste occupé par deux gardes armés, généralement des adjoints qui arrondissaient ainsi leurs fins de mois. On n'apercevait le Grove d'aucune route publique. Un rideau de palmiers géants, de sycomores et d'eucalyptus en masquait la vue. Il n'avait fait l'objet d'un reportage dans aucun journal ni dans aucune émission de télévision. Jamais.

J'ai parcouru les premiers kilomètres de la 241 à 140 à l'heure. Le tableau électronique qui surplombait la route disait : « Empruntez la route à péage parce que la vie est trop courte ! » Ce tableau était le dernier éclairage sur des kilomètres et des kilomètres de collines sombres. Juste deux ou trois autres voitures à l'horizon.

D'un point de vue politique, Will était opposé aux quatre routes à péage parce qu'elles étaient dirigées par des boîtes privées, alors que le contribuable devait non seulement en assumer les frais de réparation et d'entretien, mais encore payer un prix exorbitant pour les emprunter. Les bénéfices, eux, allaient dans les poches des membres de l'Agence des routes à péage. L'ARP donnait l'impression d'être un service public, mais il n'en était rien : c'était un consortium d'investisseurs extrêmement riches qui faisaient pousser des immeubles le long des routes à péage avant même que l'asphalte ait eu le temps de sécher. Dans le sud du comté d'Orange, il arrivait qu'une ville surgisse du sol en deux nuits.

L'histoire ne s'arrêtait pas là. Les types de l'ARP avaient obtenu que le Conseil d'Etat n'assure plus l'entretien de certaines autoroutes publiques du comté d'Orange. Celles-là ne feraient l'objet d'aucune réparation ni d'aucun aménagement avant 2006 ; un bon moyen d'assurer des clients aux routes à péage, dès l'instant où les autoroutes dégradées seraient devenues dangereuses. Déjà qu'elles étaient embouteillées six heures par jour...

Quoi qu'il en soit, Will avait perdu ce combat, mais cela ne l'avait attristé qu'à moitié, car on pouvait pousser de belles pointes de vitesse sur les toutes nouvelles routes à péage. Nous les empruntions tout le temps, étant donné que Will détestait les embouteillages et adorait la vitesse.

Après avoir franchi le premier poste de contrôle, j'ai

enfoncé l'accélérateur et je suis monté à 190. Will s'est penché pour regarder le compteur, puis il s'est renfoncé dans son siège.

Il a ricané :

— Ouais, Joe.

Il y avait six mois de cela, Will et ses collègues superviseurs avaient voté une augmentation de leur parc automobile de deux cents pour cent, ce qui lui avait permis de prendre en leasing une BMW 750IL. Le moteur de série faisait 330 chevaux sur 12 cylindres. C'était une bonne bagnole, rapide sans être nerveuse, qui se réveillait à 100 kilomètres à l'heure pour se stabiliser autour de 250. De plus, elle était souple dans les virages comme peu de berlines. Au démarrage, elle n'était pas du genre qui décoiffe – une Cobra Saleen m'avait laissé sur place à un feu, la semaine dernière.

— Ah, a-t-il fait doucement. Comme c'est bon.

J'ai écrasé l'accélérateur, la voiture a hésité une fraction de seconde avant de bondir à 215, puis à 225. Ce modèle avait un moteur bridé à 240, mais Will m'avait demandé d'installer une puce de déblocage pour biaiser le limiteur de vitesse. La puce avait débridé le moteur et lâché ses 370 chevaux de potentiel. Will aimait écouter son vrombissement assourdi, quand il libérait sa pleine puissance ; moi aussi. Quand les chevaux allemands avaient la bride sur le cou, nul ne pouvait les battre dans une course honnête.

— Fils, parfois je voudrais que cette route s'étende sur des milliers de kilomètres. On roulerait pendant des heures. Loin du Grub. Je déteste le Grub.

« Grub » était la contraction de Grove Club dans le jargon de Will. Il a consulté une fois de plus sa montre.

— Je sais, ai-je dit.

Même s'il détestait le Grub, le boss possédait sa

carte de membre, par obligation. En tant qu'homme qui n'avait pas peur de pisser occasionnellement sur les flammes de la libre entreprise pour le bien du comté, Will Trona n'était pas un partisan du Grove.

Mais en tant que politicien qui s'était offert une voiture au prix exorbitant pour avaler de l'asphalte à des vitesses criminelles, dans le cadre d'affaires sans liens directs avec ses activités professionnelles, il se transformait en partisan du Grove.

De toute évidence, le superviseur du puissant premier district participait à la gestion du gouvernement, or le gouvernement pouvait influer sur les intérêts commerciaux qui régissaient le Grove, donc le Grove avait besoin de Will, lui aussi.

Will m'avait confié qu'il était soumis à une cotisation de deux mille dollars par mois, lesquels étaient, en fait, entièrement pris en charge par la clientèle. Les cotisations des membres des services publics étaient purement « symboliques » car aucun fonctionnaire honnête n'aurait eu les moyens de régler de sa poche les cotisations normales. L'essentiel de l'argent alimentait la Fondation Grove et son Comité de recherche et d'action, une organisation à but non lucratif qui opérait sans être soumise aux impôts national ou fédéral.

Chaque année, la Fondation versait discrètement plusieurs millions à des causes et des lobbies qu'elle jugeait utiles à ses intérêts, lesquels se résumaient en deux mots : profit et pouvoir. Mais ce n'était pas vraiment tout. Ainsi, l'année dernière, la Fondation Grove avait fait don de soixante mille dollars au foyer pour enfants Hillview. De quoi payer le salaire de deux cadres moyens pendant une année. J'avais beaucoup d'estime pour le Hillview et pour l'acharnement avec lequel ses responsables s'employaient à récolter de l'argent afin de lui permettre de fonctionner correctement. C'était au Hillview que j'avais passé l'essentiel des cinq premières années de ma vie.

Deux adjoints arrondissant leurs fins de mois ont enregistré nos noms avant de nous ouvrir la grille. Il nous restait un peu plus d'un kilomètre et demi à parcourir pour arriver au Grove ; le club était niché au creux d'une vallée dans les collines. C'était une bâtisse retirée, en forme d'hacienda, construite autour d'une vaste cour intérieure. Les colonnades formant voûte étaient faites d'un mélange de briques et de pisé et couvertes de massifs de bougainvillées pourpres. Les jardins et la fontaine de la cour intérieure étaient éclairés par des projecteurs encastrés, et, de loin, ils scintillaient comme une émeraude enveloppée dans du tissu. L'immeuble lui-même n'était quasiment pas éclairé à l'extérieur.

J'ai garé la voiture et j'ai suivi Will jusqu'à l'entrée, où un autre garde devait inscrire nos noms dans son registre. Comme il s'apprêtait à me demander le mien, j'ai repoussé mon chapeau vers l'arrière pour lui montrer qui j'étais. Mon visage jouissait d'une certaine notoriété dans la région. Impossible de ne pas le reconnaître. Ce qui lui était arrivé avait fait les gros titres quand je n'étais encore qu'un bébé.

Will s'est dirigé aussitôt vers la salle à manger, tout en serrant quelques mains au passage. Moi, je restais en retrait, les mains croisées sur mon ventre. Une nuit classique au Grove : des couples, âgés pour la plupart, occupaient la moitié des tables – beaucoup de cheveux gris et de diamants étalés sur des smokings et des robes de soirée. Trois gros investisseurs – un dans le commerce, deux dans l'immobilier. Un ancien superviseur reconverti, qui travaillait désormais pour un lobby spécialisé dans la construction. Deux membres de l'assemblée législative, un sénateur, le premier adjoint du lieutenant-gouverneur. Un groupe de quatre spécialistes du capital à risque. Une tablée de trentenaires devenus millionnaires grâce au Nasdaq dans les années quatre-vingt-dix.

Nous avons monté l'escalier qui menait au salon, lequel était une vaste salle avec un bar central, des tables de billard et des box disposés tout autour.

Will s'est installé dans son box habituel. J'ai choisi une queue et je me suis dirigé vers la table la plus proche, d'où je pourrais tuer le temps tout en surveillant ce qui se disait, sans incommoder les interlocuteurs de Will.

J'ai levé les yeux vers le deuxième étage. D'où je me trouvais, j'avais vue sur le large escalier ciré et sur la porte fermée de l'un des salons privés. Un serveur venait d'y frapper. Rien que des conversations confidentielles dans ces pièces-là. Des hommes riches et leurs fastidieux secrets. J'avais passé des heures dans chacune d'elles.

Profitant de ce moment de détente, j'ai expédié trois balles dans leur poche.

Le révérend Daniel Alter, sémillant et grisonnant, est arrivé à l'heure. Il m'a gratifié, au passage, d'une tape amicale sur l'épaule, sans un mot. Je l'ai regardé serrer la main de Will, se glisser dans le box en face de lui, puis tirer le petit rideau qui assurerait leur intimité.

Le révérend Daniel gérait un énorme « ministère télévisuel ». Son émission était enregistrée dans sa « Chapelle de Lumière », ici, dans le comté d'Orange, et était diffusée dans le monde entier – la Chapelle en question avait coûté plusieurs millions. Vous avez sûrement déjà vu Daniel Alter à la télévision. Ses sermons étaient énergiques et optimistes. Il profitait de son show pour vendre des produits chrétiens – disques compacts, vidéos édifiantes, et porte-clés de la Chapelle de Lumière qui s'allumaient vraiment. L'argent qu'il récoltait ainsi était exonéré d'impôts et personne ne savait ce qu'il en faisait, pas même Will Trona. C'est du moins ce que celui-ci prétendait.

Révérend Daniel : *C'est pour toi...*

Will : *Bien, bien.*

Révérend Daniel : *Ces lanceurs sont vraiment nuls.*

Will : *Alors, misez sur les courses. J'ai le sac de Jaime.*

Révérend Daniel : *Est-ce que tu l'as récupérée ?*

Will : *Je sais où elle est. Mais je ne suis pas sûr de faire confiance à ses proches...*

Révérend Daniel : *Qu'est-ce que tu veux dire ?*

Will : *On verra bien.*

Révérend Daniel : *Tu as fait un boulot formidable, Will. Et Jack a joué le jeu. Tout va très bien se passer.*

Une longue pause, pendant laquelle j'ai expédié les deux boules qui se trouvaient à l'autre bout du feutre dans une poche d'angle.

Révérend Daniel : *Je compte sur toi. Permets à Dieu d'accomplir ce miracle pour moi, à travers toi.*

Will : *Je ne crois pas que ton Dieu désire encore faire des miracles pour toi, Daniel. Il t'en a déjà consenti beaucoup trop.*

Révérend Daniel : *Ne sois pas désobligeant, Will. Je pensais que c'était le genre d'affaire qui te plairait. Tout est réglé ?*

Will : *Tout est réglé, Dan. Ne t'inquiète pas.*

Révérend Daniel : *Tu sais, Will, les voies du Seigneur sont vraiment impénétrables.*

Puis le révérend Daniel a rouvert le rideau et ils sont sortis ensemble du box. Daniel a examiné la table de billard, puis il s'est tourné vers moi avec son fameux petit sourire.

— A ta place, je jouerais la six. Avec beaucoup d'effet.

Will lui a donné une tape sur l'épaule et le révérend Daniel s'est dirigé vers le bar.

Will a consulté sa montre.

— Allons-y, Joe. On va chercher un colis, on fait une livraison, ensuite on baisse le rideau pour aujourd'hui. La journée m'a épuisé.

Tandis que nous quittions la salle à manger, le révérend s'installait au bar à côté d'une femme aux cheveux noirs luisants ; il nous a regardés partir.

Le brouillard s'installait au fur et à mesure que la température baissait, de grandes nappes s'élevaient du Pacifique. Classique pour un mois de juin. Le long de la côte, ils appelaient ça le « blues de juin ». Nous venions à peine de quitter les collines et de rentrer dans une zone de couverture téléphonique que le mobile de Will a sonné.

Il a dit :

— Trona.

Puis il a écouté un moment.

— Elle est avec vous, pas vrai ?

Il a encore écouté, puis il a coupé la communication.

— Joe, nous devons prendre livraison d'un colis au 733, Lind Street, à Anaheim. Lâche les chevaux sous le capot et amène-nous là-bas en vitesse. Fiston, je serai content quand cette journée sera terminée.

— Oui, monsieur.

J'ai jeté un coup d'œil dans le rétroviseur et je suis monté à 160 en moins de dix secondes.

— En quoi consiste le nouveau colis, monsieur ?

— Nous essayons de faire une bonne action.

Nous arrivions à l'entrée de Tustin quand le mobile de Will s'est remis à sonner. Il a pris la communication, il a écouté et il a dit :

— Ça se précise. Je ferai ce que je peux, mais je suis incapable de transformer du charbon en diamant.

Il a coupé la communication et poussé un soupir.

Nous étions presque arrivés à Anaheim quand il a composé un numéro sur son portable.

— Je crois qu'on sera là à temps.

Il n'a rien ajouté avant de couper la communication.

L'immeuble donnait sur une ruelle dans le quartier le plus glauque d'Anaheim. Will m'a dit de garer la voiture au milieu de la ruelle. Celle-ci était si étroite que deux voitures n'auraient pas pu s'y croiser. Il y avait, sur la gauche, une série d'auvents pour abriter les voitures et sur la droite, un mur en parpaings couvert de graffitis. Pas le moindre signe de vie, rien que le brouillard qui prenait possession des lieux.

— Sois méchant, a-t-il dit.

Il me disait toujours ça quand il anticipait des problèmes, ou lorsqu'il voulait que j'intimide quelqu'un.

Will se tenait juste derrière moi lorsque j'ai frappé à la porte de la main gauche ; la droite avait disparu sous le revers de mon manteau et serrait la crosse d'un des deux Colt automatiques 45 que je portais en permanence.

— Oui ? Qui est là ?

— Ouvrez ! ai-je lancé.

La porte s'est entrouverte sur un visage de femme épais ; ses yeux étaient deux fentes suspicieuses mais, en découvrant mon visage, ils s'écarquillèrent.

Je l'ai poussée de côté et j'ai pénétré dans l'appartement. Ses mains étaient vides et je n'ai perçu aucun mouvement derrière elle, juste le son d'un téléviseur.

Elle fixait ma joue, et je lui ai fait voir ce que je portais sous mon manteau. Ses yeux, piégés entre deux visions d'horreur, ne savaient plus où se fixer : sur l'arme ou sur mes traits. Elle a levé lentement les mains et a décidé de regarder le plancher.

Une odeur de bacon et de cigarettes flottait dans l'air. Des draps servaient de tentures ; le tapis était usé jusqu'à la corde et la corde, jusqu'à la trame.

— Je n'ai rien à voir avec tout ça, monsieur. Ils m'ont dit de venir et de veiller sur une gamine. Je suis venue et j'ai veillé sur la gamine. Je ne sais pas...

Will l'a coupée :

— Calmez-vous, *señora*. Tout va bien, fiston. Où sont-ils ?

Elle a fait un signe de tête en direction de la chambre.

— Elle est là. Lui, il est parti. Elle regarde la télévision.

— Restez tranquille, ai-je dit. Qu'est-ce que je fais, patron ?

— Va la chercher.

La fillette était assise à même le sol, elle s'est levée à mon entrée. Elle était petite, blonde, pâle. Un jean bleu et un tee-shirt « Cirque du Soleil », des baskets blanches. Douze ans environ.

Elle a étudié mon visage. Les enfants m'examinaient comme ça parfois. Ensuite, ils faisaient le plus souvent la grimace ; parfois, ils pleuraient. Certains décampaient purement et simplement. J'ai vu la peur dans ses yeux et son menton qui commençait à frémir.

— Je m'appelle Joe.

— Je m'appelle Savannah, a-t-elle dit très calmement.

Elle s'est avancée et m'a tendu une petite main toute tremblante. Je l'ai serrée, ensuite j'ai rabattu le bord de mon chapeau, histoire de masquer mon visage et de la soulager un peu.

— Comment allez-vous ? a-t-elle demandé.

— Je ne sais pas trop. Mais viens avec moi, s'il te plaît.

Elle a jeté un sac Pocahontas sur son dos et est sortie la première de la pièce.

En descendant les escaliers qui menaient à la ruelle, je gardais la main serrée sur la crosse de mon arme. Will tenait la fillette par la main.

J'ai ouvert les portières, côté passager, et j'ai attendu que Will aide la gamine à se débarrasser de son sac à dos et à s'installer sur le siège ; il a réglé la ceinture de sécurité à sa taille et lui a montré comment abaisser le repose-bras du siège arrière.

Avec toutes ses casquettes – mari, politicien, agitateur, manipulateur, rêveur –, il m'arrivait d'oublier que c'était aussi un père. Pour moi, un père adoptif, certes, mais sans doute le plus généreux de tous les pères.

Assis à côté d'elle, un pied à l'extérieur de la voiture, il avait posé une main sur l'épaule de la gamine et il lui parlait doucement.

Des phares ont obliqué dans notre direction et j'ai entendu un moteur de voiture dans l'allée devant nous. Pas de précipitation, pas de menace, sans doute un voisin qui venait garer sa voiture sous l'un des auvents.

— Monsieur, on devrait partir.

— Je parle.

J'ai entendu une autre voiture ; celle-là arrivait derrière nous. Les rayons de ses phares éclairaient faiblement le coffre noir métallisé de la BMW.

Je me suis approché de la portière arrière, toujours ouverte.

— Vous devriez monter en voiture, boss.

— Je parle à Savannah.

J'ai regardé derrière moi, puis devant. Les deux véhicules avançaient à la même vitesse, sans hâte. Sans appel de phares. Sans problèmes ?

Puis ils se sont arrêtés tous les deux. Vingt-cinq mètres devant, vingt-cinq mètres derrière. Ils ont été masqués par une nappe de brouillard flottant, puis ils ont reparu. Impossible de distinguer la marque ou le modèle, encore moins l'immatriculation.

— Risque de problèmes, monsieur.

— Où ?

— Partout.

J'ai poussé le pied de Will dans la voiture et j'ai refermé la portière, puis j'ai sorti de ma poche la clé avec la commande de verrouillage central.

Des portières se sont ouvertes. Le son étouffé de pas sur l'asphalte.

Dans la lumière des phares qui réussissait à peine à percer le brouillard, j'ai distingué trois silhouettes qui avançaient vers nous. Une grande perche, deux types plus petits. De longs manteaux, cols relevés, impossible de discerner les traits des visages.

J'ai ouvert ma portière, le temps d'allumer les phares de la BMW, puis je l'ai claquée derrière moi et j'ai condamné les portières à l'aide du verrouillage central.

J'ai glissé la main droite sous mon manteau et j'ai serré la crosse du 45. Je me suis retourné et j'ai regardé derrière moi : deux autres manteaux longs avançaient dans la lumière mouvante des phares de leur voiture. J'ai saisi de la main gauche la crosse de l'autre Colt automatique, de sorte que je me suis retrouvé avec les bras croisés sur la poitrine, comme quelqu'un qui cherche à se réchauffer.

Puis une voix grave et sonore m'est parvenue de l'autre groupe, elle ricochait sur les murs de la ruelle et sur les auvents ; difficile à localiser mais parfaitement compréhensible.

— Will ! Hé, Will Trona ! Discutons.

Will est sorti de la voiture avant que j'aie pu l'en empêcher.

— Surveille Savannah, a-t-il dit. Je vais m'occuper de cette face de citron.

J'ai refermé la portière et je lui ai emboîté le pas, mais il s'est retourné et m'a lancé :

— J'ai dit : surveille la gamine, Joe ! Alors surveille la gamine !

Je suis donc resté auprès d'elle, mais je l'ai regardé s'éloigner, silhouette blanche dans les feux croisés des phares.

La Perche s'est avancée. Je distinguais à peine son visage : impossible même de lui donner un âge. Il avait les mains enfoncées dans les poches de son manteau.

Les deux types qui arrivaient derrière nous s'étaient déportés vers la gauche, me positionnant, ainsi, entre eux et notre voiture ; ils tenaient des mitraillettes plaquées contre leurs manteaux, canon baissé.

Ils ne bougeaient pas.

Ils nous tenaient, je le savais, et je ne pouvais rien faire sinon rester là et regarder.

Will s'est arrêté à deux mètres de la Perche ; il a posé les mains sur les hanches et a légèrement écarté les pieds.

Les mots flottaient au milieu du bruit des moteurs et des pots d'échappement. J'ai déverrouillé les portières, je me suis penché à l'intérieur et j'ai éteint le plafonnier.

— Qu'est-ce qui se passe, Joe ? a demandé la gamine. Je ne vois rien.

— Surtout ne parle pas. Pas un mot.

— D'accord.

— *... un type difficile à trouver, Will Trona...*

La voix avait un timbre curieux, des inflexions presque joyeuses. Quelque chose d'imperceptible, comme si le type ne parlait pas sa langue maternelle.

Will : *Qui diable es-tu ?*

La Perche : *La gosse est dans la voiture ?*

Will : *Tu es avec Alex ? Tu es avec Alex ?* (Rire.) *La petite merde mouille trop sa culotte pour oser se montrer, pas vrai ?*

Puis, Will à nouveau : *Nous avions passé un accord. Alors barre-toi.*

La Perche : *L'accord a changé. En voici les nouveaux termes.*

La Perche s'est penchée vers l'avant et une explosion sèche s'est répercutée dans toute la ruelle. Will est tombé à genoux et s'est plié en deux.

J'ai ouvert la portière arrière, grimpé dans la voiture, défait la ceinture de sécurité de Savannah et plaqué la gamine sur toute la longueur du siège.

Un regard à travers le pare-brise : j'ai vu la Perche avancer d'un pas. J'ai ouvert la portière opposée, contourné Savannah et je l'ai tirée hors de la voiture par un bras.

— Qu'est-ce qui se passe ? Est-ce que Will va bien ?

— *Chhhut !*

Tout en tirant la petite vers moi, j'ai levé la tête et j'ai aperçu, pointé sur Will, l'éclair métallique dans la main de la Perche. Une nouvelle détonation, la tête de Will a eu un soubresaut ; de la fumée s'est élevée au milieu du brouillard et de la lumière des phares.

J'ai murmuré :

— Savannah. Prépare-toi à courir ! Si tu entends deux coups de Klaxon, c'est moi. Deux coups de Klaxon, c'est moi !

Je l'ai soulevée et je l'ai fait passer de l'autre côté du mur en parpaings, puis je l'ai lâchée. J'ai entendu le bruit de sa chute, puis des pas rapides – les pas des hommes de derrière qui se rapprochaient.

Je me suis laissé tomber sur le sol, j'ai saisi une de mes armes et j'ai rampé jusqu'au siège arrière de la voiture sombre. Les types approchaient rapidement, leurs mitraillettes levées. Ils surveillaient le mur, là où ils m'avaient aperçu pour la dernière fois.

Lorsqu'ils se sont trouvés à bonne distance, je les ai descendus, l'un et l'autre. Celui de gauche est tombé lourdement. Celui de droite a titubé, s'est immobilisé et a lâché mécaniquement une rafale ; sous l'effet du recul, l'arme s'est redressée et lui a arraché la moitié du visage. Puis il y a eu un choc sourd.

Toujours plié en deux, je suis sorti à reculons de la voiture et je me suis laissé à nouveau glisser sur le sol. En rampant sur les coudes et les genoux, j'ai gagné l'avant de la BMW, en me servant des cadavres comme boucliers, l'arme tendue devant moi.

Même dans la lumière des phares, je ne distinguais que des ombres : la Perche et les deux plus petits qui avançaient lentement vers moi. Et Will, sur le sol. Impossible d'apprécier les distances. Une vision totalement tronquée. Tout baignait dans une sorte de brume impalpable.

— *Merde, c'était quoi, ça ?*

La voix sonore à nouveau : *Va voir.*

J'ai pointé mon 45 dans la direction des voix, tout en scrutant soigneusement le brouillard.

— *J'en vois deux, là, près de la voiture. On dirait qu'ils ont leur compte.*

— *Va voir !*

Puis des pas qui avançaient vers moi ; ils étaient deux, tout près maintenant. Des silhouettes fondues dans la lumière des phares.

— *Je ne distingue foutre rien !*

Les pas se sont arrêtés.

— *Merde... c'est Nix et Luke. Raides. Moi, je vais pas plus loin...*

Le brouillard s'est dissipé un instant, mais il est retombé aussitôt. Drôle d'allure, ces deux types.

J'ai entendu la Perche derrière eux ; sa voix sonore fendait le brouillard.

— *Revenez ! Maintenant ! Vite !*

Le bruit d'hommes qui couraient, des silhouettes flottantes dans la lumière floue des phares.

La Perche : *Venez ici.*

— *Nix et Luke sont morts là-bas, vieux...*

J'ai entendu deux nouvelles détonations et deux chocs sourds. Puis encore deux détonations ; des doubles comètes orange jaillissaient de la main de la Perche.

Un instant plus tard, la voiture effectuait une marche arrière dans un crissement de pneus et bondissait vers l'avant, ses phares balayant l'asphalte. Elle s'enfonçait dans la rue, de l'autre côté du mur en parpaings. J'ai aperçu les deux types étendus à côté de Will ; l'un bougeait encore, l'autre pas. La voiture n'avait pas quitté la ruelle que je courais déjà.

Will était effondré sur les genoux, le front collé au sol, les bras serrés autour du ventre. Du sang plein la tête, plein les vêtements et plein l'asphalte. J'ai posé une main sur son dos.

— Oups, a-t-il murmuré.

— Doucement, boss. Ça va aller.

J'ai couru vers la voiture et je l'ai avancée. J'ai installé Will sur le siège passager. Il est resté bien droit. Trempé et lourd. Une odeur de métal. Du sang sur mon visage, là où il avait posé la tête pendant que je le portais.

Un des types abattus par la Perche bougeait encore ; j'ai pris soin de le contourner avec la voiture. Je fonçais sur Lincoln Boulevard, grillant les derniers feux de la nuit, la main sur l'avertisseur enfoncé ; des nappes de brouillard défilaient le long des vitres.

— Ça va aller, Will. Tu vas t'en sortir.

Sa nuque reposait sur l'appuie-tête et ses yeux ouverts fixaient le plafonnier. Une faible lueur dans le regard. Les épaules, la chemise et les genoux trempés de sang.

— Tiens bon, p'pa. Je t'en supplie, tiens bon. On y est presque.

— Mary Ann.

Je filais vers le sud à plus de 160. Les voitures semblaient foncer vers nous à reculons. La tête de Will a roulé de côté lorsque j'ai franchi la bande de séparation des voies. Puis il s'est penché vers l'avant, comme à son habitude, pour surveiller les compteurs et me regarder.

— Tout le monde.

— Tout le monde *quoi*, p'pa ?

Il a toussé, une giclée rougeâtre a atterri sur le pare-brise et s'est répandue sur la ceinture de sécurité. Des feux arrière défilaient sans arrêt, de tous côtés.

Je me suis engagé sur la bretelle Chapman, j'ai grillé trois feux rouges et j'ai déboulé dans la voie d'accès d'urgence du centre médical universitaire Irvine ; j'ai immobilisé la voiture, dans un nuage de fumée, sur la rampe réservée aux ambulances.

Will était affalé contre la vitre. J'ai fait le tour de la voiture, j'ai ouvert sa portière et il est tombé dans mes bras. Je l'ai porté à l'intérieur, mais j'avais déjà compris qu'il n'avait plus besoin de médecin.

Je suis tombé à genoux, mais en prenant soin de le maintenir soigneusement en équilibre, car je savais que c'était la dernière chose que je pouvais faire pour lui et je voulais la faire bien. Deux types des urgences se sont précipités vers nous avec une civière.

L'enfer, c'est d'attendre.

Je faisais les cent pas dans la salle d'attente des

urgences et sur le trottoir, devant l'hôpital ; j'ai passé les coups de téléphone de circonstance – d'abord à ma mère, Mary Ann, puis à mes frères, Junior et Glenn.

Ces appels ont été les plus douloureux de mon existence, et de beaucoup. Je ne pouvais pas leur dire que Will allait mourir. Je ne pouvais pas leur dire qu'il allait vivre. J'ai juste bafouillé qu'on lui avait tiré dessus, les mots se pressaient dans ma bouche.

J'ai dégagé la rampe d'accès des ambulances et je suis allé garer la voiture sur le parking de l'hôpital. L'intérieur était imprégné d'odeurs mêlées de sang, de cuir et de cette moiteur terrible de la terreur humaine.

Vingt minutes plus tard, un médecin du service des urgences est venu m'annoncer que nous avions perdu Will.

Perdu.

Ce mot était une balle qui me transperçait le cœur. Il signifiait que Will était parti et qu'il ne reviendrait jamais. Il signifiait que j'avais failli à la personne que j'aimais le plus au monde, que j'avais échoué dans ma mission la plus importante. Mais, tout en s'insinuant pernicieusement dans mon cœur et dans la nuit, il distillait en moi la certitude que je retrouverais ceux qui avaient fait ça à Will et que je leur réglerais leur compte.

J'ai rassemblé le courage de rappeler ma mère et mes frères. Pour les frapper au cœur de la même balle.

Trop tard, bien sûr. Ils étaient déjà en route pour l'hôpital.

Malgré les protestations d'un médecin et de deux adjoints du shérif, j'ai pris la voiture de Will et je suis retourné à la maison de Lind Street.

Des gyrophares, des rubans jaunes, des voisins partout et trois couvertures recouvrant trois corps. La police d'Anaheim était sur les lieux. Un flic s'est avancé vers moi et m'a fait signe de circuler, avec sa lampe torche.

J'ai reculé et j'ai commencé à parcourir les rues sombres et les boulevards déserts à la recherche de la fillette. Je roulais à une quinzaine de kilomètres à l'heure, en klaxonnant deux fois, encore et encore. Je sillonnais les environs dans un sens puis dans l'autre, lentement, le plafonnier allumé et les quatre vitres baissées. « Allons, viens, où que tu sois, viens ! » Le brouillard était toujours aussi épais et quelquefois, je ne distinguais même pas l'angle de la rue suivante. Toutes les cinq minutes je me garais, je coupais le moteur, je recommençais à klaxonner et j'écoutais. Je regardais aussi.

J'ai réussi, en définitive, à joindre ma mère sur son portable ; elle était dans un état proche de la panique. Elle venait d'arriver à l'hôpital. Ils refusaient qu'elle le voie. Je faisais de mon mieux pour l'obliger à parler et j'ai réussi à l'apaiser un peu. Je lui ai conseillé de téléphoner au révérend Alter. Je m'apprêtais à reprendre la direction du centre médical quand une voiture de patrouille de la police d'Anaheim m'a fait signe de me ranger. Les deux agents étaient nerveux, ils jouaient avec leur arme tandis que je leur montrais mon badge.

— Que diable faites-vous, là ?
— Je cherche une gamine.
— C'est du sang dans la voiture ?
— Oui.
— Sortez, je vous prie. Lentement. Gardez les mains écartées du corps, monsieur Trona.

2

J'ai passé les trois heures qui ont suivi au poste de police d'Anaheim, avec deux détectives de la section homicides – le grand blond s'appelait Guy Alagna et la grosse brune, Lucia Fuentes.

Je venais à peine de leur parler de Savannah que Fuentes a quitté la salle d'interrogatoire ; elle est restée absente près d'une demi-heure. Alagna, dont le nez crochu faisait penser à un bec de prédateur, m'a demandé pour la troisième fois de lui décrire le tueur grand et mince.

— Trop sombre, ai-je répondu pour la troisième fois. Trop de brouillard. Ils portaient tous de longs manteaux.

J'en avais marre. Je commençais seulement à prendre conscience de tout ce qui avait changé. De tout ce qui allait changer. Une existence sans lui. A jamais. Le monde qui m'entourait était neuf et je le détestais déjà.

— Revenons sur ces manteaux, Joe. A quoi ressemblaient-ils ?

J'ai décrit les longs manteaux pour la troisième fois. J'ai baissé les yeux sur mon chapeau, soigneusement posé sur mes genoux.

— Quelle couleur ?

— Il faisait nuit, détective Alagna. Il y avait du brouillard. Pas de couleur.

— Bien, parfait.

Puis il est resté silencieux un long moment. Je sentais son regard sur mon visage. Tôt ou tard, les gens ne peuvent s'empêcher de me dévisager.

J'ai avalé un mauvais café dans un gobelet en polystyrène et j'ai fixé le miroir sans tain ; je revoyais les tueurs dans le brouillard de juin et Will qui s'approchait d'eux. Le « blues de juin », avec, tapi au plus profond, l'esprit de la mort. Je m'efforçais de faire apparaître devant moi le visage de la Perche – ne fût-ce qu'un trait, un détail qui me permettrait d'extrapoler le reste. Rien. Du brouillard. Du mouvement. Des gaz d'échappement en suspension dans l'air, des voix. La détonation sèche et mesquine d'une arme. Et tout recommençait.

Régulièrement, une clameur montait dans mes oreilles. D'abord faible, pareille à des vagues sur une plage lointaine, elle s'amplifiait de plus en plus, à tel point que j'avais, en définitive, l'impression de me trouver à quelques centimètres d'un réacteur d'avion. Seulement, il ne s'agissait pas d'un avion, mais d'une voix, une voix qui répétait inlassablement trois mots, avec toujours plus de force : *tu l'as tué tu l'as tué tu l'as tué tu l'as tué tu l'as tué tu l'as tué tu l'as tué...*

Je vous en prie, cessez. Souviens-toi. Tais-toi et observe.

Je vais m'occuper de cette face de citron.

Comment Will savait-il que ce type était une « face de citron » ?

Will ! Hé, Will Trona ! Discutons.

La voix grave et sonore résonnait dans ma tête avec une clarté obsédante. J'entendais l'intonation curieuse, presque joyeuse.

Le tueur connaissait-il Will ou cherchait-il seulement à le faire croire ?

Tu es avec Alex ?

— Et vous êtes sûr qu'ils ne lui ont rien pris ? a demandé encore une fois Alagna.

— Ils lui ont pris la vie, monsieur.

Du coin de l'œil, je l'ai vu qui me dévisageait toujours. Alors j'ai planté mon regard dans le sien et il a détourné les yeux. Les gens se sentaient toujours honteux quand je les surprenais en train de me fixer, jamais avant.

— Vous savez bien ce que je veux dire, Joe.

— Pour autant que j'aie pu en juger, ils ne lui ont rien dérobé, détective.

— Revenons, donc, à la voiture. Est-ce qu'ils ont pris quelque chose dans la voiture ?

— Ils n'ont même pas touché la voiture.

— D'accord. Très bien. Résumons les faits : le tueur a appelé Will par son prénom. Will lui a demandé s'il était avec Alex. Will a dit qu'un marché était un marché, ou un truc dans le genre, et le type lui a tiré dessus ?

— Le tueur a dit : « L'accord a changé. En voici les nouveaux termes. »

Ensuite, il a recommencé à m'interroger sur les deux types que j'avais descendus ; tous les deux morts avant l'arrivée des flics. J'ai encore une fois répété, et très précisément, tout ce qui s'était passé. Alagna refusait de me communiquer leur nom ou tout autre renseignement les concernant.

— Donc, la visibilité était insuffisante pour vous permettre de décrire l'homme qui a tué votre père, mais suffisante pour vous permettre de flinguer deux types en mouvement. Deux coups gagnants, quoi !

— Comme je l'ai dit, monsieur, ils étaient tout près de moi. Cinq ou six mètres, guère plus.

— Je suppose que vous êtes une fine gâchette.
— Je suis bon tireur.

Tout ce que j'avais dit à Alagna et à Fuentes était vrai, j'avais juste omis de préciser certains détails.

Par exemple, je n'avais pas fait la moindre allusion à la mallette de Will. Il sortait rarement sans elle, aussi renfermait-elle les grandes lignes de sa vie. Plus que les grandes lignes. Il y avait là son calepin et ses carnets de rendez-vous, ses notes et ses lettres, ses brouillons et ses rapports, sa liste de tâches à accomplir et ses gribouillis. Will rangeait dans cette vieille mallette en cuir tout ce qui pouvait lui servir au cours de la journée – depuis un minuscule enregistreur à cassette jusqu'à une brosse à dents avec un tube de dentifrice. Je l'avais emportée avec moi dans la salle d'interrogatoire et je l'avais posée à côté de mon siège, comme si elle m'appartenait. Personne n'y avait prêté attention.

Je considérais également qu'Alagna n'avait pas à être informé de l'existence du sac de tennis que nous avions récupéré au CCHA.

Je n'étais pas disposé à livrer trop d'informations à un flic que je ne connaissais pas, un blanc-bec qui me demandait trois fois de suite de lui décrire un manteau.

J'ai omis de parler du cadeau de Will à Jennifer Avila : les deux mille dollars que j'avais comptés et autour desquels j'avais glissé un élastique. Pas une allusion, non plus, aux mots doux qu'ils avaient échangés.

J'ai omis de dire que j'avais entendu un peu plus que « Salut » et « Bonsoir » lorsque Will s'était entretenu avec Jaime Medina, puis avec le révérend Daniel Alter.

J'ai omis d'évoquer les brefs échanges téléphoniques de Will, quelques minutes avant sa mort. En revanche, je m'interrogeais déjà pour savoir comment me procurer la liste de ces appels auprès de la compagnie du téléphone. Pour un inspecteur de la section homicides, cela ne devait guère poser de problème, mais pour un adjoint qui comptait à peine quatre années de service, ça risquait de prendre un peu plus de temps.

J'ai omis, enfin, de dire que Mary Ann, ma mère adoptive, avait le cafard, ces jours-ci, et que Will tenait absolument à rentrer à la maison pour dix heures.

Tout cela ne regardait que Will et ne concernait en rien Alagna.

Lucia Fuentes a refait irruption dans la salle.

— Un des tueurs s'en est sorti. Aucune identification le concernant, mais il est vivant.

Alagna m'a regardé.

— Peut-être pourra-t-il combler quelques-unes des énormes lacunes du récit de M. Trona.

J'ai opiné de la tête, mais je n'ai rien dit. En revanche, j'ai baissé les yeux sur la mallette de Will et j'ai aperçu une goutte de sang séché sur la poignée. J'espérais qu'Alagna ne la remarquerait pas. A vrai dire, je n'avais pas trop de raisons de m'en faire, de ce côté-là.

— En revanche, a poursuivi Fuentes, j'ai fait chou blanc en ce qui concerne la fillette. Aucune disparition d'une Savannah âgée d'une douzaine d'années n'a été signalée. Rien au Centre national, rien au FBI, rien à Sacramento – et rien non plus du côté des collègues de Joe. Personne ne recherche cette gamine. Peut-être n'est-ce pas son vrai prénom.

Alagna m'a regardé.

— Je vois mal son père la laisser traîner, la nuit, avec des vicieux de cinquante balais.

— Pas si sûr, a riposté Fuentes.

— Joe, est-ce que le superviseur avait ce genre de perversion ?

J'ai planté mon regard dans celui d'Alagna et j'ai vu rougir sa peau cireuse.

— Détective Alagna, ai-je dit, mon père était un type bien. Je vais faire comme si vous n'aviez jamais posé cette question stupide.
— De bien grands mots pour un petit gardien de prison.
— Nous pouvons régler ce différend comme bon vous semble, monsieur.
— Je ne règle rien.
— Bon Dieu, ça suffit comme ça, les gars, a grogné Fuentes. Qu'est-ce qui te prend, Guy ?
Alagna a détourné la tête, ses oreilles étaient écarlates. Un contraste saisissant avec son bec de prédateur.
En réalité, Guy avait peur de moi, et ça le foutait en rogne. Il semble que rien ne rende plus dingues des flics coriaces qu'un monstre de vingt-quatre ans que rien n'intimide.
J'avais non seulement un visage sorti tout droit de l'enfer, mais en plus j'étais grand et fort. Je savais me servir avec adresse de la plupart des armes et j'avais consacré la majeure partie de ma vie à apprendre à me défendre – toutes les méthodes, toutes les écoles, toutes les techniques imaginables... Ce qui m'était arrivé quand j'avais neuf mois ne devait jamais pouvoir se reproduire. Je m'étais juré que cela ne se reproduirait pas.
Mais les gens étaient convaincus que je n'avais peur de rien ; c'était encore ma meilleure arme. Peut-être cela tenait-il à ma cicatrice. A mes yeux. A ma voix. Je n'en savais trop rien.
En fait, seules deux choses me faisaient peur. La première c'était mon père, je veux dire mon père biologique, celui qui m'avait fait ça quand j'avais neuf mois. Il s'appelait Thor Svendson et il était libre, aujourd'hui ; il vivait quelque part, loin d'ici. S'il réapparaissait un jour, je serais prêt. J'avais décroché cinq

ceintures noires, remporté deux championnats régionaux des Gants d'Or et obtenu une médaille de tireur d'élite au sein du département du shérif, voilà qui prouvait amplement que j'étais prêt.

L'autre chose qui me terrifiait – même si je venais seulement d'en prendre conscience –, c'était l'idée de devoir vivre sans Will.

Des deux, c'était encore la plus terrible.

Donc, avec mon visage ravagé et mon air de ne craindre rien ni personne, j'impressionnais la plupart des gens. C'était déjà le cas quand j'étais gosse. Ayant observé que les gens étaient terrorisés à ma vue, je m'étais efforcé d'apprendre les bonnes manières pour arriver à une sorte d'équilibre. J'avais acquis la conviction que c'était indispensable quand on avait un visage comme le mien. J'avais mis autant d'application à acquérir du savoir-vivre qu'à maîtriser le kendo ou les nuances de recul du Colt 45.

— Alors, Joe, a dit Lucia Fuentes. Parlez-nous de la gamine. Si votre père n'était pas du genre à se taper des mineures, qu'est-ce qu'il faisait avec elle ?

— Je n'en ai pas la moindre idée. Il a juste dit qu'il essayait de faire une bonne action.

Ils ont échangé un regard.

Puis la voix a recommencé à monter des profondeurs de mon être : *tu l'as tué tu l'as tué tu l'as tué...*

J'avais l'impression d'être à nouveau dans ce foutu brouillard, dans cette purée de pois qui nous avait enveloppés la nuit dernière. Un brouillard plein de secrets. Un brouillard meurtrier. Si seulement je parvenais à le dissiper par la seule force de mon souffle, à m'en extirper pour me retrouver dans un lieu clair, ensoleillé, vrai... C'était, hélas, impossible. Pourtant, je disposais d'un havre secret où m'évader. Je m'y rendais chaque fois que je le désirais. C'est ce que j'ai fait alors.

— Je vous ai dit tout ce que je savais, ai-je déclaré en me levant, le chapeau à la main. N'hésitez pas à m'appeler si je peux vous être utile d'une façon ou d'une autre. J'aimerais savoir qui était cette gamine, détectives. J'aimerais l'aider, si c'est possible. Pardonnez-moi mais, maintenant, je dois aller bosser ; je ne tiens pas à arriver en retard.

Alagna a regardé Fuentes comme s'il estimait qu'elle aurait dû me retenir. Fuentes m'a regardé comme quelqu'un qui voit le bus lui passer sous le nez. Lorsque j'ai quitté le poste de police, le soleil se levait.

Les journalistes se sont précipités sur moi et ça m'a fait plaisir. Je m'en suis tenu aux grandes lignes, mais j'ai fait en sorte qu'ils sachent qu'une fillette se prénommant Savannah était perdue dans la nuit. Je leur ai fourni une description détaillée, sans omettre de préciser ce qu'elle portait et de mentionner son sac à dos, sa politesse ainsi que ses cheveux longs et fins. J'ai même esquissé un croquis de son visage sur mon carnet de notes, avec autant d'application que possible. Le résultat a été à peine mieux que rien du tout.

Ça leur a plu : je leur donnais l'occasion d'aider à retrouver une gamine, d'accomplir une bonne action. En fait, les journalistes étaient les êtres les plus cyniques que je connaissais, juste après les flics.

Le soleil se levait sur le comté, et moi, j'étais seul au volant de la voiture de Will sur des autoroutes déjà embouteillées ; tout le monde faisait comme si Will était toujours vivant. Qu'est-ce qui ne tournait pas rond chez ces enfoirés ? Et qu'est-ce qui ne tournait pas rond chez Alagna et Fuentes ? Ils me laissaient repartir au volant d'une voiture qui était un élément incontournable de la scène de crime, au lieu de la placer sous scellés.

Je rappelai m'man sur mon portable. Le révérend Daniel Alter l'avait rejointe à l'hôpital et elle se trouvait, à ce moment-là, dans le sanctuaire de la Chapelle de Lumière. Elle avait pris un léger sédatif. Sa voix était faible, comme absente. Un assistant du révérend s'apprêtait à la reconduire chez elle parce qu'elle était trop assommée pour prendre le volant. Je lui ai dit que je la ramènerais moi-même à la maison, mais elle a insisté pour que j'aille travailler, que je reste concentré sur ce que j'avais à faire et que je me rende utile. J'ai répondu que j'irais la voir dès la fin de mon tour de garde.

Dans le gymnase du département du shérif, j'ai pris une douche, je me suis rasé et j'ai enfilé mon uniforme avant de franchir les portes de sécurité pour aller prendre mon quart.

La prison du comté d'Orange. La sixième du pays par ordre d'importance. Trois mille détenus, trois mille combinaisons orange. Soixante-dix pour cent de criminels. Et une centaine de geôliers comme moi pour essayer de maintenir l'ordre ; des jeunes types pour la plupart, avec comme seule arme des bombes au poivre. Des centaines de nouveaux détenus nous arrivaient via le greffe de la prison, un total de soixante-dix mille allées et venues par an. Des centaines étaient relâchés dans la société tous les jours. Ça entrait et ça sortait. Ça entrait et ça sortait. On appelait ça « la boucle ». La prison est un énorme tourbillon en activité permanente, un déchaînement d'échecs, de fureur, de violence et d'ennui.

Durant la journée, mon monde c'était la prison pour hommes. Un monde où règnent un ordre strict et, en général, une soumission paisible. Pouvoir et soumission. Les bons étaient en uniforme vert ; les méchants, en combinaison orange. Les mains dans les poches, le regard droit et silence ! Vide tes poches et circule ! Eux et nous. C'est aussi un monde où des bouts de sommier se transforment en lames, où des tee-shirts noués autour de pains de savon deviennent des matraques, où du tord-boyaux est distillé à l'aide de morceaux de fruits et de bouts de pain fauchés au réfectoire, un monde de drogue, de tatouages et de messages remis en catimini par les caïds du bloc 29 du quartier F, ou du centre sécuritaire du quartier J, à des prisonniers bénéficiant d'autorisation de sortie, pour qu'ils les fassent passer à des amis ou à des alliés du dehors. C'est un monde où règne le silence. Un monde où les postes de garde sont faiblement éclairés pour que les détenus ne puissent nous surveiller pendant que nous les épions. Un monde de gangs raciaux, de respect et de vengeance, de mensonges constants et de connerie infinie.

C'était un monde que j'aimais. J'aimais mes amis et mes collègues, et l'équilibre délicat de prédateurs qui existait entre nous et les détenus. Il arrivait aussi que j'aime certains détenus. Leurs arnaques étaient si subtiles qu'ils réussissaient parfois à nous bluffer avec un art qui me laissait pantois. Mais ce que j'aimais par-dessus tout, c'était la régularité de chaque chose : les sirènes et les cloches, les horaires et les règles, les lourdes clés, les repas pris dans la salle à manger du personnel. C'étaient des éléments structurants, or les premières années de ma vie passées dans un foyer pour enfants m'avaient appris à y puiser de la force. Mes quatre années au Hillview m'avaient inculqué des habitudes dont je ne parvenais pas à me défaire.

Ce matin, je devais prendre mon service au quartier J,

où se trouvait le centre sécuritaire [1], dans lequel étaient enfermés les détenus particulièrement dangereux et célèbres, des pédophiles et des déviants sexuels qui perturberaient la population générale de la prison ; on y trouvait même des représentants de la loi qui finissaient du mauvais côté des barreaux.

Le quartier J était divisé en quatre secteurs, et comptait un total de cent soixante-dix détenus. C'était un grand cercle, dont le centre était occupé par le poste de garde. Entre les cellules et le poste de garde, il y avait les salles communes, avec des tables et des bancs, comme sur les aires de pique-nique, et aussi un téléviseur. A travers la vitre du poste de garde faiblement éclairé, on avait vue sur toutes les cellules. Dans chacune, des caméras filmaient en permanence les détenus, que nous pouvions ainsi suivre sur les écrans de contrôle vidéo ; des micros enregistraient leurs moindres propos.

Le quartier J était particulièrement calme, et les détenus étaient un peu plus respectueux que dans les autres secteurs de la prison. Peut-être en raison de la gravité de leurs crimes, ou parce que leur procès était bien souvent en cours et qu'ils risquaient de très lourdes condamnations, voire la peine capitale. Quelles qu'aient été leurs raisons, les hommes du quartier J étaient moins enclins que les autres à se moquer de mon visage.

Pendant mes deux premières années, j'avais travaillé dans tous les quartiers et j'avais eu droit à mon lot de « Face de merde », « Tronche de cake », « Frankenstein » et j'en passe. Les quolibets ne m'atteignaient

---

1. L'expression « centre sécuritaire » désigne ici le quartier cellulaire où, aux Etats-Unis, sont détenus les criminels en attente de leur procès, après lequel, s'ils sont reconnus coupables, ils seront dirigés vers le pénitencier où ils purgeront leur peine. (*N.d.T.*)

pas ; leur répétition, en revanche, avait failli m'ébranler. Je n'avais jamais craqué ; jamais je n'avais laissé percer ma colère ni perdu mes bonnes manières. J'avais juste appris à me retirer dans mon havre secret et à considérer les détenus avec l'intérêt détaché d'un ornithologue.

— *Hé, qu'est-ce qui t'es arrivé ?*

— *Rien, pourquoi ?*

— *Parce que t'as le visage tout couvert de merde, Tronche de cake !*

Vous imaginez le tableau.

Bien sûr, les gens derrière les barreaux sont plus courageux que la plupart. Les grilles vous protègent d'eux, mais elles les protègent aussi de vous. Même mes regards les plus assassins ne provoquaient généralement qu'une recrudescence de railleries : *Oh là ! regardez Tronche de cake, voilà qu'il me fait les gros yeux !* En tant que gardien, lorsque vous avez franchi les lourdes portes de la prison, vous ne prenez pas seulement votre service, vous êtes en prison. Parfois, vous l'oubliez. Parfois, vous avez le sentiment d'avoir passé là toute votre vie et d'y être pour l'éternité. C'est dur pour un type qui s'efforce d'apprendre les bonnes manières.

Alors, vous respirez profondément et vous songez que vous sortirez de là dès la fin de votre service, alors qu'eux y resteront jusqu'au terme de leur sentence. C'est comme si vous émergiez d'un cauchemar.

Dans la salle de réunion, j'ai inscrit mon nom sur le registre et je me suis assis en attendant l'appel. Ensuite, le sergent Delano a fait, pour nous, le point de la situation : hier, dix Noirs et dix Latinos s'étaient colletés dans le réfectoire. La rixe avait pu être maîtrisée rapidement, pas d'escalade, pas le temps pour nous de sortir nos battes et nos casquettes – nos matraques et nos casques d'émeute. Quelques ecchymoses et des coupures superficielles. Pas d'armes. Résultat, l'équipe du 9-13 était prête à organiser une fouille des cellules du quartier F à treize heures. Une fouille surprise s'appelait, dans notre jargon, un « grand chambardement ». L'adjoint Smith avait découvert une lame dans la semelle d'une sandale de douche – aiguisée et enfoncée dans le caoutchouc. Des rumeurs évoquaient des risques d'émeutes. On racontait que les vagues de violence commençaient toujours chez les détenus des pénitenciers de haute sécurité avant de se propager dans les prisons ; au début, je croyais que c'était du vent. Mais après avoir passé trois années ici, je savais que c'était la vérité, aussi les rumeurs concernant des risques d'émeutes à Pelican Bay, Folsom, Cochran ou San Quentin étaient toujours prises au sérieux.

On a procédé, ensuite, à une collecte pour organiser un barbecue en l'honneur de la promotion de notre capitaine, et la séance a été levée.

J'ai vérifié ma radio et mes clés, puis j'ai traversé le tunnel menant au quartier J. Quand je suis arrivé au poste de garde, j'ai jeté un coup d'œil aux écrans de contrôle pour voir comment se comportaient mes détenus. Ils paraissaient tous bien calmes. Gary Sargola, le tueur de la chambre froide, dormait, une jambe en l'air à cause d'une phlébite qui le faisait souffrir.

Dave Hauser, adjoint du district attorney devenu dealer, regardait *Good Morning America* à la télévision.

Le Dr Chapin Fortnell, pédopsychiatre en attente de jugement pour avoir abusé de six enfants au cours des dix dernières années, était assis bien droit sur sa couchette ; il prenait des notes au crayon, l'instrument le plus contondant que nous lui autorisions depuis qu'il avait tenté de s'ouvrir les veines à l'aide d'un feutre, deux mois plus tôt.

Le violeur en série Frankie Delsey, reconnu coupable de trois viols avec voie de fait, et dans l'attente d'une nouvelle condamnation pour trois autres délits semblables, faisait des grimaces devant le miroir en acier tout en tapotant le bord de l'évier du bout de ses longs doigts et en se déhanchant au rythme d'une chanson que lui seul entendait.
Sammy Nguyen, un jeune gangster vietnamien inculpé de meurtre sur la personne d'un officier de police qui l'avait interpellé pour un simple excès de vitesse, était allongé sur sa couchette et fixait la photo de sa petite amie que nous l'avions autorisé à coller au plafond de sa cellule. Il a tourné la tête vers la caméra comme s'il savait que je l'observais, il a souri et a reporté son attention vers la photo de Bernadette. C'était un malin, Sammy. Généralement paisible, relativement poli, il avait son propre code de l'honneur et il s'y tenait. Il occupait une position élevée dans la hiérarchie des gangs vietnamiens ; il dirigeait une cinquantaine d'hommes.
Will et Sammy avaient eu un différend. Ils ne s'étaient rencontrés qu'une seule fois, il y avait de cela deux mois, au Bamboo 33, une boîte de nuit. Will y était allé pour faire plaisir à certains de ses amis vietnamiens. C'était à l'occasion de l'inauguration du club ; les propriétaires avaient souhaité sa présence pour afficher leur importance, et peut-être même pour avoir leur photo dans les journaux. Will avait emmené Mary Ann ; il avait pris le volant lui-même, ce soir-là, c'est pourquoi je ne les avais pas accompagnés.
L'inauguration s'était bien passée, m'avait raconté Will, mais un truand à la belle gueule, Sammy Nguyen, et sa petite amie, Bernadette, l'avaient entrepris sur une boîte d'immobilier qu'ils voulaient monter à Saigon. Will avait promis de les contacter plus tard et il avait

essayé de se défiler, mais Sammy et Bernadette lui avaient tenu la jambe. En définitive, Will les avait plantés là et était allé s'installer, avec Mary Ann, à une autre table.

L'instant d'après, le Sammy en question, blême comme un linge, était venu le défier du regard. Dans le monde des truands, cela équivaut à un duel et vous êtes censé montrer votre respect en détournant les yeux.

Will connaissait la chanson. Il avait été adjoint du shérif pendant plus de vingt ans. Pourtant, il avait soutenu le regard de Sammy en puisant au fond de sa mémoire le genre de pensées qui vous aident à ne pas baisser les yeux en pareilles circonstances. Il m'avait raconté qu'il s'était remémoré le Vietnam et ceux de ses amis qui étaient morts là-bas pour que des petits branleurs comme Sammy puissent venir vivre chez nous. Mais beaucoup de gens bien s'étaient aussi installés ici, et il s'était demandé à quoi avait servi cette foutue guerre.

Will avait fini par perdre toute notion du temps, tellement il était absorbé par ses réflexions. Il se souvenait seulement qu'à un moment Sammy avait détourné les yeux. Il n'avait donc pas reçu la marque de respect qu'il réclamait à Will, et selon les règles en vigueur dans le monde des truands, il était en droit de tuer Will Trona afin d'obtenir réparation.

Pour Will, c'étaient des conneries de voyous. Il avait vite oublié l'incident mais, le lendemain, il avait appris que Sammy Nguyen s'était fait arrêter pour avoir descendu un flic de Westminster, un dénommé Dennis Franklin. Le meurtre avait eu lieu quelques heures seulement après que Will et Sammy s'étaient affrontés au Bamboo 33.

Will avait salement encaissé le coup. Il ne connaissait pas Franklin, mais il se sentait responsable : s'il s'était montré plus respectueux envers Sammy, ce soir-là, s'il l'avait écouté lui parler de son projet immobilier, s'il n'avait pas soutenu son regard, peut-être que le truand aurait quitté le Bamboo 33 d'humeur joyeuse et pas avec des envies de meurtre.

En fait, Franklin s'était contenté de prier Sammy de se ranger le long du trottoir, afin de le verbaliser pour un excès de vitesse sur Bolsa Avenue. Will et Mary Ann avaient fait don de cinquante mille dollars à un fonds de soutien destiné à aider la veuve de Franklin et son gosse de deux ans. Ça avait beaucoup plu aux journaux, qui avaient voulu savoir pourquoi Trona avait choisi de privilégier la famille de Dennis Franklin. Will avait répondu que c'était un bon flic, mais il n'avait pas dit un mot de ce qui s'était passé entre lui et Sammy Nguyen.

J'ai quitté le poste de garde et je me suis dirigé vers la cellule de Sammy. Un éclairage minimum, un silence presque absolu, le cadre feutré d'un rêve. Les « ils-elles » – des hommes à divers stades de changement de sexe – m'ont dévisagé. Clarkson, un tueur en série d'enfants, m'a ignoré. Je suis arrivé derrière l'homme de service – un détenu bénéficiant d'un régime de faveur – au moment où il glissait le plateau du petit déjeuner de Sammy à travers la fente prévue à cet usage.

— Bonjour, adjoint Joe. Désolé pour ton père.

Les rumeurs circulent à la vitesse de la lumière en prison.

— Merci.

Sammy s'est assis, le plateau posé sur les genoux, mais il n'a pas accordé un regard à la nourriture.

— Je l'avais rencontré une fois, tu sais ?

Je l'ai regardé, mais je n'ai pas répondu. Il m'avait déjà raconté son histoire.

— Il m'avait manqué de respect, ce soir-là, ainsi qu'à Bernadette. J'aurais pu le faire descendre pour ça, et j'aurais été dans mon droit.
— Oui, tu me l'as déjà dit. C'est puéril, Sammy, ce type de raisonnement.
Sammy a réfléchi un instant à ce que je venais de dire. Il a retiré ses lunettes et les a posées sur son oreiller.
— Seulement voilà, je ne l'ai pas fait. Je n'ai rien à voir avec ce qui lui est arrivé.
Je le croyais, parce que nous ouvrions le courrier entrant et sortant de Sammy depuis son arrestation. Je savais qu'il continuait à gérer les affaires de son gang par l'intermédiaire de Bernadette. Elle était son lieutenant, et il lui confiait tout dans ses lettres. Sammy était inculpé pour meurtre, mais il trempait jusqu'au cou dans le trafic d'armes, dans des affaires de fraude, des cambriolages et des vols divers. Il n'avait pas une seule fois fait allusion, dans ses lettres, à Will ou à leur différend. S'il avait voulu lancer un contrat contre Will, il en aurait parlé dans une lettre à sa femme.
Qu'un type aussi brillant et aussi soupçonneux que Sammy ne se doutât pas que son courrier était surveillé me laissait pantois.
— Tu étais présent quand ça s'est passé ?
— Oui. Cinq hommes.
— C'est un contrat, Joe.
— Ça m'en avait tout l'air.
— Tu étais tout près ?
— Le brouillard était épais. Ils portaient tous de longs manteaux, le col relevé. Le chef était un type grand et mince.
J'ai noté, subitement, une expression de suspicion sur le visage large et rusé de Sammy. J'ai l'habitude de lui mentir, comme aux autres détenus – certains mensonges sont trop gros pour être gobés, d'autres, trop

petits pour éveiller le moindre soupçon. Si vous ne dites que la vérité aux détenus, ils ont tôt fait de vous mettre à nu et alors, ils vous dévorent comme des piranhas. Il faut les bluffer un minimum pour les maintenir à distance. Il faut toujours garder un atout dans sa manche. C'est ainsi qu'ils se comportent avec nous ; c'est ainsi que nous nous comportons avec eux.
Aussi, quand vous leur dites la vérité, comme c'était le cas en l'occurrence, ils s'imaginent encore que vous leur mentez. En prison, même la vérité n'a pas les accents de la sincérité.
— Les Cobra Kings, a lâché Sammy. Ils portent de longs manteaux, ils aiment se fringuer chic. Des mecs imprévisibles, Joe, des sang-mêlé. Vietnamien et américain. Vietnamien et afro-américain. Vietnamien et mexico-américain. Les GI baisaient dans tous les coins et voilà le résultat – comment les journaux les ont-ils baptisés déjà ? Les « enfants de la guerre ». Crétins ! Tout le monde les déteste. Ils grandissent dans la rue, se rassemblent, montent un gang à Saigon. Tout le monde continue à les détester. Alors, ils viennent ici, au pays de la liberté.
— Des amis à toi ?
Il a secoué la tête de gauche à droite.
— Le tueur connaissait Will, ai-je dit. Mais je n'ai pas eu l'impression que Will le connaissait.
Il a souri en révélant une rangée de dents parfaitement blanches.
— Ton père, il avait peut-être des amis qui n'étaient pas si fiables que ça. Ça arrive, en politique. Les gens te rendent des services, mais tu ne peux pas leur faire confiance.
— Ce n'est pas vraiment une nouveauté.
Le sourire à nouveau, qui dessinait de petites rides au coin de ses yeux.

— Tu as vu le visage du tueur, Joe ?
— Pas distinctement.
Les traits de Sammy étaient un mélange de cynisme et de méfiance.
— Tu l'as entendu appeler ton père par son nom, mais tu n'as pas vu son visage ?
— Le brouillard...
Il m'a dévisagé afin d'évaluer mon niveau de sincérité. Je me suis prêté de bonne grâce à son examen. Une lueur de victoire s'est allumée dans son regard ; c'était ce que j'espérais.
— J'ai entendu dire que trois types avaient été refroidis. Un autre est entre la vie et la mort. C'est ton œuvre ?
J'ai opiné de la tête.
— Deux des refroidis.
— Quel effet ça fait ?
— Pas mal. Mieux que de regarder son père mourir.
— Tu avais déjà tué, avant ça ?
— Non.
— C'est triste, Joe. Une bien triste fin. Qui a descendu les deux autres ?
— Le grand type ; il a voulu supprimer les témoins.
Sammy a réfléchi.
— Mauvaise gestion du personnel. Trop froide. Elle porte la signature des Cobra Kings. A mon avis, ce doit être une question d'argent, Joe. Moins de types avec qui partager.
— Il y avait une gamine, ai-je précisé.
— Quelle gamine ?
— Savannah.
— Ils en avaient aussi après elle ?
— Non. Tu la connais ?
— Non.
— J'apprécierais toute info concernant cette petite

Savannah, Sammy. Elle est peut-être liée à un certain Alex. Pas de nom de famille, ni pour elle ni pour lui.
Sammy exprimait ses émotions de façon très convaincante et précise, à la manière d'un acteur. Je l'avais observé pendant ses interrogatoires et quand il recevait des visites ; il s'y entendait à merveille pour feindre la surprise, l'indignation, l'innocence, la menace. Il adorait l'outrance.
Mais quand il ne voulait rien laisser passer, alors son visage de renard devenait subitement impénétrable. Vous aviez beau l'étudier sous toutes les facettes, il ne laissait absolument rien passer. C'était ce visage-là qu'il tournait vers moi.
Puis le regard vide de Sammy a cédé la place à une expression franchement optimiste.
— Tu m'as obtenu mon piège à rats ?
— Tu n'as pas droit à un piège à rats.
— Il y en a un énorme qui rôde, ici. Il va et vient à sa guise. A travers les conduits d'aération.
Il était vrai que nous avions notre lot de rats, de souris et de cafards. Mais je le soupçonnais d'avoir une autre idée en tête en me réclamant ce piège, même si je ne voyais pas à quoi celui-ci pourrait lui servir. Sammy aimait les gadgets en tous genres. A l'occasion d'une fouille surprise, la semaine dernière, nous avions trouvé, dans sa cellule, un coupe-ongles pour chiens tout neuf, encore dans son emballage. Le genre à petite lame qui coulisse à travers un trou ovale, et à manche courbe pour assurer une meilleure prise. Ça aurait pu faire une bonne lame, mais je ne crois pas qu'il concoctait quelque chose d'aussi trivial. Sammy n'était pas un voyou – Will se trompait sur ce point. Il était beaucoup plus intelligent et dangereux que ça, beaucoup moins prévisible.
Comme je l'ai dit, nous interceptions tout le courrier

de Sammy Nguyen, entrant et sortant ; le coupe-ongles ne lui était donc pas parvenu par la poste. Sammy avait pu se le procurer via Frankie Delsey, son voisin de cellule, ou dans la salle commune. Peut-être sur le terrain de sport situé sur le toit. Ou auprès d'un garde. Il pouvait aussi l'avoir reçu d'un visiteur, ou encore de son avocat, lequel aurait, alors, couru le risque d'être rayé d'office du barreau.

Je soutenais le regard sombre de Sammy Nguyen. Son tempérament violent était bien connu. Outre le meurtre de l'officier Dennis Franklin, les flics de la section homicides le soupçonnaient d'avoir personnellement exécuté huit personnes : sept, probablement dans le cadre de règlements de comptes entre gangs ; le huitième, un jeune homme qui avait trop tourné autour de Bernadette Lee. Trois balles dans la tête, sur un parking de Garden Grove.

J'ai repensé au tueur dans le brouillard et je me suis demandé si Sammy n'aurait pas pu trouver le moyen de lancer un contrat contre Will par un autre biais qu'une lettre à Bernadette. Il avait le droit d'utiliser le téléphone payant du quartier J cinq minutes par jour – il aurait pu profiter d'une communication pour donner ses ordres.

La voix dans ma tête a repris sa litanie, un simple murmure obsédant : *tu l'as tué tu l'as tué tu l'as tué...*

J'aurais pu ouvrir la porte de la cellule et faire cracher la vérité de force à Sammy – si tant est qu'il ait eu connaissance de la vérité. C'était, certes, un petit malin et un meurtrier, mais il n'aurait pas eu la moindre chance contre moi.

Ce que j'aurais appris en procédant ainsi aurait été parfaitement anticonstitutionnel et irrecevable devant un tribunal, mais je n'envisageais même pas l'éventualité d'un procès. Il m'aurait été facile de m'arranger avec les autres adjoints pour que personne n'ait jamais vent de ce qui se serait passé dans la cellule de Sammy. Ce genre de choses arrive, bien que ce soit plus rare qu'on ne l'imagine.

Mais dans ma tête, je me suis évadé et j'ai gagné mon havre secret, d'où j'ai envisagé la situation avec plus de recul. A vrai dire, si je n'étais pas assez malin pour percer à jour un type comme Sammy, je ne méritais peut-être pas d'être adjoint du shérif.

Comme s'il avait suivi le cours de mes pensées, Sammy a souri et ouvert les mains, paumes tournées vers le haut.

— Je suis désolé que ton père se soit fait descendre, Joe. Cette gamine, Savannah, je peux peut-être me procurer des informations sur elle. Tu me donnes mon piège à rats et moi, je vois ce que je peux faire.

Dans la salle de réunion, j'ai réchauffé l'un des sandwichs surgelés que je rangeais dans le réfrigérateur. Tandis que le four à micro-ondes ronronnait, j'ai baissé les yeux vers le sol. Des larmes se sont mises à couler, je les ai senties qui roulaient sur mes joues et sur ma grande cicatrice, là où elles étaient toujours plus froides ; dans mon esprit, le brouillard envahissait tout à nouveau, étouffant les bruits extérieurs.

J'en avais assez.

Tu l'as tué tu l'as tué tu l'as tué...

Au milieu de cette clameur, je me suis efforcé de réfléchir. Et voici mes conclusions : je ne croyais pas Sammy responsable de ce qui s'était passé. Je ne croyais même pas qu'il ait eu connaissance de ce qui se tramait. Il devait être aussi surpris que Will avait pu l'être.

En revanche, il n'en allait pas de même en ce qui concernait Savannah. Son regard vide lorsque je lui en

avais parlé pour la première fois l'avait trahi : il cachait quelque chose. Quelque chose qu'il ne désirait pas me confier tout de suite. Quelque chose qui pourrait m'être utile.
Je ne comprenais pas. Une gamine adorable assistait à des événements terribles, elle s'enfuyait dans la nuit et un type comme Sammy Nguyen voulait la monnayer contre un piège à rats.
Vous comprenez quelque chose à la nature humaine, vous ? Moi, je renonce.

3

Le déjeuner dans le réfectoire de la prison centrale pour hommes, c'était deux cent cinquante détenus et trois gardes armés uniquement de bombes au poivre pour maintenir l'ordre. J'étais debout, le dos appuyé à un mur, et j'observais les gars au fur et à mesure de leur arrivée. Les règles étaient précises : marchez en file indienne, mains dans les poches, installez-vous de gauche à droite à la première table disponible, gardez le silence tant que vous n'êtes pas assis le plateau posé devant vous. Et pas de discussion avec des détenus installés à d'autres tables.

Tout était calme. La plupart de ces types savaient se tenir. Ceux qui n'y parvenaient pas étaient dirigés vers le centre sécuritaire du quartier J ou se voyaient imposer un isolement administratif au quartier F, avec repas en cellule. Pourtant, c'était toujours ici que les troubles naissaient. La violence était le plus souvent instantanée. Personne ne voyait rien arriver.

La semaine dernière, un jeune Mexicain avait saigné un grand Noir – une question d'honneur. Les Noirs se vengeraient d'une manière ou d'une autre, tôt ou tard. Si une vague de violence couvait – du genre de celles qui se propageaient depuis San Quentin ou Pelican

Bay –, nous, les gardes, nous le sentions. L'atmosphère devenait encore plus calme qu'à l'accoutumée. Les détenus faisaient des trucs qui ne s'accordaient pas avec leur caractère : un glouton ne touchait pas à sa nourriture ; un type sympa devenait tout à coup grognon ; personne ne voulait plus utiliser la douche ou se rendre dans la salle commune. Nous savions alors que quelque chose se préparait.

Les détenus disposaient de quinze minutes pour manger et vider les lieux. Ils gardaient, le plus souvent, les yeux baissés. Leurs tennis sans lacets, fournies par l'administration centrale, glissaient tranquillement sur le sol. Ils retournaient la doublure de leurs poches en passant devant le garde.

Dans le réfectoire, les détenus s'organisaient en gangs raciaux, que nous appelions des « voitures ». Nous étions une prison « brune » – c'est-à-dire à prédominance latino. Nous avions deux voitures latinos – l'une rassemblait les types en situation régulière, l'autre, les irréguliers. Il y avait aussi une voiture asiatique et une voiture noire. La blanche était qualifiée de « *wood*[1] ». *Wood* était une abréviation de *peckerwood*[2]. Le « conducteur » était celui qui fermait la marche d'une voiture. C'était le caïd, le chef. Si un gars nous posait problème, c'était au conducteur que nous nous adressions pour rétablir la discipline. S'il n'y parvenait pas, nous punissions l'ensemble de la voiture. En prison, la pression du groupe est très forte.

Après le déjeuner, le sergent Delano m'a demandé de rentrer chez moi et d'y rester.

---

1. Bois.
2. *Peckerwood* est probablement une inversion de *woodpecker* (pivert – littéralement : « qui frappe le bois ») ; terme dépréciatif qui qualifie les Blancs des campagnes du sud des Etats-Unis, région connue pour ses préjugés racistes.

— Les psys vont prendre contact avec toi, Joe – l'équipe responsable de la procédure d'assistance aux adjoints impliqués dans une fusillade. Ce sera soit le sergent Mehring, soit Norm Zussman. Ne t'en fais pas, tu as fait ce qu'il fallait. Ils n'en ont pas après toi. Et puis, j'ai l'impression qu'un peu de repos te fera du bien.

— Je ne peux pas revenir bosser, monsieur ?

— Tu es en congés payés, Joe. Profites-en. Va à la plage. Sors avec une fille. Va pêcher.

— Je préférerais bosser.

En fait, je n'avais rien de mieux à faire. La prison était mon univers, tout comme Hillview l'avait été jusqu'au jour où Will Trona était venu m'y chercher.

— File.

Je n'ai pas discuté. J'étais tellement épuisé que c'est à peine si j'ai réussi à me traîner jusqu'au parking. La voix au fond de mon être a recommencé à se moquer de moi, mais même ma conscience était trop fatiguée pour insister.

J'avançais en posant un pied devant l'autre, sans réfléchir, mais en me répétant que Will était mort et que la vie continuait, la vie continuait, la vie continuait.

En arrivant à la voiture de Will, j'ai aperçu un type du FBI, que j'avais parfois croisé dans le bâtiment fédéral ; il détaillait la BMW. Il s'appelait Steve Marchant. Environ trente-cinq ans, un type élancé mais robuste.

— J'aurais aimé travailler sur cette affaire, a-t-il dit.

— C'est la juridiction des gars d'Anaheim.

— Faux : l'affaire vous est revenue. Birch et Ouderkirk en ont hérité. Le shérif a emporté le morceau parce que vous êtes l'un des leurs.

Je ne savais pas quoi dire. Je me demandais quel

effet ça me ferait de voir mes collègues enquêter sur la mort de mon père. Rick Birch, de la section homicides, jouissait d'une solide réputation. J'avais déjà eu l'occasion de le rencontrer – c'était un type âgé, au teint hâlé et à l'air matois. En revanche, je ne connaissais pas Ouderkirk.

— Joe, ce ne serait pas la gosse que vous avez vue la nuit dernière, avec Will ?

Il m'a montré une photo d'école de la taille d'une carte postale ; il la tenait au creux de sa paume, la main à hauteur de la taille, comme s'il cherchait à me vendre quelque objet volé.

Je n'ai pourtant pas eu de mal à répondre à sa question.

— Ouais, ai-je fait. C'est Savannah.

— Bingo ! s'est-il exclamé en rangeant le cliché. Décrivez-moi ses vêtements.

Je les lui ai décrits.

— Est-ce qu'elle va bien, Steve ?

— Elle a disparu.

— Qu'est-ce que vous pouvez m'apprendre sur elle ?

— Absolument rien. Regardez les infos de dix-sept heures trente sur n'importe quelle chaîne de télé.

— Mais, elle va bien ?

— Les infos de dix-sept heures trente. C'est tout ce que je peux vous dire.

Il s'est approché de moi et m'a regardé au fond des yeux.

— Joe, est-ce que vous avez vu le tueur, hier soir ?

— Très mal.

— Ne laissez pas cette histoire vous ronger, Joe. Vous ne pouvez pas être partout à la fois, vous ne pouvez pas tout voir. Tenez bon. On va le coincer, ce salaud, et on l'enverra faire un séjour prolongé à San Quentin.

— Merci, monsieur, j'apprécie.

— Soyez à mon bureau demain à huit heures du matin, d'accord ? Vous saurez pourquoi après avoir regardé les infos. Préparez-vous à me raconter tout ce dont vous vous souvenez au sujet de la gamine au moins deux fois.

J'ai appelé ma mère depuis la voiture. Sa voix semblait plus posée, mais je la sentais alourdie de souffrance.

— Will Junior et Glenn débarquent à l'aéroport d'Orange dans une heure, Joe. Leurs familles les rejoindront un peu plus tard.

— Je passe te prendre, m'man.

— Je suis déjà en route.

— Je te retrouve près de la statue.

Elle m'a communiqué les coordonnées des vols, elle a dit qu'elle m'aimait, puis elle a raccroché.

Je l'ai retrouvée au pied de la statue de John Wayne, une immense effigie en bronze de l'acteur dans son habit de cow-boy, marchant à grandes enjambées. Je l'ai serrée dans mes bras et elle a fondu en larmes. Je l'avais déjà entendue pleurer, mais jamais comme ça : de profonds sanglots qui semblaient monter du tréfonds de son être. Je l'ai conduite jusqu'à un banc, où des gens attentionnés nous ont cédé leur place.

Après avoir retrouvé son calme, elle m'a regardé dans les yeux, m'a caressé les joues et m'a demandé comment je me sentais. C'était la seule personne au monde que j'autorisais à toucher les deux côtés de mon visage. Je lui ai dit que j'allais bien et nous avons suffisamment respecté ce mensonge pour nous relever et nous diriger vers le terminal d'arrivée du vol de Will Junior.

Une heure plus tard, répartis tous les quatre dans

deux voitures, nous nous sommes frayé un chemin à travers la cohorte de journalistes et de cameramen, pour remonter l'allée bordée d'arbres qui menait à notre vieille maison dans les collines de Tustin. Nous avons attendu sous le porche que m'man trouve ses clés. Je humais les eucalyptus et les roses qu'elle avait toujours soignés avec dévotion. Je contemplais la vieille porte en séquoia avec la vitre au milieu et je réalisais que c'était cette même porte qui s'était ouverte devant moi, vingt ans plus tôt, pour m'accueillir dans ce qui avait été la part la plus merveilleuse, la plus heureuse de mon existence. *Un foyer.*

Mais, en la franchissant, j'ai eu le sentiment de pénétrer, cette fois, dans une parodie du bonheur, la parodie d'un rêve devenu réalité. La maison de Will, mais sans Will.

J'ai refermé la porte derrière moi et j'ai regardé mes frères et ma mère ; j'étais incapable de soutenir leur regard.

Tu l'as tué tu l'as tué tu l'as tué.

— Je ne l'ai pas tué, ai-je dit.

— Allons, qu'est-ce que tu vas chercher là ? a demandé Will Junior.

Il a posé un bras sur mon épaule et m'a entraîné dans le salon.

Je ne conserve qu'un souvenir diffus des deux heures qui ont suivi, mais je sais qu'elles ont été, sans conteste, les deux heures les plus douloureuses de mon existence.

De retour chez moi, j'ai sorti ma Mustang du garage pour y ranger la BMW de Will. Je suis resté assis là, avec les vitres baissées, pendant une minute. Je réfléchissais.

Puis j'ai ramassé la mallette de Will et je l'ai emportée dans la maison. J'y avais installé trois grands coffres-forts, encastrés dans le plancher – un dans la chambre à coucher, un autre dans la deuxième salle de bains, et le troisième dans le bureau. La maison avait été bâtie en 1945 sur des fondations rehaussées, ce qui avait facilité l'installation des coffres. J'ai ouvert celui du bureau.

Pour faire de la place, j'ai sorti mon Smith 357 Magnum et l'une de mes boîtes à trésors, en bois. Ces boîtes abritaient des objets qui n'avaient de valeur que pour moi – des pierres, des coquillages, des plumes, des babioles, des billets, des petits présents. Il y avait là le tout premier cadeau de Will, un livre intitulé : *Shag, le dernier bison des plaines*. J'avais emprunté ce roman à la bibliothèque et j'étais plongé dans sa lecture quand il m'avait parlé pour la première fois, au Hillview. Je n'avais pas tout à fait cinq ans. A sa deuxième visite, il m'en avait offert un exemplaire neuf, en disant que je pouvais le garder, que c'était pour moi.

Je suis resté un long moment à contempler la mallette, parce qu'elle me rappelait tous ces souvenirs liés à Will. J'ai touché la tache de sang et elle a déposé comme une croûte sombre au bout de mon doigt. Heureusement qu'Alagna n'avait pas vu le sang ; de toute façon, un type qui n'avait pas pris la peine de placer sous séquestre la BMW de Will n'aurait sûrement pas su quoi faire de la mallette. Je l'ai ouverte et j'ai considéré chacun des objets insignifiants qu'elle contenait comme s'il revêtait une importance considérable dans la vie de Will : son dernier calepin, son dernier ordre du jour du Conseil, sa dernière aspirine. Puis je l'ai refermée, je l'ai rangée au fond du coffre et j'ai posé par-dessus la boîte à trésors.

J'ai vérifié le bon état de l'arme, je l'ai essuyée avec le tissu huilé dans lequel elle était enveloppée, toujours chargée et prête à l'emploi ; enfin, j'ai refermé le coffre et j'ai fait tourner la serrure.

J'ai pénétré dans le salon où tout paraissait différent. Parfaitement semblable, mais totalement différent. J'ai étudié le parquet en érable clair, le divan noir, la chaise noire et l'ottomane noire, les magazines soigneusement rangés dans le porte-revues, la lampe de bureau chromée. J'ai contemplé les murs blancs avec les posters, sous cadres, de voitures de sport, la reproduction bon marché de *La Création d'Adam*, de Michel-Ange, et les nombreuses photos de Will, Mary Ann, Will Junior et Glenn.

Dans la cuisine, je me suis assis et j'ai regardé le sol avec son dallage en damier blanc et noir, les murs blancs, les placards, le comptoir et le mobilier. Le coin-repas était tout chromé avec les assises de chaise blanches et le plateau de table en vinyle blanc. Tout était très fonctionnel. J'avais exécuté moi-même les peintures et choisi l'ameublement. Je veillais à ce que l'ensemble soit toujours aussi propre qu'une salle d'opération. Ça paraissait tellement dérisoire aujourd'hui, tellement vide de sens.

A dix-sept heures trente, une conférence de presse, organisée à la demande du père de Savannah, était retransmise sur les quatre chaînes d'information.

Elle s'appelait Savannah Blazak, elle avait onze ans et avait été kidnappée trois jours plus tôt, lundi après-midi.

Le père de la fillette n'était autre que Jack Blazak, de Newport Beach. Je l'ai reconnu immédiatement parce que c'était l'un des hommes les plus riches et les plus puissants du comté. En outre, c'était une vieille connaissance de Will. Sa femme, Lorna, est restée debout à ses côtés pendant toute la conférence. L'agent spécial du FBI, Steve Marchant, accompagnait les Blazak pour répondre aux questions des journalistes. Ils ont diffusé trois photos récentes de Savannah, que son père a décrite comme une enfant « très intelligente, très sensible et très imaginative ».

Elle avait disparu de la maison depuis trois jours – dans la matinée de lundi, a précisé Jack – et il avait reçu une demande de rançon peu de temps après. Il a bafouillé, soupiré, puis avoué que lui et sa femme avaient accepté, dans un premier temps, de payer la rançon, car ils craignaient pour la vie de leur fille. La demande des ravisseurs précisait que, s'ils contactaient les autorités, la tête de Savannah leur serait retournée par la poste, dans un « sac de congélation ».

La gorge de Blazak s'est serrée lorsqu'il a ajouté qu'après « trois journées d'enfer », ses tentatives pour payer la rançon de sa fille « avaient échoué ». Il avait pourtant eu de bonnes raisons de croire que ce soir, jeudi, la possibilité lui aurait, enfin, été donnée de payer les ravisseurs de Savannah et de récupérer ainsi sa fille saine et sauve. Seulement, quand il avait entendu, ce matin, aux infos, qu'une certaine Savannah, correspondant à la description de sa fille, s'était enfuie, la nuit précédente, du lieu d'un crime, il s'était empressé de prévenir le FBI.

Blazak suppliait les téléspectateurs de l'aider à retrouver sa fille. Il offrait une récompense de cinq cent mille dollars pour toute information qui permettrait de rendre Savannah à sa famille. Aucune question ne serait posée.

Steve a ensuite pris la parole pour expliquer où et quand Savannah avait été aperçue pour la dernière fois et de quelle manière elle était alors vêtue. Il a répondu aux questions des journalistes et communiqué le numéro d'une ligne téléphonique disponible vingt-quatre heures sur vingt-quatre. Il tenait à préciser que le Bureau engageait toutes ses ressources dans cette affaire et que la libération de Savannah Blazak, saine et sauve, était une priorité.

Steve dégageait une sorte de ferveur, il avait l'air d'un homme en colère. Jack Blazak, lui, donnait l'impression d'avoir été traîné derrière un bus scolaire sur quinze kilomètres. Lorna Blazak était belle et fragile, presque absente.

Le reportage suivant était consacré à Will. « Bain de sang à Anaheim. Le comté d'Orange endeuillé. » Ils ont passé des images de Lind Street, du centre médical universitaire Irvine et de la porte close du bureau de Will dans l'immeuble du comté, ainsi que des séquences extraites de réunions du Conseil des superviseurs. Pendant quelques secondes, on nous a vus, ma mère, mes frères et moi, descendre la rue vers la maison au cœur des collines de Tustin, et nous encore, de dos, remontant l'allée vers le porche.

Ils ont même diffusé une photo de moi, en précisant que « des sources proches du département du shérif confirmaient » que j'avais descendu deux des tueurs en essayant de protéger mon père. Un troisième homme était mort et un quatrième, sérieusement blessé.

Les morts n'avaient pas été identifiés.

Le mobile du crime était encore inconnu.

Mon téléphone n'arrêtait pas de sonner. Des amis de l'école de police et du département du shérif, de vieilles connaissances, des parents. Je répondais aux appels de la famille, mais je laissais les étrangers parler à mon répondeur : Bruce, journaliste à New York ; Seth, producteur d'émissions télé à Los Angeles ; June Dauer, animatrice d'une émission de radio locale ; le Dr Norman Zussman, psychiatre chargé de s'occuper de mon cas dans le cadre de la procédure d'assistance aux adjoints impliqués dans une fusillade.

J'ai réchauffé trois plateaux-télé et je les ai posés sur la table à côté d'une brique de lait. J'aimais le goût impersonnel des plateaux-télé, avec leurs compartiments – autre vestige de mon séjour au Hillview.

Je m'apprêtais à manger quand on a sonné à la porte d'entrée. C'était Rick Birch, qui paraissait fatigué et vieilli. Je l'ai invité à entrer et je lui ai proposé l'un des plats réchauffés. Il a refusé.

— Mangez, a-t-il dit, ne vous gênez pas pour moi. Je voudrais juste vous poser une ou deux questions.

J'ai remis les plats dans le four et je me suis installé en face de lui. Il a examiné la pièce comme s'il procédait à un inventaire. Il portait des lunettes avec des verres légèrement fumés.

— Quel âge avez-vous, Joe ?

— Vingt-quatre ans, monsieur.

— Depuis combien de temps vivez-vous ici ?

— Trois ans.

— Vous entretenez bien la maison.

— Merci. J'aime que tout soit net.

— Les deux types que vous avez descendus étaient des Cobra Kings.

— Je l'ai entendu dire.

— Ray Flatley, de la brigade antigang, pourra vous en apprendre plus à leur sujet. Mais, en bref, ce sont des voleurs qui ne reculent pas devant un meurtre quand ça leur chante.

Il a sorti de la poche de son manteau un petit calepin apparemment ouvert à la bonne page.

— Vous avez descendu Luke Smith et Ming Nixon. Agés respectivement de vingt-sept et trente et un ans. « Luke » est une déformation de Loc. Nixon est un sobriquet dont Ming a hérité au cours de son enfance, à Saigon ; c'était un bâtard. Le troisième homme n'a pas encore été identifié. Celui qui oscille entre la vie et la mort se nomme Ike Cao – dix-neuf ans, membre des Cobra Kings.

Il m'observait par-dessus ses lunettes, la tête légèrement penchée de côté. Je ne savais comment réagir. Je ne me sentais pas trop bien à l'idée d'avoir tué ces types, mais pas trop mal non plus.

— Je suppose qu'on vous a accordé quelques jours de congé, a-t-il dit.

— Je n'en voulais pas.

— Prenez-les. On ne vit pas un événement pareil sans en être affecté. Norm Zussman est un bon psy.

— J'aurais préféré continuer à travailler.

— Je comprends.

Les yeux clairs de Birch ont cligné. Il avait quelque chose d'un fermier : le visage basané, de larges mains, le genre de calme intérieur qui vient à force de regarder vivre la nature.

— Joe, parlez-moi de votre père et de Savannah Blazak.

— Je ne sais pas grand-chose.

— Non ?

— Non, monsieur. Will ne m'avait pas parlé de la gamine. Je suis son fils. J'étais son chauffeur et son garde du corps. Parfois, il me tenait informé de ses faits et gestes, parfois, non. Je n'avais jamais entendu parler de Savannah avant hier soir, vers vingt et une heures, quand nous sommes allés la chercher à Lind Street. J'ignorais tout du kidnapping jusqu'aux infos de dix-sept heures trente, ce soir.

Birch a réfléchi un moment.

— Voyons, que les choses soient bien claires : la gosse est enlevée lundi matin. Les parents ne semblent pas en mesure de remettre la rançon aux ravisseurs, alors qu'ils ont l'argent sous la main et qu'ils sont disposés à payer. Mercredi soir, Will Trona, lui, a retrouvé la gosse. Vous pouvez m'expliquer ?

— Non.

— Vous avez vu le tueur ?

— Assez mal. Il était masqué par le brouillard.

— Vous pourriez le reconnaître lors d'une procédure d'identification ?

— S'il parlait.

— Soyez plus précis.

Je me suis expliqué : le timbre de la voix, les étranges inflexions.

— Une identification vocale ne nous est d'aucune utilité. Elle ne permet même pas de justifier une garde à vue.

Je le savais. Donc, je n'ai rien dit.

— Vous connaissez ceux qui ont fait le coup, Joe ?

— Non, monsieur. Bien sûr que non.

Ses yeux paisibles sondaient mon visage.

— Il y a des tas de choses qui me tracassent dans cette histoire.

— Moi aussi, monsieur.

— Serez-vous en état de faire une déposition détaillée, demain ? J'ai reçu le rapport d'Alagna, mais je désire vous poser mes propres questions.

— Absolument.

Il a secoué la tête, il a laissé son regard courir autour de lui, puis il est revenu vers moi.

— Marchant vous a déjà entendu ?

— Demain.

Birch a pianoté du bout des doigts sur la table ; un rythme rapide.

— Est-ce lui qui est à l'origine de l'enlèvement ?

— *Will ?*

— Je ne serai pas le seul à vous poser la question.

La gosse est kidnappée et quand elle refait surface, elle est avec lui. Il est facile d'établir un lien entre ces deux faits.

— Je suis sûr qu'il n'y est pour rien, monsieur.

— Hormis cela, vous n'êtes pas sûr de grand-chose, n'est-ce pas ?

Je me demandais comment conseiller à Birch de se procurer une liste des communications téléphoniques récentes de Will sans admettre que je dissimulais certaines informations. Je me disais qu'il serait toujours temps de jouer franc jeu avec Rick Birch. J'avais le sentiment que le moment n'était pas encore venu.

Birch attendait que j'ajoute quelque chose, mais je me taisais. Il paraissait capable d'attendre, ainsi, indéfiniment.

— Comment se portent les finances de Will ?

— Bien, monsieur. Il touchait un bon salaire et ma mère possède une fortune personnelle. Et puis, il n'a jamais été du genre à jeter l'argent par les fenêtres.

Il a attendu encore, mais je n'ai rien ajouté.

— Blazak n'a pas précisé le montant de la rançon.

A mon tour, j'ai attendu. Moi aussi, j'étais capable d'attendre indéfiniment.

— Bien, Joe. Nous enregistrerons votre déposition demain. Faites-moi plaisir : mettez par écrit ce qui s'est passé la nuit dernière. Tout ce dont vous vous souvenez. Cela nous aidera l'un et l'autre.

— D'accord.

Il s'est levé.

— Je suis désolé. Je suis vraiment désolé pour vous.

— Merci.

Nous sommes convenus d'une heure et Rick Birch a fait une dernière fois l'inventaire de la cuisine. Il m'a serré la main. Je l'ai reconduit jusqu'à la porte.

Je venais à peine d'achever mon repas que Jack Blazak m'appelait. Il voulait que je sois chez lui, à Newport, demain matin, à la première heure. Il ne m'a posé aucune question sur sa fille. Il m'a passé sa femme, Lorna, pour qu'elle m'indique le chemin jusqu'à la « maison de Newport ».

Elle m'a fourni toutes les précisions nécessaires. Puis :

— Ne raccrochez pas, monsieur Trona. Je voudrais vous demander : comment allait-elle ? Est-ce qu'elle allait bien ? Est-ce qu'elle paraissait terrifiée ou blessée ou... ? Cela fait trois jours que je n'ai pas vu ma fille.

— Elle paraissait aller bien, madame Blazak. Elle paraissait aller fort bien, lorsque je l'ai vue.

4

Six heures du matin ; le soleil se levait à peine au-dessus des collines, au sud de Newport Beach. Ma voiture était arrêtée sous l'imposant portail de marbre qui marquait l'entrée du nouveau quartier résidentiel de Pelican Point. Un gardien notait sur un registre mon nom, l'immatriculation de ma voiture ainsi que mon numéro de permis de conduire. Il a regardé mon visage comme s'il ne l'impressionnait pas le moins du monde. Les grilles se sont ouvertes et j'ai redémarré.

Dix jours plus tôt, un flic de Newport avait descendu un gosse de seize ans devant ces mêmes grilles. Douze coups, neuf ont fait mouche, la mort a été instantanée. Le gosse était armé d'une machette et d'un tournevis à pointe aiguisée ; il hurlait en espagnol. Il s'appelait Miguel Domingo. Cet incident avait mis hors de lui Jaime Medina du CCHA ; il exigeait l'ouverture d'une enquête. En fait, il en avait parlé à Will, cette fameuse nuit. Miguel Domingo était le deuxième travailleur guatémaltèque en situation irrégulière victime de mort violente en l'espace d'un mois. Une semaine plus tôt, une jeune femme de ménage, Luria Blas, avait été tuée par une voiture alors qu'elle « déambulait » dans une rue proche de chez elle, à Fullerton. L'affaire avait été classée sans suite, avec la mention « accident ». La femme dans la Suburban qui l'avait renversée était sortie de voiture et avait tenté de lui porter secours.

Lorsque vous pénétrez dans un endroit tel que Pelican Point, vous découvrez la beauté et la richesse, et vous êtes bien forcé d'admettre l'injustice vertigineuse de l'existence ; des gens vivent dans de somptueuses demeures en bord de plage alors que d'autres sont abattus devant leurs grilles ou renversés par des voitures de sport. Un type cherche à s'en sortir en s'aidant d'une machette et d'un tournevis ; une femme, en faisant le ménage chez les autres.

De l'asphalte flambant neuf courait sur de vieilles collines, desservant hôtels particuliers, palaces, résidences – certains achevés, d'autres pas. Tous les styles étaient représentés : victorien, Tudor, toscan, romain, inspiré de Frank Lloyd Wright ou encore postmoderne mélangeant le verre et le béton. Un goéland a traversé le ciel gris. Les flancs des collines étaient baignés par le soleil, et un bataillon de bulldozers jaunes s'apprêtaient à redessiner l'horizon. Il n'est jamais trop tôt pour raser une colline.

Au portail suivant, une caméra de sécurité a suivi mon visage jusqu'à l'arrêt du véhicule. L'interphone était à portée de main. J'ai enfoncé le bouton et j'ai attendu. Deux portails par résidence, une procédure courante, désormais, dans les collines de Newport.

— Oui.

— Joe Trona pour Jack Blazak.

Les Blazak avaient opté pour le style gréco-romain : une pièce d'eau bordée d'oliviers sur le devant, puis une volée de marches en marbre blanc menant à un portique, avec ses colonnades et deux gigantesques portes d'entrée sans fenêtres. La maison était toute de marbre blanc, rectangulaire avec un toit plat. Des bougainvillées et des vignes vierges grimpaient sur un côté, dispensant de l'ombre et étalant leurs bractées rouge vif sur les murs de marbre blanc. Les branches d'un charmant parterre de vignes avides de soleil étaient accrochées à des fils, et des orangers aux feuilles cireuses et sombres ployaient sous le poids de fruits éclatants.

J'ai garé la voiture à côté d'une Corvette de 1963 rouge et blanc, clinquante, immatriculée « BoWar ». Dans le garage ouvert, j'ai aperçu une Silver Cloud, une Lexus SUV et une Jaguar avec la publicité du vendeur encore posée sur les plaques minéralogiques.

Jack Blazak descendait les marches du perron à ma rencontre. Il m'a serré la main avec conviction. Des cheveux noirs ondulés, des yeux noisette, trapu et corpulent.

— Merci d'être venu.

— Tout le plaisir est pour moi, monsieur.

Sa voix était bourrue et il débitait ses mots en une sorte d'aboiement rapide, comme s'il était soucieux de ne pas perdre de temps.

L'entrée était spacieuse, le plafond élevé, en forme de dôme au centre duquel s'ouvrait un puits de lumière. J'ai ôté mon chapeau. Partout, des murs blancs ; les premiers rayons de soleil tombaient à la verticale sur le sol également en marbre blanc. Blazak était aussi blême que les murs.

Il m'a conduit dans le séjour, où une immense baie vitrée composait le mur ouest, offrant une vue splendide sur les collines et l'océan en contrebas.

Lorna Blazak était assise au bout d'un grand divan en cuir. Un type que je n'avais jamais vu occupait l'autre bout.

— Oh, monsieur Trona, a-t-elle dit, je suis tellement heureuse que vous soyez venu.

Elle m'a tendu une main décharnée et froide. Ses yeux étaient éteints et elle paraissait épuisée.

— Je vous présente Bo Warren, le nouveau chef de la sécurité de la Chapelle de Lumière.

Warren s'est levé. C'était un petit homme nerveux, au crâne rasé et aux yeux bleus minuscules surmontés de sourcils épais et soupçonneux. Un blazer beige, une chemise de golf noire boutonnée jusqu'au cou et des bottes dans lesquelles on pouvait se mirer. Sa poignée de main était brève et ferme ; ses yeux fixaient les miens.

« BoWar », ai-je songé.

— Ravi de vous rencontrer. Je suis Joe Trona.

Il n'a rien dit, aussi Lorna s'est-elle empressée de rompre le silence.

— Joe, voulez-vous boire quelque chose ?

— Rien, merci.

Jack s'est assis sur le divan et m'a fait signe de prendre place sur un fauteuil face à eux. Une table basse au plateau en verre nous séparait. Elle avait la forme d'un littoral ; l'artiste avait sculpté des vagues sur le bord arrondi du verre. Je me suis assis et j'ai posé mon chapeau sur les vagues.

— Commençons par le commencement, a dit Blazak. Nous vous sommes reconnaissants d'avoir retrouvé notre fille. Nous vous en remercions. Nous sommes encore plus heureux de savoir qu'elle est toujours en vie. Si nous vous avons convoqué ici, c'est pour vous préciser certains points, tirer certaines choses au clair et nous permettre de gagner du temps.

Ses mots se bousculaient à nouveau et son ton était autoritaire. Un homme qui avait l'habitude d'être obéi.

J'ai secoué la tête.

— J'aime moi aussi que les choses soient claires et précises, monsieur. Et je déteste également perdre mon temps.

Warren a toussoté. Jack m'a considéré, déconcerté, puis il s'est tourné vers sa femme.

— Jack est un peu brusque, ces jours-ci, monsieur Trona, a dit Lorna. Il ne dort guère plus de deux heures par nuit depuis que Savannah a été enlevée. Moi non plus. Pardonnez-nous si nous sommes un peu... directs.

— Je comprends.

— De l'aide, a dit Jack. Un peu d'aide, c'est tout ce que nous voulons.

Silence. Jack s'est tourné vers Warren.

— A vous, maintenant, Bo.

Warren a avancé les fesses jusqu'au bord du divan, comme s'il s'apprêtait à bondir.

— Avec plaisir, a-t-il dit. Joe, le lundi 11 juin, entre neuf heures et onze heures zéro zéro, Savannah Blazak a été enlevée.

Semper fi [1], ai-je songé. Vietnam. Sa voix était beaucoup plus profonde et plus forte qu'on pouvait s'y attendre, comme s'il avait avalé un porte-voix.

— Jack travaillait. Lorna était sortie. Marcie – c'est la responsable des domestiques – faisait un petit ménage tout en gardant un œil sur Savannah. Savannah était censée jouer dans sa chambre. Quand Marcie est allée la voir vers dix heures cinquante-cinq, Savannah n'était pas dans sa chambre. Marcie l'a appelée et l'a cherchée dans toute la maison – aucune trace de la gamine. Elle a téléphoné chez les voisins, qui ont une fille de l'âge de Savannah, personne à la maison. A onze heures dix, elle a appelé Jack au bureau, puis – sur ordre de Jack –, le 911. Ensuite, elle a averti Mme Blazak sur son portable. Jack a mis dix-sept minutes pour rentrer à la maison. La police de Newport était déjà sur les lieux.

Warren fixait sur moi ses yeux bleus et froids.

— Vous me suivez ?

1. « Toujours fidèles », devise des Marines.

J'ai hoché la tête.

— Puis, en bref : les flics ont investi la maison en faisant beaucoup de bruit, ils ont visité la chambre de la gamine...

— Appelez-la Savannah, Bo. Pas *la gamine*.

— Je suis désolé, madame Blazak. Savannah. Ils ont fouillé la chambre de Savannah. Interrogé Marcie. Interrogé Jack. Enregistré les dépositions, affirmé que, selon eux, Savannah ne tarderait pas à reparaître. Quatre-vingt-dix-neuf fois sur cent, ont-ils déclaré, un enfant disparu rentre sain et sauf chez lui. Ils cherchaient probablement à culpabiliser Marcie qui avait appelé police secours sans qu'il y ait réellement urgence. Mais, bon sang, il s'agissait de la fille de Jack Blazak ! Non ?

— Tenez-vous-en aux faits, Bo, est intervenu Blazak. Vous êtes un factotum, pas un prophète.

Le sourire de Warren est apparu et a disparu aussitôt. Il s'est éclairci la gorge.

— Oui, monsieur. Bien. Maintenant, Joe, trois heures après l'appel de Marcie à la police, les Blazak ont reçu un coup de téléphone. Leur correspondant masquait sa voix derrière un mouchoir, une serviette ou un truc dans le genre. Il a dit qu'il avait enlevé Savannah. Il lui a permis de dire : « Bonjour maman, bonjour papa » pour prouver ses dires. Affirmatif ! C'était bien Savannah. Ensuite, il a exigé un demi-million de dollars en billets usagés pour lui rendre la liberté. Il a accordé à Jack et Lorna quarante-six heures pour réunir l'argent. S'ils ne payaient pas, il tuerait Savannah. S'ils alertaient les autorités, il tuerait Savannah. Il a dit qu'il reprendrait contact avec eux avant mercredi midi. Ça se passait lundi, à quatorze heures zéro zéro, d'accord ?

— Oui.

— Et voici le premier couac : Jack a reconnu la voix du ravisseur. Couac numéro deux : le ravisseur est son propre fils ! Alex, connu de ses amis sous le sobriquet de « Alex le Dingue » !

Tu es avec Alex ?

— Seigneur, Bo ! a supplié Lorna. Pourquoi éprouvez-vous le besoin d'être aussi cru ?

Il y avait une nuance d'excuse dans la voix de Warren quand il a repris :

— Euh, je suis désolé, mais je voulais seulement faire comprendre à Joe à qui nous avions affaire. Je crois que ce sobriquet indique bien le genre de personnage qu'est Alex, *dans certaines circonstances*, Lorna. Je ne cherche pas à traîner votre fils dans la boue, même s'il s'agit d'un criminel reconnu, même s'il a fait des séjours prolongés dans une institution psychiatrique et si, aujourd'hui, il a, apparemment, commis un nouveau rapt.

— Un criminel reconnu ! Il n'a pas été condamné, a murmuré Lorna, lasse.

— Un nouveau rapt ? ai-je relevé.

— Il a déjà enlevé Savannah du domicile paternel alors qu'elle n'avait que trois ans, dit Warren.

— Il n'en avait lui-même que treize, Bo, a soupiré Lorna. Ils ont fait une fugue.

— Poursuivez, Warren, a coupé Blazak d'un ton sec. Vous nous faites perdre notre temps à tous.

Il a renversé sa tête sur le dossier du divan et s'est perdu dans la contemplation du plafond.

— D'accord, Jack. Bien sûr. Donc, Jack et Lorna ne souhaitaient pas faire courir encore plus de dangers à Savannah. Et, on peut les comprendre, ils ne désiraient pas non plus faire courir de risques inutiles à leur fils, même si celui-ci avait menacé de tuer sa sœur au cas où il ne recevrait pas le pactole exigé. Jack et

Lorna ont étudié soigneusement la situation. Jack et Lorna ont souffert. Une vraie souffrance. Ils ont alors décidé de prier Dieu tout-puissant pour Lui demander de les éclairer. Ils sont donc allés trouver le révérend Daniel Alter et ils lui ont raconté ce qui leur arrivait. Pendant une demi-heure, le révérend les a guidés par une série de prières et de lectures extraites des Saintes Ecritures. Après avoir supplié Dieu de leur dispenser Son aide, Jack et Lorna en sont arrivés à la conclusion que l'attitude la plus chrétienne consistait à payer Alex pour assurer le bon retour de Savannah dans son foyer et pour pouvoir apporter ensuite à Alex l'assistance médicale dont il a besoin plutôt que de le faire mettre en prison. Le révérend Alter leur a donné raison.

Warren s'est reculé sur le divan et a soupiré :

— Je crois que vous pouvez aisément deviner la suite, a-t-il dit.

— Le révérend Alter a suggéré que vous assuriez la remise de la rançon, puisque vous avez l'habitude des missions de sécurité.

— Exactement.

— Seulement, quelque chose a mal tourné au cours de l'échange de mercredi, sans quoi nous ne serions pas réunis ici.

— De toute évidence. C'est ici que Will Trona entre en scène. Le révérend Alter lui avait demandé de nous aider à retrouver Savannah et Alex, compte tenu des relations de votre père dans la région. Mercredi matin, votre père a téléphoné à Jack. Il lui a dit qu'il s'était entretenu avec Alex et qu'il avait vu Savannah. Il refusait de préciser où ils se trouvaient et comment il avait retrouvé leur trace. Will a dit qu'Alex exigeait désormais un million de dollars pour libérer sa sœur. Will s'est proposé d'assurer lui-même la remise de la rançon et la récupération de Savannah, qu'il ramènerait ensuite chez elle. Tout cela devait se passer mercredi soir. L'argent a été remis à Will, comme prévu. Mais ce qui n'était pas prévu, c'était que votre père se fasse assassiner et que Savannah disparaisse.

Je m'efforçais de mettre en parallèle le récit de Warren avec ce que j'avais vu et entendu. Dans l'ensemble, ça me paraissait coller. J'étais un peu sonné d'apprendre que Will savait où se trouvait Savannah mercredi matin et qu'il ne m'en avait pas parlé. A aucun moment il ne m'avait confié qu'il recherchait une fillette kidnappée. Il lui était déjà arrivé de ne pas me mettre au courant des détails d'une affaire – pour mon bien, disait-il ensuite. Mais cela me chagrinait toujours parce que les opérations de nuit de Will étaient censées être également les miennes.

— Je comprends, ai-je dit. Quand le nom de Savannah a été mentionné aux infos, hier, vous vous êtes dit que le moment était venu d'informer la police et le FBI, pour donner de la publicité à cette affaire et avoir une chance de la retrouver avant Alex.

— Exact, a ponctué Warren. Vous mesurez, maintenant, la situation dans laquelle nous nous trouvons.

— Oui, monsieur. Le premier problème c'est que cela se passait il y a deux nuits et que Savannah n'a toujours pas reparu. Le second, c'est que M. et Mme Blazak aiment toujours leur fils. Vous avez donc convaincu le FBI qu'une chasse à l'homme médiatisée risquerait de pousser Alex au suicide ou tout au moins de l'enfoncer dans la dépression. Et vous ne seriez pas sûrs pour autant de récupérer Savannah. Steve Marchant vous a accordé un délai de quelques jours avant de livrer le nom et la photo d'Alex en pâture aux médias, comme il vient de leur livrer ceux de Savannah. Alex risquerait, dès lors, une inculpation pour crime fédéral et il ne serait plus question de thérapie psychiatrique.

— C’est exactement cela, a dit Warren. Marchant a accepté de ne pas déclencher la chasse à l’homme avant lundi. Trois jours. Ce qui nous amène à vous. Nous espérons, puisque vous l’avez retrouvée une première fois, que vous pourrez la retrouver une seconde fois.

— C’est bien ce que je pensais.

— Parfait, vous êtes un petit malin, a fait Warren en souriant.

Il a ricané.

— Joe, a dit Blazak en se penchant vers l’avant.

Sa voix était douce, maintenant.

— Nous aussi, nous avons besoin que vous nous précisiez certains détails.

— Quel genre de détails, monsieur ?

— Nous devons savoir tout ce qui s’est passé cette nuit-là. Tout ce que Will a pu dire. Tout ce que vous avez vu ou entendu concernant ma fille. Tout ce que vous avez dit à la police d’Anaheim, au shérif du comté d’Orange, au FBI, aux médias – tout cela, je veux l’entendre de votre bouche. Je compte enregistrer ce que vous me direz. Tout, dans les moindres détails, Joe. Vous comprenez ?

— Je comprends.

Bo Warren s’est levé et a fait un pas vers moi. Jusqu’à présent, il avait eu le ton d’un colonel s’adressant à la presse, maintenant il adoptait celui d’un général donnant des ordres.

— Joe, nous connaissons une excellente hypnothérapeute – elle travaille sans recours aux drogues. Elle est capable de vous plonger dans un état d’hypnose si profond que vous vous remémorez des détails remontant à votre naissance. Elle nous rejoindra dans une heure quinze minutes. Avant cela, nous voulons passer une heure avec vous, afin d’entendre votre récit et tout ce dont vous vous souvenez. Ensuite, nous vous écouterons sous hypnose, pendant encore unc heure. Nous sommes convaincus que vous savez comment remonter jusqu'à Savannah, parce que vous et votre père, vous l'avez déjà trouvée une première fois. Que vous en soyez conscient ou non, vous savez quelque chose. Nous vous demandons d'aider la gamine. De nous aider. De vous aider. Un million de dollars si vous la retrouvez, Joe. Ou si vous nous donnez les moyens de la retrouver. L'un ou l'autre. Vous possédez peut-être déjà la clé de ce million dans le merveilleux cerveau dont Dieu vous a doté. Un million de dollars ! Une sacrée somme pour passer une heure allongé sur un divan dans le salon des Blazak. Rien que pour se remémorer les détails d'une nuit.

Je les ai regardés l'un après l'autre. Warren se tenait à moins de trois mètres de moi, sur le côté de la table basse ; il fixait mon visage. Les mains de Jack étaient croisées derrière sa tête, ses coudes écartés ; il me fixait.

Lorna me fixait également. Puis elle a fait quelque chose qui m'a surpris.

Elle a secoué la tête. Un mouvement imperceptible et furtif. Mais je l'avais clairement vu. Elle me regardait droit dans les yeux.

Elle a recommencé avant de baisser le regard.

— Alors, c'est d'accord, a conclu Warren.

— Génial, a dit Blazak. Commençons.

— Quelle est votre réponse, monsieur Trona ? a demandé Lorna.

La lueur dans ses yeux avait disparu, mais je remarquai que les muscles de sa mâchoire s'agitaient sous sa peau.

— C'est non, pour l'instant. Mais j'y réfléchirai.

Au milieu du silence, j'ai entendu le cri aigu et perçant d'un faucon dans les collines. J'ai aussi entendu l'air conditionné pousser comme un soupir.

— Hein, Joe ? a fait Warren. Vous venez d'entendre un père et une mère vous parler de l'enlèvement de leur fille. Par leur propre fils. Vous avez entraperçu cette gamine, mercredi, il y a de cela deux nuits. Vous savez maintenant qu'elle était aux mains d'un jeune psychopathe dangereux – que celui-ci soit son frère ou non importe peu. Elle est peut-être déjà retombée entre ses mains. Et, après avoir entendu tout ça, vous allez rester assis là, et nous dire que vous nous refusez votre aide ?

— Je la rechercherai. Et si je la retrouve, je vous la ramènerai. Seulement, je ne vous dirai pas tout ce que je sais sur cette fameuse nuit.

— Et pourquoi pas, soldat ?

Warren a fait deux pas vers moi, ce qui m'a placé à portée de ses bottes.

— Parce que, ai-je dit, un autre événement s'est produit cette nuit-là. Un événement qui revêt une importance énorme pour moi, même s'il ne représente rien à vos yeux.

— Ce qui est arrivé à Will compte aussi pour nous, a rétorqué Warren. Si c'est ce que vous voulez dire.

— C'est ce que je veux dire. Seulement, ce qui est arrivé à Will Trona n'est pas votre affaire.

— Ecoute, fils de pute, tout ce qui s'est passé et qui concerne la fille de cet homme est son affaire par la force des choses. Aide-nous, aide-toi.

J'ai ramassé mon chapeau et je me suis levé, tout en surveillant Warren, puis je me suis tourné vers les Blazak.

— Merci de m'avoir reçu chez vous. Je ferai tout ce que je peux pour retrouver Savannah. C'est une merveilleuse petite fille.

Jack me fixait. Lorna fixait son mari. Warren est subitement sorti de mon champ de vision, puis il s'est retrouvé juste devant moi.

— Hé, Tronche de cake, attends une seconde...

— Ne faites pas ça, ai-je dit.

Mais il m'a saisi le haut du bras et l'a serré. Une poigne solide. J'ai attrapé son poignet à deux mains et je l'ai tiré violemment vers le bas, tout en lui faisant subir un mouvement de rotation ; ensuite, j'ai balancé Bo par-dessus mon épaule, comme pour un lancer de hache. Il est retombé à plat sur le dos, lourdement, sur le tapis, et j'ai entendu ses poumons se vider d'un coup. Il s'est retourné, le souffle court, et a bavé sur la laine beige de son veston.

— Oh, mon Dieu ! s'est exclamée Lorna.

— Chef de la sécurité, mon cul, a grogné Jack.

Lorna s'est éloignée. Jack s'est levé et a toisé Warren.

J'ai ramassé mon chapeau et j'ai regardé Warren, moi aussi. Je n'aurais pas dû être surpris de constater qu'il portait une arme à l'épaule, pourtant je l'ai été. A vrai dire, une maison de cinq millions de dollars et un pistolet automatique ne me paraissaient pas vraiment aller de pair ; la vue de l'automatique m'a fait le même effet qu'une mouche dans une crème Chantilly.

Il cherchait toujours à reprendre son souffle lorsque j'ai quitté la pièce et que je me suis retrouvé dans l'entrée de marbre.

Lorna Blazak m'a ouvert la porte d'une main, de l'autre, elle m'a tendu une carte de visite. Je l'ai prise et j'ai lu :

Alex Jackson Blazak
Armes rares et de collection

Souvenirs de guerre
Sur rendez-vous uniquement
(949) 555-2993

Au verso figurait une adresse écrite par une main de femme, une écriture fine et élégante.

— Alex l'a peut-être détenue là. C'est un lieu secret, parce que, euh... Alex n'a pas de licence pour vendre des armes. Peut-être y trouverez-vous quelque indice susceptible de vous conduire jusqu'à elle.

Pour la seconde fois, ce matin, cette femme me surprenait.

— Pourquoi le protégez-vous ?

— Parce que si vous le retrouvez, il a une chance de s'en sortir, et ma fille aussi.

— Je l'arrêterai.

— Je l'espère bien. Jack est un fou furieux. Je tremble pour tout le monde.

— Autre chose que je devrais savoir, madame Blazak ?

— J'aime mes enfants. Allez, maintenant.

Je l'ai remerciée et elle a refermé l'énorme porte derrière moi.

En roulant parmi les collines, je pensais que c'était vraiment un endroit magnifique. Un paysage gorgé de soleil, une eau bleue et de somptueuses demeures.

Je me demandais pourquoi Savannah n'était pas rentrée chez elle. Je me demandais si Alex l'avait retrouvée avant qu'elle puisse contacter la police ou un adulte responsable. Je me demandais pourquoi Lorna protégeait quelqu'un qui avait menacé de lui renvoyer la tête de sa fille dans un « sac de congélation ».

Et je me demandais pour la centième fois comment Will s'y était pris pour retrouver Savannah. Comment avait-il su dans quelle direction chercher ? Pourquoi ne m'avait-il pas parlé de cette affaire ?

Savannah avait été enlevée lundi matin. Ses parents n'en avaient parlé à personne, hormis à leur conseiller spirituel et à son chef de la sécurité.

Mercredi matin, Will Trona avait résolu le mystère, retrouvé la fillette et organisé son retour chez elle, saine et sauve. Le soir même, dix minutes après avoir récupéré l'enfant, il était abattu.

Je franchissais le portail en marbre lorsque j'ai vu qu'une équipe de télévision filmait les lieux, peut-être pour consacrer un reportage à Miguel Domingo, le Guatémaltèque de seize ans, joueur de machette. Pourtant, comme Jaime Medina, je doutais que les médias s'intéressent le moins du monde à cette histoire. L'équipe de télé était sans doute là pour assurer la promotion du nouveau quartier résidentiel de Pelican Point, où un million de dollars ne suffisait pas pour acheter la plus petite maison.

Le gardien leur adressait des signes énergiques pour leur intimer l'ordre de dégager. Il ne pouvait faire plus, ils étaient sur une voie publique.

5

J'ai gravi l'escalier qui conduisait à l'Agence régionale d'investigation du FBI pour le comté d'Orange. L'entrée réservée au public était une grande porte en verre blindé avec caméras de vidéosurveillance. Dans le hall, je suis passé devant le mur des martyrs – des photographies sur panneaux des agents du FBI tombés dans l'exercice de leurs fonctions.

Steve Marchant m'a introduit dans la salle de crise consacrée à l'affaire Savannah. Impressionnant : dix agents, six ordinateurs, un central téléphonique relié à des magnétos et à un matériel d'écoute, une grande console radio. Ecrite à la main, une liste chronologique des victimes était accrochée au mur permettant à chacun d'appréhender les faits d'un simple coup d'œil. Elle était surmontée de photos de Savannah et d'Alex Blazak.

Plusieurs agents ont tourné la tête dans ma direction, les autres sont restés concentrés sur leur tâche.

— Je voulais vous montrer ceci avant notre entretien, Joe, a dit Marchant. Deux cents agents sont prêts à intervenir dès que la situation se débloquera. Nous détestons les kidnappings et nous ne négligeons rien pour mettre toutes les chances de notre côté.

Il m'a, ensuite, emmené dans une petite salle de conférence. Il y avait là un magnéto et une caméra vidéo prêts à l'emploi.

— Mettez-vous à l'aise, Joe. Nous allons essayer de résumer ensemble tout ce qui s'est passé au cours de la soirée de mercredi. Vous voulez du café ?

— Non, merci.

— Est-ce que votre mémoire est bonne ?

— Excellente.

Marchant s'est installé en face de moi et a vérifié le bon fonctionnement du matériel. Il a enregistré le numéro du dossier, la date du jour, l'heure et mon nom, puis il m'a demandé si j'étais là de mon plein gré et si j'acceptais de répondre à ses questions. J'ai répondu « Oui », et il m'a donné lecture de mes droits constitutionnels.

— Allons-y. Bien, Joe, racontez-moi ce qui s'est passé mercredi soir.

Deux heures et deux cassettes plus tard, j'avais évoqué l'essentiel de mes souvenirs. Marchant s'était particulièrement attardé sur les communications téléphoniques reçues et émises par Will dans la voiture, sur la relation entre Will et Savannah, ainsi que sur mon entretien du matin avec Jack Blazak. Il avait pris des notes sur une feuille de papier informatique qui pouvait être ou ne pas être un relevé de communications fourni par la compagnie du téléphone. Marchant lâchait ses informations au compte-gouttes – je n'ai rien appris que je ne savais déjà. Les fédéraux sont connus pour être avares en informations.

Pour ma part, je n'ai rien dit de la carte de visite que m'avait remise Lorna Blazak ni de l'adresse « secrète » d'Alex. Je n'ai pas non plus évoqué les mots échangés entre Will et Jennifer Avila, ni l'argent qu'il lui avait remis, pas plus que le cafard de Mary Ann ce soir-là. Il ne me paraissait pas judicieux de confier des détails aussi intimes à un homme que je connaissais à peine.

Après avoir débranché le magnéto et la caméra, Marchant s'est renversé dans son fauteuil et m'a considéré avec attention.

— Que pensez-vous du père, Jack ?

— Tendu. Désemparé.

Il a secoué la tête.

— Et Lorna ?

— Sonnée.

— Ouais. S'ils reprennent contact avec vous, je veux en être averti sur-le-champ.

J'ai acquiescé.

— Sur les courts de tennis, quand vous avez déposé la rançon – est-ce que vous avez remarqué les types qui jouaient ?

— Un double sur un court – des types assez âgés. Sur l'autre, deux ados, de bons joueurs, qui cognaient dur.

— Ces jeunes gens se sont intéressés à ce que vous faisiez ?

— Je n'en ai pas eu l'impression.

— Joe, est-ce que votre père et votre mère s'entendaient bien ?

— Je crois que leur relation était solide. Ils s'aimaient, ils étaient très unis.

— Avez-vous des raisons de croire que Will ait eu des relations sexuelles avec Savannah ?

— Absolument pas. Il aimait les femmes, monsieur, pas les petites filles.

Il a pris des notes dans son calepin, puis l'a refermé.

— Joe, nous allons faire appel aux hommes du département du shérif dans cette affaire. Si nécessaire, nous emploierons aussi les hommes des services de la police locale. Je veux que vous sachiez que nous sommes là pour vous aider, pas pour tirer la couverture à nous.

— Je comprends.

— Je vais récupérer cette gamine saine et sauve. Rien ne m'en empêchera. Je ne reculerai devant rien pour réussir.

— J'ai l'impression que vous me mettez en garde contre quelque chose, mais je ne vois pas très bien contre quoi.

Marchant s'est levé et a souri. Il était très grand, mais il se tenait légèrement voûté, comme s'il cherchait à dissimuler sa taille.

— Ce que je veux dire est simple. J'apprécie votre aide. Je suis à vos côtés. Mes deux cents gars sont à vos côtés. Birch veut se charger de l'enquête sur le meurtre de votre père. Ça ne me dérange pas. Parfois, il joue un peu... personnel. Mais je tiens à ce que vous sachiez que nous vous aiderons dans toute la mesure de nos moyens.

Une demi-heure plus tard, je répétais à Birch tout ce que j'avais dit à Marchant. Rien de plus. Rien concernant ma mère ni la maîtresse de Will ni sa nervosité. Peut-être que je m'efforçais de préserver un peu de sa vie privée. Peut-être que je m'obstinais à respecter notre pacte tacite concernant nos opérations de nuit, même si Will m'avait expressément tenu à l'écart de l'opération la plus trouble de son existence.

A la fin de l'interrogatoire, j'avais l'impression d'avoir raconté mon histoire à tous les membres des forces de police du comté d'Orange.

— Alex Blazak ? a dit Sammy Nguyen avec une expression d'innocence. Pourquoi est-ce que je connaîtrais Alex Blazak ?

— Vous êtes tous les deux dans le commerce des armes, non ?

— En ce qui me concerne, c'est du passé. Et puis, mon commerce à moi, il était parfaitement régulier. Lui, il aurait vendu des mitraillettes à des gosses si ça avait pu lui rapporter du fric. Il possède un sabre qui a appartenu à Napoléon et que Goering a offert à Hitler. Il vaut quelque chose comme un million trois cent mille dollars.

— Est-ce que vous vous connaissez bien ?

Il m'a regardé par-dessus ses lunettes.

— Joe, qu'est-ce que tu fous ici ? Tu es censé être en congé, non ? Le deuil, les séances avec les psys chargés de remettre en selle les adjoints impliqués dans une fusillade, tout ça, quoi...

— Parle-moi d'Alex.

— Joli chapeau, Joe. Il cache une partie de ton visage.

— Allons, Sammy. Aide-moi.

C'était le début de l'après-midi ; le moment de la journée où le quartier J était le plus calme. Une heure après le déjeuner, les détenus étaient toujours à court de venin et d'énergie, aussi ils la bouclaient pendant quelque heures ; certains faisaient la sieste, d'autres lisaient. Vers quinze heures, ils recommençaient à s'agiter.

Sammy était allongé sur sa couchette, les yeux levés vers la photo de Bernadette.

— Ils l'appellent Alex le Dingue parce qu'il est cinglé. Les cinglés me font chier, Joe. Ils nuisent aux affaires.

— Si tu devais le trouver, de quel côté chercherais-tu ?

Il m'a dévisagé comme si l'idée l'intéressait.

— J'ai vu les infos, hier soir. Sa sœur a été kidnappée, et c'est lui que vous ne retrouvez pas.

— Exact.

— Alors peut-être que c'est lui qui l'a enlevée.

Certains détenus comprennent vite les choses. On n'apprend pas à un vieux singe à faire des grimaces.

— Je ne crois pas. En fait, il a foiré sur un coup. Je pensais réussir à lui soutirer des informations en l'entraînant sur le terrain de la compétition.

— Qui est l'acheteur ?

— Ça ne te regarde pas.

— Sans doute un richard qui vit près de la plage. Un type qui voulait se procurer un nunchaku pour faire joujou avec son petit ami. C'est le genre d'affaire qu'affectionne Alex le Dingue.

— En fait, il s'agit de pistolets de petit calibre, tout neufs, avec les numéros limés.

Sammy réfléchissait. Peut-être qu'il était lui-même sur un coup semblable. Peut-être qu'il aurait aimé récupérer l'affaire.

— Comment puis-je le retrouver, Sammy ?

— Tu me demandes de balancer un ancien associé et je n'ai toujours pas mon piège à rats.

— Utilise celui-ci.

J'ai sorti un piège à rats de la poche de mon manteau et je l'ai tendu à Sammy à travers les barreaux. C'était le genre avec une bande de papier adhésif pour piéger l'animal, lequel finit par mourir faute de pouvoir s'en arracher. Je l'avais sorti du magasin de fournitures, où on en gardait quelques-uns en réserve. Il a bondi de sa couche et s'est avancé vers moi.

— Ce n'est pas ça que je veux. Je veux l'ancien modèle, avec l'arc qui leur brise la nuque.

— Tu ne l'avais pas précisé. De toute façon, ce modèle-ci est le seul autorisé dans les cellules.

Il m'a lancé un regard noir. Il me sondait. Il essayait de lire dans mes pensées.

— J'ai parlé à certaines personnes, tu sais ? Au téléphone. Mais je n'ai rien pu apprendre sur la gamine. Tu en sais sans doute autant que moi, depuis hier et la conférence de presse.

— Je dois la retrouver.

— Je ne peux pas t'aider. Pas d'ici.

— J'ai donc gaspillé un bon piège à rats pour rien.

— Tu te trompes sur mon compte, Joe. Quand je dis que je vais me renseigner, je me renseigne. Dans la mesure de mes moyens. La gamine a été kidnappée, le FBI est incapable de la retrouver, et moi je devrais y parvenir ? Non. Pas d'ici. Mais son frère, peut-être. Peut-être que je pourrai t'aider sur ce coup-là. Je connais des gens qui connaissent Alex.

— Ce serait sympa.

Sammy s'est rassis avec le piège ; il m'a considéré avec beaucoup de sympathie dans le regard.

— C'est terrible de perdre son père. Le mien a été assassiné à San Jose quand j'avais onze ans. Tu le savais ?

— Oui.

— Il s'est fait descendre au moment où il fermait sa boîte de nuit.

— Un cambriolage.

— Ils lui ont piqué la caisse ; huit cents dollars et quarante-huit cents. C'est les quarante-huit cents qui m'ont rendu furieux.

J'avais lu son dossier, et le rapport d'un psychologue du comté à qui Sammy avait parlé de la mort de son père.

La manière dont Sammy avait expliqué ce qui s'était passé après le meurtre de son père m'avait intéressé. J'avais appris d'autres détails en me glissant dans les conduits d'aération du quartier F de la vieille prison centrale et en espionnant l'un de ses ex-lieutenants. On entend très bien ce qui se dit dans les cellules à travers les grilles de ventilation. Nous, les adjoints, on nous encourage à nous procurer des informations de toutes les façons possibles et imaginables ; ramper dans les conduits d'aération en est une. Une autre consiste à utiliser un chariot de garagiste et à rouler doucement le long du tour de garde qui sépare les cellules dans la partie ancienne de la prison. Le bas des murs du tour de garde est en béton jusqu'à hauteur de poitrine ; la partie supérieure, en Plexiglas. Dès que vous vous pointez sur le tour de garde, le détenu de la première cellule crie « Gare au maton ! » et tous les autres interrompent aussitôt leurs activités. Mais si vous glissez silencieusement sur le chariot, ils ne vous voient pas arriver et vous pouvez vous arrêter n'importe où pour jeter un coup d'œil par-dessus le béton et espionner tranquillement. Nous appelons ça « faire un tour en luge ».

Le reste de mes informations provenait du rapport qu'avait établi le psychiatre mandaté par le tribunal ; il avait lu des lettres écrites par Sammy à une certaine Bernadette Lee, âgée alors de treize ans, mais qu'il n'avait jamais expédiées.

Il en ressortait que, dès l'âge de quatorze ans, Sammy avait infiltré le milieu asiatique, où il avait, ensuite, passé la majeure partie de son existence. Il avait ainsi découvert l'identité des assassins de son père. A seize ans, il avait gagné la confiance de ces types, des truands, qui cambriolaient leurs compatriotes, une activité criminelle lucrative durant les premières années où les Etats-Unis avaient ouvert leurs frontières aux réfugiés vietnamiens, parce que ceux-ci ne faisaient pas confiance aux banques américaines. Des fortunes dormaient dans des matelas, dans des coffres-forts, etc.

Toujours est-il que Sammy avait réussi à se faire engager pour commettre un casse avec ces types. Il s'en était si bien tiré qu'ils avaient fait à nouveau appel à lui. Ils devaient trouver marrant de travailler avec le fils d'un homme qu'ils avaient descendu. A moins qu'ils n'aient voulu, en l'employant, payer leur dette envers Sammy – lui ignorait leurs motivations, et de toute évidence, il s'en foutait. Le second coup s'était passé aussi bien que le premier. Bien renseignés, Sammy et ses patrons avaient mis la main sur près de soixante-cinq mille dollars en billets et en bijoux, tandis qu'une famille, ligotée et bâillonnée, attendait, terrorisée, dans le garage.

Au moment où ils s'apprêtaient à filer, Sammy avait retourné son fusil à canon scié contre ses complices ; il avait contraint l'un à ligoter et bâillonner l'autre, et à l'installer avec le reste de la famille. Ensuite, Sammy s'était lui-même chargé de ligoter et bâillonner le second. Il avait alors tranché la gorge du premier et obligé le second à regarder son copain se vider de son sang avant de l'égorger à son tour. Il n'avait fait aucun mal aux otages, mais il avait tenu à ce qu'ils assistent à toute la scène. En effet, avant de partir, il leur avait demandé de raconter à tout le monde – sauf aux flics – que Sammy Nguyen était un brave type, mais qu'il valait mieux ne pas provoquer sa colère. Jouant au preux chevalier, il avait rendu à la famille dix mille dollars, essentiellement en bijoux.

Voilà l'histoire qu'il avait racontée dans ses lettres à Bernadette.

— Ils n'ont toujours pas arrêté le type qui a tué ton père ?

— Toujours pas.

— Fais-moi sortir d'ici et je te livre son tueur dans les vingt-quatre heures. Parles-en à Phil Dent, le district attorney. Il peut me faire sortir, s'il le veut.

— Tu as descendu un flic, Sammy.

— Je suis innocent. Je le prouverai.

— En attendant, tu peux peut-être m'aider à retrouver Alex.

— Je devrais pouvoir passer plus de temps au téléphone.

— Tu disposes d'une demi-heure, à la pause de seize heures.

— Je n'ai droit qu'à un quart d'heure.

— Je t'ai obtenu un bonus, Sammy. Sois gentil, renseigne-toi.

– J'ai des infos sur les Cobra Kings, m'a annoncé le sergent Ray Flatley.

Ray dirigeait la brigade antigang. J'étais assis dans son bureau au département du shérif et je regardais par la fenêtre étroite la ville de Santa Ana, qui s'étendait à nos pieds.

— Merci de me consacrer du temps, monsieur.

Flatley n'était pas très grand ; ses cheveux gris paraissaient trop impeccables pour être naturels, pourtant ils l'étaient. Sa femme était morte d'un cancer, deux ans plus tôt, et ça le travaillait. Il jouait du piano et sa femme chantait – ils se produisaient sous le nom des Sharp Flats – dans des restaurants, dans des cérémonies privées, en toutes sortes d'occasions. Ils avaient joué lors de la cérémonie de remise de mon diplôme de l'école de police. Ray aimait imiter les chanteurs populaires ; il savait prendre la voix de chacun d'eux, et c'était vraiment marrant. Sa femme, elle, avait une voix d'ange. Je me souvenais d'avoir vu des larmes dans les yeux de Ray quand il l'accompagnait pendant qu'elle chantait *When a Man Loves a Woman* ; pourtant, il avait dû l'entendre chanter ce morceau plus de mille fois. Les comédiens y vont de leur larme sur commande, pas les flics de l'antigang.

— C'est un plaisir, a-t-il dit. J'ai toujours apprécié Will. On a travaillé ensemble à la brigade antivol, au temps de notre jeunesse.

— Il avait beaucoup d'estime pour vous, sergent.

Il m'a examiné un instant.

— Bon. Les Cobra Kings ont des ramifications dans tout le pays, leur quartier général est situé à Houston. Chacune de leurs antennes locales rassemble une quarantaine de membres, hommes et femmes. Ainsi, chacun a sa chance. Les plus vieux sont des sang-mêlé – Vietnamiens et Américains ; ils ont commencé leurs activités au Vietnam, au lendemain de la guerre. Depuis, ils acceptent un peu tout le monde dans leurs rangs, surtout des jeunes qui connaissent des difficultés d'intégration raciale. Ce sont des pervers, Joe. Imprévisibles. Ils ont le sens des affaires typique des Asiatiques – il y a quelques années, ils volaient des puces électroniques et toute sorte de matériel informatique sophistiqué, ici et dans Silicon Valley. On raconte qu'ils vendent des produits de contrebande aux Chinois, mais je n'ai pas eu confirmation de ce point. Ils sont aussi machistes que les gangs américains. Leur signe de reconnaissance est un long manteau et parfois une casquette de baseball. On raconte que les nouvelles recrues, les soldats, doivent commettre un meurtre pour être acceptées dans la bande.

— On a réussi à en coincer ?

— Ah ! j'aimerais bien. Rick Birch aussi. Le mieux qu'on ait fait, c'est d'en envoyer deux à Pelican Bay – les tueurs à gages qui ont descendu un type de la mafia mexicaine, l'année dernière.

— A la mitraillette ?

— Bien sûr ; on tient aussi, en ce moment, au centre médical universitaire Irvine, le quatrième type impliqué dans le meurtre de Will, Ike Cao. C'est un témoin capital. S'il s'en sort, on réussira peut-être à le faire parler. Cela dit, les Kings ne sont pas bavards, en général – aucun d'eux ne sait jamais rien.

Je me souvenais des quatre détonations sèches quand la Perche avait abattu ses hommes dans le brouillard.

— Ici, dans le sud de la Californie, le grand patron est un certain John Gaylen. Il a vingt-six ans ; il est né juste après la chute de Saigon. Son père était un GI noir et sa mère, une prostituée vietnamienne, à ce qu'on raconte. Il a été arrêté trois fois pour agression et voie de fait. Aucune plainte. Une arrestation pour vol, pas de condamnation. Une autre pour complicité de meurtre, mais il nous a roulés dans la farine au procès. L'ennui, c'est que les gens ont peur de témoigner. Impossible d'infiltrer son gang ou de soudoyer un de ses hommes – il sent toujours le vent venir. On a essayé une ou deux fois de coincer ses gars, mais il n'y a rien à en tirer.

— Est-ce que l'anglais est sa langue maternelle ?

Flatley a froncé les sourcils.

— Pourquoi ?

— J'ai entendu une voix, l'autre soir. Je ne l'oublierai jamais et je la reconnaîtrai sans le moindre doute. Grave et sonore, avec un timbre curieux... comme un accent étranger.

— *Est-ce que ça ressemblait à ça, Joe ?* a fait Ray en transformant sa voix.

— Très précisément.

Il a souri.

— Mélange de vietnamien, de français, d'anglais, de hip-hop et d'argot du sud de la Californie. J'entends ça partout.

Il a secoué la tête et soupiré. L'espace d'un instant, il a oublié John Gaylen, je l'aurais juré. Peut-être songeait-il combien c'est beau, une voix de femme.

— Joe, j'ignore quelle est sa langue maternelle. Le vietnamien, je suppose. Peut-être le français. Tenez, jetez un coup d'œil là-dessus. Des clichés de surveillance.

Il a déposé un dossier devant moi et je l'ai ouvert. Gaylen n'avait pas l'air d'un petit comique, un vicieux plutôt. J'ai été surpris de le voir en costume et cravate. J'en ai fait la remarque à Ray.

— Les Cobra Kings aiment se fringuer chic. Ils gagnent beaucoup d'argent et ils tiennent à le montrer. Des gangsters de haut rang. Visez la bagnole. Visez la fille.

Sur le cliché numéro trois, Gaylen ouvrait la portière passager d'une Mercedes quatre portes noire, un modèle récent. Son costume tombait impeccablement, comme seuls tombent les vêtements taillés sur mesure. Il avait une main sur la portière ; dans l'autre, un gros cigare.

La femme qui s'apprêtait à monter dans le véhicule était une fille superbe aux cheveux noir de jais et à la peau très claire ; son collier brillait de mille feux.

Je l'ai reconnue ; j'avais vu sa photo une heure plus tôt. Bernadette Lee, le grand amour de Sammy Nguyen. Celui de Gaylen également ?

J'ai examiné les clichés, huit en tout.

Flatley s'était renversé dans son siège.

— Les types qui ont descendu Will, ils portaient des manteaux longs et des casquettes ?

— Des manteaux au col relevé.

— C'est l'uniforme des soldats. Nous soupçonnons les Cobra Kings d'être impliqués dans une série de crimes non résolus aux quatre coins du pays. Dont un ici même, dans le comté d'Orange. Toujours des contrats, semble-t-il. Je vois mal votre père faisant des affaires avec de tels enfants de salauds.

— Je l'ai aidé dans pas mal d'affaires, ai-je dit. Il me faisait confiance et me parlait. Jamais un mot sur John Gaylen ni sur les Cobra Kings. Pourtant, ce tueur savait à qui il avait affaire – il l'a appelé par son nom. C'était une exécution, monsieur. Pas de doute là-dessus.

Flatley a levé les sourcils.

— Je suis surpris qu'il ne vous ait pas descendu, vous aussi. Il a laissé un témoin oculaire. Peut-être deux, si Cao s'en sort. Une balle dans la poitrine, une autre dans la tête – les pronostics sont mauvais.

— S'il m'a vu aussi mal que je l'ai vu, je n'étais pas une très bonne cible.

Flatley a secoué la tête.

— Et les voitures ?

— Impossible de les identifier avec la lumière des phares et le brouillard.

— Les soldats raffolent des petites Honda de sport, vous savez, les Civic surbaissées, avec échappement libre. Les patrons, des types comme Gaylen, roulent uniquement en Daimler-Benz.

— Les phares pouvaient être ceux d'une Honda. Ils étaient puissants.

Flatley s'est interrompu. Il paraissait soucieux, mais très, très fatigué.

— Rick Birch connaît tous ces détails. C'est l'un de nos meilleurs agents. Si quelqu'un peut résoudre cette affaire, c'est lui.

— Je sais.

— Il fait l'impossible. Les Cobra Kings sont difficiles à coincer parce qu'ils n'ont pas de territoire défini. Ils sont mobiles. Ils sont semblables à cette saleté de brouillard qui vous a enveloppés cette nuit-là.

Il m'a considéré à nouveau, une lueur soupçonneuse dans le regard.

— Est-ce que vous faites des heures sup ? Est-ce que vous nous cachez des choses, à Rick et à moi ?

— Oui à la première question, monsieur. Non à la seconde.

Il a secoué la tête et haussé les épaules.

— Je comprends. Je voulais que les médecins me laissent assister à l'opération de ma femme. J'avais l'impression que je pourrais me rendre utile. Bien sûr, ils m'en ont dissuadé. Ils ont probablement eu raison.

— Maintenant, je sais ce que vous avez ressenti.

— Vous vous demandez toujours, malgré tout, si vous n'auriez pas pu en faire plus.

— C'est exactement ça, monsieur.

— Cinq flingues contre un, Joe, et vous en avez descendu deux. Je n'en demanderais pas trop à votre place.

J'ai remis mon manteau et je me suis levé.

— Vous êtes au courant pour Savannah Blazak ? A dix heures, ce matin, le FBI a reçu un message signalant sa présence du côté de San Diego. Deux témoins l'y ont aperçue. Ils l'ont formellement reconnue à suite de la conférence de presse d'hier. Le temps que Marchant se rende sur place, elle avait disparu.

— Elle était seule ?

— Je l'ignore. Marchant ne l'a pas précisé.

J'ai acheté un repas tout prêt dans un drive-in et je suis rentré chez moi. Ça sentait bon.

Ma vieille Mustang s'est traînée de feu en feu, au milieu des embouteillages, jusqu'à l'autoroute. C'était un modèle de 1967, assez rare, et je l'avais pas mal restauré. Le tableau de bord et les instruments étaient d'origine. Mais j'avais apporté quelques améliorations pour la rendre plus performante. Elle ronronnait agréablement quand on lui lâchait la bride, et elle vous collait au siège à chaque passage de vitesse.

Mais sur les autoroutes du comté d'Orange, à dix-huit heures, les voitures roulent presque aussi vite que dans une salle d'exposition. Je suis resté sur l'autoroute pendant un peu moins de deux kilomètres, puis je l'ai quittée pour emprunter mon raccourci, comme plusieurs milliers d'automobilistes.

J'ai réparti mon repas dans les compartiments d'un plateau-télé, que je gardais pour ce genre de circonstances. J'ai écouté les messages sur mon répondeur tout en mangeant. Il y en avait beaucoup moins que la veille. J'avais rappelé la plupart des gens à qui je voulais bien parler. J'avais refusé toutes les invitations de la presse et des médias, sauf celle de June Dauer de KFOC. Elle m'avait donc laissé un troisième message pour me proposer d'être, un jour prochain, l'invité de l'émission qu'elle animait tous les après-midi.

J'ai composé son numéro pour décliner son offre et lui éviter, ainsi, de me laisser de nouveaux messages.

Sa voix était agréable et elle m'a remercié de l'avoir rappelée. Je me suis efforcé de lui faire comprendre pourquoi je ne pouvais pas participer à son émission, mais elle m'a interrompu pour m'expliquer que la station qui l'employait était une chaîne du service public, et qu'elle était donc au service des contribuables. Elle m'a parlé de son émission, Real Live, des interviews en direct, des questions personnelles mais pas intimes ; elle faisait de l'information, pas du sensationnel. Elle essayait de trouver « des personnalités qui font l'actualité sans pour autant être des célébrités, des gens simples qui traversent une période marquante de leur existence ».

Elle a avoué s'intéresser depuis longtemps à mon histoire, depuis qu'elle avait entendu parler du bébé à la tête duquel son père avait jeté un bol d'acide. Elle avait vu plusieurs photos de moi, dans la presse locale, lorsqu'à six ans je jouais dans la petite Ligue[1]. Elle se souvenait aussi du grand article qui m'avait été consacré pour mes douze ans, et de ma photo en couleurs, en première page de la rubrique « Vie locale » du *Journal*. Elle a ajouté qu'elle avait vu plusieurs de mes interviews et qu'elle se souvenait encore très précisément du reportage qu'ABC m'avait consacré pour mes dix-huit ans ; j'en avais presque terminé avec le lycée et je m'apprêtais à entreprendre des études de sciences et d'histoire criminelles à Cal State Fullerton.

— Je regrette, mais je ne peux pas, mademoiselle...

— Dauer, June Dauer.

— Je ne peux pas vous accorder une interview, mademoiselle Dauer.

— Vous ne pouvez pas ou vous ne voulez pas ?

— Je ne veux pas.

Un silence. J'étais un peu triste de lui dire non. Je n'aimais pas décevoir les gens.

— Joe ?

— Oui, madame, euh, je veux dire mademoiselle, euh...

— Dites *June*, Joe. *June*. D'accord ?

— D'accord, June.

— Joe, écoutez-moi. J'ai toujours souhaité vous interviewer. Je vous ai déjà consacré un article, lorsque nous étions tous les deux en sixième. Vous êtes l'invité idéal pour Real Live. Allons, Joe, donnez-moi ma chance ! Vous avez bien accordé une interview à cette bonne femme de Channel Seven, celle qui versait des larmes de crocodile sur son visage lifté, en pleurnichant ses questions. Je vous ai vu, Joe, et elle vous a manipulé.

— Elle m'a manipulé ? Dans quel but ?

---

1. Championnat scolaire de base-ball. (*N.d.T.*)

— Pour susciter la pitié des spectateurs. J'ai trouvé ça dégoûtant. En plus, c'est une chaîne commerciale – nous, nous sommes un service public. Nous sommes pauvres !

J'ai réfléchi un moment à ce qu'elle venait de dire.

— Eh bien, ai-je dit, je vous remercie de l'intérêt que vous me portez.

Elle a soupiré.

— Joe, vous devez dire oui, et vous savez pourquoi ?

— Non.

— Parce que quelque part, parmi les auditeurs, il y a un petit garçon ou une petite fille qui vit ce que vous avez vécu. Peut-être quelque chose de pis encore que ce que vous avez vécu. Et cet enfant est tout seul dans son... enfer... et il se demande à quoi ça sert de continuer à se battre. Et Joe, on ne sait jamais, mais il y a une chance pour que cet enfant écoute Real Live. Il se peut qu'il vous entende et qu'il réalise subitement que la vie vaut la peine d'être vécue. Qu'il existe une chance, pour lui, de s'en sortir.

J'ai réfléchi à nouveau. Elle avait une voix agréable, honnête et convaincante.

— Est-ce que l'exemple est préférable à la pitié ?

— Je le crois, Joe ! L'exemple incite les auditeurs à se dépasser. La pitié leur procure la satisfaction de ne pas être à votre place.

— D'accord.

— Vous viendrez ?

— Oui.

— Cela ne vous fait peut-être pas plaisir, Joe. Mais à moi, si. Et peut-être à quelqu'un d'autre, aussi ; quelqu'un que vous ne connaissez même pas.

— Je suis heureux que cela vous fasse plaisir.

Je regrettai d'avoir accepté alors même que nous

convenions d'un jour et d'une heure et qu'elle me donnait l'adresse de KFOC, à Huntington Beach.

Deux heures plus tard, je me garais dans la rue où se trouvait la tanière secrète d'Alex Blazak. L'adresse correspondait à un entrepôt dans la zone industrielle de Costa Mesa – une barrière fermée par une chaîne cadenassée, pas de lumières, des chiens qui aboyaient quelques maisons plus loin.

J'ai sauté par-dessus la barrière et je me suis dirigé vers la porte. Puis j'ai composé le numéro de téléphone de Blazak sur mon portable. J'ai crocheté la serrure, poussé la porte et trouvé l'interrupteur. J'ai entendu ma voix sur le répondeur de Blazak. J'ai aperçu le tableau d'alarme sur le mur. Dès que son répondeur a enregistré mon message et coupé la communication, j'ai décroché son téléphone et j'ai appelé l'horloge parlante, puis j'ai reposé le combiné à côté du récepteur. Je pouvais désormais déclencher toutes les alarmes, l'alerte ne pourrait pas être donnée, car la ligne demeurerait occupée.

Une entrée. Un vieux tapis, des boiseries vernies, un comptoir en vinyle pelé. La vitrine sous le comptoir était vide et sale. Elle avait bénéficié d'un éclairage, autrefois, mais les ampoules avaient disparu et il ne restait plus que des fils électriques débranchés.

La pièce sur laquelle donnait l'entrée était grande, avec des plafonds bas et des néons en bon état. Pas de fenêtres, des murs avec des râteliers, une porte.

Les six râteliers étaient disposés en demi-cercle. Les deux sur la gauche contenaient des fusils à canon long. Les deux du milieu, des carabines et des fusils de selle. Les deux sur la droite rassemblaient, à première vue, du matériel militaire. Les trois autres murs étaient occupés par des armoires contenant des pistolets, des automatiques, des Derringer, des couteaux, des baïonnettes, des sabres, des dagues, des armes exotiques utilisées dans les arts martiaux – nunchakus, étoiles de ninja, fléchettes, couteaux de jet –, des matraques, des coups de poing américains, des rasoirs de barbier. Il y avait même une boîte ouverte contenant des bombes antipersonnelles – celles avec les petites ogives qui libèrent des particules métalliques capables de percer les casques et les crânes en explosant.

J'ai fait le tour du propriétaire. L'appartement ressemblait au fantasme d'un gosse de douze ans accro aux séries télé. Ou d'un lycéen au cerveau dérangé. Plus de deux cents armes à feu, une centaine de couteaux et d'armes exotiques. Les munitions étaient toujours dans leurs caisses d'origine, empilées contre le mur du fond.

A côté des caisses de munitions, un escalier conduisait à un loft. Celui-ci contenait un bureau, deux divans avec des couvertures et des oreillers, deux chaises, une télé et un ordinateur ; il y avait aussi une salle de bains et une cuisine. Sur une table basse, entre les divans, des magazines pour amateurs d'armes et une grosse douille d'artillerie transformée en cendrier.

Dans le cendrier, deux mégots de cigare fumés à moitié. L'un était un Macanudo ; l'autre ne portait pas de bague. Il y avait aussi un bâtonnet blanc, avec une petite boule pourpre aplatie à une extrémité. A côté du cendrier, une pochette d'allumettes du Bamboo 33.

Dans la cuisine, un mini réfrigérateur contenait une bouteille de lait et une brique de jus d'orange non entamées, du pain et des pommes. D'après la date de péremption, le lait serait encore bon une semaine. Les pommes étaient fermes et le paquet de pain n'avait pas été ouvert. Sur le comptoir, des bananes presque mûres et un paquet de biscuits pas encore rassis. J'ai allumé la télévision : elle était branchée sur une chaîne de dessins animés.

J'ai trouvé d'autres revues dans la salle de bains et une grande bombe de désodorisant sur le bord de l'évier. Un miroir sale, une cuvette des toilettes propre et un ventilateur aux pales fatiguées.

J'ai pris du papier toilette, dans lequel j'ai enveloppé les mégots de cigare, que j'ai rangés dans ma poche. Puis j'ai ramassé le bâtonnet blanc. Ce faisant, j'ai aperçu la bague d'un Davidoff, coupée de façon nette en sa partie étroite ; elle avait conservé sa forme circulaire. Je suis allé chercher un autre morceau de papier toilette et je l'ai emballée également.

J'espérais que ces indices permettraient à Melissa, ma copine du laboratoire d'analyse criminelle, de procéder à une identification d'ADN. La salive humaine en contient une grande quantité.

Quelqu'un s'était servi de l'entrepôt comme d'une planque. Récemment. La nourriture et les boissons étaient là depuis moins d'une semaine. La chaîne de dessins animés ne devait pas diffuser le genre de programmes dont raffolait Alex le Dingue. Il devait être passé aux aventures des Power Rangers. Et puis je l'imaginais mal se délectant de sucettes au cassis.

Tard, ce soir-là, Bo Warren a frappé à ma porte. Quand je lui ai ouvert, il m'a souri. Dans la lumière du porche, j'ai noté une lueur malicieuse dans son regard.

— Joe, je voulais juste vous dire que personne ne peut me traiter ainsi que vous l'avez fait, aujourd'hui, sans payer la note.

— Ça me paraît honnête comme avertissement, monsieur.

— Ce sera n'importe où, n'importe quand.

— J'ai entendu dire que Marchant avait raté Savannah de peu, dans les environs de Rancho Santa Fe.

Warren a secoué la tête.

— Tous des crétins ! Allons, aidez-nous, Joe. Faites comme votre père. Retrouvez-la. L'offre tient toujours, le million est à vous si vous la retrouvez.

— Vous, les riches, vous dépensez les millions comme moi les dollars.

— Ça s'appelle *noblesse oblige*, nigaud. Et n'oubliez pas que l'argent des plus riches finit toujours par profiter aux plus démunis.

— En quoi ça vous dérange que le Bureau la retrouve avant vous ?

— Tout d'abord, Jack ne veut pas que la petite se fasse descendre. Ni Alex. Il ne veut pas non plus que la presse gonfle l'affaire. Tout ce qu'il veut, ce sont de charmantes retrouvailles familiales. Voilà ce que paie son million de dollars.

J'ai songé à Alex le Dingue et à sa sœur, si posée et si polie.

— Je vais essayer de la retrouver. Mais je me fous de votre argent.

Il a posé sur moi un regard dur.

— Pourquoi vous donner tant de mal ?

— Elle m'a plu.

Il a secoué la tête doucement, comme si j'étais cinglé.

— Vous êtes comme ce Guatémaltèque qui s'est fait buter par le flic de Newport.

— En quoi suis-je comme lui ?

— Vous voulez vous faire une place au soleil. Vous voulez vous glisser dans le monde des puissants. Et, pour ce faire, vous utilisez des outils grossiers et vulgaires.

— Je crois que vous vous trompez.

— Nous verrons.

Il a imité un revolver avec ses doigts et a fait mine

de me tirer une balle dans le ventre et une autre dans la tête.

— Bonnc nuit, Joe. Ne laissez pas les petites bêtes vous dévorer.

Cette nuit-là, j'ai rêvé de coquelicots parce que je rêvais toujours de coquelicots, un tapis rouge flamboyant de coquelicots qui recouvraient les flancs d'une montagne, mais lorsque je m'approchais pour les contempler, je m'apercevais que ce n'étaient pas des fleurs mais des flammes, et que ce n'était pas une montagne mais la joue d'un homme grossie un nombre considérable de fois, et que cette joue était la mienne. Puis, j'ai rêvé de la douleur.

J'ai rêvé de gros câbles. Des câbles noirs et souples, qui pendaient tout autour de moi, qui recouvraient mon corps et qui m'étouffaient. Je ne pouvais rien faire, sinon tenter de les escalader. De les empoigner et de les arracher. Puis, je rêvais de la douleur. A mon réveil, j'avais les mains crispées sur les cicatrices de mon visage et j'essayais de les arracher.

J'ai rêvé de vagues, qui érodaient des falaises et révélaient des os. De pluies, qui faisaient saigner des pierres. D'un vent, qui soufflait dans le désert et faisait fondre le sable pour laisser apparaître des nerfs, des gencives, des dents. Des lierres épais, qui asphyxiaient des troncs d'arbre, dont l'écorce était de la peau.

Je ne me souvenais pas de la souffrance, mais uniquement de la conscience que j'en avais eue. Je me souvenais d'avoir réalisé que je vivais un événement extraordinaire et irrémédiable, un événement qui impliquait l'une des deux présences majeures de mon existence. Je me souvenais de ténèbres soudaines et d'une lumière tout aussi soudaine. Je me souvenais, plus tard, du rythme lent de la cicatrisation, des heures interminables qu'il lui avait fallu pour se former. Pour moi, ce temps prenait des proportions géologiques. Des chirurgiens. Des transplantations. Des greffes. Des prélèvements de greffons. De la gaze, des miroirs, des onguents. Un demi-visage ; un demi-monstre.

Et malgré tout le temps qui avait passé, les chairs durcies de la cicatrice étaient toujours reliées au passé, comme une sorte d'alarme, et quand je les lavais, aujourd'hui encore, elles réveillaient en moi un souvenir vieux de vingt-trois ans, un souvenir fait de hurlements, de folie et de meurtre. Un souvenir qui se répétait indéfiniment.

Oh, et puis j'ai rêvé de visages de très belles femmes.

Ça se terminait toujours ainsi.

6

Le lundi, le FBI a rendu publique l'histoire d'Alex. La chasse à l'homme était lancée. Elle a fait la une des journaux du matin et les grands titres des journaux télévisés du soir. Les médias ont diffusé toute une série de photographies ; ils ont commenté les actes de violence dont Alex s'était rendu coupable, en faisant amplement référence au fait qu'il était « marchand d'armes », ce qui était faux, et « trafiquant d'armes illégales », ce qui était vrai.

Durant les deux journées qui ont suivi, Alex a été signalé à deux reprises et l'équipe d'intervention d'urgence du Bureau s'est précipitée sur les lieux. Hélas, Marchant et ses hommes sont chaque fois arrivés trop tard. C'était comme si Alex possédait un sixième sens. La première fois, il avait été aperçu dans la station de montagne de Big Bear. Alex avait loué un spacieux chalet avec deux chambres sur la face nord. La deuxième fois, il avait séjourné dans un hôtel du Sunset Strip, à Hollywood.

Selon les bulletins d'informations, les témoins avaient déclaré, dans les deux cas, que Savannah l'accompagnait. J'ai songé aux aliments frais dans la tanière d'Alex : le sachet de pain encore fermé, les bananes pas tout à fait mûres et les dates de péremption sur les bouteilles de lait et de jus de fruit. J'en suis venu à la conclusion qu'Alex avait réussi là où j'avais échoué. Il avait retrouvé la fillette dans le brouillard et l'avait convaincue de monter dans sa voiture. Après ce qu'elle avait vécu à Lind Street, elle avait dû être ravie de le revoir. Son frère, même s'il l'avait enlevée, devait être moins effrayant que cinq tueurs en manteaux longs.

J'ai accroché une carte au mur de ma cuisine et j'ai tracé un cercle rouge autour des trois lieux où il avait été signalé. Depuis qu'Alex avait récupéré sa sœur, il se déplaçait souvent et rapidement. Il avait toujours une longueur d'avance sur les chasseurs du Bureau. Je me suis demandé quand, au milieu de cette course effrénée, il avait trouvé le temps de réclamer une nouvelle rançon. Pourquoi ne libérait-il pas sa sœur et n'utilisait-il pas le million du sac de tennis pour filer au Mexique ?

J'appelais Marchant deux fois par jour, mais il ne me rappelait pas. J'en déduisais qu'il devait être sur la brèche.

Un ami de Will, qui travaillait au centre médical d'Anaheim, me téléphonait deux fois par jour pour m'informer de l'état de santé d'Ike Cao, le suspect de meurtre : son état était critique mais stable ; il était toujours inconscient au service des urgences. Des hommes du shérif se relayaient pour assurer sa protection, vingt-quatre heures sur vingt-quatre.

Le Dr Norman Zussman m'avait laissé deux nouveaux messages pour m'enjoindre de le rappeler dès que possible, afin de convenir d'un rendez-vous pour une consultation dans le cadre de la procédure d'assistance aux adjoints impliqués dans une fusillade.

A contrecœur, je l'ai rappelé.

June Dauer de KFOC m'a téléphoné à son tour pour confirmer notre rendez-vous. Il tombait le jour des funérailles de Will, mais je l'ai néanmoins maintenu, parce que sa voix, si plaisante, renfermait tout l'espoir du monde.

Nous avons enterré Will le premier jour de l'été. C'était un jeudi, huit jours après sa mort.

Le révérend Daniel Alter a présidé à une messe de souvenir dans l'immense lieu de culte, en verre teinté, de la Chapelle de Lumière. Il y avait là plus de deux mille participants et quand tous les sièges ont été occupés, la foule a été dirigée vers l'auditorium, où elle a pu assister à la cérémonie sur les écrans de télévision en circuit fermé qui couvraient les quatre murs.

Mes frères, les fils biologiques de Will et Mary Ann, ont pris place l'un à ma droite, l'autre à ma gauche.

Will Junior pleurait. Il était mon aîné de dix ans, marié et père de trois enfants ; avocat spécialisé dans les affaires de propriété industrielle, il vivait à Seattle. Glenn avait deux ans de moins que Will Junior, lui aussi était marié, et père de jumeaux. Il vivait à San Jose, où il dirigeait une société de fabrication de câbles en fibre optique. Il regardait droit devant lui comme s'il ne voyait rien, ou comme s'il voyait tout.

Mary Ann s'est installée en bout de rangée, vêtue d'un ensemble noir sobre. Je l'ai entendue sangloter pendant toute la durée de la cérémonie, les yeux baissés vers le sol.

Le cercueil était en acajou et argent. C'était un don d'amis de Will, propriétaires du cimetière où il allait être inhumé. Après en avoir discuté avec ses trois fils et le révérend Alter, Mary Ann avait décidé de le laisser ouvert le temps de la cérémonie. Glenn avait conseillé de le fermer à cause de la douleur que la vue de Will causerait à ceux qui l'aimaient. Daniel avait tenu le même discours. Will Junior avait voté pour qu'il reste ouvert, pour les mêmes raisons. J'avais abondé dans son sens, parce que je tenais à voir Will une dernière fois.

L'autel était couvert de roses blanches, des centaines de roses blanches qui le drapaient tout entier et retombaient sur le sol, à la manière d'une cascade. Elles étaient offertes par un ami de Will, qui dirigeait une chaîne de commerces de fleurs.

Le costume de Will était le présent d'un autre de ses amis, lequel possédait sa propre ligne de vêtements italiens. Ses ongles avaient été manucurés par l'esthéticienne de Mary Ann, gracieusement, bien sûr.

La fondation du Grove Club avait lancé, à grand renfort de publicité, une souscription au bénéfice du foyer pour enfants Hillview. Ce matin, le *Journal* du comté d'Orange annonçait que près de deux millions de dollars avaient été récoltés en seulement trois jours – Jack et Lorna Blazak y avaient contribué pour un million.

Le révérend Alter était très émouvant. C'était l'un des évangélistes les plus touchants qu'il m'ait été donné d'entendre ; ses sermons n'étaient jamais sentencieux ni verbeux. Ils étaient profonds et sensibles. Ou du moins, c'est l'impression qu'ils donnaicnt. Daniel était peut-être un bon comédien, mais quand sa voix s'est brisée, quand sa gorge s'est nouée et quand les larmes ont baigné son visage, eh bien, j'en ai été ému.

... et les mains clémentes de Dieu t'ont accueilli, Will Trona, toi qui as tendu une main si généreuse à tant de tes semblables...

J'ai contemplé mes propres mains, jointes, et le pouls qui battait dans mon poignet droit, ferme et bleu.

Je ne sais pourquoi, j'ai fixé le gros câble électrique jaune qui courait de la caméra vidéo jusqu'à la gauche de l'autel. C'est drôle comme l'esprit se concentre parfois sur des détails insignifiants quand il est confronté à un événement capital. Le câble jaune me faisait penser aux deux voitures qui nous avaient coincés dans la ruelle ténébreuse. Presque tout évoquait pour moi ces deux voitures et les hommes qu'elles transportaient. Je me demandais si Rick Birch s'était procuré un relevé des dernières communications téléphoniques reçues et données par Will sur son portable.

... et si nous pleurons cette mort, n'oublions pas aussi de célébrer cette vie...

La poitrine de Will Junior s'agitait frénétiquement. Il avait toujours été un garçon émotif. Un jour qu'il avait tué un moineau avec une carabine à air comprimé, il avait pleuré toutes les larmes de son corps. Je lui avais dit qu'il ne fallait pas tuer pour le plaisir. Ça l'avait bouleversé. A cause de mon visage, les gens se plaisaient à penser que j'étais un être particulièrement profond, une sorte de référence morale. Comme si plus vous étiez laid à l'extérieur, plus vous étiez beau à l'intérieur. Jolie formule, mais qui ne correspondait à aucune réalité. Le seul avantage que je possédais sur Junior, c'était une connaissance intime de la souffrance, et j'avais supposé qu'il en allait de même pour le moineau.

J'ai posé une main sur le genou de mon frère et je lui ai tendu l'un des mouchoirs brodés à mes initiales dont Will m'avait appris à toujours me munir pour les dames. Avant de quitter la maison, j'en avais glissé quatre dans les poches de mon costume noir. J'en avais déjà donné un à maman. Il m'en restait deux.

... et que la puissance de la gloire divine se mêle à la puissance de notre chagrin.

Je me suis retourné une seule fois pour observer la foule, une mer de visages douloureux occupant tout l'espace jusqu'aux murs en verre bleu qui se fondaient en biseau dans le ciel pâle de juin.

A l'instant où j'ai cru la cérémonie terminée, la partie supérieure des murs en verre de la Chapelle de Lumière a glissé le long de la partie inférieure et une grande bouffée d'air chaud a envahi la salle. Un murmure s'est élevé de la foule. Des milliers de colombes se sont envolées dans le dos du révérend Alter, qui a levé les bras vers le ciel. On aurait pu croire que les oiseaux sortaient de ses doigts. Leurs ailes battaient l'air avec fracas dans le silence de la chapelle, et la panique qui s'emparait d'eux était palpable. Ils ont subitement réalisé que la liberté s'offrait à eux de tous les côtés et ils ont pris leur envol. C'était des colombes d'élevage, qui n'avaient jamais volé de leur vie. Des plumes blanches flottaient tout autour de nous tandis que nous quittions la chapelle pour gagner le cimetière. J'ai songé à Savannah Blazak, que j'avais aidée à passer par-dessus le mur de la ruelle et qui s'était fondue dans la nuit.

Près de la moitié des gens présents ont voulu voir Will une dernière fois. Leur défilé a duré une heure. Je suis passé en second, juste après Glenn. J'avais vu des cadavres à la morgue et des victimes d'accidents de la route encore tout ensanglantées. J'avais vu Luke Smith et Ming Nixon. Mais je n'avais jamais rien vu de semblable. Rien ne m'avait préparé au choc que j'ai éprouvé en contemplant la mort sur le visage d'un être aimé. Je l'ai regardé et j'ai mesuré quelle force, quelle présence, quelle vie s'était éteinte. J'ai posé un baiser sur le bout de mes doigts et j'ai touché sa joue froide et durcie, puis je suis sorti.

Mon cœur était gonflé de larmes mais également d'une terrible soif de vengeance. J'ai rabattu le bord de mon chapeau sur mes yeux.

Je n'ai conservé qu'un souvenir de l'enterrement : celui de la grande étendue verte d'herbe rase qui couvrait les flancs des collines et de l'interminable cortège de voitures noires, qui ralentissaient autour du trou creusé dans la terre. Le trou était recouvert d'une bâche noire, que seuls trahissaient les monticules de terre ocre l'entourant.

Je me tenais là et je regardais les voitures approcher, en me demandant comment les tueurs avaient su où nous trouver, Will et moi.

Nous avaient-ils suivis ou avaient-ils été informés de nos mouvements ? Les gens qui nous avaient communiqué l'adresse de Lind Street étaient-ils responsables du meurtre ? Will avait-il été envoyé là pour sauver Savannah Blazak ou seulement pour mourir ?

J'espérais que les tueurs nous avaient attendus sur place. Parce que dans ce cas-là, je n'avais à me reprocher qu'une chose : ne pas les avoir repérés. Peut-être qu'un jour je réussirais à me pardonner de m'être laissé surprendre. Mais, s'ils nous avaient suivis, j'avais manqué à mes devoirs envers Will de façon beaucoup plus grave.

Tais-toi et observe.

Mon esprit s'égarait, mais il me ramenait systématiquement à ces voitures, à ces tueurs, à cette nuit. Oui, je savais que je devais éprouver de la pitié pour les hommes que j'avais tués. Me sentir coupable de leur avoir ôté la vie. Je m'efforçais d'éprouver ces sentiments, mais sans succès. Il existait un espace glacé au fond de moi où je rangeais les événements déplaisants. C'était comme une chambre froide, mais avec une porte encore beaucoup plus lourde. Lorsque j'y avais rangé un événement, il lui était difficile d'en ressortir. Je me disais que ces hommes étaient des truands qui n'auraient pas hésité à me tuer si je leur en avais donné l'occasion. Cela justifiait mon geste, et la porte de la chambre froide était close, désormais. Malheureusement, j'étais incapable de refermer la porte sur tous les « si » : si je les avais repérés plus tôt, si j'avais réfléchi plus vite, si j'avais écouté mes pressentiments, si le brouillard n'avait pas pris possession de la ruelle.

Je suivais à distance le cortège de tous ceux qui venaient présenter leurs condoléances à ma famille. J'avais dit tout ce que j'avais à dire à chacun. Aussi, le bord de mon chapeau rabattu pour préserver mon intimité, je m'étais fondu dans l'ombre d'un vieil orme ; là, seul, je me taisais et j'observais.

Je connaissais la plupart des gens présents. Des superviseurs, collègues de Will ; des maires et des membres de l'assemblée législative ; des juges ; des inspecteurs du département du shérif ; le gouverneur de Californie ; deux représentants du Congrès. Certains étaient des amis, d'autres des ennemis, mais tous étaient venus lui rendre un dernier hommage.

Les investisseurs immobiliers étaient là, eux aussi. La terre demeurait le produit le plus rentable, l'investissement le plus sûr dans le comté d'Orange. Will avait eu des désaccords avec chacun. Et, curieusement, il avait aussi entretenu des relations amicales avec la plupart. J'ai reconnu les « deuxième classe » – des hommes et des femmes respectables qui, chaque année, faisaient gagner des millions à leurs entreprises : l'Irvine Company, Philip Morris, la Rancho Santa Margarita Company. Leurs patrons étaient là aussi, les directeurs généraux, les présidents de conseil d'administration – le genre de types qui voyageaient dans leur jet ou dans leur hélicoptère privé.

Puis ont défilé les entrepreneurs, des milliardaires arrivés par leurs propres moyens : as de l'informatique, champions du Nasdaq, inventeurs, hommes d'affaires en tous genres. Jack Blazak, qui avait fait fortune en commercialisant des tuyaux d'arrosage jaunes qui ne s'encrassaient pas, était des leurs, bien sûr. Il avait encore plus mauvaise mine que lors de notre précédente rencontre, comme si chaque jour qui passait sans que sa fille lui soit rendue le vidait un peu plus de son flux vital.

Puis, en continuant de descendre l'échelle hiérarchique du pouvoir, sont venus les bureaucrates. Les acolytes de Will, les pitbulls du gouvernement – humbles et réservés par moments, impitoyables et autoritaires à d'autres. Ils travaillaient pour le district, pour des agences gouvernementales, pour des bureaux, des administrations, des commissions, des services, des sections, des départements, des comités.

Ils n'avaient pas d'argent, tout au moins rien de comparable aux fortunes des investisseurs et des entrepreneurs ; en revanche, ils détenaient le pouvoir que ceux-là n'avaient pas. Ce pouvoir pouvait s'avérer amical, précieux, rentable pour chacun, selon les moments. Il pouvait faire ou défaire. Le prix était négociable.

Will était un bureaucrate. J'en deviendrais peut-être un moi-même, un jour. Je possédais sans doute la meilleure formation pour cela : mes cinq premières années en foyer.

Puis est venu le tour des amis, des parents, des voisins et des simples connaissances : son médecin, son coiffeur, ses partenaires de tennis. Même notre vieil éboueur, un jeune père de trois enfants quand j'étais gosse, aujourd'hui homme d'âge mûr aux cheveux grisonnants, au maintien raide, avec des rides d'expression autour des yeux. Avant de me déposer à l'arrêt de bus et d'aller prendre son service au quartier général du shérif, Will avait l'habitude de discuter avec lui, les mercredis matin, à six heures et demie, le jour du ramassage des poubelles dans notre rue.

Je les observais et je me demandais de combien de vies une existence est composée. J'éprouvais tout à la fois un sentiment de fierté et un grand vide intérieur. J'étais submergé et abattu.

Je me suis senti trahi lorsque Jennifer Avila, époustouflante de beauté dans son ensemble noir, s'est arrêtée pour parler à ma mère.

Trahi par Will et, d'une certaine manière, par Jennifer aussi.

Mon cœur battait la chamade, puis il s'arrêtait presque complètement. Tout ce que je regardais m'apparaissait légèrement flou – ma vue ne fonctionnait plus très bien. Une sueur épaisse et chaude coulait entre mes omoplates. Comment réussirais-je à parler à la radio dans quelques heures ? Je frissonnais alors que je mourais de chaud dans mon costume noir.

Le vieux Carl Rupaski, chef de la régie des transports du comté d'Orange – et ennemi politique juré de mon père –, s'est traîné lentement jusqu'à mon arbre et m'a serré la main. Ses yeux étaient humides. Il empestait le tabac et l'alcool.

— J'aimerais vous parler un de ces jours, Joe. Peut-être lorsque nous serons moins sous le choc, vous et moi. Que diriez-vous de déjeuner en ma compagnie, la semaine prochaine ? Lundi, ça vous va ?

— Oui, monsieur. C'est parfait.

Il m'a serré l'avant-bras avec force.

— C'est vraiment la merde, fiston. Vraiment la merde.

Jaime Medina lui a succédé à l'ombre de l'orme. Il paraissait encore plus malheureux et dépité que d'habitude, plus voûté et défait. Nous avons parlé de mon père, et Jaime m'a rappelé tout ce que Will avait fait pour le CCHA. Il m'a confié que les choses allaient être beaucoup plus dures pour le Centre, maintenant que son défenseur auprès du gouvernement avait disparu et qu'une enquête criminelle était en cours.

— Je n'ai jamais dit à ces gens qu'ils pouvaient voter avant d'avoir obtenu la citoyenneté américaine, a-t-il dit. C'est un malentendu. Rien de plus. De toute façon, quelle différence peuvent bien faire quelques dizaines de voix ?

J'ai haussé les épaules. Je ne me sentais pas concerné par les problèmes du CCHA, pour l'instant.

— Vous voulez bien nous aider ?

— Comment, monsieur ?

— Je voudrais vous faire rencontrer quelqu'un. C'est un terrible scandale. Vous allez pouvoir faire des vagues, devenir célèbre.

— Je ne veux pas devenir célèbre.

— Vous l'êtes déjà. Cela fera de vous le nouveau champion de la justice. Ecoutez, parlez avec ce garçon. C'est le frère de Miguel Domingo, le type qui s'est fait descendre par les flics. Il a quelque chose à vous raconter. Vous voyez, Miguel Domingo avait une raison pour essayer de s'introduire dans cette propriété privée de Newport Beach. C'est en rapport avec la femme.

— Quelle femme ?

— Luria Blas. La jeune femme qui a été tuée à cent mètres de chez elle. Ça vous intéresse ?

— Non, merci. J'ai beaucoup à faire en ce moment.

— Quoi, par exemple, Joe ?

— Regardez autour de vous, monsieur.

Jaime a regardé autour de lui. Il a soupiré.

— Je vous appelle. Nous reparlerons de tout cela à un moment mieux choisi.

Quelques minutes plus tard, Rick Birch m'a rejoint.

Il s'est placé à côté de moi, pas devant moi, et j'ai trouvé ça intéressant. Il a observé la foule avec moi. J'ai apprécié qu'il ne dise rien. Quand il s'est décidé, enfin, à parler, j'ai été surpris de ce qu'il m'a confié.

— Mon frère a été assassiné quand j'avais dix ans. Il était mon aîné de huit ans, un dur dans un quartier chaud, à Oakland. Ils l'ont retrouvé dans le caniveau, derrière un bar. Pas d'inculpation. Ça m'a donné envie de devenir flic, pour retrouver les salauds qui avaient fait ça et les jeter en prison.

— C'est une bonne raison, monsieur.

— Vous tenez le coup ?

— Oui, monsieur.

— Ecoutez, j'ai convoqué John Gaylen pour un petit entretien informel, demain. J'aimerais que vous soyez là, de l'autre côté de la vitre sans tain.

— Je serai là.

Plus tard, à la réception, je me suis retrouvé dans un coin avec mes frères. Nous étions au seizième étage du Newport Marriott Hotel, dans un restaurant mis gracieusement à notre disposition par le directeur, encore un ami de Will. De là-haut, on voyait l'océan, une étendue gris fumée sous le ciel de juin.

Will Junior et Glenn étaient saouls. J'avais bu beaucoup moi aussi, enfin, compte tenu de ma consommation habituelle. Je ne buvais jamais trop d'alcool, parce que ça émoussait mes réflexes.

Mes frères reprenaient l'avion le lendemain, pour retrouver leur vie de famille et leur boulot ; ils étaient tristes de nous quitter, Mary Ann et moi.

Will Junior m'a serré dans ses bras.

— Si je peux faire quoi que ce soit pour vous aider tous les deux, Joe, n'hésite pas à téléphoner.

Puis Glenn :

— Prends soin de maman. Je regrette d'habiter aussi loin ; j'aimerais tant vous aider à traverser cette période difficile. Prends aussi soin de toi.

Leurs enfants sont passés devant nous en courant ; Will Junior a filé derrière les jumeaux en agitant des épées et des parasols en papier, qui avaient garni les verres de cocktail.

J'avais le sentiment qu'ils m'abandonnaient. Pourquoi ne pouvaient-ils pas, pendant quelque temps, mettre leur petite vie bien rangée entre parenthèses, venir s'installer dans le sud de la Californie avec nous et m'aider à trouver qui et pourquoi ?

Parce que ce n'était pas facile, sans doute. Parce que la vie devait reprendre ses droits. C'est ce que Will aurait voulu, etc.

Nous sommes restés là un moment à regarder les enfants jouer, et j'ai compris une vérité merveilleuse et désolante : la vie avait déjà repris ses droits.

J'ai été le dernier à quitter la réception. Je disposais d'un peu de temps avant mon interview avec June Dauer, de KFOC. Je l'ai passé en compagnie d'un autre Martini, installé à une table proche d'une fenêtre du seizième étage. Les serveurs du restaurant débarrassaient les couverts et les tables. J'écoutais le brouhaha des chaises et de leurs discussions, mais tous ces bruits semblaient se produire à un millier de kilomètres de moi.

Tout paraissait tellement lointain.

Je redoutais l'interview ; j'ai commandé un autre verre avant d'y aller.

J'étais saoul. Plus que je ne l'avais cru en quittant l'hôtel. Je le déplorais. Tout ce que je désirais, c'était oublier, et voici que j'allais devoir me souvenir. Pour quelques milliers d'auditeurs las.

Je me suis assis dans un hall de réception froid, avec des tapis rouges et des chaises orange aux pieds chromés. J'ai mâché deux chewing-gums à la cannelle et j'ai bu du café noir, en fixant le ruban intérieur en cuir de mon chapeau.

Puis, le producteur de Real Live est apparu, un jeune homme souriant portant cheveux longs et barbichette. Il s'est présenté ; il s'appelait Sean.

— June est presque prête. Vous désirez un verre d'eau, un jus de fruit ?

— Un autre café, s'il vous plaît.

— Voici la salle verte. Installez-vous, je vais vous chercher du café. Que diriez-vous d'un petit coup de Kahlua dedans, histoire de dissiper le stress ?

— Vaut mieux pas.

Je me suis assis et j'ai observé les studios d'enregistrement. Trois pièces sombres ; une autre, faiblement éclairée. Dans cette dernière, une jeune femme aux cheveux noirs bouclés était installée devant un micro ; la tête baissée, elle paraissait lire un document posé sur la table. La vitre renvoyait son reflet sous un angle curieux. J'observais le reflet.

Sean est revenu avec un gobelet en plastique, qu'il a posé sur la table devant moi.

— Chaud, a-t-il dit. Nous passons à l'antenne à l'heure tapante. Plus que quelques minutes. A propos, vieux, je suis désolé pour votre père.

— Merci.

Il a hésité et est sorti.

Cinq minutes plus tard, il m'a escorté jusqu'au studio éclairé. Le son y était étouffé ; la lumière douce et argentée. La femme aux cheveux bouclés a fait le tour de la table et m'a tendu la main.

— June Dauer.

— Ravi de faire votre connaissance, mademoiselle Dauer.

Elle a souri. Elle avait les yeux sombres et un très joli visage. Ses traits étaient légèrement anguleux. Un petit nez, une petite bouche. Elle portait un chemisier sans manches, en jean, enfoncé dans un short plissé, les chaussettes roulées sur les chevilles et des tennis en toile bleue. Ses jambes avaient un joli galbe. Elle m'a serré la main.

— Joe, je suis désolée que cette interview tombe le jour des funérailles de votre père. J'aurais choisi une autre date, si j'avais su.

— Nous étions déjà convenus de notre rendez-vous quand les dispositions concernant mon père ont été prises, mademoiselle Dauer. Il n'y a pas de problème.

Elle a secoué la tête et m'a regardé en fronçant légèrement les sourcils.

— Je ne vous avais pas demandé de laisser vos bonnes manières à la maison ?

— Désolé, je...

— Détendez-vous, Joe. Asseyez-vous et mettez ce casque sur vos oreilles. Nous allons procéder, pour commencer, à un test de voix, ensuite nous passerons à l'antenne.

Je me suis assis sur un siège pivotant et je l'ai suivie des yeux tandis qu'elle regagnait sa place, puis j'ai posé mon chapeau devant moi. Elle s'est assise et a rapproché son siège de la table. Il faisait presque noir dans le studio ; un projecteur éclairait faiblement June et la tirait ainsi de l'ombre. J'ai levé la tête et j'ai constaté qu'un autre projecteur m'éclairait également. Mon visage était brûlant, le col de ma chemise me serrait et mon cœur s'emballait comme si je venais de courir un cent mètres. J'ai posé le casque sur ma tête et j'ai respiré trois fois profondément ; je me suis senti encore plus mal, après. J'étais sur le point de filer vers mon havre secret quand la voix douce et claire de June Dauer a résonné dans mon crâne.

— Comptez jusqu'à dix, Joe, d'une voix normale. Placez votre bouche à une dizaine de centimètres du micro, la tête légèrement de côté, pas droit devant vous.

J'ai fait tout ce qu'elle disait.

— Bien, parfait. Vous avez un peu bu, Joe ?

— Plus qu'à l'accoutumée.

— C'est quoi « l'accoutumée » ?

— Presque rien.

— Vous tenez bien l'alcool ?

— Nous allons le découvrir ensemble.

Elle a tourné la tête vers la vitre derrière laquelle Sean lui adressait un petit signe.

— Et trois, et deux, et un, dit-il. C'est à vous.

J'ai entendu d'abord un peu de musique, puis une voix enregistrée qui annonçait l'émission. Ensuite, June a fait une courte introduction, elle a rappelé brièvement mon histoire et a employé l'expression « Acid Baby », qui a fait se hérisser mes poils comme toujours. Elle parlait en gardant les bras le long du corps et en me regardant par-dessus la table, comme si j'étais un ours dans un zoo. Sa voix était douce, presque un murmure. Le casque donnait une curieuse forme à son crâne, avec ses boucles qui se redressaient tout autour du serre-tête.

Je n'ai pas conservé un souvenir très précis de la première demi-heure. J'étais nerveux. Au début, mes réponses se limitaient à un ou deux mots, et ma voix résonnait de manière étrangement faible et distante. Je répondais à des questions auxquelles j'avais déjà répondu mille fois. Je disposais d'un stock de réponses toutes faites, résultat d'années de pratique, et je les lui servais.

Thor. Le résumé des événements. La douleur. Les souvenirs. Les interventions chirurgicales. Hillview.

Les autres gosses. Will et Mary Ann. L'école. Le surnom d'« Acid Baby ». Le base-ball. Le lycée. Le département du shérif. Le travail à la prison.

Et puis, June a accroché mon regard par-dessus la table et je me suis concentré sur ses yeux, que la lumière du projecteur rendait très brillants. Tout à coup, je me suis senti plus détendu, presque bien.

— J'admire le courage avec lequel vous avez surmonté cette épreuve, Joe. Je suis votre histoire depuis des années. Vous vous êtes construit une vie exemplaire après un début tragique. Les gens doivent savoir qu'eux aussi peuvent le faire.

— Je le dois essentiellement à mes parents. Je veux parler de mes parents adoptifs.

Elle m'a demandé quel conseil je pouvais donner aux gens en difficulté – surtout aux jeunes gens. Où puise-t-on les bases de la confiance en soi ? Comment se libère-t-on de la colère et de la tendance à s'apitoyer sur son sort ?

Je lui ai fourni les réponses habituelles : croire en soi, ne pas avoir peur de sa différence, ne jamais oublier qu'il existe toujours des personnes qui vivent des situations encore plus tragiques.

Puis elle m'a posé une question qu'on ne m'avait jamais posée :

— Joe, à quoi pensez-vous quand vous regardez un joli visage ?

Etait-ce la nouveauté de la question ? L'effet des funérailles ou de l'alcool, ou encore de la chaleur sous mon costume ? Etait-ce seulement parce que les « jolis visages » constituaient l'un des rares sujets sur lesquels je me sentais qualifié pour m'exprimer ? Je ne suis pas sûr de la cause précise, mais subitement j'ai éprouvé le désir de parler.

— Je pense que son possesseur a de la chance.

J'aime les jolis visages, mademoiselle Dauer. Il en existe une telle variété ! Je pourrais passer des heures à en contempler un seul. Mais vous savez quoi ? Ce n'est pas si simple. Rares sont les personnes qui vous laissent les regarder, à moins de bien les connaître.

— Vous devez connaître beaucoup de monde.

— C'est vrai. Mais on ne veut pas mettre les gens mal à l'aise à force de les dévisager.

— Non, bien sûr. Alors, que faites-vous ?

Elle s'est renversée légèrement dans son siège et m'a considéré avec attention. Je voyais la lumière qui jouait dans ses cheveux et ses yeux qui recommençaient à briller. J'étais conscient de l'éclairage tamisé et de l'acoustique un peu sourde. L'espace d'un instant, j'ai eu l'impression que June Dauer était la seule personne présente dans tout le bâtiment. Comme s'il n'y avait eu, ici, qu'elle et moi ; comme si je m'adressais à elle, et à personne d'autre.

— Je vais au cinéma ou je regarde la télévision, June. Je lis des magazines. J'aime les comédies romantiques avec des actrices au visage parfait. Parfois, je vais dans des lieux très fréquentés où je peux me fondre dans la foule et observer. Mais tout va toujours trop vite. Les films ont une fin, les gens sur la plage repartent ou se détournent, les passants dans les centres commerciaux poursuivent leur route... On ne dispose jamais d'assez de temps pour vraiment apprécier un joli visage.

— Je comprends ce que vous voulez dire. C'est un peu comme si vous évoluiez dans un monde différent du leur. Comme si vous étiez coupé d'eux, séparé. Je ressens parfois la même chose, assise ici, dans ce studio, où je m'adresse à des personnes qui vivent dans le vrai monde.

Subitement, j'ai pris conscience du plaisir qu'il y

avait à parler avec June Dauer. Elle semblait si seule dans ce faisceau de lumière, enveloppée dans une pénombre presque totale. J'ai oublié où j'étais, pourquoi j'étais là et le fait que j'avais trop bu. Je me suis mis à lui parler, simplement.

— C'est exactement ça, June. Comme s'ils n'étaient pas réels. Je veux dire, aucun de ces visages n'est tout à fait réel, en ce sens qu'il est impossible d'en toucher un seul, surtout au milieu d'une foule. Il est absolument impossible de les toucher.

— Vous avez raison, c'est impossible.

— Ce n'est pas que je désire les toucher. En vérité, je ne veux pas toucher ou être touché.

June Dauer s'est penchée vers l'avant, vers le micro. Elle a légèrement froncé les sourcils, comme si le casque ne fonctionnait pas bien.

— Vous ne voulez pas toucher ou être touché ? Croyez-vous que ce soit très normal ?

— Je n'ai jamais songé à cela, mademoiselle Dauer.

— Et moi, je n'ai jamais entendu personne parler comme ça, avant vous. Tout le monde est avide de contacts. Mais, vous savez, je suis persuadée que vous pourriez rencontrer plein de jolis visages, qui accepteraient de prendre un café avec vous, de discuter avec vous, de vous donner l'occasion de les connaître.

— J'ai payé un modèle, autrefois, pour qu'elle reste assise et qu'elle me laisse la regarder. Tracy. Elle était jeune et débutait dans le métier ; elle avait besoin d'argent. Elle est revenue une deuxième fois et m'a de nouveau autorisé à la regarder ; trois heures, cent dollars de l'heure. Quel joli visage ! Une beauté incroyable. Nous avons bu un café ensemble lors de sa deuxième visite, ensuite nous avons discuté. Je l'aimais bien. Je me suis mis à penser à elle tous les jours, puis toutes les heures, enfin toutes les minutes. J'ai alors cessé de l'appeler, parce que je voulais me donner le temps de reprendre mes esprits, et puis je ne tenais pas à ce qu'elle ait l'impression que je cherchais à m'imposer. Je ne désirais pas l'effrayer. Lorsque je l'ai rappelée, la fille avec qui elle partageait son appartement m'a appris qu'elle était partie à Milan. Je lui ai écrit, elle n'a jamais répondu.

Une pause dans notre échange ; June m'observait.

— Je trouve cela bien triste. Mais puisque nous avons abordé la question, est-ce qu'il vous arrive de sortir avec des filles, Joe ?

— Très honnêtement, mon expérience en la matière est limitée. Je suis conscient de l'effet que je produis sur les femmes, et il ne me paraît pas juste d'en effrayer une pour le seul plaisir de la regarder.

J'ai réalisé que c'était exactement ce que je faisais : je dévisageais June Dauer. J'ai détourné les yeux et ma joue a heurté le micro. Cela a produit un son terriblement amplifié. Elle a ri. Son rire était merveilleux, l'un des plus beaux qu'il m'ait été donné d'entendre.

— Pardonnez-moi, chers auditeurs, a-t-elle dit. Je suis tombée de mon siège parce que Joe Trona m'a regardée.

Je me suis senti rougir, mais j'ai souri. Je m'efforçais de ne pas sourire trop souvent, parce que ce n'était pas quelque chose que les gens semblaient apprécier.

— Joe, j'ai remarqué que vous avez d'excellentes manières. Pourquoi ?

— Pour mettre les gens à l'aise. Et puis, il y a quelques années, je me disais que les femmes appréciaient les bonnes manières.

— C'est le cas, en général. Alors... ?

— Alors ? Les bonnes manières ne suffisent pas. Il faut aussi... c'est difficile à expliquer. Voyons... vous n'avez pas envie de n'être qu'une immense cicatrice sous un chapeau, qui dit : « Oui, merci », « Non, merci », « Oh, quelle belle journée, n'est-ce pas, mademoiselle Dauer ? » Vous n'avez pas envie de passer pour un babouin qui parle ou pour un majordome anglais égaré dans *Le Loup-Garou de Londres*. Vous comprenez ?

Elle a marqué un léger temps. Comme si je l'avais prise au dépourvu.

— Non, pas vraiment, Joe. Mais c'est pour cela que je désirais vous inviter dans mon émission. Comment les femmes réagissent-elles envers vous ?

— Je suis sorti une fois avec une femme. Elle s'est comportée comme si le fait d'être en ma compagnie était parfaitement naturel. J'y ai cru jusqu'au moment où nous nous sommes retrouvés seuls dans son appartement et où elle a demandé si elle pouvait toucher mon visage. Je lui ai dit qu'elle pouvait le toucher, parce que je ne voulais pas la décevoir. J'ai fermé les yeux et j'ai serré les dents, puis j'ai attendu. Ça a duré une éternité. J'entendais sa respiration. J'ai senti le bout de ses doigts. Je ne supportais pas ce contact. Je suis pourtant resté aussi impassible que possible, mais j'ai commencé à trembler. Quand j'ai ouvert les yeux, elle pleurait. Je me suis levé et je me suis excusé de l'avoir fait pleurer. Ensuite, je suis parti.

— Pourquoi êtes-vous parti ?

— Parce qu'elle pleurait. Je ne veux pas inspirer de la pitié, mademoiselle Dauer. Du dégoût, c'est acceptable. Du dégoût, c'est normal. Mais de la pitié, c'est insupportable.

Une nouvelle petite pause. Et le même froncement de sourcils.

— Changeons de sujet. Joe Trona, de quoi êtes-vous le plus fier dans votre vie ?

J'ai réfléchi un instant.

— D'avoir été adopté par Will et Mary Ann Trona.

Au moment de prononcer ces paroles, j'ai songé à ce que j'avais fait quelques heures plus tôt. J'ai songé à cette nuit dans Lind Street et à toutes les possibilités que j'avais eues de faire en sorte qu'elle se termine autrement. Et j'ai pris conscience que je m'adressais à tout un pays, pas seulement à une femme qui paraissait sympathique et agréable.

— Etes-vous fier d'avoir réussi à faire face à l'adversité, à avoir surmonté un tel handicap ?

— Non.

— Bien, Joe, il nous reste deux secondes, voulez-vous bien vous décrire en trois mots. Ne réfléchissez pas : *trois mots !*

J'ai entendu les premières mesures du générique.

— Joe !...

— Peut mieux faire, ai-je dit.

La voix de June Dauer s'est surimposée à la musique.

— N'est-ce pas le cas de chacun d'entre nous ? Joe Trona est Real Live. Vous aussi, ne l'oubliez pas. C'était June Dauer, qui vous souhaite une bonne soirée, et si vous ne pouvez être heureux, soyez au moins détendu ! A bientôt.

Elle a repoussé le micro, a retiré son casque et l'a posé sur la table devant elle. La lumière du projecteur faisait toujours briller ses yeux et elle fronçait encore les sourcils.

— Merci.

— Ce fut un plaisir.

Je sentais une vague de soulagement m'envahir, j'ai pris une profonde inspiration et j'ai laissé filer l'air entre mes lèvres. Je me suis demandé s'il existait l'équivalent du syndrome de Stockholm pour les invités des médias, parce que j'étais presque tombé amoureux de June Dauer, qui m'avait aidé à tenir le coup tout au long de son émission.

— Sortons d'ici, a-t-elle dit. J'ai reçu, un jour, une gourou qui donnait des conférences. Elle était si nerveuse, à la fin de l'émission, qu'elle s'est précipitée dans les toilettes pour vomir son repas.

— Je ne compte pas en faire autant.

— Venez.

Nous avons regagné le hall d'entrée, puis nous sommes sortis. Nous avons marché. Je devenais très gauche en présence d'une jolie femme, aussi me suis-je efforcé de marcher un pas devant elle et un bon mètre de côté.

— Je n'ai pas de maladie contagieuse, a-t-elle dit.

— Pardon. Je marche toujours un peu vite.

— Ralentissez donc. Vous pouvez marcher aussi vite que vous le voulez, vous ne sèmerez jamais votre nervosité.

J'ai ralenti. Il était presque six heures, mais il faisait encore clair. L'air commençait seulement à fraîchir. L'après-midi aurait pu se prolonger indéfiniment, comme un disque rayé rejouant sempiternellement la même phrase musicale. Tout en marchant dans la lumière du jour, j'ai songé à ce que je lui avais dit au cours de la dernière demi-heure. Cela paraissait déjà si loin.

Les studios de KFOC étaient situés sur le campus d'une université, et nous marchions au milieu de bâtiments bas et de kiosques, où des prospectus s'agitaient sous l'effet du vent. Les hévéas étaient d'un vert profond et brillant, et les pas des étudiants avaient tracé de larges sentiers à travers la pelouse.

J'ai retiré mon veston et je l'ai plié sur mon bras. Une petite brise du soir s'est infiltrée sous ma chemise. Tout en faisant mine de disposer soigneusement mon veston, j'ai observé June Dauer, qui avait légèrement tourné la tête et regardait les nuages. La même brise qui rafraîchissait mon dos soulevait les boucles sur son front, dévoilant ses oreilles. De petits rubis ornaient chaque lobe. Je m'imaginais ramassant deux pleines poignées de ces pierres et les déversant doucement sur sa tête pour les regarder s'écouler sur ses cheveux sombres, glisser le long de ses épaules et de ses jambes, rebondir autour de ses pieds, je ne sais pas pourquoi... J'avais trop bu, sans doute.

A moins que ce ne fût à cause de l'EM. Will m'avait un peu parlé de l'amour et des femmes. Il m'avait conseillé de chercher une pécheresse avec un solide sens de l'humour. Il m'avait également conseillé de tomber amoureux les yeux grands ouverts et de me marier les yeux fermés. L'autre conseil avait été le suivant : *Recherche l'EM !*

L'EM, c'est l'Effet Magique. Certaines femmes le possèdent, d'autres pas. Tu l'observeras d'abord dans ses yeux. Ou alors dans sa voix. Peut-être dans ses mains. Une fois que tu l'auras aperçu quelque part, tu réaliseras qu'il est présent partout, parce que c'est l'Effet Magique. L'EM te ramène vers elle. Encore et toujours. C'est un aimant, mais tu ne réussis jamais à le définir avec précision. Mary Ann en possède des tonnes.

Je regardais toujours June Dauer, mais elle m'a regardé à son tour et j'ai détourné les yeux. Mes joues redevenaient brûlantes.

C'était, de toute évidence, l'EM. Il était présent dans tout son visage, dans ses yeux, dans la ligne solide de son menton. Je l'avais déjà vu auparavant, mais jamais avec une telle évidence. Ni de manière aussi éblouissante.

— Comment s'est passé le service funèbre, Joe ?

— Très bien. Le révérend Daniel a lâché un millier de colombes blanches dans la Chapelle de Lumière. Puis il a ouvert le plafond et elles se sont envolées.

— Magnifique.

— C'était la première fois qu'elles volaient.

— Comment le savez-vous ?

— C'était des colombes d'élevage.

— Mince ! Avoir droit aux grandes orgues et à un public de deux mille personnes, la première fois que vous déployez vos ailes...

Nous avons fait le tour d'un grand parc et nous nous sommes retrouvés devant la porte de la station de radio. Elle m'a tendu la main, je l'ai serrée et j'ai regardé June. Dans la lumière du jour, elle était beaucoup plus belle encore. Sa peau était sombre et légèrement luisante. Ses yeux, qui m'avaient paru noirs dans le studio, étaient en réalité d'un brun profond.

— Merci de vous être livré, a-t-elle dit. Vous avez été très généreux avec moi. Et qui sait, Joe ? Peut-être qu'un auditeur vit lui aussi une situation douloureuse. Peut-être que vous lui avez donné le courage de vivre. Quoi qu'il en soit, vous m'avez aidée à remplir une demi-heure – c'est mon boulot. Mais vous avez peut-être fait plus.

— Je l'espère.

Je suis rentré chez moi, mais, en arrivant devant la maison, j'ai fait demi-tour et je suis retourné aux studios de KFOC. Ils n'étaient qu'à vingt minutes de là où j'habitais.

Je me suis senti stupide, assis dans ma voiture sur le parking, alors je suis retourné chez moi, pour la deuxième fois en une heure. Seulement, je ne me suis pas senti mieux là... Alors j'ai repris à nouveau la direction des studios. J'ai garé la voiture, j'ai respiré profondément et je me suis dirigé d'un pas vif vers le hall d'entrée. *L'Effet Magique*. J'ai retiré mon chapeau et j'ai demandé au réceptionniste s'il me serait possible de voir mademoiselle Dauer.

Il m'a lancé un regard inquiet.

Mais June Dauer est arrivée en souriant.

— Revenez en studio, Joe. Nous allons réaliser un nouvel enregistrement pour un jour de pluie.

— Je ne peux pas, ai-je dit. Je ne peux pas rester. Je voulais juste vous dire que j'aimerais sortir avec vous. Nous ferons ce qu'il vous plaira.

Le réceptionniste a souri et a pris un air affairé.

June Dauer m'a regardé et elle a ri.

— Les seules choses dont j'ai horreur, ce sont les films d'épouvante et les restaurants où l'on chante « Joyeux anniversaire ». Mais peut-être qu'on devrait commencer par prendre un café, histoire de faire un peu plus ample connaissance.

— J'en serais très honoré.

— Voyons ce que vous en penserez après.

Nous sommes convenus d'un jour et d'un lieu de rendez-vous et je suis rentré chez moi. J'avais l'impression que les pneus de ma Mustang flottaient à cinquante centimètres au-dessus de la chaussée, pourtant la voiture tenait parfaitement la route.

Tout d'abord, j'ai cru que c'était un effet de l'alcool, mais, à vrai dire, j'étais tout à fait dessaoulé. Mon cœur battait la chamade, j'ai baissé les deux vitres pour permettre au vent de pénétrer dans l'habitacle.

Pendant cinq minutes d'affilée, je n'ai songé ni à Will ni aux types dans les voitures.

7

J'ai mis à profit cette interminable soirée d'été pour accomplir une tâche qui me tenait à cœur, mais que je reportais depuis plusieurs jours.

De retour dans ma petite maison d'Orange, j'ai sorti la voiture de Will du garage et je l'ai rangée dans l'allée carrossable. Un portail fermait celle-ci, ménageant un bel espace protégé : la maisonnette, le jardinet, le grand oranger, le garage séparé, l'allée.

Après m'être changé et avoir rangé le costume que je portais pour les funérailles, j'ai profité de cette intimité et de la lumière prolongée du jour pour laver la voiture à la main, intérieur et extérieur. Le sang imprégnait le cuir des sièges et je n'ai pas réussi à le faire disparaître entièrement, mais j'ai tout remis en état du mieux possible. La moquette du côté passager était elle aussi tout imbibée de sang ; j'ai dû la shampouiner à deux reprises, la laisser sécher et renouveler l'opération. Il est impossible d'extraire complètement le sang de ce genre de matière.

L'odeur de viande froide se mêlait aux parfums agréables du shampoing et du cuir propre ; je me disais que la voiture conserverait ces relents à jamais.

Je me suis senti proche de Will pendant tout ce

temps. Nous avions passé tant d'heures ensemble dans cette voiture. Je le revoyais assis là : il se penchait vers l'avant pour surveiller les compteurs, il me demandait à quelle allure nous roulions, il appuyait sa nuque contre le repose-tête pendant les virages qu'il aimait tant. Ou il ouvrait sa mallette noire sur ses genoux et farfouillait dedans. Ou encore il se renversait dans son siège et posait sur le monde son regard plein d'un mélange de désapprobation et d'espoir.

Dans la lumière du soir, j'ai fait le tour de la voiture, en caressant du bout des doigts la peinture noire et lisse. Un bel animal. J'avais l'habitude de la laver deux fois par semaine, toujours à la main, de la lustrer à la cire une fois par mois, de nettoyer à la vapeur le moteur et le soubassement tous les soixante jours. J'avais réalisé moi-même les modifications souhaitées par Will. Au diable le contrat de leasing : j'avais, ainsi, installé la puce de déblocage, remplacé le silencieux standard par un autre qui augmentait la puissance des chevaux et qui donnait à la berline un ronronnement de bolide des années soixante-dix. J'avais laissé tomber les jantes en alliage léger de seize pouces au profit de jantes sur mesure en acier inoxydable. La seule chose dont je ne me chargeais pas personnellement, c'était les entretiens réguliers, qui étaient à la charge du comté.

J'ai décidé de garder la voiture jusqu'à ce qu'ils me la réclament, même si elle coûtait trois fois mon salaire annuel.

Je ne songeais pas vraiment à toutes ces choses en laissant ma main courir sur son flanc noir : je me demandais, une fois encore, si nous avions été suivis ou attendus.

Nous avaient-ils conduits là, ou nous avaient-ils suivis ?

Je voulais croire qu'ils nous avaient conduits là. Qu'ils savaient dès le début que notre destination finale était Lind Street, à Anaheim.

D'ailleurs, comment auraient-ils pu me suivre ? Il faisait nuit, mais je surveillais les phares et les voitures autour de nous. C'était une seconde nature, chez moi. Et quand Will m'avait dit de lui lâcher la bride, je n'avais pas fait les choses à moitié. Je me souviens que l'aiguille avait flirté avec les 180 kilomètres à l'heure. Comment deux voitures auraient-elles pu me suivre à cette allure sans que je les repère ?

Idée !

J'ai relevé l'arrière de la voiture à l'aide du cric. Ensuite, j'ai enfilé une paire de gants en caoutchouc neufs, je me suis allongé sur le chariot et j'ai roulé sous la voiture. Pas assez de lumière. Je suis ressorti, j'ai pris la lampe torche dans le coffre, et je me suis glissé à nouveau sous la voiture.

Le soubassement était propre, comme toujours. J'ai passé la main sur les côtés du réservoir d'essence, sur le silencieux et le différentiel. Ensuite, le long de l'essieu et de l'entretoise arrière. Enfin, sous la jupe d'aile et le long du châssis. Là, j'ai rencontré un objet que je n'ai pas réussi à identifier au toucher.

Il m'a fallu un certain temps pour réussir à le déloger, et deux voyages à l'établi pour trouver mon plus petit tournevis. Je manquais d'espace.

Finalement, je l'ai prélevé avec deux doigts et je l'ai déposé sur le béton, juste à côté de mon crâne. J'ai tourné la tête pour contempler l'objet.

Un émetteur à ondes courtes, à peu près de la taille d'un rasoir électrique. Conçu pour émettre sur une fréquence unique.

Une fréquence d'émission dont le seul objet était de nous suivre.

J'ai réfléchi un long moment à ce nouveau problème. A Will et Savannah aussi, aux cinq types armés, au million de dollars dans un sac de tennis. Pourtant, même avec cet émetteur au creux de ma main, je ne pouvais me résoudre à admettre qu'ils m'avaient suivi jusque-là.

J'ai emmené l'engin dans la maison et je l'ai couvert de poudre pour vérifier la présence d'empreintes. Je relevais les empreintes depuis que j'avais douze ans, lorsque Will m'avait annoncé qu'il voulait que je devienne adjoint du shérif. Une bonne chose. Trois belles empreintes, parfaitement exploitables – un pouce sur le côté et deux doigts sur le dessus. Les prélèvements étaient parfaits.

Je suis ressorti avec l'émetteur et je l'ai examiné attentivement à la lumière du crépuscule. Je m'interrogeais. Ils savaient que j'étais assez stupide pour me laisser piéger une fois, ils se diraient peut-être que j'étais assez stupide pour me laisser piéger à nouveau.

Peut-être était-ce déjà fait.

Je me suis glissé encore une fois sous la voiture et j'ai replacé l'émetteur là où je l'avais trouvé.

Ensuite, j'ai appelé mon amie Melissa au laboratoire d'analyse criminelle et je lui ai demandé de me rendre un service.

J'ai sorti la mallette en cuir noir de Will du coffre dans le plancher.

J'ai d'abord été frappé par l'odeur familière. Puis par la forme familière. J'avais du mal à imaginer mon père sans sa mallette : posée sur ses genoux, dans la voiture, pendant que je conduisais ; au bout de son bras lorsqu'il pénétrait dans une pièce et en prenait possession comme lui seul savait le faire ; au bout de son bras gauche quand il serrait des mains et fixait son interlocuteur dans les yeux en s'efforçant de le convaincre de voter pour lui par la seule force de sa poigne et de quelques mots choisis avec soin. Ou encore posée sur l'asphalte chaud du parking du CCHA, lorsqu'il écoutait Jennifer Avila lui dire qu'elle l'aimait.

Oui, j'aurais voulu être près de lui en ce moment précis.

Et soudain j'ai songé que le mobile de sa mort se trouvait peut-être là, quelque part au milieu de tous les gens qu'il connaissait. Cette idée m'est venue à cause d'une phrase que Will m'avait répétée au moins mille fois : *Aime beaucoup, mais accorde rarement ta confiance.*

J'ai emporté la mallette dans le garage et je me suis installé dans la voiture de Will. J'ai pris sa place pour ne pas être gêné par le volant. J'ai posé la mallette sur mes genoux, comme il avait l'habitude de le faire. J'ai allumé le plafonnier et ouvert la mallette.

J'ai contemplé les objets qui composaient le quotidien de mon père : un agenda et un calepin, une calculatrice, un chéquier et un portefeuille, un bloc-notes de papier jaune couvert de son écriture, un mini enregistreur, un couteau suisse avec toutes sortes de pinces, de tournevis et même une scie miniature, un appareil photographique jetable, quatre chemises de couleurs vives contenant des articles de journaux traitant de divers sujets, le compte-rendu de la réunion du dernier Conseil des superviseurs, l'ordre du jour de la prochaine.

Dans un compartiment réservé aux stylos et aux crayons, j'ai trouvé une clé que j'ai reconnue au premier coup d'œil parce que je possédais la même. Elles ouvraient toutes les deux le même coffre dans les sous-sols de la banque de Santa Ana.

Je me souvenais de l'avoir interrogé, trois ans plus tôt, quand il m'avait confié la seconde clé.

Puisque j'ai la clé, monsieur, puis-je savoir ce que contient le coffre ?

Des conneries. Rien.

J'ai glissé la clé dans ma poche. J'allais bien devoir me décider à vider ce coffre, tôt ou tard.

La mallette contenait deux éléments dont la présence m'a surpris : une photo de famille prise à l'occasion de mon sixième anniversaire. Elle n'était pas encadrée, mais froissée et cornée, maculée à force d'avoir été manipulée.

Je me suis remémoré mes six ans ; j'avais inauguré ma nouvelle existence un an plus tôt et je me demandais encore quand j'allais me réveiller du rêve merveilleux avec la belle maison dans les collines et les gens que la vue de mon visage n'effrayait pas. Je ressentais alors les premiers émois de l'amour et je n'avais absolument pas la moindre notion de ce dont il s'agissait.

Le deuxième élément qui m'a surpris était une série d'articles découpés dans des journaux et réunis par un trombone. Ils étaient au nombre de six et concernaient tous Luria Blas et Miguel Domingo.

Pas de commentaires de la main de Will. Rien que les articles. Je les ai feuilletés et remis à leur place.

J'ai sorti l'agenda et je l'ai ouvert à la page qui correspondait à la dernière semaine de la vie de mon père.

J'ai passé en revue ses rendez-vous, ses déjeuners, ses réunions du Conseil, ses démarches professionnelles et personnelles ; le tout, là, offert à mon regard.

Deux points ont retenu mon attention. Deux rendez-vous qui avaient eu lieu pendant la journée, alors que je travaillais, et dont il ne m'avait pas parlé.

Le premier était un déjeuner avec son collègue, le superviseur Dana Millbrae, et le directeur de la régie des transports, Carl Rupaski. Il figurait à la date de mardi et indiquait, comme lieu de rendez-vous, le

Grove. Le jour qui précédait la mort de Will. Mon père et Millbrae étaient tous deux des membres élus du même Conseil. Millbrae représentait le Sud, plus fortuné ; Will, le Centre, plus pauvre et plus populaire. Ils s'opposaient sur bien des points et leurs votes différaient souvent.

Récemment, Millbrae avait toutefois fait cause commune avec Will lors de votes intéressant la régie des transports.

Je me souvenais de l'un d'eux en particulier. Il avait eu lieu vers la fin mai. Il convenait, alors, de décider si le comté devait racheter l'une des autoroutes à péage déficitaires, construites quelques années plus tôt avec des fonds privés. La route en question couvrait une douzaine de kilomètres. Le péage aux heures de pointe coûtait deux dollars soixante-cinq. Personne ne l'empruntait jamais. Le consortium qui l'avait construite perdait un millier de dollars par jour. Ses membres voulaient que le comté d'Orange la rachète pour vingt-sept millions.

Will s'y était opposé avec véhémence – que les fonds privés, et non les contribuables, assument les déficits ! disait-il. Rupaski avait défendu la position adverse, affirmant que sa régie était en mesure d'assurer le fonctionnement de la route à un coût inférieur à celui en vigueur ; il se faisait fort de rentabiliser l'affaire d'ici à 2010. Il prétendait qu'un tel achat était une aubaine, même au double du prix proposé.

Will estimait que l'aubaine serait pour les amis de Rupaski – les membres du consortium privé qui avait construit la route – et que les fonds publics ne devaient pas servir à renflouer des caisses privées.

A en croire Rupaski, c'était à cause d'hommes bien intentionnés comme Will que les routes du comté étaient toujours embouteillées, ce dont se plaignaient tous les contribuables.

Will ripostait en accusant Rupaski d'être une marionnette aux mains d'investisseurs privés.

Je conservais un souvenir très précis de cette soirée.

Le Conseil des superviseurs était composé de sept membres. La position de Millbrae avait surpris tout le monde : en s'opposant à ce que le comté rachète aux amis de Carl Rupaski leur route à péage, véritable gouffre financier, il avait fait basculer le vote dans le sens désiré par mon père.

Je revoyais clairement la tête de Rupaski à la sortie du Conseil. Celle de Millbrae également. Rupaski ressemblait à un poisson pris à l'hameçon. Dana Millbrae – grave, réservé, blanc comme une tasse de lait – paraissait contrarié, presque terrifié.

Will avait coupé son micro, refermé sa mallette et était descendu de l'estrade en me faisant signe de le rejoindre à la sortie. Dans la voiture qui nous ramenait à la maison, il s'était vivement réjoui du résultat du vote. Il appelait Millbrae « Millie » et reprochait à Carl Rupaski d'être le truand le plus odieux qu'il avait jamais rencontré.

Tout homme qui possède ses propres sbires, qui conduit ses propres bolides et impose ses propres lois détient trop de pouvoir, Joe. C'est bien que Millie se soit pour une fois opposé à ce fils de pute.

Tels furent ses mots, très précisément. Je savais de quels bolides il parlait, parce que la régie des transports du comté d'Orange possédait une flottille de Chevrolet Impala toutes neuves, d'un blanc immaculé, avec des vitres teintées. Elles avaient été payées par le comté pour assurer les déplacements personnels des directeurs de la RTCO.

Joe, ça me fout les boules de voir des petits fonctionnaires faire les marioles dans des bolides géants, surtout avec des vitres teintées qui ne permettent pas de voir quel connard de la régie est au volant.

C'est ce qui l'avait décidé à adresser une requête au comté pour décrocher le budget qui lui avait permis d'acheter le somptueux engin dans lequel j'étais assis en ce moment. Il avait parfaitement conscience de l'hypocrisie de la situation. Il m'avait confié un jour que si nous vivions dans un monde juste, les superviseurs circuleraient en voiture de sport et tous les membres de la RTCO – y compris Rupaski – se déplaceraient à pied.

Un déjeuner entre ces trois hommes, au Grove, avait donc de quoi surprendre. Will ne m'en avait pas parlé. Ni avant, ni après. Mais je me souviens qu'il était agité et anxieux ces derniers jours.

T'es armé ?

L'autre point qui a retenu mon attention dans son agenda était un rendez-vous avec une certaine Ellen E., mercredi après-midi, le jour même de sa mort. Il avait eu lieu à quatorze heures, dans un petit restaurant de Riverside, juste de l'autre côté de la frontière du comté.

J'ai sorti son carnet d'adresses et j'ai parcouru la page des E. J'ai trouvé une Ellen Erskine, avec deux numéros de téléphone et une adresse. Je ne la connaissais pas, je n'avais jamais entendu parler d'elle. Il était un peu tard pour lui téléphoner.

J'ai passé encore un moment dans la voiture ; je laissais mes mains courir sur les objets qu'il avait touchés ; je me souvenais, je m'interrogeais.

8

J'étais installé dans un bureau d'observation derrière le grand miroir de la salle d'interrogatoire du département du shérif. Rick Birch a ouvert la porte à John Gaylen. J'ai senti comme une palpitation dans mes tripes à l'instant où Gaylen a pénétré dans la pièce, s'est retourné, a joint les mains et m'a regardé à travers le miroir sans tain. Plus qu'une palpitation : un bourdonnement.

Je me suis détourné, j'ai inspiré profondément et je suis revenu vers lui.

Le bourdonnement.

Je me suis efforcé de l'ignorer, de me concentrer sur mon observation et mon témoignage. *Tais-toi et observe.*

Harmon Ouderkirk, le partenaire de Rick, est entré à son tour dans la pièce. C'était un homme petit, épais, la quarantaine. Il a refermé la porte d'un geste brutal.

Gaylen regardait dans ma direction, mais il ne pouvait me voir. Il s'est tourné vers la caméra vidéo qui occupait un coin de la pièce. Posée sur un trépied, c'était une caméra-leurre, que nous ne branchions que rarement. La caméra opérationnelle était, elle, dissimulée derrière la grille de ventilation, sur le mur opposé.

— Vous ne m'aviez pas prévenu que notre entretien serait enregistré.

Tous mes poils se sont hérissés. Ma nuque s'est glacée, subitement, et elle a commencé à me démanger. La voix ! Grave et sonore, avec son timbre curieux et ses inflexions presque joyeuses.

Elle me parvenait à travers le micro du système vidéo, amplifiée juste ce qu'il fallait pour être parfaitement audible.

Will ! Hé, Will Trona ! Discutons.

La voix du tueur ? Tellement ressemblante.

— Nous n'enregistrons pas, a fait Birch.

— C'est ça, vous allez me dire qu'elle n'est pas branchée, pas vrai ?

— Dirige ce putain d'engin vers le mur, si tu ne le crois pas, est intervenu Ouderkirk. Débranche-le.

Gaylen a examiné la caméra, puis il a retiré son manteau, l'a plié et en a recouvert l'objectif et le micro.

— Qui est derrière le miroir ?

— Personne.

Gaylen m'a fixé à nouveau à travers le miroir.

— Il a effectivement l'air de personne.

Ma respiration était forte ; je l'observais, tout en m'efforçant de maîtriser mes nerfs, d'acquérir la certitude qu'il s'agissait bien de la même voix. Ma conviction était aussi ferme que le permettait le souvenir d'une voix entendue dans le brouillard.

Il était grand, le teint cuivré, le visage étrangement beau. Des pommettes saillantes, des lèvres charnues. Ses yeux étaient méfiants et vifs. Il portait un costume bleu marine avec une chemise et une cravate en soie bleu gris. Sa montre était une Rolex ou une bonne imitation.

Le centre de la salle d'interrogatoire était occupé par une table aux pieds fixés au sol. Quatre chaises, deux de chaque côté, étaient elles aussi fixées. Elles avaient été brun clair, mais la peinture s'était écaillée sur les bords et sur les coins jusqu'à révéler le métal. La table portait toujours des traces de brûlures de cigarette qui dataient de l'époque où les gens étaient autorisés à fumer durant les interrogatoires. Finie la cigarette, désormais. Mais les adjoints avaient décidé, quelques années auparavant, de laisser subsister les marques, dans l'idée qu'un jour un salaud ressentirait encore plus vivement l'angoisse de ne pas pouvoir fumer.

Un bouton dissimulé sous la table, à hauteur de la chaise n° 4, permettait de commander la caméra opérationnelle, que Rick avait branchée avant d'entrer dans la pièce.

— Assieds-toi, John, a dit Rick.

Gaylen a pris la chaise et s'est installé de manière à tourner le dos à la caméra-leurre. Le réflexe habituel. Je le voyais ainsi de face sur l'écran et de profil à travers le miroir.

Ouderkirk s'est appuyé contre la porte et a croisé les bras.

Birch s'est installé en face de Gaylen et a posé devant lui un stylo et un bloc-notes. Il a ouvert les hostilités.

— Mercredi soir, John... Un témoin oculaire de la fusillade qui a coûté la vie à Trona affirme qu'il s'agissait des Cobra Kings.

— Voyez ça avec eux.

— Lesquels ?

— Je n'étais pas présent.

— Vraiment ? Où étais-tu ?

— Avec une femme.

— Il me faut un nom et un numéro de téléphone.

Gaylen s'est tourné vers moi, puis vers Ouderkirk, avant de revenir vers Birch.

— Hé, ça me paraît évident.

Hé, Will Trona !

Birch s'est renversé dans son siège et a tapoté le stylo sur le papier.

— Nous possédons une description précise du tueur, cette nuit-là. Et elle te correspond assez bien. Voyons, qu'en penses-tu ?

Birch a feuilleté son bloc.

— Grand, corpulence moyenne, un manteau ou un trench. La peau sombre, peut-être un Afro-Américain. Droitier. La voix grave.

Gaylen observait Birch pendant que celui-ci parlait. Il a secoué deux fois la tête, légèrement.

— Ça correspond à bien des gens.

— Pas vraiment. Cinq types en manteau long ? A quoi ça sert d'avoir une bannière si vous ne la faites pas claquer au vent ? Cinq types en manteau long, ce sont bien cinq Cobra Kings.

— Je n'étais pas là.

— Alors, qui ? Aide-nous.

Gaylen a ricané.

Ouderkirk est sorti en claquant la porte derrière lui.

— Ecoute, John, je vais amener tes gars ici. L'un après l'autre. Et je vais leur souffler dans les bronches. Fort. Si tu sais quelque chose sur cette nuit, tu ferais mieux de me le dire. Sinon, dès que tu auras franchi cette porte, tu courras le risque d'une condamnation pour entrave à la justice, et ça va chercher entre trois et cinq ans. Songe à ces trois années sans la femme avec laquelle tu as passé la nuit, il y a deux mercredis de cela. Songe à ces trois années sans aucune femme. Si tu me caches quoi que ce soit, John, tu vas payer le prix fort.

Gaylen le fixait du regard.

Ouderkirk m'a rejoint dans la salle d'observation.

— C'est lui ?

— Oui. C'est sa voix.

— Nous ne pouvons l'inculper sur la seule base de sa voix, Joe. Et le visage ?

J'avais du mal à résister à la tentation de me précipiter dans la salle d'interrogatoire pour régler moi-même son compte à John Gaylen.

— Le brouillard masquait son visage. Mais pas sa voix.

— Dommage. Pour moi, c'est bien le genre de type qui descendrait ses petits copains juste pour assurer ses arrières.

— Vous pourriez lui demander si Sammy Nguyen sait qu'il couche avec Bernadette Lee.

— La fille de la photo ?

— Oui. C'est la petite amie de Sammy. Il a accroché sa photo au-dessus de sa couchette. C'est un assassin avec plein d'amis en liberté.

— Pigé.

Nous regardions Birch qui poursuivait seul l'interrogatoire.

— John, peut-être que ce n'étaient pas tes gars. Peut-être que c'étaient des types qui essayaient de leur ressembler. Seulement, c'est peu probable, conviens-en. Et cela nous ramène à toi. Nous avons au moins un témoin – un témoin fiable. Et un autre, à l'hôpital. Cao va s'en sortir, tu sais ? Il est jeune et solide, le gaillard. Et je crois qu'il sera très heureux de parler, pas vrai ? Nous savons que c'est toi qui lui as tiré dessus. Notre témoin a tout vu.

— Ce n'est pas mon genre de descendre mes amis. Peut-être que c'est le vôtre ?

— Allons, John. Mets-toi à la place d'Ike. Trahi comme ça, par l'un des siens ! De toute façon, si lui ne te balance pas, nous coincerons un de tes gars, peut-être un novice ou peut-être un type qui tombera pour triple récidive. Peut-être tout bêtement quelqu'un qui ne t'aime pas. Et si ton nom est prononcé, badaboum ! Tu te retrouves dans une merde noire. Mais pour l'instant, tu es encore en position de t'aider et de nous aider.

— Vous aider ? Voilà une raison suffisante pour me tirer d'ici, a dit Gaylen.

— A ta guise. La porte est ouverte. Comment as-tu fait la connaissance de Will Trona ?

Gaylen a secoué la tête.

— Désolé, je ne le connaissais pas. Je ne le connais pas.

— Ce n'est pas ce que Will Trona nous a appris.

— Ainsi, vous l'avez ressuscité ?

— Non, mais j'ai lu son carnet de rendez-vous.

Gaylen a mis une seconde à trouver une réplique.

— Ne me dites pas qu'il nous a invités à dîner au Bamboo 33.

— Pas de nom, John. Juste CK ceci et CK cela.

Gaylen s'est rembruni.

— Peut-être son petit ami.

Je savais que Birch brodait, parce que j'avais photocopié toutes les pages de l'agenda de Will, ainsi que de son carnet de rendez-vous, avant de les leur remettre.

— Ce n'est pas ainsi que j'interprète les choses. Moi, je vois là un lien. Ces notes de Will, plus les descriptions... Une autre raison de convoquer les Cobra Kings, un à un. A force de secouer une chaîne, un maillon finit toujours par céder. Or, c'est exactement ce que je vais faire : secouer la chaîne.

Gaylen s'est levé, il s'est dirigé vers la caméra-leurre et a récupéré son manteau. Il l'a plié sur son bras.

— Je suppose que nous en avons terminé.

— Les Kings acceptent des contrats, pas vrai ?

— Non.
— Bien sûr que si : les novices doivent tuer pour devenir membres à part entière de la bande. Tes gars me l'ont avoué, il n'y a donc aucune raison de nier.
— Je ne sais pas de quoi vous parlez.
— Peut-être que vous avez été payés pour descendre le superviseur. Une bonne occasion de mettre les jeunots à l'épreuve. Ça expliquerait que tu l'aies appelé par son nom, cette nuit-là. Ça pourrait même expliquer que ton nom figure dans l'agenda de Trona.
Gaylen a souri.
— Il aurait pris rendez-vous pour se faire descendre ? Vous délirez, inspecteur.
Birch s'est levé.
— Il arrive que le rêve devienne réalité.
— Alors, continuez à dormir. Vous êtes bon à ce jeu-là.
— Tu n'oublierais pas de me donner le nom et le numéro de téléphone de la fille avec qui tu étais, cette nuit-là ?
— Non. Il vous faudra m'inculper si vous voulez l'obtenir.
— Tu pourrais nous épargner tous ces tracas.
— Je n'aide pas les flics.
— Alors, pourquoi être venu ? Tu étais inquiet, peut-être ? Tu voulais voir ce que nous avions contre toi.
— Vous n'avez rien.
— Quand as-tu rencontré Alex Blazak ?
Gaylen dévisageait Birch.
— Décidément, vous êtes mal renseigné.
— Alors, comment savais-tu où trouver Savannah, cette nuit-là ?
Gaylen a secoué la tête.
— Vous n'avez aucune raison de me retenir ici. Et plus vous parlez, plus ça crève les yeux.

J'ai regardé Ouderkirk, qui venait de refaire irruption dans la salle d'interrogatoire. Il tenait quelque chose à la main.

— Tu pars déjà ? a-t-il demandé à Gaylen.

— Nous n'avons pas grand-chose à nous dire.

— Peut-être bien que si... Imagine que Sammy Nguyen apprenne que tu t'envoies en l'air avec Bernadette Lee.

Ouderkirk a posé sur la table la photo de surveillance de Gaylen avec la jeune femme.

Gaylen a fait un pas en avant pour la regarder ; il était clair que nous avions mis dans le mille. Il s'est crispé. Furtivement. Il avait sûrement entendu, bien avant nous, l'histoire de l'admirateur de Bernadette Lee. En revanche, il était clair qu'il n'avait jamais vu cette photo.

— Ça ne vous regarde pas. Bon sang, vous me suppliez de faire votre boulot à votre place, et l'instant d'après – changement de tactique –, vous essayez de me baiser !

— C'est triste, non ? a fait Ouderkirk.

Il a examiné le cliché, haussé les épaules et souri.

— Enfoiré, a grogné Gaylen.

Il s'est rapproché de la porte. Birch la lui tenait ouverte tandis qu'Ouderkirk agitait la photo.

— C'est elle, ton alibi, Gaylen ? a demandé Birch. C'est pour ça que tu ne veux pas nous révéler son nom ? Tu sais, nous pouvons faire en sorte que personne ne voie cette photo. Ou alors...

— Vous pouvez aller au diable tous les deux. Ou alors...

Gaylen est sorti, puis Birch. Ouderkirk m'a regardé et a hoché la tête en tirant la porte derrière lui.

— J'adore ce boulot, a-t-il conclu.

Birch m'a rejoint et m'a demandé d'aller l'attendre dans son bureau. J'ai patienté là quelques minutes, puis encore quelques minutes. J'ai regardé le cadre avec la photo de sa famille. Sa femme, ses enfants et ses petits-enfants. Birch avait l'air heureux. Une pile de dossiers encombrait son bureau, un buvard impeccable, un bloc-notes à feuilles jaunes avec son écriture sur la première page. Il y avait aussi un formulaire standard de rapport d'interrogatoire posé sur le buvard, vierge. Il m'était difficile de ne pas voir le nom de Gaylen, son adresse et son numéro de téléphone écrits sur un Post-it collé dans la partie supérieure du formulaire.

Quelques minutes plus tard, Birch m'entraînait dans une salle de conférence vide.

Il m'a considéré prudemment, sans rien dire.

— C'était lui, monsieur. J'ai formellement reconnu sa voix.

— Une voix ne nous suffit pas, Joe.

— Je comprends, mais je ne peux pas l'identifier visuellement.

— Alors, nous ne pouvons pas l'arrêter.

— C'était lui, monsieur. *C'est l'homme qui a tué mon père.*

— Je vous crois. Mais le district attorney ne peut entamer une procédure pour homicide sur la base d'une simple identification vocale. L'affaire ne dépasserait pas le stade de l'enquête préliminaire. Il nous faut beaucoup plus. Quoi d'autre, Joe ?

— J'ai ressenti une curieuse sensation dès qu'il est entré dans la salle, monsieur. Avant même qu'il ouvre la bouche. Je sais que cela ne vous avance pas plus.

— Non, pas vraiment.

Birch a soupiré, s'est renversé dans son siège et m'a étudié.

— S'il a pressé la détente, pourquoi est-il venu me donner l'occasion de l'interroger ?

— Parce qu'il est arrogant et sûr de lui. Il sait que les Cobra Kings ne le balanceront pas, même si vous les cuisinez. Et il sait aussi que vous n'avez pas de billes pour l'inculper, sinon vous l'auriez déjà fait.

Birch est resté silencieux un long moment.

— Et s'il n'était qu'un petit malin qui n'a jamais entendu parler de Will ? Pourquoi serait-il venu voir un inspecteur de la Criminelle ?

— Ce n'est pas le cas.

— Vous ne l'avez pas vu ! Et si ce n'était pas lui, cette nuit-là ? Et si sa voix ressemblait à celle du type qui était là ?

— Ce n'est pas seulement la voix. C'est son phrasé. Monsieur, pourquoi serait-il venu se soumettre à un interrogatoire s'il était innocent ?

— Je vais vous dire pourquoi. En général, quand ils sont coupables et qu'ils savent que nous cherchons à les coincer, ils se cassent avant que nous ayons eu la chance de leur mettre la main au collet. S'ils ne sont pas coupables, ils viennent, ils nous parlent, ils nous regardent tisser notre toile et ils se paient notre gueule. Gaylen n'a pas joué les filles de l'air. Il est venu. Il a parlé sans se couper. Il n'a pas voulu nous révéler le nom ni le numéro de téléphone de son alibi. Il est même arrivé à l'heure.

Je désirais choisir mes mots avec soin, mais il était difficile de décrire ce que j'avais ressenti lorsque Gaylen avait pénétré dans la salle d'interrogatoire.

— Il est différent des autres, monsieur. Je ne parviens toujours pas à définir ma réaction quand je l'ai vu. Comme une sorte de mise en garde. Une reconnaissance. Je suis incapable de la décrire plus précisément.

— Je vais me passer la vidéo, ce soir, chez moi – j'en retire toujours quelque chose. Un point, cependant.

Je crois qu'il a peur du sort que Sammy Nguyen pourrait faire subir à Bernadette Lee, s'il apprenait pour Gaylen et elle.

— Vous allez l'interroger, elle aussi ?

— Je vais me gêner !

— Je peux vous communiquer son adresse, elle figure sur les lettres de Sammy.

Birch a posé sur moi un autre de ses longs regards silencieux.

— Pourquoi ?

— Pour me rendre utile, monsieur.

Son expression disait qu'il voulait me croire, mais qu'il n'y réussissait pas tout à fait.

— Je crois que vous en savez plus sur cette nuit que vous ne le prétendez. Beaucoup plus.

J'ai senti mon visage s'enflammer, les tissus de la cicatrice me démanger. Oui, il y avait quelques détails que je gardais pour moi. Les derniers secrets de Will, peut-être, du moins les derniers qu'il m'ait confiés.

— Joe, votre père n'a plus besoin de votre protection, désormais. Il a dépassé ce stade. Il a besoin que vous disiez la vérité. Et laissez-moi vous dire quelque chose : un chien peut garder un secret à vie, mais un homme doit savoir quand il fait plus de tort que de bien. Est-ce que je suis assez clair ?

— Oui, monsieur.

— Vous avez intérêt à retenir cette leçon si vous voulez faire carrière dans la police.

— Oui, je sais.

Il a attendu un long moment, avant de secouer la tête comme si j'avais donné une mauvaise réponse.

Seul dans ma voiture, j'ai composé sur mon portable le numéro de téléphone du domicile d'Ellen Erskine. Pas de réponse, pas de message enregistré. J'ai donc essayé de la joindre sur son lieu de travail. Une voix féminine agréable a répondu : « Foyer pour enfants Hillview ». J'ai demandé à parler à Mme Erskine.

— Elle est en réunion, puis-je prendre un message ?

— Pas de message, dis-je avant de raccrocher.

Le foyer pour enfants Hillview, ai-je songé. Mais pourquoi donc ? Un don, une collecte de fonds, une modification de budget ?

Me perdre en spéculations ne me mènerait nulle part. Je me suis rendu au quartier J pour réclamer à Sammy Nguyen ce qu'il m'avait promis.

Gary Sargola, le tueur de la chambre froide, demandait un médecin parce que sa jambe le faisait souffrir, il avait une phlébite. Cela ne dépendait pas de moi, je suis allé en parler au sergent Delano.

— Qu'il souffre un peu, a-t-il dit. Cette pauvre fille qu'il a enfermée dans la chambre froide a souffert, elle aussi. Au fait, sympa ton chapeau.

Dave Hauser, l'ex-assistant du district attorney recyclé dans le trafic de drogue, m'a montré une photo de sa fille qui venait de naître. Dave était en prison depuis quatre mois, et sa fille avait tout juste deux jours. Elle s'appelait Kristen. Dave me raconta qu'à sa sortie de prison, il emmènerait toute sa famille à Tahiti ; il possédait là-bas un petit terrain, non loin de la propriété de Brando.

Le Dr Chapin Fortnell était allongé sur sa couchette, il pleurait. Je lui ai demandé pourquoi. Il s'est tourné et m'a regardé, les yeux rouges.

— Tout part en couilles, Joe.

Plus tard, j'ai appris qu'un des six garçons dont le bon docteur était accusé d'avoir abusé s'était pendu.

Le violeur en série, Frankie Delsey, était dans la

salle commune et regardait un soap. Il s'est tourné lorsque je suis passé à côté de lui, a pointé un doigt en direction de l'actrice sur l'écran et a dit en souriant :

— Tout se résume à ça, Tronche de cake. Voilà ce qui fait tourner le monde, juste là, sous tes yeux.

Et ainsi de suite.

Mon boulot.

J'ai regardé les gars amener un nouveau prisonnier. Il a hérité de la cellule voisine de celle de Sammy. C'était un dealer de méthadone qui fourguait sa came à moto ; il s'appelait Giant Mike Staich et avait, selon le rapport, coupé la tête d'un indicateur à coups de machette. Il avait ensuite transporté, pendant plusieurs semaines, son trophée dans une taie d'oreiller attachée au guidon de sa moto. Un flic de la route l'avait suivi sur plusieurs kilomètres et était venu se placer à sa hauteur à un feu rouge. Il avait senti l'odeur de la tête et avait interpellé le motard. Ils avaient rasé Staich au greffe.

— Trop de vermine, vieux. Un shampoing n'aurait jamais suffi à m'en débarrasser.

Il avait des tatouages tout autour du cou, qui montaient jusqu'à son menton. Il lui manquait le majeur gauche. Staich mesurait près de deux mètres, un ventre proéminent, de petites jambes arquées qui semblaient avoir été conçues pour chevaucher un réservoir d'essence dix heures par jour.

Il m'a demandé, comme ils le font tous :

— Qu'est-ce qui est arrivé à ta tronche ?

— Vitriol.

— Les ratons laveurs écrasés qui jonchent les routes ont meilleure mine que toi. Pourquoi tu ne te fais pas opérer ?

— J'ai subi huit interventions.

Il a réfléchi à ça et a secoué la tête.

— Cache ta tronche sous un tatouage, vieux. Fais-toi dessiner un gros crâne traversé par une épée, ou un lion la gueule ouverte, et personne ne devinera ce que tu dissimules là-dessous. Je connais un type à Stanton qui fait des merveilles.

— Merci du conseil.

Dans la cellule voisine, Sammy Nguyen était allongé sur sa couchette, comme d'habitude ; il contemplait la photo de Bernadette. Je me suis arrêté pour discuter avec lui. Il était maussade et hostile ; il râlait parce qu'on lui avait confisqué son coupe-ongles pour chien et que personne ne voulait le lui rendre.

— Il n'y a pas de chien, ici, ai-je observé.

— N'importe quel imbécile aura remarqué ça, Joe. Je l'utilise pour *mes* ongles. C'est le seul moyen de les couper bien droit. Toutes les manucures te diront ça. Peut-être que tu pourrais intervenir pour qu'on me le rende.

— Tu me dois toujours une faveur pour le piège à rats.

Il a paru surpris.

— Une faveur ?

— Alex Blazak.

Sammy s'est détendu subitement. Il a expédié un baiser du bout des doigts en direction du portrait de Bernadette, puis il s'est avancé vers les barreaux.

— Je l'avais totalement oublié.

— Normal, tu es tellement occupé, ai-je fait.

Il a ri et je l'ai gratifié d'un sourire.

— Voici le marché, a-t-il dit.

Il a jeté un air de conspirateur vers la droite, puis vers la gauche. Ensuite, il s'est penché contre les barreaux d'acier de sa cage.

— Tu sais ce que c'est qu'une modiste ?

J'ai opiné de la tête.

— Sa petite amie est modiste. Elle possède une boutique sur Laguna Canyon Road, près du grand antiquaire. Christy ou Christine, enfin quelque chose comme ça. Le nom de famille est Sands.

— Bien, ai-je dit.

— Bon, alors, maintenant, rends-moi mon coupe-ongles.

— Je vais être honnête avec toi, Sammy : le capitaine n'acceptera jamais.

Il a grogné et fait la grimace.

— Au diable le capitaine, Joe. Je t'ai filé un bon tuyau sur Christy Sands, toi, tu me rends ma pince.

— Impossible.

Il a repris son expression maussade ; un vrai tragédien.

— Alors, procure-moi un meilleur piège pour me débarrasser de ce maudit rat. Il rôde dans ma cellule toutes les nuits, depuis deux semaines. Regarde.

Il a tendu le doigt vers le sol. J'ai vu le piège à rats en plastique avec le ruban adhésif. Il paraissait intact.

— Je vais voir ce que je peux faire pour te procurer un meilleur piège.

Il m'a jeté un regard triste, puis il est remonté sur sa couchette.

— Assure-toi qu'il soit de qualité. Un grand, pas une connerie pour souris. Pour des *rats*.

Giant Mike Staich n'a pas pu s'empêcher d'intervenir.

— T'as qu'à l'écraser, ta satanée bestiole, a-t-il grogné.

Un mur séparait les détenus. Ils me voyaient tous les deux, mais ne pouvaient pas se voir l'un l'autre.

Sammy a soupiré en posant sur moi un regard implorant qui semblait demander : « Pourquoi m'avoir donné un tel débile comme voisin ? »

— Hé, l'homme au rat, a dit le géant. Je m'appelle Mike. Ils m'ont coincé sous prétexte que j'aurais réglé son compte à un connard et que je me serais baladé avec sa tête dans un sac. Comme si j'étais assez con pour faire un truc pareil.

— Pourquoi tu l'as mise dans un sac ? a demandé Sammy.

— Mais c'est pas moi qui l'y ai mise.

Sammy paraissait dégoûté.

— Moi, c'est Sammy Nguyen, a-t-il dit sèchement. Je suis en taule pour avoir descendu un flic que je n'ai jamais vu de ma vie. Lorsqu'ils m'auront relâché pour vice de procédure, je poursuivrai l'institution pénitentiaire en justice et je la laisserai sur la paille. Je leur en ferai baver à tous, sauf à Joe, parce qu'il est réglo, lui.

— C'est qui Joe ?

— Le type devant toi.

— Oh, tu veux dire Tronche de cake ?

— C'est une cicatrice, a dit Sammy.

— On dirait une bouse de vache qui n'aurait pas encore séché. Fais-toi faire un tatouage, vieux, et laisse tomber le chapeau.

— J'y penserai.

— Un tatouage ne cachera pas tout, a dit Sammy. Ce qu'il lui faut, c'est une nouvelle greffe.

— Il en a déjà eu huit.

Même les détenus parlaient de moi comme si je n'étais pas là.

C'était mon boulot.

Mais c'était le bon côté de mon boulot – je rencontrais des gens intéressants, je me faisais de nouveaux amis, des originaux.

Le mauvais côté, c'était l'ennui, l'agitation permanente et les mensonges à tout propos. Les mauvaises plaisanteries sur ma cicatrice. Je n'en avais pas entendu une bonne depuis plusieurs semaines.

J'avais envie de me tirer. Même si cette atmosphère me rappelait, à un niveau profond, ma prime enfance, je savais qu'il fallait que je me casse d'ici.

Un adjoint passait, en moyenne, cinq ans à la prison du comté d'Orange. Il ne me restait donc plus très longtemps à tirer. J'en avais déjà accompli quatre. Mais ça ressemblait encore à une réclusion à perpétuité, à raison de huit heures par jour.

Nous, nous ne bénéficions jamais de remise de peine pour bonne conduite. Elles sont réservées aux détenus.

9

Je ne savais pas ce que je m'attendais à trouver en allant rencontrer la petite amie d'Alex Blazak le Dingue, mais une chose était sûre : rien qui ressemblât à Chrissa Sands. Sammy Nguyen s'était trompé sur le prénom, mais pas sur l'adresse.

Elle avait quelques années de plus qu'Alex – vingt-cinq, vingt-six ans, peut-être. Mince et mignonne, les pommettes saillantes et une belle épaisseur de cheveux blonds coupés au carré, à la hauteur des épaules. Je la sentais pétillante d'énergie.

Elle a pris le temps de m'étudier. Elle a regardé mon visage et n'a pas détourné les yeux.

— Joli chapeau.

— Merci.

— Essayez donc celui-ci.

Elle a traversé la petite boutique et est revenue en exhibant un feutre rouge brique avec un ruban crème. Pendant les deux secondes qu'il lui avait fallu pour aller le chercher, j'avais inspecté les lieux du regard. Quatre rayons de robes, quelques étagères le long des murs, couvertes de pulls. Au fond, une grande table avec trois machines à coudre et trois mannequins d'essayage portant des vêtements à moitié terminés. Un peu partout, traînaient des patrons, des magazines et des ciseaux.

Nous avons échangé les chapeaux et j'ai essayé son feutre. Elle en a relevé légèrement le bord, en agitant une aiguille entre ses dents. Elle a reculé pour évaluer le résultat.

— Parfait, a-t-elle dit. Regardez.

Elle m'a pris par le bras et m'a entraîné vers un miroir en pied. Je l'ai entendue chantonner doucement. Elle avait raison, le chapeau m'allait bien. Elle a marqué son approbation d'un petit signe de tête.

— Je dois parler à Alex et Savannah, ai-je dit.

— Je sais qui vous êtes et je sais que vous êtes flic.

— En réalité, je suis gardien de prison.

— Vous n'en avez vraiment pas l'air.

— Je suppose que c'est un compliment. En fait, mademoiselle Sands...

— Chrissa.

— Chrissa, je ne suis pas ici en qualité de flic. J'essaie simplement de retrouver Savannah Blazak.

— Ouais, a-t-elle fait calmement. Vous comme tous les autres.

— Nous pourrions peut-être nous asseoir et parler quelques minutes.

— Il nous faudra plus de quelques minutes. Allons déjeuner. De toute façon, j'ai besoin de faire un break.

Nous avons à nouveau échangé les chapeaux et elle a posé le feutre rouge brique sur sa tête. C'était charmant avec son jean, son tee-shirt blanc et son blouson jaune. Elle a disparu derrière la table de couture et est revenue avec un sac qu'elle a balancé sur son épaule ; elle tenait un gros anneau de clés à la main. Ses lunettes de soleil avaient une monture en argent et de tout petits verres.

— Vous conduisez, a-t-elle dit.

Nous sommes sortis et elle a adressé un petit signe de la main à deux types qui attendaient à l'arrêt de bus, juste à côté du parking. J'avais toujours entendu dire que Laguna Beach était une ville sympa, mais les types ne lui ont pas rendu son salut.

— Enfoirés, a-t-elle dit en enclenchant sa ceinture de sécurité.

— Qui sont ces types ?

— C'est sans importance.

Nous nous sommes installés à une table en plastique sur une grande terrasse surplombant la mer. Les vagues étaient petites, moutonnantes, mais assourdissantes lorsqu'elles déferlaient sur le sable. Une petite brume flottait dans l'air, qui faisait miroiter des reflets de mercure à la surface de l'eau. Les baigneurs n'étaient pas nombreux, mais la plage était encombrée de flâneurs venus prendre un bain de soleil.

Chrissa Sands a avalé un bloody mary et en a commandé un deuxième. Elle m'a raconté qu'Alex et Jack Blazak se « méprisaient » depuis près de cinq ans. Jack exigeait de son fils la perfection ; Alex avait « senti le vent du fouet » et s'était rebellé. Elle a admis qu'Alex était un peu fou – mais rien de bien sérieux, selon elle, juste un désir de prendre plus de risques que la plupart des jeunes gens riches et pourris. Bien sûr, il jouait les durs. Il aimait les armes et les couteaux, mais quand on apprenait à le connaître, on découvrait un garçon charmant, incapable de faire du mal à qui que ce soit, même à un animal. Il était végétarien et ne mangeait rien qui ait une tête. Son goût pour les armes était celui d'un esthète ; il les aimait comme d'autres aiment les œuvres d'art. Elles étaient aussi, pour lui, une façon de gagner de l'argent. Alex possédait un sabre qui avait été fabriqué pour Napoléon et ensuite offert par Hitler à Goering, à moins que ce ne fût l'inverse ; il valait quelque chose comme cinq cent mille dollars. Mais Alex était « vraiment non violent et non carnassier ».

— C'est un garçon adorable, a-t-elle répété, une larme au coin des yeux. Il est entré dans ma boutique, un jour, à la recherche d'un cadeau pour sa mère. Il trimballait un pistolet plaqué or dans sa serviette – une arme qui avait appartenu à un amiral japonais, à ce qu'il prétendait –, mais il voulait acheter un cadeau pour l'anniversaire de sa mère. J'ai tout de suite eu envie de le serrer dans mes bras. Il était si... mignon. Il joue les durs, mais ça s'arrête là. Il a besoin d'être protégé des mauvaises fréquentations. J'ai essayé de lui apporter cette protection-là. Or, quand Alex se prend d'affection pour vous, c'est tout simplement merveilleux ; il est tellement passionné, tellement *vivant*. Je veux dire, je suis un peu comme lui... nous sommes peut-être deux marginaux, mais sûrement pas deux brutes. Du moins, je l'espère.

Je lui ai tendu un mouchoir avec mon monogramme. Elle s'est essuyé les yeux et a souri.

— Mon Dieu, j'aime les hommes bien élevés. Les mouchoirs sont si délicats, si doux. Je le laverai et vous le renverrai.

— C'est inutile.

Elle a souri en agitant le mouchoir devant moi, puis elle l'a reposé sur la table en plastique à côté de ma main.

— Joe, vous êtes tellement démodé. Ça me plaît. C'est agréable. Bon, maintenant je suppose que vous allez dire « Merci ».

Je ne l'ai pas dit mais j'ai souri, parce que j'en avais envie.

— Quand avez-vous vu Alex pour la dernière fois ?

— Je vais vous dire ça précisément.

Elle a saisi son sac et s'est mise à fureter dedans. Une facture s'en est échappée, puis un paquet de mouchoirs en papier. Elle avait le bras enfoncé jusqu'au coude dans le sac. Quand elle l'a ressorti, elle tenait à la main un petit carnet, sur la couverture duquel j'ai reconnu une reproduction des *Tournesols*, de Van Gogh. Elle l'a ouvert et feuilleté.

— Le 10 juin, dimanche.

— Où ?

— Nous nous sommes retrouvés ici, au bar de l'hôtel.

Elle a fait un signe de tête en direction des fenêtres fumées du Laguna Hotel, juste au nord de l'endroit où nous étions installés. Son regard s'est figé un instant. Je l'ai suivi et j'ai aperçu, sur le trottoir, les deux types qu'elle avait salués en sortant de la boutique. L'un d'eux faisait semblant de regarder la plage. L'autre nous surveillait.

Chrissa a repoussé son feutre en arrière, a retiré ses lunettes solaires et a utilisé mon mouchoir pour se sécher à nouveau les yeux.

— Quelque chose... ne tourne vraiment pas rond.

— Commencez par le début et racontez-moi tout.

— Pouvons-nous marcher un peu ? Je serais incapable de parler de ça en mangeant.

J'ai réglé les consommations et nous nous sommes dirigés vers la plage. En arrivant à la promenade, nous avons obliqué vers le nord, mais les vilains amis de Chrissa avaient disparu.

— Ça va mieux, a-t-elle dit. Bon, Alex est venu chez moi, dimanche, comme d'habitude. Il est rentré chez lui tard, comme d'habitude. Lundi, je ne l'ai pas vu, alors que nous déjeunons généralement ensemble ce jour-là. Il vient me retrouver à la boutique, nous allons manger un morceau, boire quelques verres, ensuite il me ramène à la boutique. Ce lundi-là, il a téléphoné pour m'expliquer qu'il devait régler quelques affaires et qu'il n'avait pas le temps de déjeuner avec moi. Il est resté vague, mais je l'ai senti très excité. J'ai eu l'impression qu'il était content. Le soir même, il m'a rappelée ; il était encore plus excité. Il a dit qu'il était sur un gros coup, qu'il ne pouvait pas me donner de détails, mais qu'après ça, nous serions plus riches de cinq cent mille dollars. Il aime raconter qu'il va devenir riche, mais ça ne se concrétise jamais. Je veux dire que ce n'était pas la première fois qu'il disait ça. Il aime aussi faire des mystères. Ça lui donne l'impression d'être important. Quoi qu'il en soit, Savannah était chez lui ; il me l'a passée et nous avons papoté pendant quelques minutes. Elle voulait toujours savoir sur quoi je travaillais – quel genre de robe ou de chemisier, vous voyez... Je lui ai parlé d'un bain de soleil avec des dollars en lamé doré. Puis Alex m'a dit qu'il allait être très occupé pendant quelques jours et que je ne devais pas m'inquiéter. Je ne me suis pas inquiétée jusqu'à ce que ce type se pointe à la boutique, le lendemain matin. Mardi.

— Bo Warren.

— Oui. Il a dit qu'il était envoyé par le révérend Daniel Alter, qui désirait s'entretenir avec mon petit ami. M. Warren paraissait inquiet pour Alex. Il était indispensable que son patron puisse parler à mon petit ami. « Indispensable », c'était son expression. Il prétendait qu'il l'avait cherché partout, sans succès.

Nous avons marché pendant une minute en silence. Chrissa Sands suivait des yeux le match de basket sur la plage. Elle a regardé derrière nous, puis est revenue vers moi.

— L'avez-vous aidé ?

— J'ai appelé le révérend Alter sur mon portable et

on a fini par me le passer. Je l'avais vu à la télé, mais je ne lui avais jamais parlé auparavant. Il était très calme et charmant. Il m'a expliqué que Bo Warren était le chef de son service de sécurité et qu'il apprécierait beaucoup que je me montre coopérative. Il a prétendu qu'il essayait d'aider Alex. Ça m'a inquiétée.

— Vous avez donc parlé à Warren ?

— Oui. Je lui ai indiqué les endroits où Alex aimait traîner. Il m'a demandé si je lui avais parlé, et je lui ai dit ce que je viens de vous raconter de nos conversations téléphoniques. Il m'a interrogée sur Savannah. J'ai dit que j'avais aussi parlé avec elle. Je n'arrêtais pas de lui demander quel était le problème. Il s'est contenté de me répondre qu'Alex avait peut-être des ennuis et que le révérend Daniel Alter essayait de lui venir en aide. Il a voulu fureter dans ma boutique, comme si j'avais été susceptible d'y cacher quelque chose. Je l'ai laissé faire. J'ai découvert, par la suite, qu'il s'était aussi rendu chez moi, en ville. En tout cas, une Corvette rouge et blanche a stationné dans ma rue pendant une heure, or il conduisait une voiture de ce genre. Il y a eu plusieurs cambriolages dans le quartier, ces derniers temps, alors les voisins sont vigilants. Il m'a laissé sa carte avec deux autres numéros de téléphone écrits au dos. Il m'a demandé de l'appeler sans tarder si j'apprenais où était Alex. Il a précisé : « Le plus tôt sera le mieux. » J'étais morte d'inquiétude quand il est parti. Il émettait des ondes très négatives.

— Avez-vous gardé sa carte ?

Elle a replongé dans son sac et en a ressorti la carte de Bo. Au recto figuraient le logo de la Chapelle de Lumière et les coordonnées de Warren. Au verso il avait ajouté deux numéros de téléphone, que j'ai recopiés.

— Alex m'a téléphoné ce soir-là, c'est-à-dire mardi.

Il m'a demandé de le rejoindre sur la plage, en face du Laguna Hotel. Il était tard, près de minuit. Savannah l'accompagnait. Il y avait aussi un nouvel ami d'Alex, un certain Tony. Un type plus âgé. Quoi qu'il en soit, Alex était très... voyons, très agité. Il est parfois d'une prudence excessive, il imagine que les gens lui veulent du mal, mais ce soir-là, ça frisait la parano. J'ai essayé de lui parler de ce Warren, mais il semblait déjà au courant. Nous avons marché au bord de l'eau. Savannah et Tony nous suivaient. Nous nous sommes arrêtés près du mur de la plage, puis Alex m'a serrée dans ses bras et m'a embrassée. Je sentais l'angoisse qui émanait de lui. Il m'a dit qu'il risquait d'être absent plusieurs jours, peut-être même plusieurs semaines. Il a ajouté que, quand tout serait terminé, nous serions riches. « Riches », c'était son expression. Il... il m'a dit au revoir. Il m'a demandé de ne parler de rien si des gens venaient m'interroger. Malheureusement, il était trop tard, parce que j'avais déjà parlé à ce Warren.

Nous étions parvenus au bas des marches et nous les avons gravies pour arriver au Heisler Park. Une partie des roses étaient déjà épanouies et elles formaient de belles touches de couleur sur le bleu du Pacifique. Nous sommes passés devant un restaurant et un belvédère perché au sommet de la falaise. Chrissa a regardé derrière nous et a soupiré. Ses amis étaient de retour ; ils faisaient semblant d'admirer les roses.

Elle a secoué la tête.

— Le lendemain, mercredi, une voiture m'a suivie jusqu'à la boutique. Cet après-midi-là, lorsque je suis allée à Santa Ana chercher des tissus, j'ai revu la même voiture dans mon rétroviseur. Ensuite, quand je suis rentrée chez moi et après, quand je suis ressortie pour aller dîner, elle était garée dans ma rue. Ces types m'ont suivie jusqu'à Laguna, ils se sont installés au bar pendant que je mangeais, puis ils m'ont encore suivie jusque chez moi.

— Décrivez-moi la voiture.

— Blanche, neuve, une Chevrolet. Elle a un logo sur le coffre, on dirait un daim qui court. Je suis passée tout à côté en rentrant chez moi, après le dîner. Elle a des feux sur le toit, mais pas d'emblème ou quoi que ce soit. Comme une voiture de flics, sans les mentions habituelles.

— Le daim est, en fait, un impala.

— Un truc horrible, en tout cas. Je veux parler de la voiture.

— Et les hommes ?

— Jugez par vous-même. Ils sont juste derrière nous. Ils se font passer pour des amateurs de roses.

Ils se sont désintéressés de nous dès que j'ai tourné la tête. L'un frisait la cinquantaine ; l'autre était deux fois plus jeune. Le jeune était grand, cravaté. Le vieux, encore plus grand, avec du ventre sous une chemise blanche à manches courtes, une cravate large et un pantalon qui brillait curieusement sous le soleil.

Ma première idée avait été qu'il s'agissait d'agents du FBI, des hommes de Steve Marchant. Mais ces types suivaient Chrissa depuis mardi, le 12, deux jours avant que le Bureau n'ait été informé de la disparition de Savannah.

La description de leur voiture m'avait entraîné sur une autre piste : des agents de sécurité de la régie des transports. Des hommes de Carl Rupaski ? Ça n'avait pas plus de sens.

— Inutile de vous dire, Joe, que j'ai su que quelque chose clochait dès que j'ai vu ces types qui me filaient le train. Alex m'avait conseillé de ne pas m'inquiéter, mais ce n'était pas facile.

Elle a ajouté qu'Alex ne lui avait téléphoné ni mercredi ni jeudi.

— Et puis, a-t-elle poursuivi, j'ai regardé les infos à la télé, jeudi soir, et j'ai réalisé que l'ami d'Alex, ce fameux Tony, s'appelait, en réalité, Will Trona. Je l'ai reconnu.

Je ne m'étais pas attendu à ça. Seulement, je me souvenais parfaitement de ce mardi soir : Will n'avait pas eu besoin de mes services, parce qu'il désirait rester à la maison avec Mary Ann. Au lieu de quoi, il avait rencontré Savannah et Alex sur la plage.

— Et bien sûr, l'autre grand titre du journal télévisé, ce soir-là, concernait Jack et Lorna. C'est ainsi que j'ai appris que Savannah avait été kidnappée, lundi matin. J'étais totalement décontenancée. Elle allait bien quand je lui avais parlé au téléphone. Elle allait bien, mardi soir, quand nous nous étions promenés sur la plage, avec Alex et votre père. Je me suis donc empressée d'appeler Jack et Lorna. Je leur ai expliqué qui j'étais. Je leur ai dit que Savannah se portait à merveille, mardi soir, qu'elle était en compagnie de leur fils. J'étais persuadée que ça les rassurerait. Une bonne nouvelle pour eux, quoi ! Mais Jack ne m'a pas paru très intéressé. Il se méfiait de moi, comme si j'étais pour quelque chose dans cet enlèvement. Il a dit qu'il demanderait au FBI de prendre contact avec moi dès le lendemain matin. C'était très étrange. Je savais que Jack détestait son fils – et qu'il me détestait, par voie de conséquence –, mais je lui apportais des nouvelles de sa fille. Sa fille prétendument kidnappée. Je ne comprenais pas sa réaction. Je ne la comprends toujours pas.

— Je peux vous aider. L'histoire que raconte Blazak, en privé, c'est qu'Alex a enlevé sa sœur et qu'il exige une rançon d'un million de dollars pour la libérer.

Elle s'est arrêtée et m'a regardé en secouant la tête :

— Foutaises !

— C'est pour ça que Bo Warren est venu vous voir à la boutique, au lieu du FBI. Parce que Blazak a décidé de payer la rançon sans faire de vagues. Sans prévenir la police. Il voulait récupérer Savannah et apporter une assistance psychiatrique à Alex.

— Jack Blazak, aider son fils ? Jamais ! Faire en sorte que son nom ne soit pas sali, ça oui ! J'ai dit à Jack que Savannah se portait comme un charme. Elle ne donnait vraiment pas l'impression d'avoir été enlevée par qui que ce soit lorsqu'elle se promenait sur la plage en compagnie de son frère, de votre père et de moi.

Je songeais à ce que je venais d'apprendre, mais je ne voyais pas où cela nous menait. Pourquoi Jack prétendait-il que son fils avait enlevé sa fille, alors qu'il avait reçu la preuve que la petite allait bien ? Pourquoi était-il aussi soucieux de gaspiller un million de dollars ?

— Joe, il est impossible qu'Alex ait enlevé sa sœur. Il ne l'a pas enlevée !

Elle a porté l'ongle de son pouce à sa bouche et s'est tournée vers l'océan. La lumière du soleil jouait dans ses cheveux, mais son visage restait dans l'ombre, à cause du bord du feutre. Je voyais ses mâchoires s'agiter tandis qu'elle mordillait son ongle.

— Ne l'avalez pas, Chrissa. Cela ne changera rien, sinon pour votre pouce.

Elle s'est arrêtée.

— Des nantis. Des richards. Des avides. Ils me rendent malade. Et furieuse ! Faire porter le chapeau à Alex... Ecoutez, Alex est mon petit ami, or mes petits amis sont des barjos par définition, soit ! Il ne me disait pas grand-chose de ses affaires, soit ! Mais en aucun cas il n'a enlevé sa sœur. Ils s'aiment, Alex et Savannah.

— Alors, qu'a-t-il fait ?

Chrissa a soupiré et m'a regardé de côté.

— Un truc pour gagner de l'argent. Pour blesser son père. Je n'en sais pas plus.

Je me suis retourné en direction des petits copains de Chrissa, qui se sont subitement arrêtés et ont détourné le regard.

— Vous avez indiqué à Bo Warren les lieux qu'Alex aimait fréquenter ?

Ses yeux se sont allumés.

— Je ne lui ai pas *tout* dit. Ce Bo Warren, il émet vraiment de trop mauvaises ondes, je me fous de savoir pour qui il travaille. Les muscles de son visage tremblent quand il respire. C'est le genre de type qui me dégoûte... Je ne lui ai pas vraiment menti, seulement, je ne lui ai pas tout dit.

— Pourriez-vous m'en dire plus ?

— Il y a le Rex à Newport, mais j'ai traîné là pendant une semaine et je ne l'ai pas vu. Il y a aussi le Surf et le bar du Sand, mais je connais le pianiste qui joue là et je lui ai demandé de m'appeler s'il apercevait Alex ; il n'a pas encore donné signe de vie. Alex aime bien le Four Seasons. Mais il n'y est pas allé non plus, parce que je connais plusieurs serveurs. Il aime le Ritz-Carlton. Il fréquente pas mal ce genre de lieux. Il connaît les gens. Ce sont ses... repaires. Il va dans l'un ou dans l'autre, il y traite une affaire et il y boit un verre ou deux.

Elle m'a regardé avec intensité et a soupiré.

— Il possède aussi une sorte d'entrepôt dont presque personne ne connaît l'existence. C'est plein de trucs bizarres.

— Ils y ont séjourné. Lorna m'a communiqué cette adresse.

Elle a secoué la tête et a de nouveau détourné le regard.

Je l'ai interrogée sur les trois endroits où Alex et Savannah avaient été aperçus au cours des quatre derniers jours – Rancho Santa Fe, Big Bear, Hollywood.

— Non, a-t-elle dit.

Un nouveau territoire.

— Il se méfie des vieux repaires.

— C'est un instinctif. Parfois, il est juste parano, mais le plus souvent il a raison. J'ai visité ses vieux repaires et j'ai interrogé les gens. Rien. Je crois qu'il est assez intelligent pour trouver de nouvelles adresses.

— Quelle est la marque de sa voiture ?

— Une Porsche Carrera noire. Qu'il aime presque autant que moi.

— J'en doute.

— Vous voyez que vous savez être drôle quand vous voulez.

— Non, je...

— Je sais, vous étiez sincère.

— Tout à fait.

— Vous êtes désespérant.

Je ne comprenais pas ce qu'elle voulait dire, mais cela paraissait hors de propos.

— Qu'avez-vous raconté au FBI ?

— La même chose qu'à Warren. Que j'avais toujours su qu'Alex n'avait pas enlevé sa sœur. Mais puisqu'ils sont persuadés du contraire, je ne les aide pas plus que nécessaire. Seulement, bon sang, quand ils vous cuisinent, eux, ils vous cuisinent. Ce jour-là, j'ai passé quatre heures enfermée dans un bureau de Santa Ana avec un certain Steve. Puis une heure le lendemain. Et jeudi, encore une heure. J'ai dû les autoriser à installer ces grands magnétos à côté de mes téléphones – les deux, chez moi et à la boutique. C'était ça ou ils m'inculpaient d'entrave à la justice. A l'instant où l'un des téléphones se met à sonner, l'enregistrement s'enclenche et ils ont un système qui leur indique le numéro d'appel. Et puis ces atroces voitures blanches qui continuent à me suivre partout où je vais. Quels crétins ! Je les ai baptisés Costard et Gros Bide. Ils ne me rendent même pas mes saluts. J'ai parlé d'eux aux agents du FBI, mais ils sont toujours là, pareils à des mouches du coche. Si ça continue, je ferme la boutique et je vais passer un mois aux îles Fidji. Je ne dors plus, je ne mange plus ; tout ce que je peux encore faire, c'est bosser et boire. Mon homme me manque. Ma vie me manque. Bon Dieu, c'est épuisant.

— Je pense que vous devriez aller aux îles Fidji.

— Je ne laisserai pas tomber Alex. C'est un drôle de gars, mais il pourrait avoir besoin de moi. Seulement, je vais vous confier quelque chose. Il ne faudrait pas que ça dure trop longtemps, sans quoi je vais finir par passer mes nerfs sur quelqu'un.

— Est-ce qu'Alex connaît un certain John Gaylen ?

Elle a réfléchi, puis a secoué la tête.

— Pas que je sache. Mais Alex connaît des tas de gens.

J'ai lancé un nouveau regard aux types qui nous suivaient.

— Je vais voir ce que je peux faire de ce côté-là. S'ils appartiennent aux forces de police, ça se limitera à pas grand-chose.

— Ce ne sont pas vraiment des minus.

— C'est sans importance.

Je l'ai raccompagnée jusqu'à la boutique. J'ai attendu pendant qu'elle ramassait une pile de courrier dans sa boîte aux lettres sur Laguna Canyon Road, puis je l'ai suivie à l'intérieur. Elle a enfoncé la touche *play* de son répondeur.

— *Chrissa, c'est Heidi. Ça te dirait qu'on prenne un verre, ou plusieurs, ensemble, demain soir, après le boulot ? Appelle-moi.*

Elle a haussé les épaules.

— Voilà ma vie, aujourd'hui. Costard, Gros Bide, quelques copines et trop d'alcool.

— Ça va s'arranger.

— Je n'ai pas de raisons de me plaindre. Mon père n'a pas été assassiné.

— Non.

— Vous tenez le coup ?

— Ça va.

— Un dur, pas vrai ? Comme Alex. Rien ne vous atteint.

Je n'ai pas répondu.

— Vous savez quoi, Joe ? Vous êtes mignon. Si je n'avais pas un petit ami, je vous demanderais de m'inviter à sortir.

— C'est très flatteur. Mais j'ai déjà quelqu'un. Je veux dire, dans quelques heures, j'ai rendez-vous avec une fille.

Elle a souri et soupiré.

— Tant mieux pour vous. Vous êtes ce que mon père appelle un vrai boy-scout. Vous vous êtes trompé de siècle, ou tout au moins de décennie. Ça me plaît.

— Merci pour votre aide. Tenez.

Je lui ai tendu ma carte avec mon numéro de téléphone fixe et celui de mon portable.

— Vous pouvez jouer franc jeu avec Bo Warren, ai-je dit. Mais j'espère que vous m'appellerez d'abord.

— Ne vous en faites pas, Joe. Tenez, portez ça, un jour.

Elle a ôté le feutre rouge brique et me l'a tendu.

— Merci.

— Je tiens à vous le dire, et je ne le répéterai pas : ce que vous avez au visage, c'est loin d'être aussi affreux que vous l'imaginez. Et puis, l'autre côté est parfait. Vous avez de beaux cheveux blonds et de très jolis yeux bruns. Essayez de sourire de temps en temps – je suis certaine que vous avez un sourire ravageur. Et, de toute façon, les types bien bâtis comme vous sont sexy, *point*.

Je me suis senti rougir, ma cicatrice s'est mise à picoter et mon cœur s'est accéléré.

— Je ne sais pas quoi dire.

— Ne dites rien, ce sera parfait.

J'ai traversé le parking jusqu'à l'arrêt de bus. Costard et Gros Bide discutaient en se marrant. Costard cachait une belle masse de muscles sous son costume et Gros Bide avait des avant-bras de forgeron.

J'ai exhibé mon badge. Ils m'ont montré le leur.

— Nous savons qui tu es, Trona, a dit Gros Bide. Je m'appelle Hodge. Voici Chapman. Sécurité de la régie des transports, à ton service.

— Pourquoi vous la suivez ?

— On est payés pour ça.

— Une idée de Rupaski ?

— Faudrait voir ça avec nos supérieurs.

— Pourquoi vous la suivez ?

— Ça ne nous regarde pas. Mais je peux te dire que c'est chiant. Cette pouffe est mignonne, mais je ne crois pas qu'elle nous porte dans son cœur. Chapman bande la moitié du temps.

— Gardez votre queue dans votre froc, ai-je dit à Chapman. Et, monsieur Hodge, ne la traitez plus jamais de pouffe. Je déteste qu'on parle ainsi d'une femme.

— Ton chapeau devrait être blanc, pas rose.

— Il est rouge brique. Et soyez polis avec elle, avec Mlle Sands, en toutes circonstances.

Ils ont éclaté de rire.

— D'accord, Trona. Bien sûr. Dis-moi, est-ce que c'est poli si je souris en lui montrant ma queue ?

— Non. Et elle me préviendra sans tarder, si vous faites ça.

— Et alors ?

— Alors, je vous ferai mal, très mal.

Costard était grand et sûr de lui, mais il était clair qu'il avait entendu parler de moi. Il a souri, a regardé son partenaire puis est revenu vers moi.

— Je serai gentil. Promis.

— Il sera gentil, a dit Hodge. Je le tiendrai à l'œil, Trona. T'en fais pas.

— Joe a déjà assez de soucis comme ça, a fait Chapman.

Hodge a ri. Chapman a ri.

— Bon après-midi.

Je suis retourné dans la boutique de Chrissa et je l'ai trouvée assise à la table ; elle pleurait.

La pile de courrier était posée devant elle. Elle m'a tendu une carte postale, qui avait été postée à Mexico, six jours plus tôt. La photo représentait une tête olmèque, du musée d'anthropologie. L'écriture était nerveuse mais parfaitement lisible.

Chérie,

Je vais bien, ne t'inquiète pas. Tu me manques. Cette photo m'a fait penser à Rosarito. J'ai mené à bien ma petite affaire et je dois adopter un profil bas pour l'instant. Quoi que tu entendes, S. va bien.

Bisous,
A.

Chrissa a secoué la tête et pris une profonde inspiration.

— Le salaud est au Mexique, et moi, je me morfonds ici, comme une veuve. Mais au moins, je sais qu'il va bien. Cette tête olmèque, elle ressemble à une sculpture que nous avons achetée chez un brocanteur, il y a quelques mois. Je veux dire, celle sur la photo est l'originale. Celle que nous avons achetée coûtait quatre-vingts cents, mais elle est dans ce beau verre, pareil à celui des bouteilles de Coca, vert clair.

— Puis-je emporter la carte ?

— Pourquoi ?

— Je connais des gens qui devraient la voir. Et des gens qui ne devraient pas la voir.

Elle a secoué la tête et répondu :

— Emportez-la. *Emportez-la*. Au fait, pourquoi êtes-vous revenu ? Je vous manquais déjà ?

— Je voulais juste vous dire : si ces types, dehors, vous manquent de respect, faites-le-moi savoir sans tarder. Je veux dire, même s'ils se montrent juste un tout petit peu impolis.

— D'accord. Très bien.

Elle a hoché la tête lentement, et m'a dévisagé.

— Est-ce qu'il vous arrive de porter un panama, quand le temps se réchauffe ?

— J'ai essayé. Je préfère les feutres.

— Ils sont tellement chauds. Pourquoi ?

— Leur ombre est plus épaisse.

Elle a réfléchi à ce que je venais de dire, mais n'a pas réagi.

Costard et Gros Bide m'observaient depuis l'arrêt de bus ; je suis sorti de la boutique et j'ai regagné ma voiture. Ils discutaient et ont éclaté de rire. Ils riaient toujours quand je me suis engagé dans Laguna Canyon Road.

J'ai tourné la voiture dans leur direction et j'ai enfoncé l'accélérateur à fond. Une Ford Mustang de 1967, avec 225 chevaux sous le capot lancés plein pot, c'était vraiment impressionnant. Elle faisait un vacarme d'enfer.

Ils ont bondi dans deux directions opposées, au même moment. Le visage de Costard n'était qu'une grimace d'incrédulité lorsque je suis passé à côté de lui.

J'ai baissé la vitre et je lui ai adressé un petit signe de la main.

10

Le Dr Norman Zussman m'a tendu une main chaleureuse et a refermé la porte de son cabinet de consultation. Il m'a présenté un siège confortable et est allé s'asseoir en face de moi, sur un petit divan vert. J'ai posé la mallette de Will sur le sol à côté de moi, et mon chapeau par-dessus.

Nous étions séparés par une table basse, sur laquelle il n'y avait absolument rien. C'était un homme de taille moyenne et de faible corpulence. Ses cheveux étaient gris et courts, ses yeux bleus, son visage buriné.

Le Dr Zussman a croisé les jambes et a posé un bloc-notes sur son genou.

— Vous avez réussi à m'éviter pendant neuf jours, Joe.

— Je ne désirais pas vous parler, docteur.

— Je ne vous en veux pas pour ça. Mais il est préférable que nous ayons cet entretien. Et puis, votre département l'exige. Comment allez-vous ?

— Bien.

Il me dévisageait. Je me sentais toujours mal à l'aise quand les gens me dévisageaient sans parler, mais je savais qu'en l'occurrence, il attendait que je remplisse les silences. Alors je me suis tu. Je me suis retiré dans mon havre secret ; j'ai grimpé dans mon arbre et j'ai observé le monde environnant à travers son feuillage. Il arrivait qu'un aigle vienne partager l'arbre avec moi, mais il n'était pas là, ce jour-là. J'étais assis tout seul sur la branche. Les coteaux étaient baignés de soleil, la végétation était sèche et je respirais son parfum.

— Vous dormez bien, Joe ?

— Oui, monsieur.

— L'appétit est bon ?

— Oui.

— Vous consommez de l'alcool ou des drogues quelconques ?

— J'ai bu quelques verres, il y a quelques jours. Je ne bois jamais beaucoup.

— Pourquoi ?

— Ça me ralentit, ça m'abrutit, et puis je me sens mal le lendemain matin.

Il a ri et pris des notes.

— Parlez-moi de la fusillade, Joe. Prenez votre temps, commencez par le début.

Je lui ai tout raconté. J'ai commencé au moment où Will s'était fait tirer dessus et s'était écroulé sur le sol. Puis je lui ai raconté comment j'avais fait passer Savannah par-dessus le mur de la ruelle et comment je m'étais glissé sur le siège arrière de la voiture. Je lui ai expliqué, enfin, que j'étais sûr, à ce moment-là, que les deux hommes derrière moi se dirigeraient vers le mur et passeraient ainsi juste à côté de la portière ouverte, et que le plafonnier étant éteint, ils feraient de bonnes cibles.

Il écoutait et prenait des notes. Après m'avoir écouté, il a soupiré doucement.

— Avez-vous tiré pour tuer ?

— Oui.

— Vous sentiez-vous contraint par les circonstances à agir de la sorte ?

J'ai dû réfléchir un instant avant de répondre.

— Non, monsieur. J'aurais pu sauter par-dessus le mur avec Savannah.

— Mais vous ne l'avez pas fait, sans doute parce que votre loyauté allait, avant tout, vers votre père.

J'ai acquiescé.

— Comment vous sentiez-vous au moment de presser la détente ?

— Vigilant mais calme.

— Qu'avez-vous éprouvé en voyant les hommes tomber et en sachant qu'ils allaient probablement mourir ?

— J'étais soulagé à l'idée qu'ils n'utiliseraient pas leur mitraillette contre moi, et qu'ils ne se lanceraient pas à la poursuite de Savannah.

Le Dr Zussman est resté silencieux pendant un moment.

— Joe, qu'avez-vous ressenti *après* la fusillade ? Disons, une heure après ?

— Je cherchais Savannah.

— Mais pensiez-vous aux hommes que vous veniez de tuer ?

— Non.

— Et le lendemain, qu'avez-vous ressenti en songeant à ce que vous aviez fait ?

— Je n'y ai guère pensé. Je ne pensais qu'à Will.

Zussman a écrit quelque chose et il a soupiré à nouveau.

— Joe, que ressentez-vous, en ce moment précis, en songeant à ce que vous avez fait ?

— Je me sens bien, docteur.

— Avez-vous éprouvé des regrets, des remords ? Avez-vous fait des cauchemars ?

— Aux funérailles de mon père, j'ai essayé d'éprouver des regrets à l'idée que deux hommes étaient morts et que c'était moi qui les avais tués. Mais je n'y suis pas parvenu. Je considère qu'il s'agissait d'autodéfense et qu'ils savaient ce qu'ils risquaient en participant au meurtre d'un homme.

Zussman m'a examiné un long moment. Il a changé de position sur le divan, comme s'il était mal installé. Il a croisé à nouveau les jambes et a posé le bloc-notes sur son autre genou.

— Quand vous pensez à la fusillade, est-ce que la scène est claire ou plutôt floue ?

— Elle est parfaitement claire. Je revois même les coutures du siège en cuir sur lequel j'étais allongé, et la buée sur les vitres.

— Est-ce que cette scène vous obsède ?

— Ce qui m'obsède, c'est tout ce que j'aurais pu faire pour sauver la vie de Will.

— Donc, il s'agit d'une considération plus tactique que morale.

— Oui.

— Pourquoi croyez-vous qu'il en soit ainsi ?

J'ai réfléchi un instant.

— Ma tâche consistait à protéger mon père. C'était ce qu'il y avait de plus important pour moi. J'ai été éduqué dans ce sens. J'ai été formé pour ça. Je souhaitais, plus que tout au monde, m'acquitter correctement de cette tâche-là.

Zussman s'est penché vers l'avant et a posé son bloc sur la table. Il a rédigé quelques notes.

— Que ressentez-vous à l'idée d'avoir échoué dans cette tâche ?

Il m'a fallu un certain temps pour réussir à formuler mes sentiments. Je savais ce que j'éprouvais, mais je n'avais jamais songé à le décrire à qui que ce soit, surtout pas à un inconnu.

— Je suis pareil à du sable.

— Du sable ? Expliquez-moi.

— Sec et inconsistant, sans rien pour lui donner une forme.

Il m'a regardé à nouveau.

— Avez-vous la sensation que vous risquez de vous... répandre comme du sable ?

— Non.

— Pourquoi ? Si vous êtes sec et inconsistant, et si vous avez la sensation que rien ne peut vous donner une forme... ?

— Je n'ai pas été assez précis, monsieur. Quelque chose me donne une forme. La volonté de retrouver l'homme qui a tué Will. Cette nouvelle mission a acquis une importance considérable à mes yeux.

— Hum. Bien sûr.

Silence. Zussman a repris son bloc et s'est renfoncé dans son siège.

— Que se passera-t-il, selon vous, lorsque vous aurez retrouvé cet homme, Joe ?

— Je l'inculperai pour meurtre, monsieur.

Il m'a considéré encore un long moment, a cligné plusieurs fois des yeux et s'est remis à écrire, puis il s'est interrompu.

— Joe, que ressentez-vous à l'idée d'avoir dû vous séparer de votre arme dans le cadre de cette procédure d'assistance ?

— Je ne m'en suis pas séparé.

— Comment cela ?

— Personne ne me l'a demandée, je ne m'en suis donc pas séparé.

— Vous la portez sur vous ? Ici ?

J'ai hoché la tête et soulevé le côté gauche de mon blouson de sport.

— Je vais devoir vous demander de me la confier. Je la remettrai au sergent Mehring, pour qu'il la mette à l'abri.

J'ai retiré le 45 de son étui d'épaule, j'ai éjecté le chargeur et je l'ai posé sur la table basse. Puis j'ai fait jouer la culasse, pour m'assurer que la chambre était vide, et j'ai enclenché le cran de sûreté. Tout cela produisait un bruit assourdissant dans le silence du cabinet de consultation. J'ai posé l'arme à côté du chargeur.

J'ai regardé le Dr Zussman et il m'a regardé.

— Cela vous inquiète, Joe, de vous séparer de votre arme ?

— Non, monsieur. J'en ai plusieurs autres.

En fait, j'en avais encore deux sur moi, en ce moment même. Un 45 de service que je portais haut sur ma cage thoracique, du côté droit, pour pouvoir le dégainer rapidement de la main gauche, et un petit 32 fixé à ma cheville. Personne ne s'attendait à trouver trois armes. Will m'avait expliqué, un jour, que personne ne soupçonnait jamais un flic de porter trois armes. Une, certainement. Deux, probablement. Trois, jamais. Curieusement, Will n'avait jamais porté trois armes au temps où il était adjoint du shérif. Il n'en portait qu'une, et pendant ses dernières années au sein du département, il n'en portait plus du tout, sauf quand il prévoyait de la bagarre. Il n'aimait pas les armes et n'avait jamais été bon tireur. En fait, il devait surcompenser lorsqu'il me conseillait de toujours me munir d'un petit arsenal, très maniable.

Je m'exerçais avec chacune de mes armes, souvent.

Le Dr Zussman a considéré l'automatique. J'espérais qu'il n'avait pas les mains trop moites, parce que les sels de transpiration font rouiller le meilleur métal si on ne nettoie pas l'arme immédiatement après l'avoir manipulée. J'ai pris un de mes mouchoirs brodés à mes initiales et je l'ai posé à côté de l'arme.

Il a levé les yeux vers moi.

— Eprouvez-vous des remords ?

— Parfois.
— Pouvez-vous préciser dans quelle mesure ?
— Docteur, il est difficile de mesurer une sensation.
— Essayez.

J'ai réfléchi à la question.

— Voyons, la quantité que vous verseriez dans une tasse de café. Pas une tasse pleine. Disons, une demi-tasse.
— Une demi-tasse de remords.
— Oui, monsieur.

Il a secoué la tête. Il l'a secouée encore une fois.

— Je m'inquiète pour vous, Joe.
— Merci.
— Je veux dire que je n'observe pas un champ de réactions normales, chez vous. J'observe quelque chose de beaucoup moins... convenu.
— Je ne suis pas normal, monsieur.

Après un long silence et quelques notes couchées nerveusement sur son bloc, le docteur m'a interrogé sur les femmes, sur l'amour, sur mes relations. Il posait des questions très directes. Je lui ai dit la vérité : qu'aucune de mes relations ne s'était jamais prolongée au-delà des premiers rendez-vous. Je lui ai parlé de certaines femmes que j'avais beaucoup aimées. Il m'a demandé si je n'avais jamais entretenu une relation significative, et je lui ai demandé ce qu'il entendait par « significative ». Il a paru déconcerté, puis méfiant, comme s'il me soupçonnait de me moquer de lui. J'ai évoqué alors les mannequins professionnels que j'avais payés pour les regarder, et mes rapports avec une prostituée. Je lui ai parlé encore des visages que j'aimais regarder dans les films et les magazines. Il a voulu savoir quels films et quels magazines. Je lui ai répondu : presque toutes les comédies romantiques, surtout celles des années cinquante et soixante-dix, ainsi que les magazines pour hommes comme *Esquire*, *Men's Journal* et *GQ*. Je lui ai raconté aussi que j'achetais parfois des cadres pour les photos de femmes qui étaient vendues avec. Je lui ai confié, enfin, que je redoutais, par-dessus tout, d'inspirer de la pitié à une femme.

— A quelle fréquence vous masturbez-vous ?

— Je ne me masturbe pas.

— Pourquoi pas ?

— Mon père me l'a déconseillé.

— Je vois. Comment gérez-vous vos désirs sexuels ?

— Je ne fais rien de particulier.

— Vous avez des pollutions nocturnes ? Ce qu'on appelle des rêves mouillés ?

— Oui, monsieur.

J'ai baissé les yeux vers mon chapeau ; j'aurais préféré qu'il ne pose pas ce genre de questions.

— Souvent ?

— Une fois par nuit, docteur. Parfois plus.

— Toutes les nuits ?

— Je ne les recense pas. Depuis la mort de Will, souvent.

Il a avalé sa salive, levé les sourcils et écrit.

— Joe, il y a pas mal de choses dont nous allons devoir discuter. La prochaine fois, j'aimerais que nous parlions plus spécifiquement de votre mère et de votre père. Revoyons-nous la semaine prochaine.

Nous sommes donc convenus d'un jour et d'une heure.

— S'il vous plaît, docteur, traitez cette arme avec respect et soin.

— Promis.

J'ai mis mon chapeau et je suis sorti.

J'avais rendez-vous avec June Dauer à seize heures, une heure avant le début de son émission. Je devais la retrouver dans un café proche du studio. Je suis arrivé en avance et je me suis installé à une table d'angle. J'ai réfléchi à ce que Chrissa Sands m'avait appris sur Alex et Savannah Blazak.

Quand June est entrée dans le bistro, mon cœur s'est mis à battre dans ma poitrine à la manière d'un lave-linge mal fixé. Pantalon noir et chemisier sans manches, l'un et l'autre cintrés, avec de grandes fermetures Eclair étincelantes sur les côtés, une ceinture argent enroulée autour de la taille, et des bottines à bouts pointus. Un rouge à lèvres rouge vif. Des rubis aux oreilles. Mais c'était sa peau qui me faisait le plus d'effet : sa moiteur, son bronzage, sa souplesse extrême.

L'Effet Magique semblait ruisseler sur elle comme la pluie sur un toit.

Je me suis levé et je lui ai avancé un siège.

— Vous êtes très en beauté, aujourd'hui, ai-je dit.

Elle a souri.

— Merci beaucoup.

Le temps que nous avons passé ensemble a été un enchantement. Oui, une heure de pur ravissement. Elle m'a raconté qu'elle avait grandi à Laguna Beach, à l'époque où moi, je grandissais à Tustin. Nous avons décroché nos diplômes dans des écoles différentes, mais la même année. Elle avait vingt-quatre ans, comme moi. Ses parents lui avaient parlé de moi alors que nous avions à peine huit ans, parce qu'elle avait vu mon portrait dans un journal. Elle avait fréquenté l'université d'Irvine, où elle avait décroché une double licence en histoire et en littérature anglaise, mais elle consacrait déjà la plus grande partie de son temps à la radio de l'université, pour apprendre le métier. Une émission qu'elle avait conçue, en ce temps-là, et qu'elle avait intitulée Real Live lui avait rapporté un prix. Elle avait été agréablement surprise de recevoir une proposition de KFOC une semaine seulement après avoir obtenu ses diplômes. Elle y avait repris son émission, plus quatre heures d'émission musicale et la présentation des infos et de la météo. Elle travaillait dans cette station depuis près de six mois.

— J'adore ça, a-t-elle avoué, mais je me sens piégée. J'ai vingt-quatre ans et je passe six heures par jour enfermée dans un studio. Certaines personnes jalousent mon succès. Moi, je rêve d'une villa sur la plage avec deux chiens, mais je suppose que c'est le rêve de tout un chacun.

Je me suis surpris en train de la dévisager et je me suis aussitôt efforcé de détourner les yeux, de regarder sa tasse de café, ses ongles, la fermeture Eclair au milieu de son chemisier, n'importe quoi mais pas son visage.

— Joe, a-t-elle murmuré.

Elle a plié un doigt et m'a fait signe d'approcher. Je me suis penché vers l'avant.

— Vous pouvez regarder mon visage.

— Je suis désolé, je...

— Surtout ne le soyez pas !

— Oui. D'accord.

Elle a continué à parler d'elle et j'ai apprécié cette attention. J'avais le sentiment qu'elle voulait ainsi me remercier de lui avoir accordé une interview sur les ondes. J'ai écouté et je lui ai posé quelques questions en m'efforçant de ne pas la dévisager.

La regarder, mais surtout ne pas la dévisager.

Mais tout a une fin. Je l'ai raccompagnée jusqu'au studio et je lui ai ouvert la porte.

— J'ai beaucoup apprécié ce moment, ai-je dit. J'aimerais qu'il y en ait d'autres. Puis-je vous inviter à dîner, lundi ?

Elle m'a examiné un instant. La bouche détendue, mais sans sourire. Des yeux d'un brun profond qui allaient et venaient d'un de mes yeux à l'autre, comme si elle les examinait à tour de rôle, comme si elle essayait de les pénétrer. Son visage fin, rectangulaire, était dépourvu d'expression. Il ne trahissait aucune émotion, sinon une grande intensité, et je savais qu'elle m'évaluait avec sérieux et gravité.

— D'accord, a-t-elle dit. Téléphonez-moi et je vous dirai où nous retrouver.

— J'en suis très heureux.

— A bientôt, donc.

Elle est passée devant le bureau de la réception et la porte s'est ouverte automatiquement. Elle s'est retournée, m'a adressé un petit signe de la main et a disparu.

Le réceptionniste m'a souri.

Au stand de tir de la police, j'ai dégainé et vidé cinquante barillets de la main droite, puis j'ai dégainé et j'en ai vidé cinquante de la gauche. Ensuite, j'ai alterné vingt-cinq de chaque main. J'ai emprunté un 45 de service à l'instructeur, mais la détente n'avait pas la souplesse de l'arme que le Dr Zussman m'avait confisquée. Ça a baissé le point de concentration des impacts de trois centimètres sur la silhouette. J'ai dégainé et tiré vingt coups avec le petit 32. Il est intéressant de noter à quelle vitesse on peut tomber sur un genou, stabiliser son poignet droit avec sa main gauche, libérer le cran de sûreté et tirer. La magie tient au fait qu'alors même que vous vous agenouillez, vous êtes déjà prêt à tirer. Il est quand même difficile d'obtenir une bonne concentration d'impacts à quinze mètres avec un aussi petit calibre.

J'ai nettoyé soigneusement les armes à la fin de la séance. Un bon tir, somme toute, même si la main gauche s'était fatiguée plus vite que la droite et avait légèrement tremblé. Puis je me suis rendu dans la salle d'exercices du quartier général, histoire de soulever quelques haltères et de récupérer le courrier dans mon casier.

Trois messages m'informaient que Jaime Medina m'avait appelé. Les trois précisaient : IMPORTANT ! SVP, RAPPELER AU PLUS TOT. Il y avait aussi une lettre, seulement je ne connaissais pas l'écriture étriquée de l'enveloppe, aussi je n'ai pas pris la peine de l'ouvrir.

Enfin, il y avait un mot de mon amie Melissa du laboratoire d'analyse criminelle.

Il disait : *J'ai la réponse à ta question. Viens me voir dès que possible.*

Et comment qu'elle avait obtenu une réponse à ma question ! L'ADN de la salive sur la sucette trouvée dans l'arsenal d'Alex Blazak appartenait presque certainement à Savannah. Melissa avait pu le comparer à un échantillon de salive prélevé sur un verre d'eau fourni par Jack et Lorna à Steve Marchant. Le FBI avait confié le verre à notre laboratoire pour qu'il analyse l'ADN, et Melissa s'était arrangée pour consulter les résultats.

Le cigare Macanudo avait été fumé par Alex, dont l'échantillon d'ADN était conservé au département correctionnel de Californie. Le fumeur de Davidoff, lui, n'avait pas pu être identifié.

— Je n'ai pas eu le temps d'étudier les empreintes que tu as relevées, a-t-elle dit. Accorde-moi encore un jour ou deux.

— Je te suis redevable, Melissa.

— Que dirais-tu de m'offrir un café, un de ces jours ?

— Euh... j'en serais ravi.

J'ai quitté le quartier général avec une sensation étrange. Je me suis arrêté pour acheter de quoi dîner, mais la sensation ne se dissipait pas. De retour à la maison, j'ai essayé de me représenter la scène : le frère et la sœur installés dans la pièce du haut de l'entrepôt d'Alex. Ils regardaient des dessins animés. Savannah avait une sucette à la bouche. Alex fumait un Macanudo. Savannah n'était pas attachée, ni droguée, ni enfermée dans une pièce. Je la revoyais, la nuit de notre rencontre : calme et polie.

Elle n'avait pas l'air d'une enfant kidnappée. Elle ressemblait à n'importe quelle fillette avec un sac à dos à l'effigie de Pocahontas, qui s'apprêtait à partir en balade.

11

La lettre à l'écriture étriquée était de mon père, Thor Svendson. C'était la première fois qu'il m'écrivait.

Dès que j'ai vu sa signature, mon pouls s'est emballé et ma gorge s'est nouée. Mes mains se sont mises à trembler. Une comète de souffrance à l'état pur m'a cinglé le visage.

J'ai reposé la lettre. Je sentais l'odeur de la peur sur tout mon corps, un mélange de métal et d'ammoniac. J'ai pris trois inspirations profondes, je me suis levé et je suis sorti. Le voisinage était égal à lui-même, pourtant chaque détail m'apparaissait flou et enveloppé dans une brume rougeâtre. Mes poumons se remplissaient avec peine, je me suis concentré sur ma respiration.

Je n'avais qu'une idée en tête : fuir vers mon havre secret, là-haut dans mon arbre, où personne ne pouvait me voir et d'où je pouvais tout voir. J'ai trouvé l'arbre. J'y suis grimpé. Je me suis retranché au plus profond de son feuillage, j'ai disparu et là, invisible, j'ai observé le monde environnant. Ma vision n'a pas tardé à redevenir normale. Le voisinage m'est apparu dans toute sa clarté et dans ses moindres détails.

Je suis resté là un long moment avant de rentrer à la maison.

Voici ce que disait la lettre :

Cher Joe,

Salut. Je t'écris parce que j'ai besoin que tu me pardonnes. Je crois en Dieu, aujourd'hui, et je pourrai pas aller au ciel sans ton pardon. C'est ce qu'on dit dans ce livre que j'ai lu. Et il faut que tu m'accordes ton pardon de vive voix, seulement il y a ce jugement qui m'interdit de t'approcher jusqu'à la fin de mes jours, sauf si tu demandais que la mesure soit levée. Je vis à Seattle. Je vais venir à Santa Ana par le train, le samedi 23. Ne me fais pas arrêter. On pourrait peut-être prendre un verre ensemble et rattraper un peu le temps perdu. C'est moi qui régale. Ce serait peut-être bien que tu puisses apprendre à connaître ton vieux père, maintenant que l'autre a été abattu. T'as rien à perdre et un bon verre à gagner. Et comme je te l'ai dit : la porte du paradis ne pourra pas s'ouvrir devant moi si tu me refuses ton pardon.

Sincèrement,
Thor Svendson

J'étais installé dans le jardin derrière la maison et je mangeais le repas acheté en route. La soirée était fraîche et humide, comme la nuit où Will était mort. Peu après le coucher du soleil, le brouillard est tombé, il y avait des gouttelettes en suspension dans l'air ; bientôt, de petits nuages de brume ont commencé à jouer dans l'éclairage artificiel.

Je suis allé chercher un blouson, puis je suis revenu dans le jardin. Je m'efforçais d'imaginer Thor Svendson d'après les photographies que j'avais vues de lui dans les quotidiens et les revues – les journaux en avaient publié des tas après son arrestation, d'autres encore après sa condamnation à treize années de réclusion criminelle à la prison d'Etat de Corcoran, et encore d'autres lors de sa libération au terme de sept années de détention. J'en possédais toute une collection à une époque, et parfois je lisais cette histoire qui parlait de lui et de moi comme un simple lecteur. Je détaillais les photos. Sur chacune d'elles, il me faisait l'effet d'un homme plutôt sympathique, dépourvu de toute malice. Mais il est vrai que la malice n'est jamais apparente.

Eh non ! Thor était grand et ventripotent, avec de longs cheveux blancs, une barbe blanche et des yeux très bleus. Il ressemblait au Père Noël. Il devait avoir soixante-quatre ans, aujourd'hui, mais même sur les photos prises au lendemain de son arrestation, alors qu'il avait à peine la quarantaine, il paraissait déjà vieux.

Pour des raisons qui m'avaient toujours échappé, il souriait sur presque tous les clichés. Je connaissais peu d'hommes qui auraient eu envie de sourire après une condamnation à treize années de réclusion à Corcoran pour mutilation et tentative de meurtre. Thor, lui, souriait. C'était un sourire désolé, un sourire qui semblait exprimer une sagesse chèrement acquise. C'était le sourire le plus horrible qui fût.

Lorsque je rêvais de lui et de ce qu'il avait fait, il souriait toujours au moment de saisir la tasse à café et de m'en balancer le contenu au visage. Ses grands yeux bleus semblaient remplis de pitié. Son sourire était sincère et prévenant. Vraiment sincère. Comme s'il ne désirait pas me faire mal, mais n'avait pas le choix. Dans le rêve, je me demandais toujours pourquoi il n'avait pas le choix – cette question était même un élément crucial du rêve –, hélas, je n'obtenais jamais de réponse. Etait-ce parce que je l'avais mérité ? Parce que Dieu lui en avait intimé l'ordre ? Parce que c'était le seul moyen de m'enseigner une leçon d'une importance capitale ?

Dans mes rêves, son expression me terrifiait deux fois plus que l'acide. Je ne me souvenais pas précisément de son visage au moment des faits. A vrai dire, je ne conservais aucun souvenir personnel de lui. Je ne me souvenais que d'une chose : m'être enfoncé au plus profond de moi-même pour fuir quelque chose d'énorme et de mauvais, comme lorsqu'on plonge sous une vague monstrueuse pour atteindre cette zone de calme près du fond de l'océan, où l'on peut enfoncer ses doigts dans le sable afin de s'accrocher à la vie.

Selon les journaux, Thor m'avait emmené chez les pompiers immédiatement après avoir accompli son geste. Il avait déclaré à un magazine, quelques mois plus tard, que Dieu lui avait ordonné de jeter l'acide, et qu'ensuite Dieu lui avait ordonné de me conduire chez les pompiers. Ceux-ci m'avaient emmené à l'hôpital et avaient appelé les flics pour leur confier Thor. Je ne savais toujours pas pourquoi il ne s'était pas enfui en me laissant hurler dans mon coin, et je ne tenais pas à le savoir.

Je ne rêvais jamais de ma mère biologique. Elle s'appelait Charlotte Wample ; elle avait dix-huit ans quand je suis né – elle devrait donc en avoir quarante-deux, aujourd'hui. J'ignorais où elle vivait en ce moment ; en fait, je ne l'avais jamais su. Thor et elle n'étaient pas mariés. Selon les récits des journaux et les minutes du procès – je ne sais combien de fois j'avais lu chaque mot de ces minutes, avec tous les *hum*, les *euh*, les *hein* –, elle n'était pas à la maison au moment où Thor avait pété les plombs. Elle était sortie faire les courses : couches, bourbon et cigarettes.

Je n'avais jamais vu qu'une seule photo d'elle. C'était un cliché de presse pris alors qu'elle quittait le tribunal du comté d'Orange, seulement je n'avais découvert ce numéro du *Journal* que quatorze ans plus tard. C'était une femme maigre et nerveuse, à l'expression malheureuse, aux longs cheveux platine et aux yeux durs. Elle allumait une cigarette sur les marches du palais de justice. Sous serment, l'attorney l'avait contrainte à préciser son surnom à l'époque où elle fréquentait une bande de motards : Harlot[1]. Charlotte *the Harlot*. Pas très inventif, mais les motards maniaient mieux la méthadone que la métaphore.

Il y a six ans – j'avais alors dix-huit ans –, j'avais cherché tous les Wample qui figuraient dans les annuaires téléphoniques de la région d'Orange. J'en avais trouvé deux. Je les avais appelés l'un et l'autre. Le premier était un homme qui m'avait déclaré n'avoir jamais entendu parler d'une Charlotte Wample, mais être, en revanche, originaire de Charlotte, en Caroline du Nord. Il m'avait parlé de sa ville. Un type sympa.

L'autre était une femme, Valeen, qui m'avait répondu que sa fille, Charlotte, était une garce et qu'elle l'espérait morte ; que ce serait préférable pour tout le monde. Je lui avais demandé si le copain de Charlotte avait molesté son bébé et elle avait répondu oui, dans une espèce de sifflement rageur. « Ce fils de pute de Thor Svendson lui a balancé de l'acide au visage, mais en quoi diable cela vous concerne-t-il, monsieur ? »

1. Putain. (*N.d.T.*)

Après cette brève conversation, je m'étais senti encore plus mal. Je ne savais pas vraiment pourquoi j'avais appelé ces gens, je ne savais pas ce que j'espérais leur dire ou les entendre dire. Si une Charlotte Wample avait décroché, j'aurais probablement raccroché. Qu'aurais-je pu lui dire ? « Comment se fait-il que tu n'aies jamais cherché à me voir ? Tu ne m'aimes donc pas ? »

J'étais certain que Charlotte avait déménagé, qu'elle s'était mariée ou du moins qu'elle avait changé de nom. Je n'avais aucune envie de la rencontrer. Pourtant, j'avais rangé le numéro de téléphone de Valeen dans mon portefeuille, tout au fond d'une petite poche réservée aux cartes de crédit. La dernière fois que je l'avais ouverte, il était toujours là.

Ma grand-mère était une femme terrifiante. Même juste comme ça, au téléphone. Seulement, les liens du sang sont les liens du sang, on ne peut rien y faire. Je pensais de temps en temps à Valeen Wample. Grand-mère. Grand-maman. Mémé.

J'ai appelé la gare Amtrak de Santa Ana et j'ai écouté leur message enregistré pour connaître l'heure d'arrivée du train de la Coast Starlight. Il était censé amener le diable en quête de rémission, à Santa Ana, à vingt-deux heures dix-sept, le lendemain.

Peu après vingt et une heures, Rick Birch m'a appelé.

— Retrouvez-moi à Lind Street, dans une heure. Et, cette fois, apprêtez-vous à vider votre sac. Est-ce que je me fais bien comprendre ?

Je lui ai répondu qu'il était parfaitement clair et il a raccroché.

Lind Street. J'ai senti les cheveux se dresser sur ma tête et ma cicatrice s'enflammer dès que j'ai pénétré dans la maison à la suite de Rick Birch et que j'ai senti la même odeur de bacon et de cigarettes que l'autre soir.

Tu l'as tué tu l'as tué tu l'as tué...

Le même tapis usé jusqu'à la corde, la même corde usée jusqu'à la trame, les mêmes draps en guise de tentures. Tout était semblable, hormis les traces de poudre pour relever les empreintes et les étiquettes de repérage laissées derrière eux par les techniciens de scène de crime.

— Charmante bicoque, a fait Birch.

Ses yeux étaient clairs et gris dans son vieux visage tout ridé.

— Devinez qui payait le loyer ?

— Un type avec le visage d'Alex Blazak et le nom d'un autre ?

— Tout juste. Il a réglé un mois et le dépôt de garantie, le lundi 11 juin. Son chèque est rédigé au nom de Mark Stolz, l'adresse et le numéro de téléphone ne correspondent à rien. Deux jours plus tard, tout s'est joué dans la ruelle voisine.

— Et la femme qui était là ?

Birch a sorti son carnet de notes.

— La police d'Anaheim nous a rancardés sur ce coup-là. Rosa Descanso. Baby-sitter certifiée. Engagée par Stolz via une agence située sur Katella. Je suis allé l'interroger. Elle a dit que le client désirait une baby-sitter disposant d'un moyen de locomotion personnel. Descanso est arrivée ici à dix-neuf heures. Alex et Savannah étaient là. Ils s'entendaient fort bien, selon elle – frère et sœur. Elle a éprouvé d'emblée de la sympathie pour Savannah, mais elle avait le sentiment que « son frère n'était pas un type aussi bien que la petite ». Alex est parti un instant après son arrivée. Avec Will, vous avez débarqué à vingt-deux heures dix. Quand la fusillade a éclaté, quelques minutes plus tard, elle a sauté dans la baignoire. Elle pensait que c'était un règlement de comptes entre gangs du coin.

J'ai traversé le petit salon, puis le couloir et j'ai pénétré dans la chambre où j'avais vu Savannah Blazak pour la première fois.

Je m'appelle Savannah. Comment allez-vous ?

Je ne sais pas trop. Mais, viens avec moi, s'il te plaît.

Je me suis tourné vers Birch.

— C'est comme si je faisais le même cauchemar une deuxième fois.

Il a hoché la tête mais n'a rien dit.

Le fait d'être là réveillait ma mémoire, me ramenait à l'esprit des images de l'autre nuit : les phares des voitures, la Perche, la détonation sèche, Will plié en deux, baignant dans son sang.

Oups.

J'ai entendu une voiture qui s'engageait dans la ruelle voisine. La voix a recommencé sa litanie dans ma tête : *tu l'as tué tu l'as tué tu l'as tué*.

C'est à peine si je percevais ma voix lorsque j'ai commencé à parler :

— Je ne vous ai pas menti, monsieur. Seulement, il y a quelques détails que j'ai gardés pour moi.

Birch a secoué la tête et m'a dévisagé.

— Vous êtes prêt à me les communiquer ?

— Oui, monsieur.

— Bien. Et cessez avec cette connerie de « oui, monsieur », « non, monsieur ». J'en ai eu plus que mon compte à l'armée.

Je lui ai tout dit : la nervosité de Will, ce soir-là, ses conversations avec Jaime et le révérend Daniel, la liasse de billets remise à Jennifer Avila, les mots qu'ils avaient échangés, le cafard de Mary Ann. Je lui ai aussi parlé de l'émetteur sur la BMW, du déjeuner de Will avec Carl Rupaski et Dana Millbrae, dont j'avais pris connaissance en épluchant son agenda. Je lui ai raconté la manière dont les Blazak m'avaient présenté le kidnapping de Savannah et le portrait qu'ils m'avaient fait de leur psychopathe de fils. J'ai mentionné Bo Warren et l'offre de me faire hypnotiser pour m'amener à révéler tout ce que j'avais vu et entendu. J'ai ajouté que Lorna Blazak m'avait confié l'adresse secrète d'Alex et j'ai détaillé tout ce que j'avais découvert dans l'entrepôt. J'ai parlé de la rencontre de Will avec Ellen Erskine du foyer pour enfants Hillview. Enfin, j'ai dit que Chrissa Sands avait parlé à Savannah et à Jack et qu'elle avait vu Will en compagnie d'Alex et de Savannah la veille de la mort de mon père. Enfin, je lui ai remis la carte postale d'Alex à Chrissa.

Lorsque j'en ai eu terminé, je me suis retrouvé debout devant la fenêtre, à contempler le motif floral du drap sale qui faisait office de tenture. Je ne parvenais pas à me défaire du sentiment que j'avais, d'une certaine manière, trahi Will en livrant tout ce que je savais sur cette nuit-là. A moins que je ne l'aie trahi pour le punir de ne pas m'avoir tenu informé de ce qui nous attendait ce soir-là.

Lorsque je me suis retourné, Birch m'examinait pardessus ses lunettes sans monture.

— Vous avez fait ce qu'il fallait.

— Merci.

— Est-ce que vous croyez qu'Alex a enlevé sa sœur ou qu'elle s'est sauvée ?

— Je crois qu'elle s'est sauvée.

— Pourquoi ?

— Pas la moindre idée.

— Pour soutirer du fric au vieux ?

— J'y ai pensé. Savannah me paraît bien jeune pour faire ça.

— Alex, lui, a l'âge suffisant, non ?

— D'autant plus que Jack et lui se détestent.

— Je garde la carte postale comme pièce à conviction, a-t-il dit.

— Je m'en doutais, monsieur.

— Mais j'ai quelque chose pour vous, a-t-il ajouté.

Il a sorti, de son carnet de notes, une feuille de papier pliée et me l'a tendue. C'était un relevé de la compagnie du téléphone, qui recensait toutes les communications que Will avait reçues sur son portable et celles qu'il avait passées, la nuit de sa mort. Le service de sécurité de la compagnie du téléphone avait mis en regard de chaque numéro les noms des abonnés et les adresses de facturation.

Je me suis empressé de consulter les trois derniers appels de cette nuit atroce.

Deux appels reçus, un émis.

Will avait reçu le premier à vingt et une heure trente-huit. Je m'en souvenais parfaitement ; il avait dit : « Trona », puis il avait écouté et demandé : « Elle est avec vous, pas vrai ? »

Ensuite, il m'avait communiqué l'adresse de la maison de Lind Street. Selon le relevé de Birch, le numéro correspondait à une ligne ouverte au nom d'Alex Blazak.

Alex avait dû appeler Will pour confirmer qu'il avait bien reçu quelque chose, probablement le sac que j'avais déposé sur le court de tennis. La rançon. Il lui avait ensuite communiqué l'adresse de Lind Street.

Will avait reçu un deuxième appel à vingt et une heures cinquante-sept. Il avait dit : *Ça se précise. Je ferai ce que je peux, mais je suis incapable de transformer du charbon en diamant.*

Celui-ci provenait d'une ligne enregistrée au nom de Luz Escobar. Elle habitait Raitt Street, à Santa Ana. Dans la marge, Rick avait écrit : « Le frère d'Escobar, Felix, est en taule pour meurtre. Luz est aussi connue sous le sobriquet de Pearlita. Tueur à gages. »

Je me suis souvenu des mots prononcés par Jennifer Avila au téléphone, ce soir-là, tandis que je tendais l'oreille pour suivre l'échange entre Will et Jaime : *Passez-moi Pearlita.*

L'ultime appel de sa vie remontait à vingt-deux heures une ; Will avait lui-même appelé un numéro de Newport Beach : celui d'Ellen Erskine.

Je crois qu'on sera là à temps.

Will avait dû confirmer qu'il s'apprêtait à récupérer Savannah Blazak, Lind Street : voilà comment j'interprétais ce message.

— J'ai appelé Erskine, hier, a précisé Rick. Dès que j'ai reçu le relevé téléphonique. Et devinez quoi ? Will ne comptait pas rendre Savannah à ses parents, cette nuit-là. Il avait pris des dispositions pour confier la fillette à Erskine, au foyer pour enfants Hillview.

— Je ne comprends pas. Pourquoi ?

— Erskine n'en a pas la moindre idée. Will ne lui avait pas précisé le nom de la petite. Il n'avait pas précisé non plus la situation particulière de Savannah. Tout ce qu'il avait dit, c'est qu'elle avait besoin d'un lieu sûr. Will devait rencontrer Erskine au Service de protection de l'enfance entre vingt-deux heures et vingt-deux heures trente. Il n'est pas venu au rendez-vous. Quand Erskine a vu les infos, le lendemain, elle s'est aussitôt précipitée chez Marchant.

J'avais beau faire, je n'arrivais pas à ordonner toutes ces informations.

— Joe, dans quel merdier votre père trempait-il ?

— Je suis incapable de vous répondre. Je ne crois

pas qu'il trempait dans quoi que ce soit de répréhensible. Je vous ai dit tout ce que je sais.

— Oui, a-t-il fait. J'ai presque tendance à vous croire, cette fois-ci.

— C'est la vérité.

J'étais sur les escaliers et j'attendais que Rick ait refermé l'appartement de Lind Street. Ensuite, nous avons descendu ensemble les escaliers et nous avons regagné nos voitures respectives.

— J'ai appelé Bernadette Lee. Pas de réponse. Je suis allé à l'adresse que vous m'avez indiquée. Personne. Peut-être que Sammy saura nous aider.

— Je vais voir ce que je peux faire.

J'ai quitté Lind Street avec le curieux timbre chantant de John Gaylen dans la tête. Je me suis repassé sa conversation avec Will tout en roulant vers l'adresse que j'avais relevée sur le formulaire standard du rapport d'interrogatoire, dans le bureau de Birch.

J'ai repéré l'endroit et je me suis garé de l'autre côté de la rue, deux maisons plus bas. C'était un lotissement qui datait des années soixante, bien entretenu. La maison de Gaylen était jaune, avec des jardinières et des garnitures aux fenêtres, qui lui donnaient l'apparence d'un chalet suisse. Les palmiers du jardin, eux, n'avaient rien de suisse.

Il était un peu plus de vingt-trois heures. De la lumière brillait à l'intérieur. La lanterne du porche éclairait faiblement la façade et des phalènes tournaient autour.

Will ! Hé, Will Trona ! Discutons.

Je me suis laissé glisser au fond du siège et j'ai appuyé ma tête contre le dossier. Comme Will avait l'habitude de le faire. J'ai essayé de l'imiter avec les paupières mi-closes et les yeux en alerte. J'ai essayé d'avoir l'air d'évaluer la situation et de chercher un moyen de l'améliorer. J'ai essayé aussi d'adopter un air de propriétaire.

Tout en surveillant la maison, j'ai songé à Will. Je me suis rappelé très distinctement notre première rencontre au Hillview. C'était un samedi de pluie. J'avais cinq ans et j'étais caché dans un coin de la bibliothèque du foyer, plongé dans la lecture de *Shag, le dernier bison des plaines*. Je savais presque lire couramment, à cet âge-là, parce que j'avais passé beaucoup de temps avec les livres en général, et avec celui-ci en particulier. Je l'adorais. J'adorais Shag. Les illustrations étaient magnifiques.

J'étais un enfant de cinq ans méfiant et craintif, égaré dans un livre. Plus qu'égaré – *égaré* n'est pas tout à fait le terme approprié. Quand j'étais absorbé dans un livre, je baissais la tête, ainsi personne ne pouvait voir le côté affreux de mon visage. Personne ne pouvait voir l'amas hideux, douloureux, écarlate de chairs et de muscles qui était tout ce dont je disposais pour accueillir les gens.

Mon visage ainsi masqué à la vue d'autrui, je réussissais à l'oublier, et mon esprit s'évadait à volonté dans l'espace et le temps. Je m'évadais à des milliers de kilomètres du Hillview, jusqu'aux plaines de l'Amérique d'il y a deux cents ans, et je retrouvais cet animal merveilleux : Shag. Je le voyais lutter contre un ours, être blessé par une flèche et fuir vers le Yellowstone avec les derniers de ses semblables.

Je me retrouvais là-bas, dans le Yellowstone, avec Shag.

Je n'avais donc pas prêté attention à la personne qui venait d'entrer et qui s'était installée en face de moi à la petite table. J'étais avec Shag. L'homme – je savais que c'était un homme à cause du bruit de ses pas –

s'était mis à pianoter sur la table du bout des doigts. Mais, moi, je courais avec Shag.

« Fiston, avait-il dit. Regarde-moi, parce que moi je te regarde. »

J'avais levé les yeux vers lui, vers le visage le plus sage, le plus aimable, le plus beau, le plus triste et le plus grave qu'il m'ait été donné de contempler de toute mon existence. Je n'y avais jamais songé auparavant, mais là, en l'apercevant, j'avais su instantanément à quoi devait ressembler un homme : à lui. C'était aussi évident pour moi que la fuite vers le Yellowstone était évidente pour Shag.

« Ce n'est jamais qu'une cicatrice, avait-il dit. Tout le monde porte ses cicatrices. Il se trouve que la tienne est à l'extérieur. »

Je m'étais déjà détourné, bien sûr, mais j'avais trouvé le courage de lui répondre dans un soupir.

« Shag a des cicatrices sur les flancs, à cause de son combat avec l'ours.

— Tu vois ? Il n'y a pas de raison d'en avoir honte. »

J'ignore toujours ce qui m'avait donné le courage incroyable de prononcer les mots suivants.

« Où sont les vôtres ?

— Je te répondrai quand tu me regarderas à nouveau. »

Je l'avais regardé.

Il s'était frappé doucement la poitrine du poing.

« Je suis Will Trona », avait-il dit.

Puis il s'était levé et était parti.

Je ne l'avais pas revu avant le samedi suivant. J'étais une fois de plus dans la bibliothèque. Il m'avait remis un paquet enveloppé dans les bandes dessinées du journal du dimanche. A l'intérieur, j'avais découvert un exemplaire neuf de *Shag, le dernier bison des plaines*.

« J'ai pensé que ça te ferait plaisir d'avoir le tien, avait-il dit.

— Merci, monsieur.
— Tu permets que je m'asseye ?
— Oui, monsieur.
— J'ai parlé de toi avec des responsables du foyer. Ils prétendent que tu es un brave garçon. »

Je n'avais rien dit. Je m'étais détourné ; le feu dévorait ma cicatrice.

« Joe, je me demandais si ça te dirait de sortir un peu d'ici, d'aller manger une glace ou de traîner sur la plage à Newport. C'est une belle journée. Il y a des gens qui pêchent, des jeunes qui font du skateboard, des jolies filles et des tas de choses à voir. Les dirigeants du foyer sont d'accord pour t'accorder une permission de deux heures. Qu'en dis-tu ? »

Je savais ce que je voulais dire, mais les mots avaient du mal à sortir. Je n'avais pas souvent eu l'occasion de prendre des décisions ; je ne savais donc pas exprimer mes désirs. Les institutions avaient toujours répondu à toutes les questions pour moi : les tribunaux, les hôpitaux, l'Etat, le comté, les foyers.

A cet instant précis, j'avais ressenti le premier souffle de liberté, et les premières souffrances qui l'accompagnaient. J'avais eu l'impression d'être sur un haut plongeoir pas plus grand qu'une boîte à chaussures, le vent se déchaînait tout autour de moi et j'essayais de savoir si je devais plonger, redescendre par l'échelle ou rester là à trembler.

Will Trona n'avait rien ajouté. Il ne m'avait pas bousculé, ne m'avait pas pressé, n'avait pas répété sa question et n'avait pas pianoté du bout des doigts.

Au lieu de cela, il s'était renversé dans son siège, avait joint les mains derrière sa nuque et m'avait considéré très calmement, presque distraitement. Comme s'il cherchait à imaginer le moyen d'améliorer ma situation.

« D'accord, monsieur. Oui.

— Parfait, jeune homme. Filons d'ici. J'ai une TransAm rouge de 1980, avec le gros V8 et cinq vitesses. Tu peux être sûr que ça va décoiffer, Joe. »

Je poireautais devant la maison de John Gaylen depuis une heure ; comme rien ne s'était passé, j'ai branché la radio.

Une nouvelle heure s'est écoulée sans plus d'agitation et j'ai coupé la radio.

Je pensais toujours à Will.

Une heure plus tard, il était près de deux heures trente, et toujours rien n'avait bougé dans la maison de Gaylen, sinon les phalènes.

Je me suis redressé, j'ai mis le contact et je suis rentré chez moi.

12

De bonne heure, le lendemain matin, je suis allé voir le révérend Daniel Alter. Je souhaitais lui poser quelques questions ; certains détails concernant Will et Savannah me tracassaient. Et puis, je voulais son avis sur un autre point.

Daniel était mon confesseur depuis près de dix ans, avec une interruption d'une année durant laquelle je ne l'avais guère vu. Au cours de cet intermède – qui avait commencé aux environs de mon dix-septième anniversaire –, j'avais été saisi d'une sorte de frénésie qui m'avait poussé à me faire baptiser près de vingt fois. Le plus souvent à l'occasion de baptêmes de masse, où la présence d'un type de plus ou de moins passait inaperçue. Mon visage éveillait la pitié de plus d'un ministre du culte. Certains dimanches, il m'arrivait de parcourir deux cents kilomètres dans la journée.

Les immersions totales étaient mes préférées. J'aimais être plongé entièrement dans l'eau puis en être sorti, j'aimais la sensation de l'eau bénite dégoulinant sur mon visage et ses tissus durcis ; j'aimais la sentir purifier le feu, le péché, la haine. Après ça, j'avais toujours la fringale.

Mais c'était il y a des années ; j'étais plus jeune.

Aujourd'hui, je me contentais d'écouter Daniel. Il m'avait baptisé une fois et cela devrait suffire. Parfois, j'éprouvais encore l'envie d'un baptême, mais je me dominais. Je regardais ceux qui vivaient cette cérémonie et je souriais paisiblement en imaginant que l'eau bénite dégoulinait sur les sillons sauvages de mon visage. J'aimais aussi sentir la pluie couler sur mes joues. J'aimais l'hiver.

La secrétaire du révérend Daniel m'a dirigé vers l'ascenseur de service de la Chapelle de Lumière. Une ascension de sept étages, dans un ascenseur en verre avec vue sur la campagne environnante, jusqu'aux montagnes. J'ai foulé le tapis bleu roi avec ses minuscules oranges et leurs feuilles vertes, tandis que Daniel s'avançait vers moi.

Il s'habillait toujours de la même manière : pantalon ample, mocassins noirs, polo blanc et sa sempiternelle casquette aux couleurs de l'équipe de base-ball des Angels. Il expliquait aux fidèles que la casquette était destinée à convaincre Dieu le Père d'aider les Angels à améliorer leurs performances en championnat.

— Hé, Joe. Joe Trona.

— Bonjour, révérend. Je suis désolé de vous déranger, mais je désirais vous parler.

— Cette porte t'est toujours ouverte. Tu le sais. Je t'en prie, assieds-toi.

Nous nous sommes assis. Un divan en cuir orangé, des coussins bleus, la campagne tout autour de nous, enveloppée de brumes estivales.

— J'aime les samedis matin, a-t-il dit. Pas d'émission. Pas de rendez-vous. En fait, personne ne vient jamais ici, ce jour-là, hormis les grenouilles de bénitier. Voyons, Joe, que puis-je pour toi ?

— J'aimerais vous poser une question directe.

Il a souri.

— Ce sont mes préférées.

— Bien, lorsque vous discutiez avec mon père, l'autre soir, dans le box du Grove, le soir de sa mort, vous avez parlé de Savannah Blazak. Je me souviens parfaitement de vos propos. Will a dit : « Je sais où elle est. Mais je ne suis pas sûr de faire confiance à ses proches... » Et vous avez répondu : « Qu'est-ce que tu veux dire ? »

Daniel a écarquillé des yeux déjà agrandis par les verres épais de ses lunettes.

— Joe, cela s'appelle une indiscrétion.

— Je sais, révérend. Ça faisait partie de mon travail pour Will.

Daniel a souri et a dit :

— Quelle prodigieuse mémoire, Joe.

— C'est un don.

Il m'a observé de ses grands yeux.

— Révérend, mon père connaissait les Blazak. Avait-il des raisons de se méfier d'eux ?

— Voyons, pas que je sache, Joe. C'est vrai que Will et Jack Blazak avaient des différends. Tu sais qu'ils ne voyaient pas les choses de la même façon. Jack est obsédé par le développement de la région. Will estimait que toute forme de développement n'est pas forcément bonne. On ne peut donc pas dire qu'ils étaient amis. Mais je ne vois pas pourquoi Will se serait méfié de Jack et Lorna. Ou de Bo.

Daniel s'est levé et a laissé flotter un regard songeur sur la campagne.

— Monsieur, si Will avait retrouvé une fillette kidnappée, il ne l'aurait jamais maintenue à l'écart de sa famille sans une bonne raison.

— D'accord.

— Révérend, que lui avez-vous remis, ce soir-là ?

— Quand ?

— Dans le box du Grove. Quand vous avez dit : « C'est pour toi. »

Il a à nouveau écarquillé les yeux. C'était son expression favorite durant ses émissions télévisées ; elle traduisait son émerveillement face à la miséricorde, à la sagesse et à la bienveillance de Dieu. Il a ri doucement.

— Joe, quelle mémoire ! Je ne me doutais pas qu'elle était aussi, euh...

— On la qualifie d'eidétique, révérend.

— Ce doit être un miracle, ou une malédiction, non ?

— Ne pas oublier est les deux.

— Donc, tu n'oublies jamais rien ?

— Il est un peu tôt pour le dire. Je n'ai que vingt-quatre ans.

Il a souri et s'est rassis. Le sourire de Daniel effaçait presque les rides de son visage. Une lueur s'est allumée dans ses yeux.

— Joe, tu serais capable de mémoriser toutes les cartes dans une partie de black-jack ! Tu aurais ainsi toutes les chances de faire sauter la banque en misant gros sur une bonne main.

— Ça ne marche pas aussi bien avec les chiffres, seulement les mots, prononcés ou écrits.

Chaque fois que l'esprit du révérend Daniel s'engageait sur une pente savonneuse, il évoquait le jeu. Il s'en servait dans ses émissions quand il voulait illustrer un type de péché particulièrement séduisant et tentateur. Je l'avais entendu faire des pronostics sur des matchs avec Will. Il connaissait bien le sport, tous les sports. Il me surprenait parfois, comme l'autre soir avec Will, quand il était passé à côté, à la table de billard, et qu'il m'avait dit quelle boule jouer et comment. Il me donnait parfois l'impression d'avoir passé ses années de séminaire dans des casinos et des salles de billard, ou sur des terrains de sport.

Peut-être que l'idée du jeu le titillait d'autant plus que Daniel était radin. Son ministère à la Chapelle de Lumière lui rapportait des millions de dollars chaque année – des revenus pour l'essentiel exonérés d'impôts –, mais Daniel vivait dans une maison discrète à Irvine. Il conduisait une Ford Taurus. Sa femme, Rosemary, c'était une autre histoire. Salomon, au temps de sa splendeur, n'était pas vêtu aussi richement qu'elle et n'avait pas d'aussi somptueux appartements à Newport Beach, Majorca et Cabo San Lucas.

— Eh bien, Joe, ce soir-là, j'ai remis à Will une petite somme que je lui devais à la suite d'un pari sur un match de base-ball. Les Angels s'étaient fait laminer.

Il a haussé les épaules et a souri ; son expression traduisait pour moitié la honte de s'être adonné au jeu, pour moitié son irritation à l'encontre des Angels.

— Nous avions un accord, Will et moi : les gains étaient reversés à une œuvre de bienfaisance, au choix du gagnant. Tu connais Will, il voulait toujours aider tout le monde.

Mon père et ma mère avaient fait don de deux cent trente-cinq mille dollars à des œuvres au cours des six premiers mois de l'année, sans compter la donation de cinquante mille dollars à la famille de la victime de Sammy Nguyen. Ces chiffres avaient été cités dans l'un des nombreux articles parus au moment des funérailles. Du vivant de Will, mes parents avaient consacré un total de deux millions sept cent cinquante mille dollars à des dons divers.

Cet argent appartenait pour l'essentiel à ma mère, qui, selon Will, avait su faire fructifier sa part de l'héritage familial. Cette fortune s'était bâtie, dans la région, dès le début du XIXe siècle et n'avait cessé de s'accroître au fil du temps – élevage, culture d'agrumes, terrains, immobilier.

— A combien s'élevaient les gains, révérend ?

— Cent dollars.

Daniel a baissé les yeux, puis s'est détourné de moi pour contempler, à travers la fenêtre, la campagne qui avait assuré la fortune de tant de gens.

— Est-ce que tu pries régulièrement, Joe ?

— Non, monsieur.

— Tu devrais. Il écoute.

J'ai laissé moi aussi courir mon regard sur la campagne environnante. Près de trois millions d'âmes. Beaucoup de prières à écouter, pourtant je croyais le révérend Daniel. S'il était une leçon que la vie m'avait enseignée, c'était celle-ci : il y avait beaucoup de choses que je ne comprenais pas.

— Monsieur, croyez-vous qu'Alex Blazak ait enlevé sa sœur et qu'il ait menacé de la tuer ?

Il paraissait troublé.

— Voyons, mais bien sûr, Joe. Alex Blazak est un fou et un criminel. Ça ne fait aucun doute. Il m'a mis un couteau sur la gorge, ici même, puis il a menacé de me défenestrer. Il avait quatorze ans. Il paraît qu'il plaisantait – il a éclaté de rire après ça. Il a raconté à ses amis que j'avais pissé dans ma robe, ce qui était faux. Je suis absolument convaincu qu'il a enlevé sa sœur. Je suis également persuadé qu'il l'aurait tuée s'il n'avait pas reçu la rançon. Ses parents m'ont raconté des histoires terrifiantes le concernant. C'est un jeune homme dérangé et il n'a que vingt et un ans. Oui, il est très, très dérangé.

Je n'avais aucune peine à croire Daniel, même si je savais que son métier consistait justement à faire en sorte que les gens le croient.

— Mon père ne comptait pas rendre Savannah à ses parents. Il avait prévu de la confier au Hillview.

Les yeux du révérend se sont écarquillés un peu plus encore.

— Pourquoi ?

— Il ne me l'a pas dit. Je pensais qu'il vous en avait peut-être parlé.

— Oh, non. Non. Je ne vois pas pourquoi il aurait fait ça.

— Il prétendait qu'il était capable de sentir l'âme de Blazak pourrir à trois mètres de distance.

— C'est très imagé.

— Il me semble qu'une telle opinion devait concerner plus qu'un simple désaccord sur des routes à péage ou des aéroports.

— Oui, bien sûr, exprimée de la sorte.

Daniel a secoué la tête.

— Je n'imagine pas Will interférant avec la vie privée d'une famille respectable uniquement pour alimenter un différend politique.

— Moi non plus. Il devait avoir une autre raison pour agir ainsi.

Je me suis levé et je l'ai remercié. J'ai songé à nouveau au train qui arriverait en gare de Santa Ana à vingt-deux heures dix-sept. Je sentais des fourmis dans mes doigts. Daniel me regardait. Son expression traduisait un mélange de patience et de curiosité.

— Est-ce que quelque chose te tracasse, Joe ?

— Oui. Mon père – vous savez, Thor, mon père biologique –, doit arriver ici, ce soir. Il veut me rencontrer. Je ne sais pas quoi faire.

J'ai parlé à Daniel de la lettre de Thor, de son désir d'obtenir mon pardon pour être admis au paradis.

— Mon Dieu ! s'est exclamé Daniel. Ta situation est délicate.

— Quand je pense au train qui va arriver ce soir, à dix heures dix-sept, mon cœur s'emballe et mon visage s'embrase ; en même temps, je ressens un grand froid intérieur.

— Je te comprends, Joe.

Daniel s'est renversé dans son fauteuil et m'a dévisagé.

— Tu as peur ?

— Oui.

— Mais tu n'as pas peur de ce qu'il risque de te faire.

— De me faire ? Non, il ne peut plus rien me faire.

— Alors, de quoi as-tu peur ?

— De ne pas le haïr.

— Tu dois m'expliquer ça, Joe.

— Je l'ai toujours détesté. C'était simple, réconfortant et compréhensible. Depuis que Will est mort, je ne me sens plus aussi fort. Je ne ressens plus ni amour ni haine. J'ai l'impression que tout est pareil et que plus rien ne compte. Je me demande si je dois rencontrer Thor. Lui parler. Il y a un mois, je ne me serais même pas posé la question.

— Est-ce que tu désires lui faire du mal ?

— J'y ai souvent pensé, à l'époque où j'étudiais les arts martiaux ou le maniement des armes. Ça me procurait du plaisir. Aujourd'hui, ça ne me procure plus aucun plaisir.

— Que désires-tu lui dire, Joe ? Qu'est-ce que ton cœur souhaite lui dire ?

J'ai dû réfléchir avant de répondre.

— Rien, monsieur. Je n'ai rien à lui dire.

— Hum ?

— Juste lui poser une question : pourquoi ?

— Peut-être que cela te ferait du bien d'entendre sa réponse. Tu y as droit.

— C'est ce que j'ai toujours cru. Seulement, quand j'imagine que je le regarde descendre du train, tout mon corps se révulse. Comme si mes nerfs se rétractaient.

— C'est un moment capital pour toi, Joe. Veux-tu prier avec moi ? Demandons à Dieu ce qu'il convient de faire.

Nous avons prié et Daniel a conclu par le psaume 23, mon préféré. J'ai essayé d'ouvrir mon cœur pour recevoir la réponse de Dieu, mais je n'ai rien entendu, sinon mon sang qui battait dans mes oreilles. Il paraît que Dieu répond à nos questions, et je le crois volontiers, seulement il n'a jamais répondu à aucune des miennes. J'ai ressenti le désir d'un nouveau baptême, mais je me suis refusé à en parler.

— Merci, révérend.

— Mets ta confiance dans le Seigneur.

— Oui, monsieur.

— Prends soin de ta mère. Elle a besoin de toi, en ce moment.

— J'ai rendez-vous avec elle dans quelques minutes.

— Transmets-lui mon bonjour.

Ma mère était la première femme dont j'étais tombé amoureux.

La troisième fois que Will était venu me voir, au Hillview, Mary Ann l'avait accompagné. Elle portait une robe blanche, ce jour-là. On aurait dit qu'elle arrivait tout droit de la plage, son visage était bronzé et ses yeux clairs, ses cheveux blonds un peu défaits par le vent, ses jambes bronzées et soyeuses.

Quand ils étaient entrés dans la salle de récréation, ce jeudi soir, je les avais regardés franchir la porte en compagnie d'un de nos surveillants ; ils s'étaient avancés et avaient regardé autour d'eux. J'avais été frappé par leur beauté. Will, si grand et si imposant ; Mary Ann, si radieuse et si élégante. Ils me faisaient l'effet de créatures venues d'une planète supérieure avec pour mission d'étudier la Terre. Je voulais qu'ils soient là spécialement pour moi. Mais une voix au plus profond de mon être ne cessait de me répéter qu'ils ne pouvaient pas s'intéresser à un gosse de cinq ans au visage en bouillie et incapable de regarder un être humain dans les yeux.

J'empilais des blocs de bois pour construire une petite maison. Je m'étais aussitôt écarté de mon jeu pour essayer d'attirer leur attention. Je regardais dans la direction du couple, sans oser vraiment les regarder, eux. Quand j'avais vu qu'ils se dirigeaient vers moi, mon cœur s'était arrêté de battre, mes oreilles s'étaient empourprées et ma vision s'était troublée.

Will m'avait présenté à sa femme, Mary Ann. Elle m'avait tendu une main bronzée ; un fin bracelet en or ornait son poignet. Ses doigts étaient frais et je sentais très nettement son parfum : un mélange d'eau, de soleil et de quelque chose de doux, de fleuri et de tropical. Elle m'avait souri et je l'avais regardée pendant une fraction de seconde, comme on regarde le soleil, puis je m'étais détourné pour masquer la partie ravagée de mon visage.

« Je suis très heureuse de faire ta connaissance, Joe.

— Je suis très heureux de faire votre connaissance, madame.

— Will m'a parlé de toi. »

Il n'y avait rien à répondre à cela.

Nous étions restés là, un moment, sans rien dire et j'avais ressenti quelque chose pour la première fois de ma vie : un sentiment d'appartenance. C'était une sensation paisible, merveilleuse, mais fugace. Ce sentiment d'appartenance avait vite cédé la place à la conviction sombre d'un abandon imminent. Les orphelins possèdent une appréhension vive de leur histoire. Je savais que cette relation avec Will et Mary Ann Trona – quelle qu'elle puisse être – serait de courte durée. En fait, j'avais la conviction qu'elle appartenait déjà au passé.

« Vous pouvez rester si vous le désirez », avais-je dit.

Je leur avais montré mon projet de construction.

« La maison n'est pas finie.

— Voyons cela », avait dit Will.

Ravi au-delà de toutes mes espérances, je les avais conduits vers mon assemblage de blocs de bois. La fierté du propriétaire.

« C'est beaucoup trop petit ! s'était exclamé Will. Il te faut un endroit plus grand où tu puisses jouer et apprendre plein de choses.

— C'est un très bel espace, fort bien agencé, avait rectifié Mary Ann. Là, c'est la cuisine, n'est-ce pas ? »

J'avais opiné de la tête.

L'un des plus grands garçons du foyer s'était alors approché, attiré comme un papillon de nuit par la lumière des Trona. C'était un dur, sûr de lui, qui devait avoir huit ans et me pinçait les fesses ou me donnait des coups dans les tibias dès que les surveillants avaient le dos tourné. Il m'appelait Gargantua, du nom de ce gorille à qui on avait jeté de l'acide au visage, dans une histoire. Je m'étais déplacé de façon à me placer entre lui et mes visiteurs, mais il avait essayé de m'écarter.

Il voulait s'approprier l'attention de Will et de Mary Ann.

Aussitôt, je l'avais agressé avec une fureur que j'avais toujours soupçonnée en moi. Lorsque Will avait réussi à nous séparer, le gamin hurlait et moi, je ressentais une douleur vive dans la main où une radio devait révéler, ultérieurement, que je m'étais fracturé un os.

« Maîtrise-toi, Joe », avait dit Will en me maintenant les bras et en s'efforçant de me calmer. « Maîtrise ta colère. Maîtrise-la. Maîtrise-la. »

J'avais dû passer les trois heures suivantes enfermé dans la « salle de réflexion », où l'on était censé réfléchir à ce qu'on avait fait de mal. Ma main était douloureuse, gonflée. Il y avait une coupure au niveau de l'articulation du majeur et l'empreinte d'une canine.

Mais j'avais à peine conscience de la douleur. Je ne pensais qu'à une seule chose : je ne reverrais jamais les Trona. Je voulais plonger mon visage dans de l'eau froide, mais il n'y avait pas de lavabo dans la salle de réflexion. Le lendemain, j'avais essayé de dessiner Will et Mary Ann avec mes crayons de couleur, et le résultat m'avait bien plu. J'avais accroché le dessin au mur, à côté de mon lit ; il était resté là une semaine, puis quelqu'un l'avait arraché et il n'en était demeuré que deux bouts de papier maintenus par de l'adhésif.

Je leur avais écrit plusieurs lettres que je cachais sous mon matelas. Je pensais à eux en permanence. Je rêvais d'eux. Je les imaginais dans un vaisseau spatial, qui filait à travers l'espace vers une planète où tout le monde était heureux. Seulement, je ne parlais de Will et Mary Ann ni aux surveillants ni à personne, parce qu'à cinq ans, j'avais déjà appris que les rêves n'étaient pas la réalité et que ceux dont on parlait se transformaient presque toujours en humiliation.

Une semaine après la bagarre, j'avais été convoqué dans le bureau du directeur. Je m'y étais rendu à pas comptés, la peur au ventre. J'avais regardé la devise affichée sur le mur, à la porte du bureau ; j'avais relu les mots que je connaissais déjà par cœur : *Guérir le passé, protéger le présent, créer le futur.* Ma gorge était nouée et douloureuse.

Ils étaient là et ils m'attendaient : Will et Mary Ann, venus d'une autre planète. Le futur que j'avais créé en pensée. Je m'étais assis et j'avais écouté le directeur ; peu à peu, j'avais réussi à comprendre ce qu'il disait – j'étais tiraillé entre excitation et pessimisme. Les formalités en cours marquaient le début d'un processus d'adoption officielle engagé par la famille de Will et Mary Ann Trona. Ces mots semblaient tout droit sortis de mon rêve – agréables mais inconsistants et sujets à modification.

Joe, ceci signifie que, si tu te tiens comme il faut et si tout se passe bien, Will et Mary Ann pourront, un jour, devenir ton papa et ta maman.

J'étais resté assis calmement et j'avais attendu la fin du rêve.

En réalité, il ne faisait que commencer.

Je suis passé prendre Mary Ann et nous avons quitté les collines de Tustin. J'ai pris la route de Jamboree jusqu'au musée des Beaux-Arts du comté.

Elle était assise à côté de moi, dans une robe noire toute simple, son sac posé sur les genoux, ses mains posées sur le sac ; elle regardait par la vitre de la portière.

— A la place de ces lotissements, il y avait des orangeraies quand j'étais petite, a-t-elle dit. Papa a vendu ces terrains à prix d'or. Je les regarde, aujourd'hui, et je regrette les champs d'autrefois. Facile à dire, avec tout l'argent que cette vente m'a rapporté.

— Il faut bien que les gens vivent quelque part. Et puis, certaines personnes sont plus agréables que des orangers.

— Cite-m'en seulement trois, peu importe l'époque et la région.

— Toi, p'pa, et Lincoln.

Elle a réfléchi à ce que je venais de dire.

— Ton père et moi. Will et moi. Je sais que tu essaies de me consoler, mais tu n'y arrives pas. On ferait mieux de parler d'autre chose.

— L'été est déjà là, ai-je observé.

— Ça me donne envie de faire du bateau, à Huntington.

— Eh bien, allons-y, dès que l'océan sera plus chaud.

— Bien sûr, Joe.

Ma mère était une très belle femme, un corps magnifique, de superbes et longs cheveux blonds, des yeux bleus et un visage délicat. Son sourire était doux et malicieux. Lorsque j'étais tombé amoureux d'elle, à cinq ans, à la seconde même où elle m'était apparue, je n'avais vraiment pas eu le choix. Mon cœur s'était donné à elle et je ne l'avais jamais repris.

En ce temps-là, je ne comprenais pas comment je pouvais passer des salles du Hillview aux pièces chaleureuses d'une maison au milieu des collines embaumées, en compagnie de deux personnes aussi merveilleuses. Je n'y croyais pas vraiment, j'attendais le dénouement de l'histoire, l'éclat de rire et l'acide qui volerait vers mon visage.

Ce n'était que beaucoup plus tard que Mary Ann m'avait raconté que je représentais un véritable miracle pour eux. Après la naissance de Glenn, Mary Ann et Will avaient souhaité un autre enfant. Ils avaient tout essayé ; ils avaient même consulté des spécialistes en fertilité, en vain. Six années d'espoir suivies de vives frustrations. Puis Will avait eu un entretien avec l'un des responsables du Hillview et ils avaient évoqué mon cas. Jusque-là, ni Will ni Mary Ann n'avaient envisagé d'adopter un enfant. Mais le week-end suivant, Will

Trona était venu me voir à la bibliothèque du Hillview. Et mon « cas » était devenu la concrétisation d'un rêve pour chacun d'entre nous.

Nous avons déjeuné à la cafétéria du musée, puis nous sommes allés nous asseoir dehors pour boire des limonades. Elle portait des lunettes de soleil et je ne parvenais pas à lire ses pensées.

— M'man, je dois savoir ce qu'il faisait. Tu étais plus proche de lui que n'importe qui. Il t'aimait et te faisait confiance. Je veux savoir tout ce qu'il a pu dire sur ce qu'il prévoyait de faire, cette nuit-là. Tout ce qu'il a pu dire de Savannah Blazak. Tout ce qu'il a pu dire de n'importe qui ou de n'importe quoi.

Elle m'a regardé, et son menton s'est mis à trembler. Elle a pris une profonde inspiration.

— Joe, a-t-elle dit posément, Will était passé maître dans l'art de me tenir à l'écart de tout.

— Tu dois bien avoir eu droit à certaines confidences ; tu as dû sentir qu'il se tramait quelque chose.

— Sois plus explicite. Je ne sais vraiment pas quoi te dire.

— D'accord. Pourquoi p'pa ne faisait-il pas confiance à Jack et Lorna Blazak ?

Elle m'a examiné derrière ses verres fumés.

— Il détestait Jack, tu le sais. Il détestait sa politique, son argent, il détestait tout chez lui. Je suppose que la haine engendre la méfiance. Pour ce qui est de Lorna, je ne sais qu'en penser.

— Ce soir-là, le soir de sa mort, il avait prévu de confier Savannah au Service de protection de l'enfance ; il n'avait pas l'intention de la ramener à ses parents.

— Quelque chose à voir avec la rançon ?

— Non. Il l'avait déjà remise.

— Il a peut-être appris quelque chose.

— Quoi, m'man ? C'est ce que je dois découvrir.

Elle a secoué la tête.

— Je ne peux pas t'apprendre ce que j'ignore, Joe. Peut-être qu'il n'avait jamais eu l'intention de leur ramener Savannah... dès le début de cette affaire.

Intéressant. Je n'y avais pas songé.

— Pourquoi cela ?

— Je l'ignore, Joe. Ce n'est qu'une idée, comme ça.

Si la vie d'une gamine de onze ans n'avait pas été en jeu, j'aurais volontiers imaginé Will ne reculant devant presque rien pour empoisonner l'existence de Jack Blazak. Il en aurait été ravi. Parce que Jack Blazak représentait tout ce que Will détestait.

Blazak possédait une fortune colossale, et son influence dans la région était considérable. Il avait récemment fait élire deux hommes à lui à l'Assemblée de Californie, en versant des contributions à des comités de soutien, via le Comité de recherche et d'action du Grove Club. De la même manière, il avait soutenu les représentants du nord et du sud du comté d'Orange au Congrès des Etats-Unis. Il était membre du conseil de onze compagnies différentes, chacune d'elles figurant sur la liste des cinq cents plus grosses fortunes. Sa valeur personnelle était estimée à une douzaine de milliards. Il avait quatre ans de moins que Will – cinquante ans.

— As-tu pensé à l'aéroport, Joe ? Will aurait fait... bien des choses pour que ce projet avorte.

Le nouvel aéroport était une idée de Jack Blazak. L'année précédente, il avait dépensé plusieurs centaines de milliers de dollars pour tenter de convaincre les électeurs de construire un nouvel aéroport international sur la base maritime désaffectée d'El Toro.

L'aéroport actuel était récent, selon les critères en vigueur ; c'était l'un des mieux organisés et des plus faciles d'accès de toute la région. Mais Blazak et ses associés prétendaient qu'il était déjà trop petit, dépassé et dangereux. Ils comptaient se remplir les poches en construisant un nouvel aéroport, dont ils assureraient ensuite la gestion eux-mêmes, grâce à l'influence de leurs amis au gouvernement. Blazak et ses associés avaient ainsi formé le Comité civil pour la sécurité de l'aéroport. Leur partenaire était, bien évidemment, la régie des transports du comté d'Orange, dirigée par Carl Rupaski.

Pour résoudre la question du financement, Blazak proposait que le comté consacre à la construction de l'aéroport huit cents millions de dollars, prélevés sur les taxes fédérales sur le tabac. Celles-ci étaient censées bénéficier à des installations et à des services de santé, mais, dans les faits, chaque comté était libre de les utiliser selon son bon vouloir.

Les partisans de l'aéroport qualifiaient la proposition de Blazak de trait de génie. Ils avaient dépensé cinq millions de dollars pour en convaincre les électeurs. Les adversaires de l'aéroport affirmaient, quant à eux, que sa proposition était illégale et immorale. Ils avaient dépensé deux millions de dollars pour en convaincre les électeurs.

Le sujet était brûlant ; des hectolitres d'encre et des kilomètres de pellicule y avaient été consacrés. C'était, sans conteste, la question qui divisait le plus la région. Une élection exceptionnelle avait été fixée au mois de novembre et on prévoyait déjà une énorme campagne en vue d'influencer les électeurs.

Will s'était battu bec et ongles contre ce nouvel aéroport dès que Blazak en avait formulé la proposition.

Oui, Will méprisait la cupidité de Blazak, mais je ne voyais pas le rôle que Savannah aurait pu tenir dans cette histoire. Will n'aurait jamais joué avec la vie d'une fillette de onze ans. Ce n'était pas son genre.

La remarque suivante de Mary Ann m'a déconcerté.

— Je lui en veux tellement, Joe. Pour toutes ses cachotteries, ses intrigues, ses tromperies. Je sais qu'il te confiait tous ses secrets. Je sais que j'étais censée tout ignorer. D'une certaine façon, je pense que c'est ce qui l'a perdu. Toutes ces opérations de nuit. Toutes ces intrigues sans lesquelles il ne pouvait pas vivre.

J'ai senti mon visage s'empourprer de honte.

— Ne t'en fais pas, Joe. Je ne te reproche rien. Crois-moi.

J'étais incapable de prononcer le moindre mot. Je ne pouvais me résoudre à lui confier les secrets de mon père, même si elle devait en soupçonner la plupart, même si mon visage trahissait ma connivence.

— Tu étais son fils, a-t-elle dit simplement. Junior a hérité de la prospérité. Glenn, du bonheur. Toi, de la vérité.

Je fixais le bout de mes souliers, et mes yeux me démangeaient. J'ai rabattu le bord de mon feutre pour les cacher et pour que ma mère ne puisse discerner mes traits.

— Vois-tu, Joe, je m'en veux d'être en colère contre lui. Je songe à ce qui s'est passé et je ne puis croire que j'ajoute ma colère à toute cette souffrance, à ce deuil. Pourtant, c'est le cas.

— J'en ressens un peu, moi aussi, m'man.

Elle m'a observé un long moment.

— Je parie que c'est surtout à toi que tu en veux, et à ces hommes. Je parie que tu te reproches ce qui s'est passé, de ne pas avoir réussi à l'empêcher.

— Oui.

— Oh, mon chéri, mon Joe silence.

Joe silence. C'était son petit mot tendre rien que pour moi.

— Arrête, ai-je dit.

— Tu as soif de vengeance, n'est-ce pas ?

— Oh, oui !

— Allons... j'en veux encore plus à Will pour ça, pour t'avoir fait vivre tout ça.

— Non. Papa ne s'est pas tué lui-même ; on l'a assassiné. Ne perdons pas cela de vue. Sinon, nous commettrions une grossière erreur et tout serait encore plus pénible.

— Je sais. Je sais.

Je sentais, sur mon visage, la brise chaude de juin, toute chargée des embruns salés de l'océan. Ce n'étaient pas des secondes très heureuses, mais je voulais les vivre néanmoins.

— Joe, tu sais ce que je fais parfois, la nuit ? Quand je ne trouve pas le sommeil, je me lève et je prends le volant. Comme Will avait l'habitude de le faire. Il n'y a presque personne sur les routes à cette heure-là. Ça me donne l'impression de prendre une certaine avance. Une avance sur quoi ? Je serais incapable de le dire...

— Je t'avais dit que cela te plairait.

— Tu avais raison.

Nous étions devant sa tombe et nous contemplions le rectangle de gazon frais qui recouvrait déjà la terre. Au sommet de la colline, une équipe creusait un nouveau trou à l'aide d'une pelle mécanique. Le grondement de l'engin disait que la vie et la mort continuaient. A l'extrémité ouest, on apercevait Catalina Island, qui déchirait la brume. Des goélands planaient et poussaient leurs cris perçants au-dessus des pelouses soigneusement entretenues.

Sur la pierre tombale, une inscription sobre :

Will Trona
1947 – 2001
Epoux et père attentionné
Serviteur du peuple.

Je me sentais proche de ma mère, debout là, les yeux fixés sur cette tombe. J'étais conscient de nos solitudes respectives ; je réalisais combien nous étions loin de Will Junior et de Glenn, dont la vie avait repris son cours. Mary Ann, dans son rôle de mère, avait toujours encouragé l'indépendance et l'autonomie. Elle m'avait toujours fait confiance, elle n'avait jamais hésité à me confier des responsabilités et à me laisser libre. C'était une personne réservée, qui n'exprimait pas aisément ses sentiments. Des manières impeccables. Mais je me demandais, aujourd'hui, si son élégant stoïcisme n'était pas un fardeau pour elle plus qu'un avantage.

J'ai pris la main de Mary Ann.

— M'man ? Will m'a dit que tu avais le cafard ce soir-là. Encore le cafard, a-t-il dit. Tu veux m'en parler ?

Elle a regardé la tombe et a secoué la tête. Puis elle a soupiré et a relevé les yeux vers moi.

— On en parle dans la voiture, si tu veux.

Une demi-heure plus tard, nous quittions le cimetière. Un homme en noir nous a salués.

— Il avait une maîtresse. Lors de la mise en terre, j'ai compris que c'était cette jolie Mexicaine qui travaille avec Jaime. Ce n'était pas la première fois qu'il me trompait. Mais tu le savais depuis longtemps, n'est-ce pas ?

Je lui avais connu quatre liaisons différentes au cours des cinq années où je lui avais servi de chauffeur, de garde du corps, de confident, de factotum, de larbin et de bouc émissaire. Deux d'entre elles n'avaient pas duré plus d'un mois. Les deux autres avaient été plus longues. Je soupçonnais qu'elles n'avaient pas été les seules.

— Oui.

— Est-ce que tu m'as parfois regardée en pensant que maman n'était qu'une grande blonde stupide, trop stupide pour se douter que son mari la trompait ?

— J'ai toujours pensé que tu étais la plus belle femme du monde. Je n'ai jamais compris pourquoi il passait du temps avec d'autres femmes. Au début, j'ai cru que tu ne pouvais pas t'en douter. Puis j'ai compris que tu savais.

— Comment ?

— La nuit où tu as pleuré, seule, dans votre chambre. J'avais vu un film, ou j'avais lu un roman, dans lequel la femme était trompée et pleurait seule dans sa chambre. Alors, j'ai compris. Je devais avoir quatorze ans.

Elle a ri doucement.

— C'était une crise parmi d'autres.

J'ai tourné la tête vers elle. Elle souriait et j'ai vu une larme rouler sous le bord de ses lunettes. Sa voix était douce et fragile, comme sur le point de se briser.

— J'aimais tant cet homme. Mais il m'est aussi arrivé de le haïr. C'est mon plus grand regret, Joe, le plus grand regret de ma vie : Will est mort alors que je le détestais.

Elle a posé la main sur mon bras et a serré très fort.

J'ai gagné directement la prison. Sans passer par la case départ. Pendant quelques minutes, j'ai parlé de la pluie et du beau temps avec Giant Mike Staich dans l'espoir d'attirer l'attention de Sammy. Ça a marché.

Il m'a appelé et m'a fait signe d'approcher des barreaux. Je me suis avancé.

— J'ai parlé avec Sands, ai-je dit.

— Jolie fille, pas vrai ?

— Alex ne se manifeste pas beaucoup.

— Elle doit se sentir seule. Tu pourrais lui filer un rancard.

— Ce n'est pas mon genre.

Sammy a semblé considérer la chose.

— Ils ont presque coincé Alex, à deux reprises.

— Il a eu de la chance.

— Il est parano. Ça aide.

Giant Mike est venu mettre son grain de sel dans la conversation.

— C'est la faute des fédéraux, ils sont tellement cons.

— A propos de solitude, comment va Bernadette ?

Sammy m'a aussitôt lancé un regard soupçonneux.

— Elle va bien. Pourquoi cette question ?

— C'est toi qui as parlé de solitude, pas moi.

Giant Mike :

— Elle est seule, Sammy. Elles finissent toutes par se sentir seules tôt ou tard. Plus elles sont jolies, plus c'est tôt.

— Ta gueule, Mike. Tu m'emmerdes.

Sammy a empoigné les barreaux des deux mains. L'uniforme orange de la prison était un peu trop grand pour lui. Ça lui donnait l'air d'un enfant qui s'agrippe aux barreaux de son berceau.

— Tu veux sortir avec Bernadette ?

— Non. Je pensais que je pourrais prendre de ses nouvelles, si tu veux. Juste pour voir si tout se passe bien pour elle.

Sammy m'a dévisagé ; il paraissait décontenancé.

— Pourquoi tu ferais ça ?

— Tu m'as aidé. Je t'aide.

— Je t'ai demandé un bon piège à rats.

— Je ne peux pas te le procurer. En revanche, le service d'hygiène va placer des pièges dans les conduits d'aération.

Giant Mike à nouveau :

— Les rats vont crever et puer.

— Le rat est dans ma cellule, pas dans les conduits d'aération, a fait Sammy.

— Ils passent par là pour aller et venir.

— Si j'avais mon propre piège, je pourrais le capturer.

— C'est hors de question. C'est interdit. Tu risquerais d'aiguiser les parties métalliques pour en faire des lames.

Sammy s'est esclaffé.

— Un jour, j'ai bricolé mon propre piège, a dit Staich. J'étais en deuxième année de primaire.

Sammy a pris un air agacé.

— Tu avais quoi... seize ans ?

— Je t'exploserais la gueule, si j'en avais l'occasion.

— Heureusement pour le quartier J que tu n'en as pas l'occasion. Mais c'est fou ce que je dois supporter ici : des rats et des cons.

Giant Mike :

— Va te pendre, vieux.

— Mike, je n'ai pas de lacets, pas de ceinture, et une caméra surveille mes moindres faits et gestes.

Mike :

— Alors, avale ta langue.

— Les réflexes empêchent ce type de suicide. Ta gueule, Mike. S'il te plaît. Je n'arrive plus à penser quand tu parles. Le QI du quartier chute chaque fois que tu ouvres la bouche.

Mike :

— Faut pas être une lumière pour savoir qu'elle se sent seule. Elle *est* seule.

Sammy m'a observé, il s'est éloigné des barreaux et s'est assis sur sa couchette. Il a contemplé la photo.

— Allons, tu n'en as plus pour très longtemps ici, Sammy. Tu passes bientôt en jugement, et de deux choses l'une : ou tu ressors libre ou tu es transféré dans un pénitencier.

Il a secoué la tête.

— Je ressortirai libre. Je suis innocent. Et je crois en l'Amérique. J'ai confiance en son système judiciaire.

— Alors, bonne chance, Sammy.

Il a contemplé à nouveau la photo de Bernadette. Il a bondi de sa couchette et est revenu vers les barreaux, il m'a fait signe d'approcher. J'ai avancé d'un pas, sans le quitter des yeux.

— Essaie le Bamboo 33. Vois si elle est là. Vois si quelqu'un lui fait des ennuis.

J'ai hoché la tête.

Giant Mike Staich :

— Elle est seule, Sammy. Elles finissent toujours par se sentir seules.

Le mot « seul » me trottait dans la tête et j'ai songé à Ray Flatley de la brigade antigang. Je me suis rendu au quartier général pour lui faire une petite visite, juste histoire de le saluer. Il avait accroché une photo au mur, une photo de lui en train de pêcher. Il était au milieu d'une rivière et tenait une longue canne en l'air, la ligne repliée derrière lui comme un immense fouet. Je lui ai demandé où la photo avait été prise et il m'a répondu que la rivière était la Green, dans l'Utah. Il y pêchait à la mouche depuis des années.

Il a regardé la photo.

— Quelle merveilleuse sensation d'être là, au milieu de la rivière ! Le monde coule à travers toi. Il va et vient. Il te pénètre. Je n'arrive pas à expliquer ça. Tout le monde ne peut pas comprendre. Le poisson est moins important que la rivière.

— Je crois que ça me plairait, ai-je dit.

On s'est assis et on a passé un moment à parler de la prison, du temps, des Angels. Quand nous nous sommes retrouvés à court de sujets, ce qui n'a pas pris bien longtemps, je suis parti.

J'aimais bien Ray. Quelque part, il me faisait penser à moi. Je ne savais pas pourquoi je m'imaginais que le fait de parler à un adjoint avec à peine quatre années de service à son actif pourrait lui remonter le moral ou changer quoi que ce soit à son existence. Ça ne lui apportait rien, sans doute. Mais ça devait être dans la nature humaine de croire qu'on pouvait remonter le moral d'un type rien qu'en lui rendant une petite visite.

13

Jennifer Avila avait accepté de me rencontrer au CCHA, le soir. J'ai traversé le *barrio*, toujours aussi animé, plus encore maintenant que les journées s'allongeaient et que la température grimpait. En marchant sur le parking du Centre, je sentais l'odeur de viande grillée qui se mêlait aux effluves narcotiques d'une vigne courant sur une clôture voisine. La fumée d'un barbecue s'élevait derrière les grandes fleurs pâles. De la musique. Des voix. Des rires.

Jennifer m'attendait à la porte de service. Elle l'a refermée derrière elle et a fait le tour du bâtiment ; ses talons résonnaient sur le gravier.

— On peut marcher ?

— Avec plaisir.

— Oh, je ne vous ai même pas salué ! Bonsoir, Joe.

— Bonsoir, mademoiselle Avila.

J'avais du mal à la regarder. Ses cheveux noirs et ses yeux bruns profonds, sa peau fine et ce rouge à lèvres sombre, qu'elle portait avant sa liaison avec mon père. Une robe d'été jaune légère qui révélait ses formes délicieuses. C'était la première fois que je voyais ses bras.

J'avais le bout des doigts qui picotait. J'éprouvais

un sentiment de honte à cause de l'attirance qu'elle m'inspirait, honte de trahir ma mère et mon père, fût-ce secrètement. Je nourrissais aussi de la colère envers Jennifer. Pour ce qu'elle avait fait avec Will, pour ce qu'elle avait fait à Mary Ann.

Jennifer avait l'Effet Magique. Will l'avait senti ; moi aussi.

Nous marchions au milieu de l'animation de la rue, à l'ombre des auvents et des magnolias.

— Que voulez-vous, Joe ?

— Je veux savoir comment Will a retrouvé Savannah Blazak.

— Avec notre aide.

— Pouvez-vous être plus précise ?

— Alex Blazak avait fait des affaires avec les Raitt Street Boys et la bande de Lincoln. Nous connaissons d'anciens membres de ces gangs. Alors nous avons fait circuler l'information.

— Et qu'avez-vous appris ?

— L'adresse d'un entrepôt à Costa Mesa, d'un club de nuit de Little Saigon – le Bamboo 33. Et de quelques hôtels. Nous avons communiqué toutes ces infos à Will.

— Laquelle a porté ses fruits ?

— Le Ritz-Carlton. Will connaissait le patron, qui a demandé aux serveurs de le prévenir si Alex se pointait. Alex et Savannah sont venus dîner, un soir, et le serveur a prévenu Will.

— Quel soir ?

— Je ne sais pas. En début de semaine.

— J'ai visité l'entrepôt. Je crois qu'ils y ont séjourné, je veux dire, Alex et Savannah.

Elle n'a rien dit.

— Est-ce que vous saviez ce que contenait le sac de tennis ?

Elle a hoché la tête.

— La rançon. Un million de dollars en billets.

— Pourquoi Daniel ne l'a-t-il pas remise lui-même à Will ?

— Elle avait été confiée à Warren. Jack voulait qu'elle attende en terrain neutre, un peu comme un compte bloqué. Daniel s'est porté garant pour Jaime, c'est pour ça que Bo lui a donné le sac en consigne jusqu'à la dernière minute.

J'ai songé à Jaime ; il avait eu en sa possession un million de dollars qui aurait été bien utile à son CCHA. Il s'était contenté de demander à Will de lui en donner une petite part.

— Jaime connaissait-il la planque de Lind Street ?

Elle m'a jeté un coup d'œil furtif.

— Je l'ignore.

— Et vous ?

Un autre regard de ses yeux sombres. Elle a accéléré le pas, comme si elle pouvait ainsi mettre de la distance entre elle et ma question.

— Pourquoi en aurais-je eu connaissance ?

— Parce que les amants échangent des confidences.

— Ne vous mêlez pas de mes affaires.

— Impossible.

— Ecoutez, je savais que Will servait d'intermédiaire entre Alex et ses parents. Il m'en avait parlé. Je savais qu'il était question d'un appartement quelque part à Anaheim où devait avoir lieu l'échange entre la rançon et la gamine. Je ne savais rien de plus.

— Et l'adresse ?

Elle a secoué la tête.

Passez-moi Pearlita.

Nous avons traversé un carrefour embouteillé, pour revenir vers le CCHA. Nous attirions beaucoup de regards sur notre passage : une fille superbe dans une robe jaune légère et une cicatrice sous un chapeau.

— Saviez-vous à quel moment il devait arriver à Lind Street ?

— Approximativement. Pourquoi ?

— Je dois découvrir qui savait où trouver Will et quand.

Elle a secoué la tête en regardant droit devant elle. Elle paraissait réfléchir, comme si elle cherchait à interpréter le sens de ma question tout en marchant.

Puis elle m'a regardé furtivement.

— Bon. D'accord. Je savais où. Je ne savais pas quand.

— Pourquoi avez-vous téléphoné à Pearlita ?

Elle s'est arrêtée et m'a regardé droit dans les yeux.

— Vous êtes un espion professionnel, pas vrai ?

— J'entends et je mémorise bien des choses.

— Mon Dieu !

Elle s'est détournée et a secoué la tête ; elle marchait en s'efforçant de gagner du temps. J'écoutais le rythme de ses talons sur le ciment. La manière de marcher trahit les émotions. Dégoût. Colère. Honte.

Nous sommes passés devant une *joyería*[1] et devant la *discoteca* qui déversait sa musique dans la rue.

— C'est une vieille amie. C'est elle qui nous a filé les coordonnées du Ritz, et c'est le Ritz qui nous a conduits à Savannah. Elle estimait que Will lui devait une faveur. Je l'ai appelée quand vous êtes venus voir Jaime.

... D'accord, d'accord. Ouais, il est ici en ce moment.

— Pourtant, elle ne s'est pas pointée.

— Elle a dit qu'elle avait été retenue.

— Par qui ?

— Elle ne l'a pas précisé.

— Pourquoi voulait-elle lui parler ?

1. Bijouterie. (*N.d.T.*)

— Luz... Pearlita voulait lui parler de son frère. Elle est la sœur de Felix Escobar.

Et tout à coup, j'ai compris. Le district attorney, Phil Dent, un excellent ami de Will, plaidait dans la phase finale du procès de Felix Escobar pour double meurtre. Escobar était un soldat de la mafia mexicaine ; il avait descendu à bout portant deux types au cours du braquage d'une épicerie. Dent avait obtenu sa condamnation il y avait à peine deux semaines. Le jury n'avait pas eu besoin de plus de quarante-cinq minutes de délibération. Dent réclamait maintenant la peine capitale.

— Pearlita voulait plaider sa cause auprès de Will, ai-je dit. Elle espérait qu'il réussirait à infléchir Dent.

— Elle voulait obtenir sa clémence pour son frère.

— Felix n'a guère fait montre de clémence, lui.

Elle s'est arrêtée devant la devanture d'un café et s'est tournée vers moi.

— Allez-vous-en, Joe. Vous ignorez tout et vous êtes dangereux.

— Vous laisser là, au beau milieu de la rue ?

— Laissez-moi tranquille.

Mes oreilles se sont enflammées. Une voiture descendait Fourth Street en faisant beugler son autoradio si fort que ses vitres en tremblaient. J'observais la fureur sur le visage si séduisant de Jennifer Avila. J'attendis que la voiture bruyante se soit éloignée.

— Mademoiselle Avila, Pearlita connaissait une partie du *quand*. Elle savait que Will était au CCHA parce que vous lui avez téléphoné pendant qu'il discutait avec Jaime. Ensuite, elle a su que Will était sur la route parce qu'elle lui a téléphoné. Peut-être a-t-elle partagé cette information avec quelqu'un. Lui avez-vous parlé de l'argent, de l'arrangement ? Lui avez-vous dit *où* ?

— Je ne me souviens pas de tous les mots que j'ai pu prononcer. J'aide mes amis.

— Avez-vous communiqué à Pearlita le numéro de téléphone de Will ?

— C'est possible. Je ne m'en souviens pas. Et puis quelle importance ? N'importe qui peut se procurer un numéro de téléphone.

— Vous ne pouviez ignorer que cela présentait un risque, compte tenu des enjeux.

— J'aide mes amis.

— Peut-être se sont-ils servis de vous pour faire descendre Will.

Elle m'a giflé, violemment, mais pas sur la cicatrice.

— Que faisiez-vous avec l'argent que vous donnait Will ? C'est moi qui comptais les billets, je connais donc le montant et la fréquence des versements – deux mille dollars par semaine depuis...

— *Je sais.*

Elle a écarté les bras comme pour embrasser la rue. J'ai remarqué la cicatrice d'un ancien tatouage juste à la base de l'épaule ; elle courait jusque sous son aisselle.

— C'était pour nous. Je veux dire pour eux. Les pauvres et les malades. Cet argent devait permettre au CCHA de continuer à fonctionner durant l'enquête du district attorney. Les vivres nous ont été coupés par le comté après que la presse nous a accusés d'avoir faussé les élections avec les votes des clandestins. C'était un mensonge. Will nous aidait.

Elle s'est avancée vers moi et m'a lancé au visage :

— Vous voulez vous rendre utile, Joe ? Vous voulez ressembler à Will ? Alors, rappelez Jaime. Il fait tout ce qu'il peut pour aider la famille de Miguel Domingo. Jaime a besoin de vous, comme il avait besoin de Will. Vous êtes censé être son fils. Alors, agissez comme votre père l'aurait fait, parlez à Jaime.

— Mademoiselle Avila, à quel gang avez-vous appartenu ? Je vous demande ça à cause du tatouage.

— Raitt Street.
— Le gang de Pearlita.
— C'était il y a bien longtemps. Laissez-moi. Je n'aurais jamais fait de mal à Will. Comment osez-vous seulement suggérer qu'en communiquant son numéro de téléphone à une amie, je pourrais être responsable de sa mort ? Vous ne connaissez rien à l'amitié, rien à la loyauté ni au respect. Vous ne connaissez rien à rien, vous ne savez que recevoir des ordres d'un homme qui vous faisait exécuter les tâches qu'il n'avait pas les *cojones* d'exécuter lui-même. Il est mort et vous êtes toujours à ses ordres. Alors, rendez-vous utile, appelez Jaime.

Le feu dévorait mon visage. Je songeais à Jaime, à Miguel Domingo et à Luria Blas. Peut-être que je pourrais entretenir la mémoire de Will en menant à bien une tâche qui lui tenait à cœur. En tout cas, je pouvais sûrement aider une femme qu'il avait aimée, même si elle me détestait.

Elle a tourné les talons dans une envolée de cheveux noirs et de robe jaune, et elle a poussé la porte du café Los Ponchos.

A vingt-deux heures dix-sept, j'ai garé la voiture sur le parking de la gare Amtrak de Santa Ana. J'ai marché jusqu'au quai et j'ai regardé les rails qui se rejoignaient au loin dans les ténèbres. Il faisait froid et nuageux, pas une seule étoile ne brillait dans le ciel.

Les haut-parleurs ont annoncé l'arrivée du Coast Starlight. J'ai pénétré dans la salle d'attente et je suis allé me poster tout au fond, derrière un palmier en pot. Des gens assoupis quittaient les bancs en bois. Une famille avec des tas d'enfants s'est précipitée vers la porte. Une minute plus tard, j'ai senti la vibration, puis j'ai entendu le grondement rythmique du Starlight. Il a émergé des ténèbres et est venu s'arrêter en bout de quai.

Je l'ai aperçu dès sa descente du train, à travers la vitre de la salle d'attente. Puis à nouveau lorsqu'il est entré dans le hall de la gare. Semblable aux photos, pareil que dans mes rêves : les cheveux et la barbe blancs et longs, le ventre rebondi ; une grosse tête enfoncée dans les épaules comme s'il avait été conçu sans cou.

Il s'est avancé dans la salle d'attente, un sac de marin à l'épaule. J'ai quitté l'ombre du palmier.

Thor s'est arrêté et m'a regardé. Ses yeux bleus accrochaient la lumière. Il a balancé le sac sur l'autre épaule et m'a salué de la tête.

— Joe.

— Thor.

— T'as pas appelé les flics.

— Je suis flic.

— Ouais. Bon, ne m'arrête pas. Je supporterais pas un nouveau séjour en taule. Ça me tuerait.

Sa voix était aiguë et claire. Il montrait ses dents quand il parlait, mais on ne pouvait pas vraiment appeler ça un sourire.

Une famille est arrivée derrière lui et s'est divisée en deux pour nous contourner. Le père portait un enfant sur les épaules et le gosse dominait Thor. Je n'avais jamais réalisé à quel point il était petit, pourtant je me souvenais parfaitement de la taille mentionnée dans les registres d'incarcération que je m'étais procurés auprès de Corcoran : un mètre soixante-sept.

— Je peux loger chez toi ?

— Non.

— Je connais ton adresse.

— Ne te pointe jamais sans invitation.

Il a soupiré comme s'il était déçu.

— T'es sûr ?

— Absolument.

— Ouais, bien. A vrai dire, je te blâme pas. Je pense qu'à ta place, je serais secoué, moi aussi.

Plusieurs personnes nous observaient, maintenant. Thor les regardait, il paraissait sourire. Une fillette en robe rose et chaussures vernies s'est arrêtée, m'a dévisagé, puis elle a fait la grimace et a reculé. Sa mère l'a prise dans ses bras et j'ai entendu les mots qu'elle lui murmurait, mais je n'y ai pas vraiment prêté attention.

J'observais Thor. Je ne me souvenais pas de l'avoir jamais vu. Je m'étais préparé à rencontrer une créature mauvaise et éternelle. Il avait tellement occupé mes rêves que là, dans la réalité, il m'apparaissait banal et mortel.

— On t'a beaucoup vu à la télé et dans les journaux, ces temps-ci, Joe. Même à Seattle. Alors, ils ont retrouvé cette gamine et son frère ?

— Non.

— Ce monde est dingue.

— T'es bien placé pour le savoir.

— Ouais.

Il a fait deux pas vers moi et a laissé tomber son sac sur le sol.

— Serre-moi la main.

Je l'ai serrée. Ma cicatrice s'est enflammée et mes os sont subitement devenus glacés. C'est à peine si je parvenais à serrer ses doigts durs et secs. C'était comme si toutes les émotions négatives possibles luttaient au plus profond de moi, toutes les sensations déplaisantes qu'un être peut éprouver, qui se déchaînaient d'un seul coup. Sans ordre ni logique.

Je voyais ses yeux bleus qui m'étudiaient dans l'éclairage de la gare.

— C'est pas si moche que ça, Joe. C'est douloureux ?

— Parfois.

— T'es vachement élégant avec ce costume et ce chapeau. Ça a dû te coûter un max.

— Je profite toujours des soldes.

Il m'observait.

— Bon, écoute. Je regrette ce que je t'ai fait et j'ai besoin que tu me pardonnes. J'ai étudié toute une série de religions. Et dans toutes celles qui ont un enfer, ma place y est déjà réservée.

— Choisis-en une sans enfer.

— Non. Je veux un Dieu qui ait du caractère. Les béni-oui-oui me branchent pas. La Bible, elle dit que je dois régler mes dettes avec toi et je crois que c'est juste. Œil pour œil, et tout l'toutim. J'ai amené de l'acide avec moi, dans une boîte de beurre de cacahuète, là, dans mon sac. Tu peux me le balancer à la gueule si ça peut t'aider à me pardonner. Il y en a plus que ce que j'ai utilisé, moi. Après, ce serait bien que tu me dises qu'on est quittes. Tu verras que ton père vaut mieux que ce que tu sais de lui.

— Je te pardonne, ai-je dit.

J'en ai moi-même été surpris.

— Seulement, si je te revois, je te vide mon chargeur dans le cœur. A dater de cet instant, tu n'existes plus.

Les mains tremblantes, j'ai pris mon portefeuille, j'en ai sorti trois billets de cent dollars et je les lui ai tendus.

— Bonne chance, vieux. Ça devrait te permettre de rentrer chez toi.

— Merci, fiston. J'ai été heureux de te revoir. Bonne chance à toi aussi.

A peine franchi le poste de péage de Windy Ridge, j'ai lancé la voiture à plus de 200 sur la 241, vitres baissées et toit ouvert. Le vent me fouettait le visage.

J'ai obliqué sans lever le pied sur la 91 en faisant

crisser les pneus, puis j'ai pris la sortie de Green River, où j'ai fait demi-tour, et je suis reparti en sens inverse.

Parfois, la vitesse ne suffit pas. Ce que vous fuyez en réalité se trouve en vous-même, et quelle que soit la vitesse, vous ne pouvez pas le laisser derrière vous.

J'avais besoin d'un nouveau baptême, mais il était trop tard ; pas loin de minuit. Alors, j'ai foncé jusqu'à Diver's Cove, à Laguna, où j'avais fait de la plongée avec maman quand j'étais gosse, et j'ai avancé dans l'eau tout habillé. J'avais juste retiré mes chaussures, mon arme et mon portefeuille. J'ai plongé sous l'eau et j'ai retenu ma respiration. J'ai enfoncé mes doigts dans le sable du fond et j'ai senti le courant qui cherchait à m'emporter vers le large ou à me rejeter sur la plage. Tel un morceau de bois mort ou un paquet d'algues. J'ai refait surface, le temps de prendre une profonde inspiration, et j'ai plongé à nouveau. Je voulais rester une minute trente sous l'eau, parce que je me disais que ça ferait tout disparaître – la cicatrice, le passé, la peur, tout. Que je ressortirais poli comme un coquillage. Et puis, le froid est devenu si intense que la sensation était pire encore que de serrer la main à Thor, alors je suis remonté à la surface et je me suis laissé porter par la vague jusqu'au rivage.

De retour chez moi, j'ai démonté mes deux 45 – dont une arme de remplacement pour compenser celle que j'avais confiée au Dr Zussman –, je les ai nettoyés et huilés. Puis j'ai fait de même avec le 32. Simple nervosité, parce que les armes étaient déjà propres et huilées à la perfection. J'ai songé à Thor et j'ai renouvelé l'opération. Puis j'ai nettoyé et huilé les cartouches avant de les replacer dans les chargeurs.

J'ai appelé Jaime Medina. Il dormait déjà, mais son humeur s'est améliorée quand il m'a entendu lui annoncer que j'étais disposé à l'aider. Nous sommes convenus d'un rendez-vous pour rencontrer Enrique Domingo, le frère de feu Miguel.

— C'est bien ce que vous faites là, Joe, a-t-il dit. Comme votre père. Vous verrez, Miguel Domingo était un héros, pas un fou furieux comme les flics le prétendent.

— C'est ce qu'ont prétendu les médias, monsieur. Pas les flics.

— Vous jugerez par vous-même.

— Je l'espère, monsieur.

Melissa m'avait laissé un message et je l'ai rappelée. Elle avait découvert que les empreintes sur l'émetteur appartenaient à Del Pritchard, un mécanicien auto employé par la régie des transports du comté d'Orange. Pour m'être agréable, elle avait consulté son casier, il était vierge.

J'ai pris une longue douche et je me suis couché. J'ai contemplé le plafond. J'y avais collé une photo de magazine, comme Sammy avait collé celle de Bernadette au-dessus de sa couchette. La mienne représentait un énorme chêne sur une colline toute baignée de soleil du centre de la Californie. L'arbre projetait une ombre bleu foncé sur l'herbe roussie. En haut, son feuillage était si épais et si dense qu'il masquait tout, même le ciel. Là, dans les ténèbres, se trouvait mon havre secret, l'endroit où je pouvais me rendre pour voir sans être vu, entendre sans être entendu. J'y suis allé aussitôt. Mon ami l'aigle était là, lui aussi. Il a reculé pour me faire de la place. J'ai baissé les yeux sur les collines rousses, l'herbe dorée et la route poussiéreuse qui disparaissait derrière un virage. Le grand oiseau a quitté la branche et pris son envol. J'ai senti la branche s'agiter, subitement plus légère. Alors je me suis élancé à mon tour, j'ai déployé mes bras et je l'ai suivi.

14

— Del Pritchard ? Je m'appelle Joe Trona.

— Je vous connais.

— Vous avez une minute ?

— Je dois pointer. Ensuite, j'ai mon boulot qui m'attend.

Il est passé devant moi et a pénétré dans le bâtiment principal de l'atelier de maintenance de la régie des transports. On était lundi matin. Il m'avait fallu une bonne heure pour parcourir la vingtaine de kilomètres qui séparaient Orange d'Irvine. J'avais le poignet raide à force de manœuvrer le levier de vitesse de la Mustang.

J'ai suivi Pritchard, je suis resté derrière lui tandis qu'il glissait sa carte de pointage dans l'horloge électronique, puis dans le porte-cartes fixé au mur.

— On aurait peut-être intérêt à se trouver un endroit tranquille, ai-je dit.

— Laissez-moi me servir un café.

Pritchard a sorti de la monnaie de sa poche, puis il a introduit quelques pièces dans une machine coincée dans un angle. Le café fumait devant son visage lorsqu'il en a avalé une gorgée. L'homme était gras, avec un visage poupin et des yeux bleus. Il avait sensiblement le même âge que moi, peut-être un peu moins. Ses doigts étaient noircis par l'huile de vidange et la graisse. Sa chemise de la RTCO était propre et ses chaussures paraissaient neuves.

— Qu'est-ce qui se passe ? Vous êtes adjoint du shérif, pas vrai ?

— Oui. On pourrait peut-être sortir.

Il m'a lancé un regard dur, puis il a poursuivi son chemin vers l'atelier. Les grands bus de la RTCO étaient alignés d'un côté du hangar. Les Impala blanches du service de sécurité de la régie, que Will détestait tant, étaient rangées de l'autre côté. Il y avait aussi des navettes, que le comté utilisait pour les trajets courts ; des dépanneuses ; une flottille de voitures du département du shérif ; une autre de berlines banalisées appartenant au comté ; une douzaine de motos Kawasaki 1200 toutes neuves.

Il y avait trois énormes renfoncements. J'ai vu une porte électrique se relever sur d'autres véhicules encore. Des mécanos travaillaient déjà sur des blocs moteurs ou avaient le nez plongé sous des capots.

— Vous vous chargez de tout ? ai-je demandé.

— Ouais. Tout le matériel du comté – shérif, régie, bus et véhicules d'urgence. Tout ce qui roule, à vrai dire. Sauf les voitures de pompiers et les Jeep de la brigade de surveillance des plages. Ces équipes ont leurs propres garages et leurs propres mécanos. La voirie aussi.

— Et les voitures en leasing des superviseurs ?

— Bien sûr. Il n'y en a que... quoi... sept ?

— C'est ça. Mon père conduisait une BMW noire. Une des sept grandes.

— Je m'en souviens. Désolé pour ce qui lui est arrivé.

— Merci.

Del Pritchard a avalé une autre gorgée de café et a tourné son regard vers les bus de la RTCO.

— Qu'est-ce que vous me voulez ?

— Je veux savoir qui vous a donné l'ordre de placer un émetteur sur la voiture de mon père. Côté droit, juste entre la jupe d'aile et le châssis. Il porte vos empreintes.

Son visage s'est empourpré.

— Voyez ça avec mon supérieur. Je fais ce qu'on me dit de faire, vous savez.

— On peut peut-être se passer de lui, il suffirait que vous me disiez qui vous a donné cet ordre-là.

Il a laissé son regard courir sur l'atelier, puis il est revenu vers moi.

— J'ignore tout de cet émetteur. Absolument tout. Ici, le travail obéit à des règles strictes.

— D'accord, alors conduisez-moi à votre chef.

— Venez.

Le chef de l'atelier de maintenance se nommait Frank Beals. Pritchard lui a annoncé qu'ils avaient un problème et Beals lui a demandé de nous laisser, ensuite il m'a fait entrer dans son bureau et a refermé la porte derrière lui. Beals ignorait tout de cette histoire d'émetteur. Il a appelé le directeur du département maintenance de la régie des transports, Soessner, qui a débarqué dans le bureau trente secondes plus tard. Lui non plus ne savait pas de quoi je parlais ; il a affirmé que leur boulot consistait à entretenir les voitures, pas à les piéger. Il m'a demandé de le suivre.

Soessner m'a conduit dans le bureau du directeur technique de la régie, Adamson.

Adamson, costume et cravate, m'a écouté.

— Votre démarche s'inscrit dans le cadre d'une enquête officielle ?

— Oui, ai-je déclaré.

— Je croyais que c'était le boulot de la Criminelle.

— Je travaille avec Birch.

— Birch est un type bien.

J'ai attendu.

Adamson a passé un appel sur son portable.

— Carl, nous avons un adjoint ici, Joe Trona, qui pose des questions sur un émetteur qu'on aurait fixé sur la voiture d'un superviseur. Il prétend qu'il y avait dessus les empreintes d'un de nos gars. Pritchard.

Adamson a écouté en secouant la tête, puis il a raccroché.

— Rupaski dit que vous déjeunez ensemble, au Grove, aujourd'hui. Il en profitera pour éclaircir ce point avec vous.

Je suis arrivé au Grove avec quelques minutes d'avance. Au premier contrôle, le garde a enregistré mon nom, le numéro d'immatriculation de la voiture, le nom du membre avec qui j'avais rendez-vous, puis il a glissé une carte sous le balai de l'essuie-glace gauche. Ensuite, il m'a laissé passer.

La route sinuait entre les collines. Elles étaient roussies par le soleil maintenant, et ne reverdiraient qu'avec les premières pluies. A travers le feuillage dense des arbres, j'apercevais des bougainvillées qui frémissaient contre le stuc des bâtiments de style hacienda. J'ai garé la voiture à l'ombre.

Un adjoint, qui arrondissait ses fins de mois, m'a reconnu, a donné un coup de téléphone et ouvert la porte. J'ai ôté mon chapeau et j'ai pénétré au milieu des odeurs de cuisine, du tintement assourdi des couverts, d'une musique d'ambiance et de murmures.

Le maître d'hôtel a souri et barré mon nom sur une liste.

— Le box de M. Rupaski est par ici, monsieur Trona.

Nous avons traversé la salle à manger principale en direction des escaliers menant aux salons. J'ai regardé le parquet en séquoia ciré, les lustres en bois brut qui pendaient au bout d'une chaîne accrochée au plafond, la table de billard où j'avais écouté la conversation entre Will et le révérend Daniel. J'ai reconnu le chauffeur de Rupaski – Travis –, assis seul au bar, mâchonnant quelque chose. Il m'a salué de la tête.

Le box de Rupaski était situé tout au bout de la salle. Il s'est levé et m'a serré la main, puis il m'a fait signe de prendre place. Le maître d'hôtel a voulu tirer le rideau, mais Rupaski a interrompu son geste.

— Inutile, Erik. Nous n'avons rien à cacher dans ce box... Pour une fois !

Il a ri et Erik a ri.

— Apportez-moi donc un Partagas Churchill et un Glenfiddich dans un verre à eau. Joe, un cigare, un verre ?

— Limonade, s'il vous plaît.

Rupaski était un solide gaillard de soixante-dix ans environ. Le front haut, le crâne dégarni avec, sur les côtés, des cheveux longs tirés vers l'arrière où ils rebiquaient à la manière d'une queue de canard. Ses yeux brun sombre s'enfonçaient profondément dans son visage. Sourcils épais. Costume noir, chemise blanche, pas de cravate. Le veston trop petit pour son ventre paraissait étriqué. Ses mains étaient épaisses et solides, ses doigts carrés. Il était originaire de Chicago, qu'il avait quitté depuis dix ans. Il avait grandi là-bas, dans la misère. C'était un dur, qui avait la réputation de savoir tirer son épingle du jeu dans n'importe quelle situation. Un bon patron et un fonctionnaire habile.

— Ne vous mettez pas martel en tête, a-t-il dit d'emblée. Will m'avait demandé de faire poser un émetteur sur la voiture, alors je l'ai fait. C'est aussi simple que ça.

— Ça ne me paraît pas aussi simple, monsieur.

Il a soulevé un sourcil et a souri. Il avait de grandes dents qui se chevauchaient.

— Je vais vous répéter très précisément ce qu'il m'a dit. Il a dit que Mary Ann avait d'étranges rendez-vous, tard le soir. Le plus souvent, elle utilisait sa voiture personnelle, mais parfois, elle empruntait celle de Will. Il voulait pouvoir la suivre discrètement. « La suivre discrètement », ce sont ses propres termes. Alors, j'ai demandé à Pritchard de s'occuper de sa voiture, un matin. J'ai aussi remis un petit émetteur à Will, pour qu'il le place sur la voiture de Mary Ann. Un engin à fixer à l'aide d'un simple adhésif.

Ça se tenait presque. Je savais que Mary Ann aimait conduire la nouvelle BMW. A deux ou trois reprises, nous avions utilisé sa Jeep, pour nos opérations de nuit, parce qu'elle désirait conduire la berline. Elle venait en outre de m'avouer qu'il lui arrivait de rouler la nuit, sans but, juste par goût de la vitesse. Mais Will ne s'était jamais inquiété de ses sorties. Si celles-ci l'avaient vraiment tracassé, pourquoi ne m'en avait-il pas parlé ? Et puis je n'avais jamais aperçu de récepteur radio en sa possession – ni dans la voiture, ni dans sa mallette, nulle part. Qui plus est, Will et Rupaski étaient des ennemis jurés. Pourquoi aurait-il confié une telle mission de confiance à un ennemi ? Pourquoi ne pas avoir demandé à son fils, chauffeur, garde du corps et factotum de faire le boulot ?

— Je comprends, maintenant, ai-je fait.

— Bien. Hé, le cigare et les boissons.

Un serveur en smoking a posé entre nous un grand cendrier en verre dans lequel se trouvaient un coupe-cigare, des allumettes en bois et un épais Partagas.

Ensuite, un simple verre à eau rempli au quart d'un liquide doré. Enfin, ma limonade.

— En plat du jour, nous avons aujourd'hui du bar du Chili poché avec une sauce à la coriandre, accompagné d'une salade d'endives et d'un couscous d'ail et de champignons.

— Pour moi ce sera un steak purée et une salade sauce Thousand Island, a dit Rupaski. Je précise : un T-bone, saignant. Apportez la même chose à Joe. Il est en pleine croissance.

— Puis-je couper votre cigare, monsieur ?

— Ouais.

— Coupe en biais ou coupe droite, monsieur ?

— Bon sang, coupe droite, Kenny. Je dois te le répéter chaque fois.

— Oui, monsieur. Bien sûr.

Quand Kenny eut achevé la coupe du cigare, Rupaski l'a coincé dans sa bouche, puis l'a dirigé vers le plafond tandis que le serveur l'allumait avec un briquet au butane d'une puissance étonnante. La fumée s'est élevée, épaisse et âcre, en un nuage lent. Kenny s'est incliné et a tourné les talons. Rupaski a tendu le cigare devant lui.

— Certains prétendent qu'un cigare tire mieux sans la bague.

Sa voix était épaisse, comme voilée.

— Moi je dis que c'est des conneries.

Il a tiré une autre bouffée et a laissé filer un nouveau nuage.

— La plus grande qualité d'un club privé, c'est que vous pouvez y faire ce que vous voulez. Ici, en Californie, Joe, les mômes vont en classe avec des flingues, mais vous n'avez pas le droit de fumer un cigare dans un bar. Quelque chose ne tourne pas rond quand les droits individuels déclinent alors que les crimes augmentent.

Nous avons regardé une jeune femme habillée avec élégance, qui descendait l'escalier venant des salles de conférence du deuxième étage. Seule, la démarche alerte, un petit sac à main porté légèrement écarté du corps, comme pour assurer son équilibre. Des cheveux roux retombaient sur ses épaules et sur sa robe en satin vert. J'entendais le bruit de ses talons sur le bois.

— Oui, monsieur, les droits individuels. Vous avez déjeuné, ici même, avec Dana Millbrae et Will, la veille de sa mort. Pouvez-vous me dire de quoi vous avez parlé ?

Il a détourné son regard de la jeune femme et l'a reposé sur moi, avec un petit rire. Il a siroté son scotch et a tiré sur son cigare.

— Vous êtes direct. Ça me plaît. Bien sûr, voyons. Nous avons parlé du rachat des routes à péage et de la construction du nouvel aéroport par le comté. Will était opposé à ces deux projets, comme vous le savez, j'en suis sûr. Nous avons essayé de lui faire voir la lumière.

— Quel genre de lumière, monsieur ?

— Celle de la logique et du bon sens. Vous comprenez, les routes à péage pourraient devenir rentables si la régie en assurait la gestion. Très rentables, avec le temps. C'est un investissement sain pour la région, à long terme. Mais votre père ne voulait pas voir les choses sous cet angle. Il voulait que le consortium privé continue à prendre une déculottée dans cette affaire. Je vais vous faire une confidence : les routes privées n'ont aucune chance ici, dans l'Ouest. Trop de distance à couvrir. Plus tôt le comté prendra l'affaire en mains, mieux ce sera. Je crois que Will le savait, dans le fond. Mais l'idée d'utiliser les fonds publics pour renflouer des caisses privées le rendait malade. Même chose pour le nouvel aéroport. Nous en aurons besoin tôt ou tard, et plus tôt que tard. Nous avons essayé de convaincre Will du bien-fondé de notre position, de l'amener à voter dans notre sens et de nous faire profiter de son influence. Une élection libre va avoir lieu en novembre, et nous avions besoin du soutien de Will pour emporter le vote de son premier district.

Rupaski a toussé, contemplé le cigare et l'a reposé sur le cendrier.

— Je suis désolé, Joe. Je suis sincèrement désolé de ce qui s'est passé. Will et moi n'étions d'accord sur rien. Mais je l'aimais bien. C'était un brave type et un ennemi respectable. Oui, je le respectais. Comment va Mary Ann ?

— Pas trop mal, monsieur, compte tenu des circonstances.

Il a secoué la tête.

— Où allait-elle, si tard, le soir, sans en parler à son mari ?

— Elle aime la vitesse.

Rupaski a secoué la tête et grogné. Puis il a avalé une nouvelle gorgée de whisky et fait tourner le liquide dans son verre avant de le reposer.

— Je ne vous ai pas invité ici pour parler de politique. Ni de la famille. Je vous ai invité pour vous offrir un boulot.

— J'en ai déjà un, monsieur.

— Voyons, écoutez-moi. Je double votre salaire, ce qui devrait vous faire environ soixante-cinq mille dollars par an, pour commencer. Essentiellement des travaux de nuit, vous pourrez ainsi consacrer vos journées à approfondir vos études, à dormir, à sauter des filles, bref à faire ce qui vous plaît. Vous échangez votre badge de shérif contre un badge de la régie des transports. Vous travaillez directement avec moi, et je suis quelqu'un de facile à vivre. Vous bénéficierez d'une nouvelle voiture de fonction : une des grandes Impala avec un moteur V8, des gyrophares latéraux et une radio à ondes courtes. Vous aurez même un permis de port d'armes. Vous exercerez votre pouvoir sur toute la juridiction de la régie, qui est grande et ne cesse de s'agrandir – le département des transports, l'administration des routes et des autoroutes, la sécurité des aéroports. Beaucoup de boulot. Ça vous ouvrira des horizons formidables, bien meilleurs que ceux d'un shérif.

— Que me faudra-t-il faire ?

— Vous ferez pour moi ce que vous faisiez pour Will. Je suis inquiet, Joe. Les gens deviennent cinglés. Regardez ce qui est arrivé à Will. Un homme de sa qualité et de son rang. Vous avez descendu deux de ces enfants de salaud, avant qu'ils aient l'occasion de s'en prendre à lui. Je veux un gars qui soit capable de faire ça. Je veux quelqu'un qui impressionne. Fiston, je vous veux, vous !

Je l'ai regardé mais je n'ai rien dit. Ils veulent tous quelqu'un qui impressionne. Pour accomplir le sale boulot qu'ils ont peur de faire eux-mêmes, pour traîner à leur place dans des lieux mal famés, pour se salir les mains, quoi ! Will m'avait formé à ce genre de tâches. Je l'avais compris alors même qu'il faisait de moi ce que je suis, et je le comprends encore mieux aujourd'hui.

— J'ai beau faire peur, ça n'a pas sauvé la vie de Will, monsieur.

Il a porté son verre à sa bouche, mais avant de boire, il a demandé :

— Vous ne culpabilisez pas pour ça, j'espère ?

— Je me contente de regarder les faits en face.

— Vous êtes précieux, Joe. Tout le monde voudrait pouvoir compter sur un type comme vous. Vous êtes bien élevé, malin, courageux. Vous avez de la classe – vous l'avez encore démontré avec ces types qui filent Chrissa Sands. J'ai vraiment apprécié la manière dont vous les avez rappelés à l'ordre. Vous jouissez d'une notoriété certaine. Vous avez un visage connu de tous. Vous avez gagné le respect de chacun par le courage avec lequel vous avez affronté vos difficultés. Vous avez osé mener une vie normale alors que la plupart, dans votre situation, se seraient terrés chez eux dans le noir. Vous avez appris beaucoup avec Will, or c'était un grand bonhomme. Je n'ignore pas que vous savez bien des choses. Mais laissez-moi vous dire ce que je sais, moi. Joe, avec vos années d'expérience en tant qu'adjoint du shérif et quelques années en plus à la régie, vous serez armé pour réussir n'importe où dans la région. Vous aurez acquis de l'épaisseur, des relations et une bonne connaissance de la manière dont il convient de traiter les affaires. Je vous vois bien devenir superviseur, un jour. Ou directeur de la régie des transports, si ça vous tente. Et pourquoi pas sénateur ou parlementaire ? Vous avez l'étoffe d'un grand, Joe. Je peux vous employer et je peux vous aider.

— Et Travis ?

— Il sera ravi, si je lui dis d'être ravi.

— Eh bien, merci, monsieur. Mais non. J'aime mon boulot d'adjoint.

— Vous aimez bosser à la prison ?

— Je suis du bon côté des barreaux.

Rupaski a souri et avalé une nouvelle rasade. Le serveur nous a apporté nos plats.

— Prenez le temps de la réflexion, Joe. Dites-moi simplement que vous allez réfléchir à ma proposition.

— Très bien. Je vais y réfléchir. Monsieur, pourquoi avez-vous demandé à Hodge et Chapman de filer Chrissa Sands ?

— Dans l'espoir qu'elle nous conduise jusqu'à Savannah Blazak.

— Mais ils la suivaient déjà mercredi matin, le jour de la mort de Will. Or, Blazak n'a rendu publique la nouvelle de l'enlèvement de sa fille que jeudi matin.

Rupaski a secoué la tête.

— C'est vrai, seulement il s'en était ouvert à moi. Directement. Nous sommes des amis, Joe. Nous parlons. Je sais que son fils est fou – l'année dernière, cet abruti a lancé une des Jaguar de Jack sur le poste à péage de Windy Ridge. Il a bousillé un mur et la Jag. Il était saoul et drogué. Quand mes hommes l'ont aidé à sortir des décombres de la bagnole, il les a menacés avec son arme. Par bonheur, ils ont eu la présence d'esprit de l'assommer. Quoi qu'il en soit, j'ai proposé à Jack de l'aider à retrouver Savannah. Savannah Blazak est l'une des gamines les plus charmantes que je connaisse. Je l'adore. J'ai donc fait surveiller la petite amie d'Alex. D'ailleurs, nous la surveillons toujours. Il y a quelques années, Jack Blazak a contribué à convaincre le comté de créer la régie des transports. Ensuite, il a fait en sorte qu'on m'en confie la direction. C'est un ami, or on s'aide entre amis. De la même manière, j'utiliserais toute la puissance de la régie pour vous aider, Joe, si vous étiez des nôtres.

— Vous devriez conseiller à vos hommes d'être plus polis avec Mlle Sands.

— Je vous remercie d'avoir attiré mon attention sur ce point, Joe. Et la leur également.

Sous ses épais sourcils, les yeux de Rupaski brillaient d'une lueur joyeuse.

— Joe, je vais faire en sorte que vous travailliez pour moi, que vous le vouliez ou non.

— Comment ?

— Je ne sais pas. Je suppose que je vais devoir vous

faire une meilleure offre. Que diriez-vous de garder la voiture de Will ? Lc lcasing court encore sur deux ans, pas vrai ? Je pourrais m'arranger pour qu'on vous la laisse pendant ce temps-là et qu'on vous permette de la racheter à un prix défiant toute concurrence au terme du leasing. Considérez ça comme une prime à l'embauche. Il vous suffit de demander. Et je maintiens l'offre de l'Impala comme voiture de fonction.

Je n'ai pu m'empêcher de sourire.

— Je vais y réfléchir.

Le déjeuner était un pur délice.

Vers le milieu du repas, un jeune homme en smoking a descendu l'escalier menant à l'étage des salles de conférence. Ses cheveux étaient luisants comme au sortir d'une douche, ou comme sous l'effet d'un gel capillaire. Un grand verre de jus d'orange dans une main et un attaché-case dans l'autre, il a levé son verre en direction de Rupaski.

J'ai repris la route à péage et, tout en conduisant, je me suis remémoré une phrase que Will m'avait répétée au moins cent fois : *Epargne tes amis, perds tes ennemis*.

Enrique Domingo était petit et maigre, avec de grands yeux clairs et des cheveux noirs. Son anglais était maladroit, alors nous avons parlé espagnol. Will avait insisté pour que j'étudie l'espagnol à l'école et je m'en étais bien sorti.

Nous nous étions retrouvés dans le bureau de Jaime au CCHA. Jennifer Avila m'avait salué de la tête, mais sans prononcer un seul mot.

Jaime a demandé à Enrique de me raconter son histoire. Ce qu'il a fait d'une voix posée.

Il m'a appris qu'il avait quatorze ans ; Miguel, son frère, en avait seize lorsque la police l'avait descendu ;

sa sœur aînée, Luria Blas, dix-huit, quand elle avait été renversée par une Suburban sur Pacific Coast Highway.

Sa sœur !

J'ai posé un autre regard sur lui, dès que j'ai su qu'il avait perdu, en une semaine, non seulement son frère mais encore sa sœur. Il me paraissait désespérément seul, même en ce moment avec Jaime et moi. La solitude l'entourait comme ses anneaux enserrent Saturne.

Je lui ai dit que j'ignorais que Luria était sa sœur. Pourquoi ne portait-elle pas le même nom qu'eux ?

Il m'a expliqué que Blas était le nom qu'elle s'était choisi pour se faire engager comme femme de ménage aux *Estados Unidos*. Elle l'avait choisi pour obtenir une carte verte, en prétendant être la sœur d'une de ses amies dont la famille avait déjà la citoyenneté américaine.

Enrique a rougi en me faisant cet aveu.

— C'est courant, a observé Jaime. Ils font ce qu'il faut pour obtenir les *papeles*.

— Pourquoi la police et les médias n'ont-ils pas établi le lien entre les deux ?

Jaime a écarté les bras, les paumes tournées vers le ciel.

— Ils le savent tous, mais ils s'en foutent. La police prétend qu'un accident est un accident. Une coïncidence, une coïncidence. Les journaux américains n'ont consacré que des entrefilets à l'affaire – si petits que vous-même, vous ne les avez pas vus, exact ? Les journaux espagnols lui ont accordé plus d'espace, mais qui s'en soucie ? C'est pour ça que nous comptons sur votre aide.

Je lui ai dit que j'étais désolé pour ce qui était arrivé à son frère et à sa sœur. Il a détourné le regard.

Puis il m'a raconté qu'au début, tout s'était bien

passé pour lui, Luria et Miguel. Ils réussissaient à envoyer de l'argent au Guatemala, à leurs parents et à leurs frères et sœurs. Enrique et Miguel travaillaient comme jardiniers, ils avaient décroché un boulot régulier au sein d'une équipe qui tondait les pelouses et élaguait les arbres. Huit dollars de l'heure. Luria travaillait comme femme de ménage et s'occupait de l'entretien de douze maisons, deux par jour, six jours par semaine. Soixante-cinq dollars par maison. Elle était appréciée parce qu'elle travaillait vite et bien ; elle était aimable, mignonne, et pas chère.

Mais, au bout de quelques mois, Luria avait commencé à se replier sur elle-même, ce qui ne lui ressemblait pas. Elle était plutôt du genre bon vivant. Puis elle a commencé à sortir, le soir, avec des amies qui possédaient des voitures, et portaient des vêtements américains de marque. Elle ne rentrait qu'au milieu de la nuit. Elle buvait beaucoup d'alcool et oubliait d'aller travailler ; en définitive, elle avait complètement renoncé aux ménages. Seulement, moins elle travaillait, plus elle dépensait. Elle envoyait aussi moins d'argent à la maison, a précisé Enrique.

Il a rougi à nouveau en me racontant ça.

Une nuit, elle était rentrée à la maison avec un œil tuméfié. Elle avait très peur. Miguel était furieux.

Deux semaines plus tard, elle était tuée à cent mètres de leur appartement, à Fullerton.

Tout en parlant, Enrique regardait par la fenêtre du bureau de Jaime. Ses yeux, haut perchés dans son visage, étaient en forme d'amande. J'ai subitement eu l'impression que son esprit s'échappait, qu'il retournait vers un temps où son frère et sa sœur étaient encore vivants – un temps, peut-être, où le peu qu'ils possédaient leur paraissait suffisant. Alors, je me suis demandé s'il possédait, lui aussi, un havre secret vers lequel s'évader, avec un aigle à côté duquel se percher ou avec une porte qui ouvrait sur un monde meilleur chaque fois qu'il en éprouvait le besoin.

Il a dit que Miguel était bouleversé par la mort de Luria. Enrique l'avait surpris, la nuit suivant son décès, qui essayait de cacher une machette au milieu de vieux blousons. Miguel lui avait expliqué qu'il enquêtait sur la mort de leur sœur. Miguel, a précisé Enrique, avait toujours eu le sang chaud.

Il m'a observé un instant puis, d'une voix calme, il a ajouté que cinq jours après la mort de Luria, Miguel était abattu par la police.

A en croire Enrique, Luria était plus *simpática* avec Miguel qu'avec lui, parce qu'Enrique était trop jeune et ne comprenait pas les problèmes des adultes.

J'ai réfléchi à ce que je venais d'entendre, et je ne voyais pas ce qui justifiait l'enquête de Miguel. La mort de Luria était un accident. La femme qui l'avait renversée s'était arrêtée afin de lui porter secours.

— C'est ce que je pensais moi aussi, Joe, a dit Jaime. J'ai donc appelé un ami au bureau du coroner. Ils ont procédé à une autopsie de Luria, comme dans tous les cas de mort violente. Mais ils n'ont pas voulu me communiquer la moindre information, sous prétexte que je n'appartiens ni à la famille ni à la police. J'en ai conclu, comme l'aurait fait tout homme sensé, qu'ils cachent quelque chose.

J'ai évalué les chances pour qu'il ait raison, mais je n'ai rien dit.

— Je soupçonne un coup tordu, Joe. Ce ne serait jamais qu'un coup tordu de plus au détriment des Latinos, ce qui n'intéresse personne en Amérique. Le district attorney ne me rappelle pas. La police de Newport prétend que Miguel Domingo était armé et qu'il a menacé des officiers de police. Les flics de Fullerton affirment que la mort de Luria a été purement accidentelle. Comment pourrais-je les croire ? Que se passerait-il si ces malheureux n'avaient pas été de pauvres Latinos ? Que se passerait-il si cela vous était arrivé à vous, Joe ? Votre père n'aurait jamais toléré qu'on classe ainsi le dossier. C'est pour ça que Will était un grand homme. Maintenant, que pouvez-vous faire pour nous aider ?

— Accordez-moi le temps de la réflexion.

— Votre père ne se contentait pas de réfléchir.

— Mon père aurait commencé par réfléchir, *señor* Medina. Et, je vous en prie, ne me dites pas ce que Will aurait fait. Avec tout le respect que je vous dois, *señor*, je le connaissais beaucoup mieux que vous, en dépit de tout ce qu'il faisait pour le CCHA.

Jaime s'est levé et a respiré bruyamment.

— Je suis désolé, Joe. Vous avez raison. Je suis comme Miguel. Parfois je m'emporte face à l'injustice. Je vous prie très sincèrement de m'excuser.

— Je vais voir ce que je peux faire.

J'ai dit à Enrique que j'avais besoin des noms et des adresses des douze employeurs de Luria. Il m'a promis d'essayer de trouver ces renseignements, mais il n'était pas sûr de réussir, Luria se confiant moins à lui qu'à Miguel.

Jaime m'a raccompagné jusqu'à la porte.

— J'avais tort. Vous êtes comme votre père, Joe.

— Merci, monsieur. Mais je sais que ce n'est pas vrai.

Je me suis rendu au centre de médecine légale, près du quartier général, et j'ai demandé à parler au directeur. Brian McCallum était un proche de Will – ils jouaient ensemble au tennis, en double, et ils aimaient traîner au bar du club après la partie. McCallum était un peu enveloppé, mais il se déplaçait à une vitesse étonnante sur le court. Je me souvenais d'avoir été frappé par la puissance de ses poignets ; il maniait la raquette avec une telle facilité ! Il m'avait confié un jour avoir joué au base-ball, au lycée ; ceci expliquait cela.

Il m'a reçu dans son bureau et m'a écouté lui raconter ce qu'Enrique Domingo et Jaime Medina m'avaient appris.

— C'est moi qui ai parlé à Medina, a-t-il dit. C'est un garçon indiscret et arrogant, qui se comporte partout comme s'il était chez lui, sous prétexte que c'est l'argent des contribuables qui paie nos salaires. Il nous a dit que Blas et Domingo étaient frère et sœur, et j'ai transmis l'information aux flics de Fullerton et de Newport. Il voulait des précisions sur la mort de Blas, mais la règle est stricte ici. Nous ne communiquons les informations relatives à une autopsie qu'à la famille de la victime et aux forces de police. C'est ainsi.

— Pouvez-vous me répondre à moi ?

— Vous voulez les aider ?

— Oui, monsieur.

Il m'a considéré un instant, puis s'est assis.

— Luria Blas a été renversée par une Chevy Suburban qui arrivait derrière elle. L'accident a eu lieu vers quinze heures, un jeudi. Elle a été heurtée à hauteur de l'omoplate, et le choc l'a projetée de côté, pas sous le véhicule. Elle est morte en moins de vingt minutes. Ses poumons et son cœur présentaient de sérieuses contusions, la nuque était brisée en deux endroits. Douze fractures pour huit os différents. La radio de l'omoplate gauche a révélé des fractures multiples. L'hémorragie interne était importante, compte tenu du fait que son cœur n'avait fonctionné que quelques minutes après le choc. La cause du décès : collapsus cardiopulmonaire consécutif au choc. Si, par miracle, elle avait survécu, elle aurait été paralysée à partir du cou.

J'imaginais la scène, même si cela ne me plaisait pas.

— A quelle allure roulait le véhicule ?

— Selon les enquêteurs, entre 70 et 80 kilomètres à l'heure. Traces de dérapage *après* l'impact. La conductrice a déclaré n'avoir pas vu la femme. Comme si celle-ci s'était jetée sous ses roues.

Il m'était difficile de réconcilier les photos du sourire charmant de Luria Blas, publiées par les journaux, et une Suburban roulant à 80.

— Ce n'est pas tout, Joe. Primo, cette femme avait été rouée de coups peu de temps avant sa mort. Contusions multiples au niveau de l'abdomen, de la cage thoracique et du sternum. Deux côtes brisées. Hémorragie au niveau du foie et du pancréas, *sans relation* avec l'impact de la voiture.

— Battue avec quoi ?

— Difficile à dire. Probablement à coups de poing. En tout cas rien qui laisse des marques visibles sur la peau. Nous n'avons relevé ni fragments de bois ni éclats de verre, rien.

— Combien de temps avant la mort ?

— Selon Frank Yee, vingt-quatre heures au maximum. Il est généralement assez fort à ce jeu-là. Et, secundo, elle était enceinte de six semaines. Les coups n'ont pas tué le fœtus. La Suburban, oui.

Une fois de plus je me suis efforcé d'imaginer Luria Blas se faisant tuer par une Chevy Suburban roulant à 80 kilomètres à l'heure.

— Elle titubait sur le boulevard, ai-je risqué, abrutie par les coups.

McCallum a opiné de la tête.

— Sans doute. On serait désorienté par moins que

ça. Elle devait souffrir le martyre. Ni drogue ni alcool. Elle pourrait fort bien s'être jetée sous les roues de la voiture. Nous ne pouvons pas exclure cette éventualité. Il nous reste toutefois une petite lueur d'espoir : on a retrouvé de la chair sous ses ongles. Elle a sans doute griffé son agresseur. En tout cas, elle a la peau de quelqu'un sous les ongles. Nous avons examiné son corps sous toutes les coutures pour nous assurer qu'elle ne s'était pas griffée elle-même dans un geste réflexe ou d'automutilation. Néant ! Mais dites à Jaime Medina de ne pas s'inquiéter : les flics de Fullerton suivent l'affaire.

Je suis resté assis un moment, à me remémorer ce qu'Enrique m'avait dit de l'humeur de sa sœur, qui s'était repliée sur elle-même et avait perdu sa joie de vivre. Jeune, pauvre, célibataire dans un pays étranger et, qui plus est, enceinte.

Que faire dans une telle situation ?

Cela me ramenait vers Will ; toute tristesse me faisait penser à Will. J'ai secoué la tête pour essayer de dissocier les deux souffrances et d'accorder à Luria Blas le respect qu'elle méritait.

— A quoi pensez-vous, Joe ?

— Quel gâchis !

— Ça y ressemble parfois.

— Merci. Medina voulait connaître la vérité parce qu'il est proche du frère de Luria.

— Je m'en doutais. Je sais que Jaime fait le bien autour de lui.

— Ils pensent tous les deux que la mort de Luria et celle de Miguel sont liées.

McCallum a soulevé les sourcils et haussé les épaules.

— Je ne vois pas comment ?

— Puis-je jeter un coup d'œil aux effets personnels

de Miguel Domingo, aux vêtements qu'il portait au moment de sa mort ?

— Nous avons tout ici, sauf les armes.

Il m'a conduit jusqu'au bureau où étaient conservés les registres des pièces à conviction ; il s'est entretenu avec le sergent de service, et celui-ci a passé un coup de téléphone. Quelques minutes plus tard, un adjoint venait déposer une boîte en plastique sur le comptoir. McCallum a signé un reçu et emmené la boîte dans le laboratoire.

Elle ne renfermait pas grand-chose : un sac en plastique avec six dollars et quatre-vingt-cinq cents ; une pochette d'allumettes achetée dans un drugstore, un peigne en plastique noir, un carnet de tickets de la RTCO, un portefeuille et un stylo. Une chemise ensanglantée était enveloppée dans du papier kraft. Un pantalon ensanglanté également. Un autre sac contenait les chaussettes, les sous-vêtements et une paire de baskets fatiguées, attachées ensemble par les lacets.

— Je peux examiner le portefeuille ?

— Allez-y.

J'ai ouvert le sac en plastique pour en sortir le portefeuille. Il était déchiré et tout déformé, comme les vieux portefeuilles. Une photo de cinq enfants et deux adultes debout devant un mur couvert de roses. J'ai reconnu un visage qui ressemblait à celui d'Enrique et un autre, à celui de Luria. Pas de pièce d'identité. Dans l'espace réservé aux billets, un article de journal plié. Je l'ai déplié. Il provenait du *Journal* et relatait la mort accidentelle de Luria. Je l'ai replié et rangé.

— Le pantalon ? demandai-je.

— Il est dans un sale état.

J'ai ouvert le papier kraft. Un jean noir, des taches de sang mouillaient de rouille le tissu. Rien dans les poches de devant. Rien dans celles de derrière. J'ai glissé un doigt dans la poche à briquet et j'ai senti quelque chose de gluant. J'ai essayé de le saisir du bout des doigts et de le sortir, mais il collait au tissu. J'ai utilisé la pince de mon couteau suisse et j'ai dû m'y reprendre à deux fois ; le sang séché a fini par libérer un bout de papier carré. Je l'ai déplié et je l'ai posé bien à plat sur la table. Ce devait être un morceau d'enveloppe – on distinguait encore la diagonale du rabat. Il mesurait environ douze centimètres sur douze. Un coin était noirci par le sang séché.

L'écriture était malhabile et à peine lisible.

Señora Catrin – Puerto Nuevo
Señor Mark – Punta Dana
Señora Julia – Laguna
Señora Marcie – Puerto Nuevo

Les trois premiers noms étaient barrés. Celui de la *señora* Marcie de Newport Beach ne l'était pas. Je les ai lus une deuxième fois.

Je me suis souvenu des mots prononcés par Bo Warren dans le salon des Blazak : *Marcie, c'est la responsable des domestiques*.

— Doux Jésus ! s'est exclamé McCallum. Ça nous avait échappé. Quoi, rien que des noms, pas d'adresse ?

— Miguel était désemparé. Il enquêtait sur la mort de Luria. Peut-être s'agit-il d'une liste de contacts ou de suspects.

— Voyons, le nom de la conductrice était Gershon – Barbara Gershon. Son nom a été divulgué par tous les journaux. Nous n'avons pas cherché à le tenir secret.

Je m'efforçai vainement de trouver une explication logique à tout ça. Pourtant, je savais qu'il me faudrait composer un numéro de téléphone sans tarder.

— Joe, je vais devoir enregistrer ce document et m'assurer que la police de Newport en prenne connaissance.

— Oui, monsieur.

— Ça va ? a demandé McCallum.

— Oui. Je suis seulement fatigué des coups de feu, du sang et des os brisés.

— C'est notre lot quotidien, a-t-il conclu.

Je me suis arrêté à la banque pour vider le coffre. *Des conneries. Rien.* Même si c'était vrai, il était temps pour moi d'examiner cela de plus près. J'ai versé tout le contenu dans la mallette de Will, j'ai signé le formulaire de retrait et je me suis rendu au stand de tir du département du shérif.

J'ai chargé et tiré cent cartouches avec mon 45, la moitié de la main droite, l'autre de la gauche. Cinquante avec le 32 posé sur la hanche. J'ai tiré sur la Perche, sur le tortionnaire de Luria et le ravisseur de Savannah, à supposer qu'elle ait été enlevée. J'ai tiré sur Thor, mais cela m'a procuré moins de plaisir qu'à l'accoutumée. Puis j'ai tiré sur plusieurs monstres, sur des fantômes et sur des démons. Enfin, j'ai tiré sur Satan lui-même, droit au cœur.

Je ne me défendais pas mal de la main gauche, mais j'avais moins d'endurance. Les dix derniers coups s'étaient répartis sur l'ensemble du torse à quinze mètres, mais au moins ils étaient restés dans la bande noire. Je n'utilisais jamais de *wad-cutters* [1] pour le tir à la cible, mais des cartouches pleine charge, chemisées cuivre. Je ne tenais pas à ce que ma cible se comporte différemment le jour où je serais amené à tirer sur autre chose que du papier. Sur le diable, par exemple.

1. Cartouches d'entraînement, sans balle, mais avec un plomb dans la douille. (*N.d.T.*)

Une fois la séance terminée, j'ai démonté les armes et je les ai nettoyées à l'huile fine. L'odeur délicieuse de l'huile Hoppe spéciale pour les armes. J'avais des fourmillements dans la main gauche, et mes deux mains sentaient la poudre.

— Luz Escobar, a dit Ray Flatley. Connue aussi sous le nom de Pearlita. C'est son sobriquet chez les Raitt Street Boys. A treize ans, elle se trimballait déjà avec un Derringer à la crosse ornée de perles dans la poche. C'est toujours le cas, si mes infos sont bonnes.

— Puis-je consulter le dossier ?

Il me l'a tendu. J'ai examiné la photo. Pearlita mesurait un mètre soixante-cinq. Quatre-vingts kilos. Les cheveux coupés en brosse.

— Elle s'habille comme un homme, a poursuivi Flatley. On l'avait arrêtée pour une agression à main armée, en voiture, à Santa Ana. Mais notre témoin a été descendu, une nuit, dans son salon. Nous n'avions plus rien contre Pearlita. C'est un tueur à gages, Joe. Elle exécute des contrats et organise des représailles. Notre témoin à charge contre Felix a été placé sous protection policière dans un autre Etat. Nous nous attendons à ce que la bande de Pearlita tente quelque chose contre lui, mais pour l'instant, il est toujours vivant.

J'ai de nouveau regardé la photo. J'avais rarement vu autant de méchanceté chez les tueurs et les violeurs qui avaient défilé devant moi, à la prison, que sur les traits de Pearlita. Elle n'avait rien d'une femme, rien d'un homme non plus. Elle avait l'air d'une créature neutre et mauvaise.

— Qu'est-ce qui se passe ? a demandé Flatley. Pourquoi vous intéressez-vous à Luz Escobar ?

— Will lui a parlé sur son portable, la nuit où il est

mort. Je crois qu'elle voulait lui demander de plaider la cause de son frère auprès de Phil Dent.

Flatley m'a considéré avec curiosité.

— Rick est au courant ?

— J'ai vidé mon sac, monsieur. Je lui ai tout dit.

— Bien, Joe. Pearlita est une très mauvaise fréquentation. Si Will a refusé de plaider la cause de son frère auprès de Phil Dent, il lui a peut-être donné des envies de meurtre.

— Est-ce que les Raitt Street Boys et les Cobra Kings font parfois cause commune ?

— Ils se détestent.

J'ai passé quelques minutes dans le quartier F, planqué dans le conduit d'aération. Je me suis installé derrière une cellule occupée par un truand de seconde zone, un Asiatique du nom de Hai Phan. Je me suis appuyé au mur tout poussiéreux et j'ai laissé mon regard s'égarer dans les tuyaux et les conduits. Phan discutait avec son voisin – un autre Asiatique –, mais ils s'exprimaient en vietnamien. Je suis resté là sans bouger, en essayant de surprendre quelque propos en rapport avec Will, Savannah ou Alex.

Rien. J'aurais aussi bien pu écouter des chats en train de se battre ou le vent souffler dans les arbres.

Ensuite, je me suis rendu au réfectoire dans le bâtiment principal, et j'ai regardé les détenus s'installer à table. Le dîner commence à seize heures. Rien de particulier à signaler : un réfectoire typique, avec des gardes appuyés le dos contre le mur, et un flux apparemment interminable d'uniformes orange allant et venant. Comme toujours, la « voiture » mexicaine était la plus nombreuse, puis la « voiture » blanche, puis la noire et enfin les deux Asiatiques. Maussades. Silencieux. Ordonnés. Encore une journée paisible, pour le moment.

J'ai été récupérer mon courrier dans mon casier.

Rien qu'une carte postale de Las Vegas. Elle représentait un grand hôtel qui ressemblait à une ville italienne. L'écriture était claire et large.

Cher Joe,

Tu m'as sauvé la vie et je vais bien pour l'instant. J'ai très peur de ce qui risque de se passer.

S.B.

D'après le cachet de la poste, elle avait été expédiée trois jours plus tôt. J'ai appelé Steve Marchant.

— Je veux que vous fassiez deux choses, a-t-il dit. Primo, placez la carte dans un sac en papier, en la touchant uniquement sur les bords. Utilisez une pince. Secundo, amenez-moi ce sac immédiatement, et plus tôt encore si possible.

Marchant m'a conduit dans la petite salle de travail du FBI, au troisième étage, et il a refermé la porte derrière nous. Il a sorti le sac et fait glisser la carte sur la table, puis à l'aide de son stylo, il l'a orientée face à lui. Enfin, il a branché par-dessus une lampe à infrarouges.

— Les infrarouges éclairent les sels contenus dans les graisses corporelles, a-t-il précisé.

Puis il a ajouté :

— Regardez ça.

Il s'est écarté pour me laisser voir. J'ai découvert une belle empreinte de pouce, si nette qu'elle semblait avoir été prélevée dans un poste de police.

— Attendez-moi ici.

Il a fait claquer la porte en sortant et à nouveau en rentrant. Il a déposé deux fiches d'identification et deux dossiers devant nous, à côté de la carte postale, puis il a saisi une loupe fixée à la table.

— Ouais, superbe. Vraiment superbe.

Il a murmuré quelque chose que je n'ai pas compris, puis il s'est écarté. J'ai examiné l'empreinte de la carte postale à travers la loupe, puis celle du pouce sur la fiche d'identification, et à nouveau celle de la carte.

— De prime abord, c'est bien l'empreinte de Savannah Blazak, a dit Marchant. Je vais demander à Washington de nous confirmer ça, officiellement.

Il a éteint la lampe à infrarouges et reposé la loupe. Il s'est tourné vers moi ; j'ai lu de la colère sur son visage.

D'un dossier, il a sorti une carte de vœux pour la fête des mères et a posé dessus un filtre de protection en plastique. J'ai lu : « Maman, je t'aime plus que toutes les étoiles. Ta fille, Savannah. » Marchant a rapproché la carte postale et l'a retournée en se servant d'une pince.

J'ai regardé par-dessus son épaule. Les deux écritures étaient identiques.

De l'autre dossier, il a sorti une feuille de papier à lettres à l'en-tête de « Alex Jackson Blazak », avec son adresse au bas de la feuille. J'ai lu le nom du destinataire et les deux premières lignes.

Chère Chrissa,

Comment te dire à quel point tu me manques ? Ce dîner de la Saint-Valentin était tout simplement merveilleux.

— C'est Savannah qui a écrit la carte postale, a dit Marchant.

— Et elle a peur de ce qui risque de se passer.

Il recula et me regarda.

— Je vais coincer ce type et libérer la gosse. Vous pouvez me faire confiance.

J'ai secoué la tête.

— Merci, Joe. Merci pour la livraison rapide. Excusez-moi, maintenant, mais je dois contacter au plus tôt Las Vegas. Fuite vers un autre Etat en compagnie d'une mineure, à des fins immorales. Vous n'imaginez pas le nombre de délits qu'on peut déjà lui coller au cul.

— Vous y croyez, à l'histoire des « fins immorales » ?

Marchant a semblé réfléchir un instant.

— Je vais vous dire quelque chose, même si je ne devrais pas. Et que cela ne sorte pas d'ici. Nous avons soumis le père et la mère au détecteur de mensonges, dès qu'ils sont venus nous parler de leur fille. Ils s'en sont sortis tous les deux avec mention, mais je n'ai pas aimé certaines choses que j'ai observées chez Jack. Je n'en dirai pas plus.

— Je suis au courant, depuis hier, pour l'arrangement avec Ellen Erskine.

— Votre père l'avait vraiment laissée dans le flou ; il ne lui avait même pas communiqué le nom de Savannah. Erskine n'est pas sûre qu'il jouait franc jeu dans cette affaire.

J'ai attendu qu'il en dise plus, mais Marchant n'a rien ajouté. En définitive, il a juste demandé :

— Et vous ? Vous êtes toujours persuadé qu'il jouait franc jeu ?

— Oui, j'en mettrais ma tête à couper.

Sur le chemin de la maison, j'ai appelé Lorna Blazak.

— Monsieur Trona, avez-vous eu de ses nouvelles ?

— Elle m'a adressé une carte postale de Las Vegas. Je l'ai reçue il y a tout juste une heure. Elle se porte bien, madame Blazak, mais elle a peur.

— Mon Dieu... et mon fils ?

— Je suppose qu'il est avec elle.

— Je ne sais vraiment pas quoi faire. Dites-moi ce que je dois faire.

— Attendre, madame Blazak. Aidez le Bureau à vous aider.

Silence.

— Madame Blazak, une femme de ménage du nom de Luria Blas a-t-elle été employée chez vous ?

— Non. Pourquoi ?

— J'ai tout lieu de croire qu'elle a été en contact avec Marcie.

— C'est possible, mais aucune personne du nom de Luria Blas n'a travaillé ici, pas dans cette maison. C'est la jeune femme qui a été renversée à Fullerton, n'est-ce pas ?

— C'est bien ça.

— Je suis désolée pour elle et sa famille, monsieur Trona. Mais, je vous en prie, ne venez pas allonger la liste de nos malheurs.

— Je n'en ai nullement l'intention, madame Blazak. Je vérifie juste une piste. Il est important que nous suivions toutes les pistes.

— Je comprends.

— Marcie est responsable de vos domestiques, n'est-ce pas ?

— Oui.

— Pourrais-je connaître son nom de famille ?

Nouveau silence.

— Diaz. Monsieur Trona, n'oubliez pas que plus d'une domestique doit s'appeler Marcie dans ce pays.

— Je ne l'oublierai pas. Je vous remercie. Madame, nous faisons tout ce qui est en notre pouvoir pour retrouver votre fille et votre fils.

— C'est terriblement frustrant, monsieur Trona. On les voit, ils disparaissent. On les revoit, ils disparaissent à nouveau.

— Soyez patiente, je vous en prie.

— J'ai besoin de quelque chose à quoi m'accrocher.

— Accrochez-vous à la certitude que Savannah est en vie. Accrochez-vous-y bien, madame Blazak.

— Merci. Merci encore pour votre appel.

15

Je ne savais pas quel cadeau apporter à June Dauer pour notre premier vrai rendez-vous, seulement j'avais remarqué qu'elle aimait les rubis. J'ai donc acheté un bracelet de rubis et j'ai demandé un bel emballage cadeau. Puis j'ai songé qu'il était de coutume d'apporter des fleurs, alors j'en ai acheté un bouquet, ainsi que des chocolats et un grand panier dégustation de cafés et de liqueurs, parce qu'il était en promotion dans la boutique.

J'ai englouti près d'un mois de salaire mais, n'ayant pas de loyer à payer, je ne dépensais jamais grand-chose. Will et Mary Ann m'avaient offert une maison dès que j'avais commencé à travailler à plein temps. Mary Ann désirait que j'aie d'emblée accès au marché juteux de la propriété immobilière du comté d'Orange. La maison valait aujourd'hui cinquante mille dollars de plus que ce qu'ils l'avaient payée, or je n'avais rien fait pour mériter ça, sinon passer régulièrement l'aspirateur et arroser les plantes.

June habitait une maison à un étage avec une vue imprenable sur Newport Harbor. Debout sur son perron, j'écoutais les cordages des yachts qui claquaient contre les mâts et les cris des goélands. Je tremblais d'émotion. J'avais revêtu mon plus beau costume et mon meilleur chapeau. J'ai sonné et attendu.

Elle a ouvert la porte et s'est écartée pour me laisser passer. Elle a souri en découvrant que je tenais un panier dégustation et un écrin dans une main, des fleurs et des chocolats dans l'autre.

— Je suis heureux de vous revoir, ai-je dit.

— Joe, moi aussi je suis heureuse de vous revoir, mais vous n'auriez pas dû faire toutes ces folies.

— Vous n'êtes pas obligée d'accepter.

L'ombre qui est passée sur son visage n'était pas feinte. Je sentais mon cœur prêt à cesser de battre.

— Eh bien, entrez donc.

— Merci.

La lumière du soleil baignait la pièce. Les murs et le tapis étaient blancs. A travers la baie vitrée, l'eau de la marina scintillait et les bateaux aux coques lumineuses se balançaient doucement. Un grand yacht traversait le chenal.

— C'est magnifique, ai-je dit. On se croirait dans une carte postale.

— En fait, une photo prise du toit de cette maison a donné lieu à une carte postale. Laissez-moi vous débarrasser.

Elle a pris mes cadeaux et les a posés sur une table au plateau en verre. Elle portait une robe en soie couleur café et des chaussures à talon marron. Ses jambes luisaient. Je sentais l'eau de mer à travers les fenêtres ouvertes, mais aussi son parfum. Elle a regardé le panier, les chocolats, l'écrin et les fleurs.

— Excessif ? ai-je demandé.

— Hum... Nous essaierons de trouver une réponse appropriée à cette question plus tard. Pour l'instant, je vais mettre ces roses dans un vase. Elles sont magnifiques, Joe. J'ai toujours aimé les roses lavande. Elles symbolisent quelque chose, mais j'ai oublié quoi.

Je ne la quittais pas des yeux. Elle a sorti un grand vase en cristal d'une armoire et l'a rempli d'eau ; elle a coupé les tiges des fleurs avant de les disposer artistiquement dans le vase. Ensuite, elle a posé l'ensemble sur le manteau de la cheminée. Le haut de ses bras était bronzé et ses aisselles blanches. Je l'ai aidée à déplacer quelques cadres pour lui permettre d'installer le vase bien au centre.

Elle recula pour admirer l'effet produit. Les roses lavande se détachaient avec bonheur sur la peinture blanche du manteau de cheminée et du mur. June Dauer aussi. Je n'avais jamais réalisé à quel point le brun était une belle couleur. Ni combien deux bruns pouvaient s'harmoniser avec autant de perfection : le brun mat et sombre de la soie, et le brun luisant et clair de sa peau. Elle ressemblait à une vision fraîche et gracieuse émergeant d'un milieu sec.

L'Effet Magique encore et toujours. J'étais sous le charme.

— Joli, a-t-elle dit.

Elle s'est tournée vers moi et m'a souri vraiment, pour la première fois. La lumière du soleil pénétrait par la baie vitrée et jouait dans les boucles de ses cheveux. Ses yeux étaient sombres et brillants.

— Merci, Joe.

— Tout le plaisir est pour moi.

Elle a secoué la tête, tout en continuant de sourire.

— Vous savez l'effet que produit sur moi votre manière d'être toujours si poli et de dire à tout propos « S'il vous plaît », « Merci », « Tout le plaisir est pour moi » et tout ça ?

— Non.

— Ça me donne envie de hurler des grossièretés.

J'ai souri en détournant le regard.

— Ça m'arrive aussi.

— Vraiment ?

— Mes pensées ne correspondent pas toujours aux mots que je prononce. Je dis « monsieur » à un homme alors que je n'ai qu'une envie : lui briser le bras.

— Vous avez déjà cédé à la tentation ?

— Une fois.

— Vraiment ?

J'ai frissonné.

— Je n'avais pas le choix. C'était à l'école de police, une histoire de compétition, de bizutage, ce genre de trucs. Je m'en suis bien sorti. De toute façon, ce type aurait fini par se faire rosser.

— Eh bien, sur cette note joyeuse, allons dîner.

J'avais réservé dans l'un des restaurants préférés de Will, un italien tranquille de Balboa Island. La table était relativement étroite et imposait un face-à-face que j'aurais trouvé insupportable avec tout autre que June Dauer.

Plus le temps passait, plus je la trouvais jolie. Nous avons bu une bouteille de chianti, qui a duré tout le repas, puis nous avons pris un dessert et un cognac. Mes oreilles bourdonnaient plaisamment et une sensation de chaleur et de lumière m'envahissait, comme si j'étais gonflé à l'hélium et que je risquais de m'envoler jusqu'au plafond si je ne m'agrippais pas au bord de la table.

Après dîner, nous sommes allés nous promener dans l'île et June m'a montré les différents lieux où elle avait vécu pendant ses études. Nous avons regardé le soleil se coucher à l'horizon, les fenêtres du front de mer renvoyaient des reflets orangés, et les ferries allaient et venaient, transportant leur cargaison de voitures. Sa peau était dorée et ses yeux chocolat prenaient une nuance plus claire quand elle me regardait.

De la même couleur que le flanc d'un lion. Je n'avais jamais imaginé qu'il pût exister une variété de bruns aussi subtile.

Une fois le soleil couché, la brise marine s'est levée et June s'est rapprochée de moi. J'ai posé un bras sur ses épaules. Je n'avais jamais osé un geste aussi intime avec une femme, pourtant elle n'a pas frémi et n'a pas eu de mouvement de recul. Je m'apprêtais à retirer mon bras et à m'excuser, mais je me suis retenu.

Sa peau fraîche s'était couverte d'une légère chair de poule. Je n'avais jamais rien touché d'aussi excitant de toute ma vie.

Quand nous avons regagné sa maison, la nuit tombait. Des reflets d'argent dansaient à la surface de l'eau de la marina et une nappe de brouillard blême approchait de l'est.

Elle a ouvert la porte-fenêtre de la véranda et allumé un lampadaire près du divan. La pièce s'est emplie de lumière et d'ombres douces, ainsi que d'une brise fraîche et humide. Elle a pris l'écrin sur la table.

— Venez vous asseoir sur le divan, près de moi, a-t-elle dit.

Je me suis installé à une distance respectueuse et j'ai regardé par la fenêtre. Les sommets des mâts se balançaient dans la clarté lunaire.

June a posé l'écrin sur son genou droit.

— J'ai peur de l'ouvrir.

— Je désirais seulement vous montrer à quel point j'étais heureux.

— Vous en faites parfois trop, Joe.

— Ça m'arrive.

L'écrin était enveloppé dans un papier argenté qui réfléchissait la lumière. Sa jambe droite était éclairée par le lampadaire, la gauche, qui se trouvait de mon côté, était enveloppée d'ombre. J'ai regardé l'endroit où ses jambes disparaissaient sous sa jupe, et une tension sourde et profonde s'est emparée de moi.

Elle a déballé le paquet comme le font toutes les femmes : elle a fait glisser le ruban, a dégagé le papier collant du bout de l'ongle, a déplié soigneusement le papier d'emballage, l'a replié et l'a posé à côté d'elle. L'écrin était en velours noir. Elle l'a ouvert. Même dans la douce pénombre, je distinguais le scintillement écarlate des rubis. Ils me faisaient penser à des centaines de minuscules feux arrière sur une autoroute miniature.

— Ah, Joe.

Impossible d'interpréter son intonation.

— Ce sont des rubis, ai-je dit.

— Je le vois. C'est trop... beaucoup trop. Vraiment.

— Vraiment ?

Elle a levé les yeux vers moi.

— Oui.

— Bien. Alors...

Je me suis levé et j'ai tendu la main. Elle y a posé l'écrin. Je suis sorti sur la terrasse.

— Joe, *non*.

Je l'ai jeté dans la baie, à trois mètres du bord.

Elle m'avait subitement rejoint sur la terrasse et regardait en direction de l'eau.

— Merde, Joe... mon bracelet !

— Il flotte.

— Il ne flottera pas indéfiniment ! Je préférerais le voir à mon poignet plutôt qu'au fond de la marina.

— Vous auriez pu le dire avant que je le jette.

J'ai retiré mes chaussures, mon manteau et je lui ai tendu mon portefeuille. J'avais laissé mes armes dans le coffre de la Mustang.

— Oh, mon Dieu ! s'est-elle exclamée.

J'ai plongé en prenant garde à ne pas trop l'éclabousser. Puis je suis remonté à la surface et j'ai nagé jusqu'à l'écrin. L'eau était froide, mais la sensation sur mon visage, agréable. Pareille à de la glace. J'ai placé l'écrin dans ma bouche et je me suis retourné pour regagner le rivage.

Au même instant, j'ai entendu un nouveau plongeon derrière moi, la surface de l'eau s'est ouverte et j'ai vu apparaître devant moi la tête trempée de June.

— Froide, a-t-elle dit.

Je m'apprêtais à dire « Oui, madame », mais je n'ai réussi qu'à articuler « Iii m'am ».

— Qu'est-ce qu'il a dans la bouche, Fido ? Un écrin de rubis ?

J'ai hoché la tête. Elle s'est rapprochée un peu plus. Sa respiration était rapide, comme quand on a froid. Je sentais sa jambe s'agiter contre la mienne et son souffle chaud à la surface de l'eau. Nos pieds se sont heurtés, puis nos genoux. Elle a agrippé d'une main le col de ma chemise et a sorti l'écrin de ma bouche. A sa place, j'ai eu droit à ses lèvres et à sa langue chaude. Je l'ai attirée contre moi, d'un bras, et j'ai senti les mouvements de ses jambes se répercuter dans les muscles de ses flancs. On a commencé à perdre pied. J'ai dû la lâcher et remuer les mains pour maintenir ma tête hors de l'eau. Le mouvement m'a un peu éloigné d'elle. Elle a ri et m'a rattrapé par la chemise pour me ramener vers elle, puis elle a replacé l'écrin entre mes dents. Son rire avait quelque chose de provocant et, sans hésitation, elle a refermé une main sur mon sexe.

— Tu es un type froid et solide, Joe Trona.

— Ou-iiii, m'am.

— Tu n'arrives plus à dire « Oui madame », « Non madame », « Ravi de vous voir », « Comment allez-vous ? » « Tout le plaisir est pour moi », pas vrai ?

— Je ’eux ’ire ’a’iii.

— Tu peux dire « Ravi » ? C’est ça ?

L’eau était glaciale. Elle m’a saisi à deux mains et je l’ai sentie qui exerçait un mouvement de traction sur mes vêtements. Puis, sa main s’est retrouvée au contact direct de ma peau, à travers la glace, et j’ai éprouvé une sensation que je n’aurais jamais crue possible.

— Ouah ! a-t-elle murmuré.

J’ai retiré l’écrin de ma bouche et tout en le gardant à la main, j’ai remué l’eau pour rester à la surface.

Elle a ressorti les mains de l’eau, les a posées sur mon visage, et m’a embrassé avec fougue. J’ai essayé de me rhabiller, mais la fermeture Eclair de mon pantalon était coincée, et je recommençais à perdre pied. Alors, elle s’est retournée, dans une gerbe d’eau argentée, et a nagé vers une échelle qui conduisait à sa terrasse.

Elle est remontée avant moi, sa robe de soie collée contre sa peau ; la lumière de la véranda faisait scintiller l’eau qui ruisselait sur ses jambes.

Elle m’a aidé à me hisser auprès d’elle, a saisi l’écrin que je tenais toujours entre les dents et l’a posé sur la table de la terrasse. Je me suis détourné en m’efforçant de retrouver une allure décente, mais elle a posé une main sur mon épaule, m’a fait pivoter vers elle et m’a embrassé à nouveau. Elle m’a poussé ensuite devant elle, à travers la baie vitrée, vers l’intérieur de la maison. Je marchais à reculons. J’ai ainsi traversé le salon, où trônaient les roses lavande. Nous sommes passés devant la cuisine, à côté de la salle à manger où se trouvaient les chocolats et le panier dégustation ; nous avons longé le couloir aux murs couverts de cadres, que je devinais plus que je ne les voyais, car, en réalité, je n’apercevais que son front un peu plus bas que le mien, sa joue penchée de côté et l'éclat d'un de ses yeux, tandis qu'elle me poussait vers la chambre à coucher. Là, elle m'a fait tourner de quatre-vingt-dix degrés et j'ai pénétré, toujours à reculons, dans la salle de bains. Pendant tout ce trajet, ses lèvres n'avaient pas quitté les miennes un seul instant. Je l'ai entendue qui cherchait quelque chose, puis j'ai perçu le sifflement de la douche. Elle a cherché autre chose et j'ai distingué un léger ronronnement au-dessus de ma tête, au moment où le souffle d'une lampe thermique a commencé à me réchauffer la nuque. La porte s'est refermée et tout est devenu noir. Presque noir. J'ai laissé mon regard courir le long de la joue inclinée de June et j'ai aperçu le haut de notre reflet dans le miroir au-dessus du lavabo.

Il nous a fallu un moment pour réussir à nous défaire de nos vêtements. Nous restions serrés l'un contre l'autre, nous nous embrassions et tremblions en attendant que la chaleur de la lampe thermique se répande sur tout notre corps et que la vapeur de la douche envahisse la pièce. Cela n'a pas pris bien longtemps. Ou peut-être que si. Cette étreinte avait dû altérer ma perception du temps et je ne pouvais décemment pas consulter ma montre.

Puis j'ai perçu le déclic de la porte de la douche qui s'ouvrait ; elle m'a fait reculer d'un pas et l'eau chaude a ruisselé sur nos corps. La mousse du savon, la mousse du shampoing et ce corps souple, doux et musclé contre le mien ; des mains qui frôlaient, exploraient, caressaient et exploraient encore. Un plaisir insoutenable. Elle s'est agenouillée devant moi et m'a lavé. Je lui ai demandé d'y aller doucement avec mes parties intimes, mais j'ai eu l'impression qu'elle prenait plaisir à désobéir. J'étais là, ferme comme une statue, les bras plaqués contre le carrelage, tremblant de tout mon corps tandis qu'elle me massait dans le noir. Quand elle a eu terminé, je me suis mis à genoux devant elle, à mon tour, et je l'ai lavée de la même façon. Elle était plus humide que l'eau. Puis, elle a crié doucement et a enfoncé ses ongles dans ma nuque et mon visage entre ses cuisses. Un autre petit cri. Un grognement, plutôt. Puis un râle. Ses doigts fermes, enfoncés dans ma nuque. Tandis qu'elle tremblait de plus en plus fort et de plus en plus vite, l'eau commençait enfin à réchauffer ma peau, mes muscles et mes os. Je me sentais à nouveau si léger que j'aurais pu flotter, comme dans le restaurant. J'avais l'impression qu'il me serait facile de m'élever jusqu'au plafond de la salle de bains, à la manière d'un ballon qui serait allé se prendre dans les branches d'un arbre. De là-haut, j'aurais pu observer June.

Tel n'était pourtant pas mon désir. Nous sommes sortis et nous avons essayé de nous sécher dans le bain de vapeur. Toujours en sueur, elle m'a entraîné vers son lit. Au contact de l'air frais de la nuit, ma peau s'est hérissée et j'ai senti comme d'invisibles fleurs éclore à sa surface. June a rejeté la couverture et tiré le drap sur nous.

Nous avons commencé à faire l'amour à vingt-deux heures treize. Je le sais parce qu'il y avait, sur la table de nuit de June, un réveil à cristaux liquides, avec des chiffres verts. Nous avons recommencé à minuit vingt-cinq, trois heures dix-neuf, cinq heures cinquante-huit et huit heures quarante-quatre. A vingt-trois heures quarante, deux heures cinq et huit heures vingt, nous avons mangé dans le lit – glace nappée de chocolat, restes du restaurant et, pour le petit déjeuner, saucisses et galettes passées au micro-ondes dans des plateaux à compartiments, avec du sirop d'érable bouillonnant dans un petit pot en plastique. Nous avons refait l'amour en milieu de matinée, puis je l'ai quittée.

En redescendant les marches du perron, j'ai remarqué quc mes jambes étaient endolories ; mon entrejambe et mes mâchoires aussi. Pourtant, je n'avais jamais été aussi heureux de ma vie, sauf le jour où j'avais pénétré pour la première fois dans la maison de Will et Mary Ann, au cœur des collines de Tustin. Les deux expériences étaient relativement comparables. Mon cœur battait et mes oreilles sifflaient. Je m'emplissais goulûment de tout ce que je voyais, entendais et ressentais, parce que j'étais sûr que ma nouvelle maison et June Dauer n'allaient pas tarder à m'être retirés.

16

Le Bamboo 33 était une boîte de nuit sur Bolsa, au cœur de Little Saigon. J'ai garé la voiture de Will tout au fond du parking et j'ai coupé le moteur. Il était vingt-trois heures et l'endroit était presque désert. La nuit était claire : ni brouillard ni nuages. Rien qu'une brise chaude qui soufflait du désert, à l'ouest, et un ciel étoilé.

Birch et Ouderkirk sont arrivés quelques minutes après moi et je leur ai signalé ma présence par un appel de phares.

Nous nous sommes appuyés à la Crown Victoria de Birch. J'ai senti l'odeur de cuisine qui s'échappait des trattorias et se mêlait au parfum subtil du désert porté par la brise. Les lumières de Little Saigon éclairaient Bolsa ; il n'y avait plus beaucoup de voitures sur le boulevard, mais elles roulaient rapidement.

— Je ne crois pas que vous serez le bienvenu, a dit Rick. Si vous trouvez Bernadette, montrez-lui la photo où elle est en compagnie de Gaylen. Dites-lui qu'il serait facile de laisser tomber ce cliché dans la cellule de Sammy. Voyez si elle accepte de sortir pour que nous discutions tranquillement avec elle.

Je doutais qu'elle accepte de sortir.

— Ça risque d'attirer l'attention sur elle si elle s'esquive avec moi. Sammy ne manquera pas d'en être informé.

Birch m'a tendu une copie de la photo, que j'ai pliée et glissée dans la poche de mon manteau.

— Si elle vous donne les informations qu'on attend d'elle, prenez-les et cassez-vous. Si vous n'êtes pas de retour dans une heure, on vient jeter un coup d'œil.

J'ai fait la queue à la porte du club et j'ai montré mon badge. Le droit d'entrée était de vingt dollars. La femme qui vendait les billets ne m'a pas regardé dans les yeux, mais elle m'a fait signe de garder mon argent et d'entrer.

Le videur était un type énorme, sans doute un Hawaïen. Son uniforme était serré et il y avait des encoches sur sa matraque. Il a considéré mon badge et a sourcillé.

— Pas d'ennuis. Nous n'avons jamais d'ennuis ici.

— C'est une bonne référence, ai-je fait.

— Vous cherchez qui ?

— Bernadette.

— La table du haut.

— Merci.

Il m'a examiné de nouveau et a ouvert la porte. La salle était vaste, la piste de danse, encombrée de corps qui s'agitaient et balayée de lumières de toutes les couleurs. Une boule à facettes pendait au-dessus des danseurs, et des stroboscopes décomposaient leurs mouvements. La piste était entourée de tables de bistro.

Beaucoup de monde aux tables. Rien que des Vietnamiens, d'après ce que je pouvais voir – des jeunes et des plus âgés. Presque tous en costume ou robe longue, une épaisse fumée de cigarette flottait dans l'air.

L'orchestre sur la scène interprétait *Beast of Burden*,

des Stones. Le chanteur était en fait une chanteuse, mince, très belle, pantalon et veste noirs en cuir ou en vinyle. Le bar était à ma droite. De chaque côté de la salle un escalier conduisait à une mezzanine avec des tables ayant vue sur la piste de danse.

J'attirais beaucoup de regards. Je me suis dirigé vers l'un des escaliers et j'ai gravi les marches. Toujours autant de regards concentrés sur moi. Un garçon en costume noir descendait ; il est passé à côté de moi avec des verres posés en équilibre sur un plateau ; il fixait ses pieds.

Arrivé à la mezzanine, je me suis arrêté et j'ai observé la rangée de tables longeant la balustrade. Bernadette Lee était assise, seule, tout au fond de la pièce. Elle a levé les yeux vers moi, puis les a baissés vers la piste de danse.

A la fin de la chanson, je me suis avancé vers elle.

— Je suis Joe Trona.

— Je sais. Un ami de Sammy.

— Un de ses gardiens. Je peux m'asseoir ?

Elle a opiné de la tête et j'ai pris place. Bernadette Lee était prodigieusement belle. Ses yeux étaient noirs et lumineux. Des pommettes hautes, un nez petit, des traits gracieux et des lèvres rouges. Sa peau était très pâle ; elle portait une robe noire avec de la dentelle autour du cou et le long des bras. Ses cheveux étaient noirs et retombaient sur ses épaules en larges boucles. Des doigts très blancs et très fins, des ongles très longs et très rouges. Elle a tapoté l'un d'eux sur un téléphone portable posé sur la table devant elle.

— C'est Sammy qui vous envoie ?

Sa voix était douce, légèrement rauque.

— Il s'inquiète pour vous.

— Pourquoi ?

— Parce que son nouveau voisin de cellule n'arrête

pas de le chambrer en lui disant que vous vous sentez seule.

— Giant Mike ?

— Giant Mike. Ecoutez, mademoiselle Lee, je voudrais vous parler de quelqu'un.

— De qui ?

Je me suis penché vers elle, mais pas trop près. Son parfum était doux, avec une pointe de cannelle.

— John Gaylen.

Elle m'a dévisagé et toute trace de beauté a déserté son visage.

— Je n'ai jamais entendu parler de lui.

— Mademoiselle Lee, j'ai là, dans ma poche, une photo où l'on vous voit monter dans sa voiture.

Elle a tourné la tête et suivi les contorsions des danseurs ; elle a composé un numéro sur son portable sans regarder le clavier. Je n'ai pas entendu ce qu'elle disait. Elle a raccroché, s'est levée et a saisi un sac sur la chaise voisine.

— Suivez-moi.

Deux jeunes Vietnamiens nous ont rejoints à la table. Minces, costumes sombres. L'un ouvrait la marche, l'autre la fermait, tandis que nous descendions les escaliers, en file indienne. Un autre jeune homme montait la garde devant une porte ; il nous a laissés passer. La porte s'est refermée derrière nous. Le couloir était mal éclairé et la musique du groupe traversait la cloison. Les chaussures de Bernadette Lee claquaient sur le linoléum ; elle m'a entraîné jusqu'au bout du couloir, où une autre porte nous a donné accès à une petite pièce, avec pour tout mobilier une table de conférence, au centre, six chaises et un réfrigérateur. Au-dessus de nos têtes, un néon fluorescent ronronnait. Des affiches de chanteurs vietnamiens décoraient les murs. Une petite fenêtre aux volets clos.

Bernadette a balancé son sac sur le bois fatigué de la table de conférence.

— Montrez-la-moi, a-t-elle dit.

Elle a allumé une cigarette et s'est assise.

J'ai déplié la photocopie et je l'ai posée devant elle. C'est à peine si elle l'a regardée, puis elle s'est tournée vers moi.

— Donc, Giant Mike avait raison. J'étais seule.

— Parlez-moi de mercredi soir, le 13 juin. Etiez-vous avec lui ?

Elle a pianoté sur la table du bout des ongles, un geste rapide et léger. Elle a soupiré, fouillé dans son sac et en a sorti un petit agenda. Un marque-page métallique séparait le passé du présent. Elle l'a retiré et est revenue quelques pages en arrière. Puis elle a replacé le marque-page et a rangé l'agenda dans son sac.

— Non.

— Où était-il, mademoiselle Lee ?

— Je n'en ai pas la moindre idée. Je ne l'ai vu que rarement.

— Mais suffisamment pour avoir besoin de consulter votre agenda.

Ses beaux yeux étaient froids et ses lèvres rouges plissées en une expression de mépris.

— Suffisamment, oui. En quoi cela vous regarde-t-il ?

— Il a tué mon père.

Elle a frémi et laissé son regard courir sur les murs de la pièce.

— Je crois que les gens ont ce qu'ils méritent.

— Est-ce que Dennis Franklin méritait son sort ?

— Sammy ne l'a pas tué. Les flics ont fabriqué des preuves et le district attorney a été bien content de pouvoir les utiliser contre lui.

— Il y avait deux témoins, mademoiselle Lee. Et dans la tête de Franklin, une balle qui provenait de l'arme de Sammy.

— Il est facile de fabriquer des preuves. Vous le savez.

Elle aspira une bouffée de sa cigarette et fit tomber les cendres dans le cendrier. La fumée s'élevait vers le néon chantant.

— Vous allez cafarder auprès de Sammy ?

— Je l'ignore. Le méritez-vous, mademoiselle Lee ?

Elle est revenue vers moi.

— Vous êtes l'un des hommes les plus laids qu'il m'ait été donné de rencontrer de toute ma vie. Vous pensez que vous êtes bien élevé, mais vos manières sont hypocrites.

— J'ai pourtant fait de sérieux efforts.

— Allez-y, montrez la photo à Sammy. Et ensuite, essayez de vivre en accord avec votre conscience. Seulement, je n'étais pas avec John Gaylen, cette nuit-là. J'étais ici, au club, seule. Comme d'habitude.

— Où était Gaylen ?

Elle a plongé son regard dans le mien.

— Si vous saviez où se trouvait Gaylen, cela nous serait très utile, mademoiselle Lee.

— Merde !

Elle a balancé le cendrier et son sac sur le sol ; elle s'est levée si vite que sa chaise a basculé en arrière.

— Allez vous faire foutre. Vous savez comment Sammy vous appelle, dans ses lettres ? Il vous appelle Godzilla !

Je le savais, puisque je lisais tout son courrier et que, caché dans les conduits d'aération du quartier F, j'écoutais parler les types.

— Ce n'est jamais qu'une cicatrice, ai-je dit. Où était John Gaylen, cette nuit-là, mademoiselle Lee ?

— Allez vous faire foutre.

— C'est déjà fait.

— Quoi ? C'est une avance ? Vous me proposez un marché, maintenant ?

— Non, pas du tout.

— Alors, c'est moi qui vais vous en proposer un. D'abord, vous me promettez que Sammy ne verra jamais cette photo. Ensuite, je vous dis ce que Gaylen m'a raconté au sujet de cette nuit.

— Je vous promets que Sammy ne verra pas la photo.

— Donnez-la-moi.

— Ce n'est qu'une copie. Elle ne vous serait d'aucune utilité.

Elle a relevé la chaise du bout du pied et en a saisi le dossier d'une main, puis elle a ramassé son sac sur le sol.

J'ai posé la photo sur la table.

— John a dit qu'il avait un boulot cette nuit-là. Il ne se manifesterait sans doute pas pendant plusieurs jours après ça. La nuit d'avant, il était ici, fin saoul. Il n'a pas dit grand-chose. Les trois types qui se sont fait descendre, et celui qui est à l'hôpital, étaient avec lui.

— Quand l'avez-vous revu après ça ?

— Quelques jours plus tard. Ici. Il voulait que je sorte avec lui, mais j'ai dit non. En fait, je n'aurais jamais dû sortir avec lui. Les Cobra Kings ne respectent pas les règles du jeu.

— Les règles de Sammy ?

— Aucune des règles que je connaisse.

— Gaylen vous a dit comment s'était passé le boulot ?

— Il a dit que ça s'était bien passé. Il était d'humeur à faire la fête, à s'éclater.

J'ai entendu le groupe entamer un autre morceau. Le néon fluorescent s'est mis à trembler.

— Mademoiselle Lee, Gaylen a descendu deux de ses hommes pour les faire taire. C'est à ce genre de choses que vous pensez, lorsque vous parlez de son non-respect des règles ?

Elle m'a regardé, puis a levé les yeux vers le néon.

— Peut-être.

— Mademoiselle Lee, John Gaylen était-il en contact avec Alex Blazak ?

Un autre regard en biais.

— Pas que je sache. Je ne connais personne qui aime fréquenter ce type. Il est fou et dangereux. Pas professionnel du tout.

Je suis resté un long moment silencieux.

— J'ai autre chose pour vous, a-t-elle ajouté. Je veux bien vous le donner, mais vous devez procurer un piège à rats à Sammy. Il déteste les rats. C'est la seule chose au monde qui le terrifie.

— Ils ne lui accorderont jamais un piège à ressort. En revanche, le service d'hygiène va placer des pièges dans le système de ventilation. Je le lui ai dit.

— Alors, vous pourriez peut-être lui obtenir le droit de téléphoner plus longtemps.

— Je viens de lui obtenir un crédit téléphonique supplémentaire.

— Ce n'est pas suffisant.

J'ai réfléchi un instant. Lui permettre de téléphoner plus longtemps ne posait pas vraiment de problème.

— Je peux lui obtenir cinq minutes de plus par jour.

Elle a soupiré et soufflé un nuage de fumée.

— Cinq minutes ? Et moi qui vous croyais un homme important !

J'ai attendu.

— La nuit qui a précédé les meurtres, j'ai vu John qui rejoignait des types sur le parking. Ils étaient deux. L'un au volant, l'autre à côté. Le passager a baissé sa vitre et ils ont discuté. Cinq minutes, peut-être plus. John m'a dit ensuite qu'ils avaient parlé affaires.

— Vous pourriez les reconnaître ?

— Non.

— Décrivez-moi la voiture.

— Une Corvette rouge et blanche. Un modèle ancien. Bien entretenue, peinture clinquante.

BoWar.

Bernadette m'observait à la manière d'un joueur de poker.

— Ensuite, la Corvette a laissé de la gomme sur l'asphalte et a disparu dans un nuage de fumée.

Warren ! Mais qui donc l'accompagnait ?

— Je vais faire votre éducation, monsieur Trona, a dit Bernadette Lee. Et je ne vous demande rien en échange pour Sammy. Ecoutez-moi et vous apprendrez quelque chose. C'est comme dans la Rome antique, ou en Chine, ou n'importe où. Si un homme comme votre père se fait descendre, il faut chercher du côté de ses amis.

— Ses amis ne l'ont pas tué, mademoiselle Lee. Ce sont ses ennemis qui s'en sont chargés.

— Amis ? Ennemis ? Appelez-les comme vous voulez. Ce sont les mêmes. Des gens qui le connaissaient. Des gens qui travaillaient avec lui. Voilà ceux qui l'ont tué. Pas John Gaylen. Vous autres, les Américains, vous êtes naïfs. Vous regardez toujours tout, sauf ce qui saute aux yeux.

J'ai songé un instant à ce qu'elle venait de dire.

— Voici une autre évidence à laquelle il faudrait peut-être que je réfléchisse, un jour, mademoiselle Lee. Le soir de l'inauguration de cette boîte de nuit, mon père vous a manqué de respect, à vous et à Sammy. Il a défié Sammy du regard et Sammy a perdu la face. Aux yeux d'un gangster, c'est une raison suffisante pour le descendre.

Elle a secoué la tête.

— Ça fait des années que Sammy ne pense plus de cette façon.

— Et vous ?

— Cette histoire de manque de respect ne méritait pas la moindre dépense d'énergie. Notre code s'applique exclusivement à des gens que nous prenons au sérieux. Votre père n'en faisait pas partie. Ce n'était qu'un politicien.

Ce que j'ai dit, ensuite, m'a surpris moi-même. Les mots sont sortis de ma bouche avant que j'aie eu le temps d'en mesurer la portée. Ça semblait juste être ce qu'il fallait dire, à ce moment précis.

— Cao s'est réveillé, cet après-midi. Quelques minutes seulement, mais le médecin a affirmé que c'est bon signe. En général, ça signifie que le gars va s'en sortir.

Bernadette Lee m'a examiné. Ses yeux étaient impassibles ; elle n'a pas cillé.

— Qu'est-ce qu'il a dit ?

— On ne me l'a pas précisé. Seulement, la prochaine fois qu'il reprendra conscience, deux inspecteurs de la Criminelle seront à son chevet. Ils auront un magnéto et un stylo à portée de main.

Elle a allumé une autre cigarette.

— Menteur.

J'ai souri. Je ne souriais jamais parce que cela produisait une vision atroce, mais en l'occurrence, ça m'a paru le bon moyen d'exprimer toute la satisfaction que me procurerait la sortie du coma d'Ike Cao.

Elle a envoyé sa fumée vers le plafond. Ses yeux n'ont pas quitté un instant mon visage. J'en voyais surtout le blanc, comme chez les requins.

De retour sur le parking, j'ai rapporté à Birch et Ouderkirk ce qu'elle avait dit.

— Gaylen avait un boulot à exécuter mercredi, le 13, dis-je. Il n'était pas avec Bernadette Lee.

Birch a pris des notes dans son carnet, puis il m'a regardé par-dessus la monture de ses lunettes.

— Les quatre hommes étaient avec lui la veille du meurtre ?

— C'est ce qu'elle prétend.

J'ai mentionné la rencontre furtive de Gaylen avec deux hommes dans une ancienne Corvette rouge et blanche, clinquante. Je leur ai même communiqué le nom probable du chauffeur.

Birch m'a examiné. Son expression me rappelait celle de Bernadette, maîtrisée mais avide.

— Blazak a demandé au révérend Daniel de l'aider à retrouver sa fille, pas vrai ?

J'ai acquiescé.

— Et le révérend Daniel a fait appel à son chef de la sécurité pour organiser la remise de la rançon et l'échange. Jusqu'à l'entrée en scène de Will.

Birch est demeuré silencieux. Il a pris de nouvelles notes dans son carnet.

— Bon, est-ce que Gaylen communiquait des renseignements à Warren, ou était-ce l'inverse ?

— Je me pose la question depuis qu'elle a évoqué la Corvette.

Nous sommes restés pendant une minute appuyés contre la Crown Vic sans parler. Des voitures s'engageaient sur l'aire de parking du Bamboo 33, d'autres la quittaient, beaucoup de Honda surbaissées avec leurs pots d'échappement tonitruants.

Je les regardais sans vraiment les voir. J'étais hanté par l'image de la Corvette rouge et blanche de Warren garée sur ce même parking, et par celle de John Gaylen se penchant à la vitre de la portière passager.

Qui était le mystérieux passager ?

De quoi Warren et lui discutaient-ils avec Gaylen ?

Une petite Honda a fait crisser ses pneus sur l'asphalte, elle a exécuté un tête-à-queue au milieu d'une fumée blanche et âcre ; ses haut-parleurs diffusaient une musique assourdissante.

Ça m'a ramené au présent.

— Monsieur, j'ai dit à Mlle Lee qu'Ike Cao était sorti du coma cet après-midi, un court instant, et qu'il avait parlé. J'ai prétendu qu'on ne m'avait pas précisé ce qu'il avait dit. Mais qu'en revanche un médecin m'avait assuré que cela signifiait qu'il avait de sérieuses chances de s'en sortir. J'ai ajouté que deux enquêteurs de la Criminelle seraient à ses côtés la prochaine fois qu'Ike Cao serait en état de parler. J'ai dit tout ça avant d'avoir eu le temps de penser que ça risquait de me coûter un séjour en prison pour falsification de preuves.

Birch et Ouderkirk m'ont regardé tous deux, interloqués. Puis ils ont éclaté de rire. Je ne savais pas vraiment comment interpréter leur réaction. Mais ils ne s'arrêtaient pas. J'ai détourné la tête, pas très sûr de ce qu'il convenait de faire.

— Joe est un flic, a dit Birch. Regarde-moi ça, un bleu de vingt-quatre ans et déjà un vrai flic.

Ouderkirk secouait la tête.

— Je lance un avis de recherche sur Gaylen, Rick.

— Bien joué, Harmon. Bien joué, Trona.

— Quelle tête a tirée Lee quand vous lui avez balancé ça ? a demandé Ouderkirk.

— La tête d'un requin blanc, monsieur.

De nouveaux rires.

— Bon sang, j'adore ce boulot, a déclaré Ouderkirk. Joe, quand vous aurez l'âge de travailler à la Criminelle, je vous prends comme partenaire.

— Ce serait un honneur.

Bernadette Lee a traversé rapidement l'aire de parking, une commande à distance à la main. J'ai entendu une alarme couiner et j'ai vu une lumière s'allumer.

— Messieurs ?

Je l'ai désignée du menton.

— Laissons-la monter en voiture, a dit Birch.

Dès qu'elle a été installée derrière son volant, nous nous sommes glissés dans la Ford. Je me suis assis à l'arrière et j'ai regardé, entre Birch et Ouderkirk, la Jaguar noire de Lee s'engager sur Bolsa. Rick l'a suivie et n'a allumé ses phares qu'une fois sur le boulevard.

— Je parie qu'elle file vers le 741 Washington Street, à Garden Grove, dit Ouderkirk. C'est la planque de Gaylen.

Elle ne s'est pas arrêtée à Garden Grove. Elle a remonté tout Bolsa jusqu'à l'endroit où le boulevard devenait First Street, à Santa Ana. Puis, elle a tourné à gauche vers Raitt Street et s'est engagée dans le *barrio*. Elle a tourné rapidement à droite et j'ai songé qu'elle ne manquerait pas de nous repérer si Rick continuait à la suivre, mais il s'est montré malin. Il a dépassé la rue, a fait demi-tour rapidement, mais pas trop, de manière à ne pas faire crisser les pneus. En revenant sur nos pas, nous avons vu la Jag s'engager dans une allée fermée par une grille en fer forgé, que deux Latinos en pantalon bouffant venaient de lui ouvrir. Deux pitbulls reniflaient les pneus de la voiture.

Birch a tourné dans la direction opposée. Il a fait un nouveau demi-tour et est revenu par l'arrière. Il s'est garé de l'autre côté de la rue, quatre maisons plus bas.

— Donnons un peu de relief à cette situation, a dit Ouderkirk en sortant une petite paire de lunettes du vide-poche. Ah ! Deux mâles non identifiés et la Dragon Lady pénètrent dans la maison. Ces chiens sont des terriers du Staffordshire, connus sous le nom de pitbulls. Un moucheté et un blanc. Il n'y a pas de numéro sur la maison. On dirait que deux pièces sont éclairées à l'intérieur. Une grille en fer, des fenêtres grillagées, une porte blindée. De curieux motifs sur la porte qui se veulent sans doute décoratifs. Des pots de fleurs sur le perron, mais pas de fleurs. Les arbres et les haies sont soigneusement taillés – aucun endroit où un tireur pourrait se planquer. La cour latérale et l'allée sont généreusement éclairées, ce qui explique mon rapport circonstancié. Hum... les lumières viennent de s'éteindre, ils sont passés en mode discret.

— Allons, a plaisanté Birch, tu ne peux pas lire le nom inscrit sur le collier des chiens ?

— L'un c'est « Tueur », et l'autre « Gages ».

— Voilà qui est clair, a fait Birch.

Il ne nous restait plus qu'à attendre dans la voiture. Il a fallu baisser les vitres pour éviter à la buée de nous masquer la vue. Même ainsi, Birch essuyait sans cesse le pare-brise de la main.

Sur la boîte aux lettres de la maison à notre droite, un numéro était peint. Partant de là, j'en ai déduit les deux possibilités qui s'offraient pour le numéro de la maison que nous surveillions, or l'une d'elles figurait sur le listing recensant les dernières communications téléphoniques de Will.

— C'est la maison de Pearlita, ai-je dit calmement.

Birch s'est tourné vers moi et j'ai vu le doute dans son regard, puis la certitude.

— Le listing, a-t-il murmuré. Vous avez bonne mémoire, Joe.

— On la qualifie d'eidétique.

— C'est un beau don, a-t-il dit. Voici donc une femme, dont le petit ami est un Cobra Kings, qui se précipite plein pot chez les Raitt Street Boys. Intéressant. Cela pose une question : qu'est-ce qui peut bien réunir ces deux gangs ennemis ?

— L'argent, l'argent, l'argent, a dit Ouderkirk.

Une demi-heure plus tard, la cour s'est éclairée de nouveau et Bernadette est apparue sur le perron. Les deux types en pantalon bouffant l'accompagnaient, ainsi qu'un autre, plus corpulent. Dans les cent kilos. Il portait un pantalon large et ce qui ressemblait à une chemise Pendleton, qui pendait hors de son pantalon, avec des bottines noires lustrées. Cheveux très courts et pas de casquette. Des lunettes solaires dans la nuit. Il a raccompagné Bernadette Lee jusqu'à sa voiture. Sa démarche était souple, déhanchée. Je les voyais continuer à discuter, mais seul un murmure lointain me parvenait dans l'air humide de l'été. Les pitbulls se sont avancés vers la grille en humant l'air.

— Pas trace de Pearlita, a murmuré Ouderkirk. Elle n'est pas chez elle ou alors elle est restée à l'intérieur.

— C'est elle, ai-je murmuré à mon tour. Ce type, c'est Pearlita. Elle s'habille toujours en mec. J'ai vu sa photo et c'est bien sa tronche.

— Sûrement pas.

— Sûrement que si.

— Si j'étais aussi laid, moi aussi je tuerais des gens.

— Les types sont sans doute ses frères, a dit Birch. Elle en a encore deux autres. Vingt et un et vingt-cinq ans, quelque chose comme ça. En principe, ils ne sont pas membres de la bande.

— Bien sûr que non, a ironisé Ouderkirk.

Devant nous, les phares d'une voiture se sont engagés dans la rue, dans notre direction. Nous nous sommes aplatis sur nos sièges.

— J'ai l'impression d'être un gosse de cinq ans chaque fois que je fais ça, a murmuré Ouderkirk. C'est marrant.

— Vous devriez essayer les « tours en luge » à la prison, monsieur.

— C'est quoi, ça ?

— Je vous expliquerai plus tard.

J'écoutais la voiture qui approchait, j'observais les phares qui balayaient la Ford avant de poursuivre sur Raitt Street.

Un instant plus tard, nous nous sommes tous redressés. La Jaguar de Lee reculait, la grille était presque ouverte. Le gros gangster la regardait s'éloigner, les poings sur les hanches. Les deux autres tournaient les talons et rentraient dans la maison.

Bernadette s'est engagée en marche arrière sur la chaussée, puis elle a enclenché la marche avant et a démarré en trombe. Pearlita l'a suivie des yeux. Elle a pris une cigarette dans sa chemise en flanelle et l'a allumée. Un instant plus tard, les phares ont disparu, mais elle restait debout sur le perron ; le bout incandescent de sa cigarette devenait plus gros puis plus petit, à nouveau plus gros puis plus petit. Enfin, il a filé vers le gravier où il a explosé en une gerbe d'étincelles. La porte s'est ouverte et Pearlita est rentrée ; les chiens aboyaient autour d'elle.

Cinq minutes plus tard, nous avons quitté notre planque et, après avoir fait demi-tour, nous sommes partis dans la direction opposée à celle empruntée par Lee.

Gaylen et Pearlita, ai-je songé. Les Cobra Kings et les Raitt Street Boys.

— Depuis quand les gangs de rue se soucient-ils de savoir qui dirige le gouvernement du comté ?

— Ils s'en foutent, a dit Birch. La question n'est pas de savoir qui aidait Gaylen, mais qui l'a engagé.

Sur la route qui nous ramenait au Bamboo 33, une question ne cessait de me hanter : qui était le passager mystérieux aux côtés de Bo Warren, l'homme qui discutait avec John Gaylen sur le parking de la boîte de nuit ?

J'ai expliqué à Ouderkirk en quoi consistaient les « tours en luge » – rouler le long du tour de garde du quartier F de la prison centrale pour hommes, couché sur un chariot de mécano, pour espionner les détenus. Il a dit qu'il voulait essayer ça, un jour, et je lui ai conseillé de s'adresser au sergent Delano.

Une demi-heure plus tard, je me garais à trois maisons de chez Gaylen. Toujours les mêmes fenêtres suisses, et les mêmes palmiers pas suisses. Des lumières à l'intérieur et sur le porche. Je m'attendais presque à voir la Jaguar de Bernadette Lee, mais elle n'était pas là. Je songeais que Lee lui avait sûrement déjà téléphoné pour l'informer que Cao récupérait assez pour parler et le balancer aux flics ; je m'attendais presque à surprendre Gaylen en train de charger le coffre de sa Mercedes en prévision d'un long voyage.

Rien de tout cela ne se vérifiait.

Alors j'ai posé mon crâne sur l'appuie-tête et j'ai observé.

Quarante minutes plus tard, la porte s'est ouverte. Gaylen est sorti, il a marché dans le jardin et s'est arrêté sous un palmier. Il portait un jean, pas de chemise ni de chaussures. Il avait l'air d'un type qui courait beaucoup et faisait des haltères – des muscles solides mais pas trop volumineux.

Il a sorti quelque chose de sa poche et a baissé les yeux. Ses deux coudes se sont relevés, mais je n'ai pas réussi à distinguer ce qu'il tenait dans les mains. Quelque chose de petit et de blanc est tombé en tourbillonnant sur le sol.

Puis il a levé la tête vers le ciel et j'ai vu qu'il allumait un cigare en faisant tourner le bout au-dessus de la flamme d'un briquet. Il a envoyé un nuage de fumée en direction du tronc de l'arbre.

Une fille est sortie de la maison. Quatorze ans, seize, dix-huit, difficile à dire. Petite, très mince, des cheveux noirs tout raides. Une robe noire cintrée, les pieds nus. Elle est venue se placer derrière lui et l'a serré dans ses bras, par-derrière. Ses cheveux noirs retombaient sur son visage. D'une main, elle a pris le cigare, a tiré une bouffée et a replacé le cigare entre les lèvres de Gaylen.

Elle a saisi sa main libre et a cherché à l'attirer vers la porte, mais il l'a repoussée. J'ai entendu la fille rire doucement.

Quelques minutes plus tard, ils sont rentrés. J'ai attendu encore une heure, puis j'ai coupé le plafonnier pour qu'il ne s'allume pas lorsque j'ouvrirais. Je suis sorti et j'ai repoussé la portière de la hanche.

J'ai marché sur le trottoir, de l'autre côté de la rue, puis je me suis mis à courir en ligne droite, jusque dans le jardin de Gaylen. J'ai aperçu le « quelque chose de petit et blanc » sous le palmier, je l'ai ramassé précautionneusement, comme on recueille un papillon au creux de ses mains, et j'ai regagné le trottoir, à longues enjambées silencieuses.

Sur l'autoroute, j'ai allumé le plafonnier et j'ai sorti le petit objet blanc de la poche de mon manteau.

Tout juste ce que j'espérais : une bague de Davidoff coupée de façon nette en sa partie étroite et conservant sa forme circulaire.

Je me suis demandé de quoi Gaylen et Alex Blazak avaient discuté, l'autre nuit, dans l'entrepôt. Je me suis demandé quelle décision avait été prise pendant qu'ils fumaient un demi-cigare.

Tu es avec Alex ?

Tu es avec Alex ? Rire. *La petite merde a trop la trouille pour se montrer, pas vrai ?*

17

Le lendemain matin, installé dans ma cuisine, j'ai disposé le contenu du coffre de Will sur la table. Puis j'ai modifié et remodifié la disposition des diverses pièces.

La journée était chaude et j'ai ouvert les fenêtres pour laisser pénétrer la brise. L'oranger dans le jardin était lourd de fruits et je savais que l'arôme des agrumes flottait dans l'air tout autour de moi.

Pourtant, je ne le sentais pas vraiment. En fait je ne sentais que l'odeur de mon souffle, l'odeur de mon corps et l'odeur légèrement métallique du sang. Mes pensées étaient entièrement accaparées par Alex et Savannah Blazak, Luria Blas et Miguel Domingo. Et Will. Toujours Will. Toujours et avant tout Will, point de référence de toute mon existence.

J'ai déplacé à nouveau les objets, en essayant de les arranger de façon cohérente. Ordre. Raison. Logique. Le rationnel. Le compréhensible. L'ordre – du moins partiel – s'étalait sur la table devant moi, comme une sorte de talisman susceptible de nous protéger contre tous les événements des deux dernières semaines.

Il y avait là sept objets. Quatre étaient de nature

personnelle, et ils m'intriguaient du fait même de leur banalité.

Le premier était un paquet de lettres d'amour que lui avait adressées, il y a quelque quarante ans, une certaine Teresa. Un amour de jeunesse. Il ne m'en avait guère parlé. Mais je me souvenais qu'il m'avait expliqué, un jour, que les amours de jeunesse étaient les plus purs. L'encre était toute décolorée, le papier élimé ; les lettres avaient été lues et relues.

Je les ai caressées du bout des doigts et je les ai rangées à ma droite, du côté du bien, de l'amour et de la lumière.

Ensuite, il y avait une photo de Will, âgé de huit ans environ, agenouillé à côté d'un chien. L'animal était un croisement de plusieurs races, avec la langue qui pendait et une expression qui ressemblait à un sourire. Sparky, le premier chien de Will. J'ignorais à quel point il avait compté pour lui.

Je l'ai posée sur le tas de lettres d'amour. Amour et loyauté allaient de pair, me semblait-il.

Une enveloppe contenait des photographies couleur datant de la guerre. L'une représentait l'intérieur d'un bar ou d'un restaurant, quatre GI étaient installés autour d'une table, quatre jeunes Vietnamiennes serraient dans leurs bras les quatre hommes. Will avait l'air saoul et trop jeune pour porter un uniforme. Il était mince à l'époque ; pas encore enveloppé comme par la suite. Je me souvenais qu'il m'avait raconté qu'il aimait le sport pendant ses études ; il en pratiquait trois différents chaque année scolaire, mais il n'avait jamais été sélectionné en championnat.

Il y avait aussi une photo de Will seul, dans un hôtel peut-être ; la lumière du soleil filtrait à travers les persiennes. Il était assis sur un lit, légèrement penché vers l'avant, le torse nu. Sa plaque d'identification pendait sur sa poitrine. Une cigarette brûlait dans un cendrier à côté de lui. Je ne lui avais jamais vu unc cxpression aussi triste. Il ne m'était jamais apparu aussi seul. Il détestait la solitude. Il y avait encore d'autres photos : ses potes fumant un énorme joint ; deux prostituées enlacées ; un soldat américain pendu dans un arbre, à qui il manquait la tête et un bras. L'autre bras était accroché à une branche comme pour l'empêcher de tomber.

La dernière photo représentait Will assis dans une Jeep, son M16 posé sur les genoux. Il ne regardait pas en direction de l'objectif. J'étais fasciné par la manière crispée dont il tenait son arme, écartée du corps, le canon dirigé vers le bas. Comme si elle risquait de l'agresser. Je me rappelais combien Will avait toujours été mal à l'aise avec les armes, combien elles m'étaient toujours apparues déplacées entre ses mains, même lorsqu'il était adjoint du shérif. Je me remémorais le jour où il m'avait présenté à l'instructeur du centre de formation de la police et lui avait demandé de m'initier au tir – le genre de truc que des milliers de pères enseignaient eux-mêmes à leurs fils, tous les week-ends de l'année. Les armes étaient une des rares choses qui l'effrayaient.

J'ai rangé les photos dans l'enveloppe, que j'ai refermée, et je l'ai glissée sous le tas de lettres d'amour, parce que l'amour était plus fort que la guerre.

Ensuite, j'ai contemplé une petite carapace de tortue peinte en blanc avec des lettres rouges par-dessus : DEKEY ! Je l'ai placé devant mes yeux pour laisser entrer la lumière par l'orifice des pattes. L'intérieur était aussi lisse qu'une cuillère. Will ne m'avait jamais parlé de sa tortue.

J'ai posé la carapace à côté des lettres d'amour, hors de mon champ de vision. Il y avait déjà, autour de moi, trop d'êtres qui avaient été vivants et qui ne l'étaient plus.

Sparky souriait.

Les lettres d'amour étaient intactes, en sécurité, lues et relues.

L'objet numéro cinq était une feuille de papier blanc enveloppant une minicassette et sur laquelle Will avait écrit :

Rup à Millie par B, convers. du 02/05/01 :
22/01/01 – 25
14/03/01 – 25
07/04/01 – 35
Windy Ridge cf. enr. réalisé le 12/05/01

J'ai écouté la cassette. Il y avait pour commencer dix secondes de souffle statique, puis quelques plaisanteries qui n'étaient pas vraiment drôles. Ensuite, ceci :

VOIX BOURRUE, MÂLE : *D'accord, Millie, passons aux choses sérieuses. L'endroit habituel.*

VOIX PRUDENTE, MÂLE : *Compris.*

BOURRUE : *Vaudrait mieux que tu ne l'y envoies pas, cette fois.*

PRUDENTE : *Laisse-moi régler ça à ma façon.*

BOURRUE : *Tu n'imagines pas l'importance de ce jeudi.*

PRUDENTE : *Tout ça risque de faire des histoires.*

BOURRUE : *De quel genre, nom de Dieu ?*

PRUDENTE : *Sécurité élémentaire. J'en sais rien. Juste une intuition.*

BOURRUE : *Le plus gros problème serait que tu grilles un feu rouge, jeudi.*

PRUDENTE : *Ne t'en fais pas pour ça.*

BOURRUE : *Je déteste cette expression. Ça annonce*

toujours des emmerdes. Contente-toi de faire ton boulot, Milky. Tu veux pleurer et te lamenter, réserve ça à ta femme.

PRUDENTE : *Ouais, ouais. On en reparlera.*

J'ai réécouté l'enregistrement. Je reconnaissais la voix rauque de Rupaski. Milky/Millie, c'était Dana Millbrae – parfois ami, parfois ennemi de Will au Conseil des superviseurs. Le B de la première ligne correspondait à Bridget Andersen, la secrétaire de Millbrae, l'une des alliées secrètes de mon père.

La conversation elle-même avait plus que probablement été enregistrée à l'aide d'un mouchard branché sur la ligne téléphonique de Millbrae. En fait, j'en connaissais l'existence, parce que c'était moi qui l'avais installé, un samedi, pendant que Will, les pieds posés sur le bureau de Bridget, lisait un magazine dans la salle d'attente vide de Millbrae. Will m'avait fourni l'engin. Il n'avait pas dit où il se l'était procuré, mais j'avais ma petite idée. Pour le fixer, il m'avait suffi d'une perceuse électrique et de quatre vis. J'avais relié le mini enregistreur à l'arrière du tiroir central du bureau de Millbrae. Le micro était dissimulé au milieu des câbles téléphoniques. Puis je l'avais connecté à l'interphone. Ainsi, toute conversation déclenchait le mouchard, et l'interphone captait la voix des deux correspondants. Ça m'avait pris vingt minutes, et Will avait dit : « Super. C'est pour Bridget, fiston. Tu viens de lui rendre un sacré service. »

Je n'en avais plus entendu parler, jusqu'à ce jour.

J'ai songé à Bridget, une charmante jeune femme d'une quarantaine d'années, qui était la secrétaire de Millbrae depuis son élection au poste de superviseur, c'est-à-dire depuis six ans. Veuve. Lorsque j'avais installé l'enregistreur, en février dernier, je me doutais que ce serait Bridget qui activerait l'engin, mais j'avais compris qu'elle agissait pour le compte de Will, et non pour le sien propre.

L'objet suivant était une enveloppe, non scellée. Elle renfermait deux reçus de dix mille dollars en espèces, donation de Will Trona au foyer pour enfants Hillview. Will et Ellen Erskine avaient apposé leur signature au bas du document.

Il restait sur la table une dernière enveloppe. Celle-ci n'était pas scellée non plus ; de prime abord, je n'ai rien senti ni remarqué à l'intérieur.

Je l'ai secouée et il en est tombé deux bouts de film 8 mm, comportant chacun une séquence de vingt vues. On aurait dit une série de photographies identiques d'une seule et même scène réunissant le révérend Daniel et une jeune femme. Les deux mains du révérend étaient posées sur le cou de la femme, ses pouces soutenant la mâchoire. Il la regardait légèrement de haut, leurs visages étaient proches l'un de l'autre. Il paraissait songeur. J'avais l'impression qu'il s'apprêtait à l'embrasser, mais je ne pouvais pas en être certain. Elle levait les yeux vers lui dans une attitude d'abandon total. Elle était jeune, elle avait les cheveux noirs et la peau basanée.

La pièce dans laquelle ils se trouvaient ressemblait à l'un des salons privés du Grub.

J'ai aussitôt reconnu la jeune femme ; les journaux et la télévision avaient récemment diffusé sa photo : Luria Blas. Elle avait les mêmes yeux, grands et clairs, que son petit frère, Enrique.

Je me suis levé et je suis sorti dans le jardin. Le soleil était haut dans le ciel, et une brise légère avait presque dissipé la brume.

Je me suis assis sur le banc près de l'oranger et j'ai contemplé le ciel. Un écureuil courait sur la ligne à haute tension au-dessus de ma tête et j'ai observé son ombre sur l'herbe. Un autre, plus petit, l'a suivi.

Je désirais la présence de ma mère, moi aussi. Je lui ai donc téléphoné, et nous avons bavardé un long moment avant de convenir d'un rendez-vous.

Bridget Andersen m'a expliqué qu'il ne serait pas prudent d'être aperçus ensemble. Elle m'a demandé de la retrouver, à midi, dans un parc des collines d'Orange. Je suis arrivé en avance et j'ai trouvé une aire de pique-nique située à l'ombre ; je m'y suis installé. Je humais la sauge et j'écoutais le bruit des voitures sur l'avenue en contrebas.

Bridget, une petite blonde avec de grandes lunettes, a garé sa voiture et s'est dirigée vers moi. Une jupe bleue, des talons hauts, un chemisier blanc, un sac sur l'épaule. Elle a aplati sa jupe de la main gauche et s'est installée en face de moi. Elle paraissait mal dans sa peau, comme cela lui arrivait souvent. Elle donnait l'impression de ne pas savoir comment évoluer dans un corps séduisant. Quand elle a retiré ses lunettes, j'ai vu que ses yeux d'un bleu acier étonnant étaient légèrement injectés de sang.

— Quoi ? Les gouttes n'ont pas fait disparaître le rouge ?

— Pas tout à fait, mademoiselle Andersen.

— Bridget. Pourquoi avez-vous attendu aussi longtemps avant de m'appeler ?

— Il m'arrive d'être lent. Mais j'ai fini par écouter l'enregistrement de Millbrae et Rupaski.

— Ah, bien sûr. Le trésor de guerre de votre père.

— Je ne sais pas trop comment interpréter ce que j'ai entendu.

— Votre père, lui, savait.

— Pouvez-vous m'expliquer ?

Elle a remis ses lunettes.

— J'avais une confiance pleine et entière en votre père. Puis-je également vous faire confiance ?

— Je suis là pour lui, pas pour moi.

Son regard était serein et profond, en dépit de ses yeux injectés de sang.

— Il vous a bien formé.

Un chien peut garder un secret à vie.

— Ecoutez, Joe, a-t-elle dit, tout le monde sait que les patrons officieux de Rupaski voulaient que le comté rachète la route à péage 91, parce qu'ils y perdaient leur culotte. Vous connaissez la distribution : Blazak et ses petits amis les promoteurs. Le prix ? Disons vingt-sept millions, en arrondissant. Seulement, le Conseil des superviseurs devait approuver une telle opération. Trois membres étaient contre. Trois, pour. Millbrae ne s'était pas encore prononcé en février. Le Comité de recherche et d'action du Grove Club a débloqué des fonds pour influencer les gens bien placés. La majeure partie de cet argent est allée dans les poches de responsables des relations publiques, qui sont en mesure de convaincre les électeurs de voter dans leur sens. Une autre partie a alimenté les caisses des comités de soutien, des pots-de-vin classiques, qui ne laissent pas de trace. Et d'autres fonds ont été consacrés à des actions moins... subtiles. Will était convaincu que Millbrae était influençable. Il était sur ses gardes.

— C'est pour ça qu'il m'a demandé d'installer le mouchard.

Elle a souri sans joie.

— Du beau travail, Joe. Vous avez même nettoyé les débris occasionnés par la perceuse.

— Merci.

— Rupaski gérait l'argent consacré aux actions directes. La part de Millie était enveloppée dans des sacs bruns, déposés dans une ravine, à côté d'un bouquet situé à cinquante mètres au nord-est du poste de péage de Windy Ridge. Pour être précise, il s'agissait d'un bouquet de sarrasin. C'est ce que Rupaski appelait « l'endroit habituel ». Je le sais parce que Millbrae m'envoyait toujours chercher les sacs.

Les notes manuscrites de Will : des dates et des sommes.

— C'est de ça qu'il est question dans l'enregistrement.

— Exactement. Un autre versement était prêt à être récupéré par les petits doigts cupides de Millbrae. Il s'agissait d'un gros versement, parce que le vote devait avoir lieu le jeudi suivant. Cela se passait précisément un mois avant que votre père soit assassiné.

— Pourtant, Millie a voté contre le rachat par le comté. Il a pris le parti de Will.

— C'est vrai.

Je conservais un souvenir précis de cette soirée. La tête de Rupaski ! La manière dont Millbrae s'était esquivé après la réunion. Will qui riait, dans la voiture, parce que Millie avait, *pour une fois, tenu tête à ces enfants de salaud.*

Il ne m'a fallu qu'une seconde pour comprendre ce qui s'était passé.

— Oh, ai-je fait, je vois.

— Tel père, tel fils.

— Will a fait écouter la bande à Millbrae juste avant le vote.

— On appelle ça du chantage, Joe.

J'ai réfléchi un instant. Millbrae encaissait des pots-de-vin du Comité de recherche et d'action de la fondation Grove. Rupaski assurait les versements. Will détenait des documents compromettants. Et Bridget allait récupérer l'argent.

— Millbrae savait-il que vous aidiez Will ?

— Non. Millbrae est persuadé que tout le monde l'aime autant qu'il s'aime lui-même.

— Millbrae a-t-il expliqué à Rupaski pourquoi il avait été contraint de voter contre lui ?

— Bien sûr. La première leçon qu'apprend un politicien, c'est qu'il faut toujours faire porter le chapeau aux autres. Millie est un politicien-né.

— Donc, ils savaient l'un et l'autre que Will les tenait à la gorge.

Elle a secoué la tête tout en m'étudiant.

— Ils étaient terrorisés à l'idée qu'il saisisse le grand jury ou ses amis du département du shérif. Il n'aurait jamais rien fait de tel parce que ça se serait retourné contre moi, et peut-être même contre lui.

— Ils n'en savaient rien.

— Non, ils n'en savaient rien. Will les tenait bien. Ils se sont même disputés pour savoir lequel des deux était sur écoute. J'avais fait disparaître l'enregistreur avant même que Millie songe à le chercher.

Bridget a inspiré profondément et soupiré. Elle a regardé par-dessus mon épaule avec, dans les yeux, cette expression qui exprime qu'on ne voit rien, sinon ses propres pensées.

Puis elle a ri doucement.

— Will m'a conduit à Windy Ridge, le soir du dernier versement, avant de faire entendre son enregistrement à Millie. Il a sorti l'argent du sac, l'a remplacé par du sable et des cailloux, puis il me l'a remis. Je l'ai porté à Millie, comme d'habitude. Innocente, loyale Bridget, qui s'acquitte consciencieusement de son rôle de coursier. Je n'ai pas vu la tête de Millie quand il a ouvert le sac, et je le regrette. Will m'a expliqué que Jaime du CCHA avait besoin d'un ballon d'oxygène. Quatre-vingt-dix mille dollars. Ils ont dû être les bienvenus.

Les quatre-vingt-dix mille n'ont pas aidé ?

Will, le Robin des Bois du comté d'Orange. Super, jusqu'au jour où ça lui avait coûté la vie.

— Joe, j'aurais empoisonné Millie, si Will me l'avait demandé. J'aimais votre père.

— Je sais.

— Que disait-il de moi ?

— Il prétendait que vous aviez le cœur le plus grand et le plus retors du comté d'Orange.

Elle a réfléchi à ce que je venais de dire et a fini par sourire.

— Il aimait m'utiliser à contre-emploi. Ça m'a presque valu un ulcère, de savoir que le téléphone de Millbrae était sur écoute.

J'aurais pu lui dire que Will prétendait que l'Effet Magique était perverti chez Bridget Andersen, mais je n'en ai rien fait.

Elle s'est levée et a regagné sa voiture.

En roulant dans les collines, j'ai songé que Rupaski et Millbrae avaient de bonnes raisons de détester mon père. Etaient-elles assez bonnes pour qu'ils décident de le tuer ?

Je me suis rendu à ma consultation avec le Dr Zussman, même si j'estimais n'avoir rien à lui dire. Mon cœur s'emballait à la seule pensée de June Dauer, mais cela ne regardait pas le Dr Zussman, ni personne. Elle était rien que pour moi. Aussi, je lui ai parlé de mes années au Hillview et de mes relations avec Will, Mary Ann et mes frères. Nous avons aussi reparlé de la fusillade et je lui ai dit que mon état d'esprit ne s'était pas modifié. Il est revenu sur ce que j'avais dit concernant la demi-tasse de café de remords et je lui ai dit que la comparaison était toujours valable. Il a paru déçu. Il n'a pas cessé de m'interroger sur le remords, le refoulement, la colère et la sublimation. J'étais bien conscient de ne pas lui fournir les réponses qu'il attendait. Il a déclaré que je pourrais reprendre le travail dans une semaine. A mon tour, j'ai été déçu et je le lui ai dit. Il a souri et secoué la tête. Enfin, nous sommes convenus d'un autre rendez-vous.

J'ai passé une partie de l'après-midi, seul, dans le conduit d'aération du quartier F. J'écoutais les conversations au hasard, dans l'espoir de glaner une information utile. J'ai ainsi appris que de la drogue avait été introduite dans la prison par le personnel employé au réfectoire et que certains détenus faisaient circuler des doses, le dimanche matin, pendant l'office religieux. Rien de bien neuf. En fait, les moments que je passais dans ces étroits conduits me procuraient une sensation de sécurité. J'ai glissé sur le chariot de garagiste pour faire une petite tournée des cellules ; j'ai vu deux membres de la Fraternité aryenne dans la salle commune, qui tourmentaient le Mexicain de la cellule voisine. Les aryens chantaient à tue-tête leurs chants racistes et faisaient le salut hitlérien, bras tendu, en riant entre les couplets.

Plus tard, quand j'ai informé le sergent Delano de ce que j'avais appris, il m'a engueulé pour avoir eu la stupidité de venir bosser alors que j'étais en arrêt de travail. Mais il m'a laissé traîner quelques instants dans la cage – la salle d'attente principale du greffe de la prison. Je suis resté là, simplement, sans rien faire.

J'ai discuté avec les gardes et avec les détenus du quartier J. Sammy Nguyen avait revu le rat et il râlait parce que j'avais dû lui confirmer qu'il ne recevrait jamais le piège qu'il réclamait. Il m'a demandé une petite lampe de poche pour pouvoir surveiller le rat pendant la nuit et lui balancer quelque chose sur la tête. Les lampes de poche étaient interdites en prison ; je le lui ai dit. Je lui ai dit aussi que Bernadette allait bien et qu'il lui manquait. Il m'a regardé avec suspicion, puis il est retourné s'allonger sur sa couchette pour se perdre dans la contemplation de la photo de son amie.

Giant Mike Staich était dans une cellule provisoire pendant qu'on fouillait la sienne : quelqu'un avait signalé qu'il possédait une arme. J'ai été assister à la fouille. Ils n'ont rien trouvé ; avant de sortir, ils ont laissé les effets personnels du géant empilés au milieu de la cellule.

Le Dr Chapin Fortnell était au tribunal.

Dave Hauser, l'assistant du DA devenu dealer, m'a montré la photo de la propriété que lui et sa famille comptaient acheter dès que « ce stupide malentendu serait dissipé ». La propriété avait des palmiers, une plage de sable blanc et un lagon aux eaux de la même couleur que le ciel.

Le violeur en série Frankie Delsey était allongé sur sa couchette ; il tournait le dos aux barreaux et chantonnait. Ses pieds s'agitaient, comme les pattes d'un chien qui rêve.

Gary Sargola, le tueur à la glacière, paraissait maussade lorsque je suis passé à côté de lui, mais il n'a rien dit. Sa condamnation devenait effective la semaine suivante et le district attorney réclamait la peine de mort. Sargola était un petit homme au teint terreux qui portait des lunettes, et il était difficile de l'imaginer commettant les crimes qui lui étaient imputés. Mais, en y réfléchissant bien, aucun des types qui croupissaient ici n'avait l'air plus méchant que n'importe lequel d'entre nous. En fait, ils avaient même une meilleure tête que moi.

Je me suis installé en compagnie des autres adjoints dans la salle à manger qui nous était réservée. Nous avons parlé des détenus et des patrons, en buvant du café. Certains étaient des bleus qui avaient encore près de cinq ans à tirer ici. D'autres vivaient leurs derniers mois, voire leurs dernières semaines, à la prison. J'approchais du terme moi aussi – quatre années derrière moi, plus qu'une devant.

Quand le sergent Delano est entré dans la pièce, nous nous sommes redressés un peu et nous avons cessé de parler.

— Trona, a-t-il annoncé, il y a un appel urgent pour toi sur la quatre.

Je me suis rendu dans la salle de garde, j'ai composé le code pour obtenir la ligne extérieure et j'ai dit « Allô ».

C'était Rick Birch. Il m'annonçait que l'équipe de surveillance avait suivi John Gaylen jusqu'à un parc à Irvine. Gaylen s'était installé sur un banc près d'un lac et il y avait passé près de deux heures. Il avait donné trois coups de fil sur son portable et en avait reçu deux autres.

— Ça se passait entre midi et deux, a-t-il encore précisé. A une heure trente, quelqu'un a planté une balle dans la tête d'Ike Cao, à l'ICU, avec un silencieux. L'enquête est toujours en cours, mais une nouvelle infirmière venait d'arriver dans le service juste avant l'exécution. Personne ne l'a revue depuis.

— A quoi ressemblait-elle ?

— Tout droit sortie de la salle d'op' – un filet sur les cheveux, un masque sur le nez, un stéthoscope autour du cou et un tableau de température à la main. Petite, trapue, obèse. Les cheveux et les yeux sombres. Ils ont son image sur la bande de vidéosurveillance. Elle est de mauvaise qualité. Comme avec le brouillard l'autre nuit, difficile de distinguer ses traits.

— Pearlita, ai-je dit.

— Nous avons six équipes sur place, à Raitt Street. Si elle se pointe, on la tient.

Mon petit piège avait fonctionné. Il avait si bien fonctionné qu'Ike Cao y avait laissé la peau. Mon cœur s'est emballé, juste un petit peu, même si je me suis raisonné en songeant qu'Ike Cao avait pris part à un meurtre et que c'était son propre patron qui l'avait descendu.

Birch a deviné mes pensées.

— Ne vous laissez pas abattre, Trona. Ike Cao a aidé à assassiner votre père. Il vous aurait descendu à votre tour s'il en avait eu l'occasion.

— Merci, monsieur, ai-je dit.

— La balle est toujours dans la tête de Cao. Nous allons la récupérer et la confier au labo, pour analyse.

Le visage du révérend Daniel Alter est devenu cramoisi quand je lui ai montré les bouts de film trouvés dans le coffre. Par respect pour lui, j'ai détourné les yeux et j'ai regardé par la fenêtre de la Chapelle de Lumière. Le jour commençait à tomber, annonçant une longue soirée estivale. Le ciel était bleu pâle et la lune, un fin croissant blanc au-dessus de Saddleback Mountain.

— Je suis humilié, a-t-il dit. Et absolument outré.

— Oui, monsieur.

— Que suis-je censé dire ?

— Je l'ignore.

— Dans le *coffre-fort* de Will ?

J'ai hoché la tête.

— Vous n'étiez pas sans le savoir, révérend. Il ne les conservait pas à la banque pour le plaisir que lui procurait la vue de ces clichés. Il les gardait là parce qu'ils étaient précieux pour lui. Combien vous a-t-il extorqué ?

Ses yeux se sont agrandis, l'effet était encore amplifié par le verre épais de ses lunettes. Incrédulité. Seulement, même moi, grand fan des performances du révérend Daniel, je voyais bien à quel point il en rajoutait. Il a soupiré et a renoncé à feindre la surprise. Il a levé les yeux vers moi.

— Nous nous étions mis d'accord sur dix mille dollars par mois, pendant un an. J'avais réglé deux mensualités, je lui en devais donc dix autres.

— Ce n'est pas cher payé, n'est-ce pas, révérend ? Pour un homme aussi riche que vous.

— Will affirmait que, si j'étais allé plus loin, il m'aurait mis sur la paille. J'ai ri, parce que nous savions tous les deux qu'il n'en aurait rien fait. Tu vois, Will profitait illégalement de moi, je le sais. Pourtant, ce n'était pas vraiment lui que je payais, pour la bonne raison qu'il reversait ces dix mille dollars mensuels au Hillview. Il ne s'intéressait pas à l'argent pour l'argent. Il s'y intéressait pour ce qu'il lui permettait d'accomplir. Ainsi, il m'avait surpris en flagrant délit de péché et je faisais pénitence. Je ne détestais pas Will pour autant. Cela me paraissait... juste.

J'ai songé aux reçus de dix mille dollars que j'avais trouvés dans le coffre.

— A quand remontent ces photos ?

Il a regardé par la fenêtre.

— C'était il y a deux mois. Au Grove. Luria était charmante et seule, et quand je suis monté me reposer, elle et une de ses amies m'ont suivi dans le salon. On a parlé et parlé encore. Elles avaient un peu bu. En fait, elles buvaient comme des habituées. Will est arrivé plus tard, avec d'autres personnes, pour discuter et remplir leurs verres. Le bar du salon était ouvert. Les gens allaient et venaient. En fait, tout le monde était un peu fou. Des films un peu... légers passaient à la télé. Et ce moment saisi sur la pellicule, eh bien, oui, je l'ai embrassée. Je l'avoue. Je n'ai pas pu m'en empêcher, Joe. Au départ ce ne devait être qu'un baiser « professionnel », une bise sur la joue. Mais elle a tourné ses lèvres vers moi au dernier moment, et j'étais... oui, Joe, j'ai craqué. Je venais à peine de céder à la tentation que j'ai su que c'était mal. Très mal. Je me suis donc excusé et je suis redescendu au bar. J'ai bu un verre, quelque chose de corsé. Ensuite, j'ai demandé qu'on me reconduise chez moi. J'ai été retrouver ma Rosemary. La femme que j'aime. Enfin, elle n'était pas vraiment à la maison, à ce moment-là. Elle était à Majorca, où elle s'occupait des... bah, elle s'occupait d'elle-même, je suppose. Crois-moi, quand j'ai vu le film, j'ai maudit Will et sa saleté de caméra de poche. De quelle fourberie il était capable !

Daniel m'a paru subitement beaucoup plus petit, comme s'il avait perdu une taille au cours des cinq dernières minutes. Il n'osait plus me regarder.

— Deux semaines plus tard, Luria était tuée sur Coast Highway.

— Ça m'a bouleversé. J'ai reconnu sa photo dans les journaux. J'ai prié pour elle. Et j'ai prié pour moi, et pour que ton père ne montre jamais à personne ce que j'avais fait avec cette fille.

— Saviez-vous que le gosse qui s'est fait descendre devant Pelican Point était son frère ? Luria était enceinte. Elle avait été copieusement rouée de coups avant d'être renversée. Miguel Domingo savait tout ça. Il a réagi en empoignant une machette et un tournevis.

— Jaime me l'a raconté.

Il a baissé la tête.

— Qui a amené Luria au Grove, révérend ?

— Je n'en ai pas la moindre idée, Joe.

— On n'entre pas là-bas sans être parrainé, même une hôtesse.

— Oui, oui.

Il a fait la moue et a sourcillé. Puis il a fermé les yeux.

— Je crois, Joe, que la petite fête était organisée par

le comité de réélection de Dana Millbrae, en conjonction avec le Comité de recherche et d'action de la fondation du Grove.

Ça se tenait. Je me souvenais de la soirée en question. C'était en avril dernier et j'y avais assisté, en bas au bar ; je buvais des sodas pendant qu'ils faisaient la fête là-haut. Je me souvenais de Daniel, un peu gris. Will était partout à la fois – en bas au restaurant, puis au bar, l'instant d'après en haut dans le salon, puis de nouveau en bas. Beaucoup de jolies filles seules, mais je ne me souvenais pas d'avoir vu Luria Blas.

— Révérend, le chef de votre service de sécurité, Bo Warren, a rencontré l'homme qui a tué Will. La nuit juste avant le meurtre. Pourquoi ?

Cette fois, la surprise de Daniel était authentique.

— Je... je ne puis y croire, Joe, et encore moins l'expliquer. Non, c'est incroyable.

— J'ai un témoin. Quelqu'un se trouvait dans la voiture avec Warren. Je dois savoir qui.

— Je vais lui parler. Je te le promets, je vais lui parler.

— Prévenez-moi, monsieur, dès que vous connaîtrez la réponse à ma question.

Je me suis levé et j'ai récupéré mon chapeau et la mallette. Je me suis dirigé vers la fenêtre et j'ai regardé le jour déclinant et la nuit naissante.

— Joe, je... je suis disposé à te payer les cent mille dollars que je devais encore à ton père. Le Hillview sera ravi de recevoir cet argent. Si tu fais disparaître cette pellicule compromettante qui traîne sur mon bureau, tout ce qui restera de cette triste affaire, ce sera une donation charitable à une cause estimable.

— Will pouvait maquiller sa comptabilité. Qu'est-ce que dix mille dollars au milieu de la fortune familiale ? Moi pas, monsieur.

— Alors, je ferai le versement moi-même, comme ça tu n'auras pas de problème.

Je me demandais pourquoi Daniel n'avait pas effectué les versements au Hillview, depuis le début. Il m'a suffi d'essayer d'appréhender la situation du point de vue de Will pour trouver la solution de mon énigme : mon père ne faisait pas confiance au révérend Alter.

Je me suis retourné et j'ai regardé Daniel. Je voulais qu'il soit un saint, mais il en était loin. Je voulais qu'il soit fort, mais il était faible dans les moments cruciaux, et fort dans les moments sans importance. Je voulais qu'il soit honnête et droit, mais il n'était rien de tout cela non plus.

— Tu as l'air déçu, Joe.

— J'ai fait couler beaucoup de sang, monsieur. Pourtant, Will est mort. Je vous croyais proche de Dieu, mais, sauf votre respect, révérend, vous êtes un homme malhonnête. Vous savez ce que je crois ? Je crois que si un seul homme avait fait ce qu'il fallait, rien de tout cela ne serait arrivé. Des mensonges, encore des mensonges, toujours des mensonges. De la cupidité, encore de la cupidité, toujours de la cupidité. Personne n'a rien fait. Personne n'a tenté de faire quoi que ce soit.

— C'est là que tu te trompes. Nous avons tous essayé. Nous essayons tous les jours. Seulement nous sommes des êtres imparfaits et nous n'avons pas réussi. Ne laisse pas la perfection devenir l'ennemi du bien.

— Vous avez raison. Mais cela fait un grand vide, monsieur.

— Oui. Je sais. Je t'en prie, assieds-toi encore une minute. Assieds-toi, Joe.

J'ai regagné mon siège. J'ai posé la mallette et le chapeau et je me suis assis.

— Joe, Will n'était pas un saint. Je vois que tu as

découvert cette vérité. Au cours de sa vie, Joe, un homme est confronté à bien des choix difficiles. Ceux qui détiennent le pouvoir, comme ton père, doivent prendre encore plus de décisions délicates que les autres. C'est complexe. C'est pour ça que nous avons besoin de Dieu pour nous guider. Seuls, nous ne pouvons pas diriger notre vie.

— Révérend, j'ai toujours cru que Will avait raison. Même quand je le voyais commettre des actions qui ne me paraissaient pas justes, je me disais qu'il obéissait à des mobiles d'ordre supérieur. Je pensais que, lorsque je serais plus vieux et plus sage, je comprendrais quels étaient ces mobiles d'ordre supérieur. Je croyais que ses fautes étaient... des détours indispensables.

— C'était peut-être le cas.

J'ai rassemblé mes idées et je me suis levé.

— Et si ce n'était pas le cas ?

— Tiens, a-t-il dit.

Il m'a tendu l'enveloppe contenant les pellicules.

— C'est à toi.

— Faites-en ce que vous voulez, monsieur.

— Merci beaucoup. Prends ceci et fais ce que tu estimeras juste avec.

Il m'a remis une autre enveloppe, scellée. Elle était épaisse et lourde ; je savais ce qu'elle contenait. Je l'ai soupesée au creux de ma main et j'ai regardé le révérend Daniel.

— Pour le Hillview, a-t-il dit. Pour la famille de Luria, si vous parvenez à la retrouver. Pour la mémoire de Will et pour tout le bien qu'il a fait.

— Rangez ça sur le plateau des offrandes.

Je l'ai reposée sur son bureau et je suis sorti.

J'ai trouvé Carl Rupaski à la régie. Sa secrétaire était partie et il était installé derrière son bureau ; ses gros souliers marron posés sur l'acajou, il regardait par la fenêtre. La lumière orangée du soleil filtrait à travers le brouillard au-dessus de Santa Ana.

Il a souri en me voyant, mais il ne s'est pas levé.

— Ainsi, vous avez décidé de venir travailler à la régie des transports ?

— Non, monsieur. C'était pourtant une offre flatteuse.

— Qu'est-ce que vous avez là ?

— Un enregistreur. Je voudrais vous faire écouter quelque chose.

— Si c'est ma voix, ça ne doit pas être très bon, pas vrai ?

— C'est intéressant. Ensuite, j'aurai quelques questions à vous poser, monsieur.

En entendant cela, Rupaski a retiré ses pieds du bureau et s'est penché vers l'avant.

— C'est une visite officielle du département du shérif, Joe ?

— Non, monsieur. J'ai trouvé cet enregistreur avec quelques notes, et je me demande si vous pourriez éclaircir certains points.

— L'enregistreur de Will ?

— Oui, monsieur.

Il s'est renversé dans son fauteuil et a croisé les mains derrière la nuque.

J'ai lancé l'enregistrement.

Son visage s'est durci quand il a entendu sa voix, puis celle de Millbrae. Il me dévisageait. Des yeux bruns sous des sourcils épais. De petits yeux, vifs comme ceux d'un vautour.

— Et alors ?

— L'*endroit habituel*, c'est le bouquet de sarrasin au nord-est du poste de péage de Windy Ridge. *Elle,* c'est Bridget. *Jeudi soir*, c'est le 10 mai, le jour du vote des superviseurs sur le rachat de la route à péage. L'objet de la conversation, c'est l'argent – une somme de quatre-vingt-dix mille dollars – que vous avez versé à Millbrae pour qu'il vote dans votre sens. Millbrae a fait chou blanc, parce que Will avait déjà récupéré l'argent. Et M. Millbrae a voté contre vous, ce soir-là, parce que Will lui avait fait écouter cette même bande.

Les sourcils se sont soulevés puis abaissés.

— Essayons une autre version, a-t-il dit. L'*endroit habituel*, c'est le Grove, pour prendre un verre et discuter stratégie. *Elle*, c'est Bridget, d'accord, qui adorait laisser traîner son nez dans les affaires de Millie et, très franchement, qui l'influençait d'une façon qui ne me plaisait pas. *Jeudi soir*, c'est le jour du vote des superviseurs, un vote important, comme je le dis sur cette cassette. L'objet de la conversation, c'est le moyen de convaincre Millbrae de voter dans notre sens, car le temps nous était compté. Maintenant, Joe, dites-moi, où est-il question de quatre-vingt-dix mille dollars et d'un chantage dans tout ça ?

Je ne pouvais lui répondre sans mettre Bridget en danger, aussi ai-je menti.

— Will m'avait tout raconté. C'est moi qui suis allé récupérer l'argent, ce soir-là, à Windy Ridge. A sa place, j'ai rempli le sac de sable et de cailloux.

Le visage de Rupaski est devenu rubicond. Il a haussé les épaules et a regardé par la fenêtre.

— Et qu'est-ce que vous attendez de moi ?

— Je veux savoir qui a payé John Gaylen pour tuer mon père.

— Et je suis censé le savoir ?

— Quand j'ai entendu cet enregistrement, monsieur, j'ai compris que Will faisait chanter Millbrae. Or, vous avez fait poser un émetteur sur la voiture de Will. Vous avez prétendu que c'était à sa demande, seulement je ne vous crois pas. Je crois que cette histoire est comme celle que vous venez de me raconter : convaincante, improvisée et fausse. Je crois que vous avez piégé sa voiture pour tenter de découvrir un moyen de le faire chanter comme il faisait chanter Millbrae. Une façon de remettre les compteurs à zéro. N'importe quoi, une liaison, un pot-de-vin, du moment que ça pouvait se retourner contre lui. Vos hommes l'ont suivi le mardi avant sa mort. Ils l'ont suivi jusqu'à une plage, à Laguna, et ils l'ont vu en compagnie d'Alex et de Savannah Blazak. Vous en avez aussitôt informé Jack, qui vous a appris qu'Alex passait par Will pour procéder à l'échange entre Savannah et la rançon. Vous saviez donc que Will irait chercher la fillette dès qu'Alex lui aurait indiqué où elle se trouvait. Vous aviez un mobile pour faire taire Will, et les moyens de le localiser. Un de vos hommes pouvait le suivre à distance et prévenir Gaylen à la vitesse d'une voix circulant d'un portable à l'autre.

— Donc, c'est *moi* qui l'ai livré à Gaylen ?

— C'est une éventualité que je n'exclus pas, monsieur.

Il a secoué la tête tout en continuant de me dévisager.

— Un enregistrement n'est pas une preuve, vous le savez bien. C'est, en outre, un procédé illégal. Nul n'a le droit d'enregistrer une conversation privée. Vous ne disposez d'aucun chef d'inculpation. J'ai déjà posé la question au district attorney – une simple hypothèse d'école, bien sûr. Ce document est parfaitement inexploitable.

— Le grand jury pourrait voir les choses sous un autre jour lorsque je lui aurai parlé des quatre-vingt-dix mille dollars qui devaient servir à acheter le vote de Millbrae. Vous voyez, monsieur, Will est mort.

Aussi, si on venait à apprendre qu'il vous faisait chanter... Allons, ça ne lui fera pas plus de mal, désormais, que les balles de Gaylen.

— Vous feriez ça ? Vous iriez jusqu'à traîner son nom dans la boue ?

— Pour coincer le type qui a engagé John Gaylen ? Oui, monsieur.

Rupaski s'est levé et m'a considéré de haut. Puis il s'est dirigé vers la grande carte du comté accrochée au mur de son bureau, celle avec toutes les routes que le comté envisageait de construire. Elles étaient représentées dans des couleurs différentes : noir pour celles en activité, bleu pour celles à construire au cours de la prochaine décennie, et rouge pour celles des décennies ultérieures.

— Le comté va devenir quelque chose d'énorme, Joe. Et Will, vous, moi, nous y avons tous contribué.

— Will n'aimait pas la plupart de ces traits bleus et rouges. Il s'opposait à vous sur tous ces projets.

— C'était son rôle. C'est bien ce que je disais.

J'ai observé cet avenir vertigineux en bleu et rouge. Les traits faisaient songer à des veines et à des artères entourant un cœur bien étrange.

— Je vais être direct avec vous, Joe. Ce pseudo pot-de-vin de quatre-vingt-dix mille dollars ? Je n'en ai jamais entendu parler, pas plus que d'un sac rempli de cailloux. Vous voulez faire passer votre père pour un maître chanteur ? A votre guise. Je reconnais que mes gars suivaient Will. Pourquoi ? Parce que Jack s'est adressé à moi lorsque Savannah a été enlevée, ainsi que je vous l'ai dit. Jack me faisait confiance, mais Will est venu fourrer son nez dans cette affaire. J'ai donc fait poser un émetteur sur sa BMW dans nos ateliers, dans l'espoir qu'il nous conduirait jusqu'à la gamine. *J'ai fait ça pour Savannah.* Ça a marché, puisque nous les avons trouvés, tous les trois, sur la plagc de Laguna. Ouais, mes gars ont suivi le signal radio jusque-là. J'ai prévenu Jack que nous avions localisé la gosse. Nous sommes convenus de continuer à vous suivre, pour ne pas risquer de perdre Savannah. Honnêtement, mes meilleurs hommes vous filaient le train, la nuit où Will est mort. Seulement vous les avez semés quelque part entre le Grove et Lind Street, Joe. Vous êtes un trop bon chauffeur. Cette foutue BMW est bien trop rapide. Vous les avez semés. L'émetteur n'a qu'un rayon d'action de trois kilomètres. Et je vais encore vous dire une chose, jeune homme, je n'avais jamais entendu parler de John Gaylen avant que vous prononciez son nom.

Rupaski était le plus convaincant des hommes. Il m'avait presque fait avaler son histoire d'émetteur, la première fois. Et maintenant, ça ! J'ai ramassé l'enregistreur et je l'ai glissé dans ma poche.

— Et n'oubliez pas ceci, Joe : Bridget est une brave fille et une bonne secrétaire, et vous ne voulez sûrement pas lui causer du tort. Or, j'ai le sentiment que c'est elle qui est à l'origine de cet enregistrement. Je ne suis pas en mesure de le prouver. Mais un tribunal peut la forcer à témoigner et lui poser des questions gênantes. Le parjure est un crime. Vous ne vous souciez peut-être pas de son bien-être, mais Will s'en souciait, lui. Et moi aussi.

— Bridget n'est pour rien dans cette affaire.

Il a souri.

— Laissez-moi vous poser à nouveau cette question : êtes-vous vraiment prêt à ternir la réputation de Will ? Enregistrement illégal, chantage d'un collègue superviseur, détournement de quatre-vingt-dix mille dollars qui ne lui appartenaient pas.

Je me suis levé.

— Je trouverai son assassin.

— A n'importe quel prix ?

Il a secoué la tête.

— Et s'il n'avait pas voulu que vous trouviez son assassin, Joe ?

— Je le trouverais quand même.

— Peut-être n'avez-vous pas profité de ses leçons aussi bien que je l'imaginais. Vous cherchez les responsabilités là où elles ne se trouvent pas. Vous êtes furieux. Je le comprends. Mais soyez prudent, Joe. Ne transformez pas en ennemis les amis de votre père.

— Beaucoup de gens se prétendent ses amis, monsieur. Seulement, ils ne tenaient pas le même discours de son vivant.

— C'est le système qui veut ça, Joe. Préserver et exploiter. Construire et détruire. Taxer et dépenser. Conservatisme et libéralisme. Tout ça fait partie d'un même système. Pensez en termes de *forêt*, Joe. Pas en termes d'arbres. Des millions d'arbres, mais une seule forêt. Et c'est au milieu de cette forêt que nous vivons tous.

18

Quelques heures plus tard, j'ai poussé la porte de la maison au milieu des collines de Tustin, comme des centaines de milliers de fois par le passé. Et j'ai ressenti exactement la même chose que lors de chacune de ces centaines de milliers de fois-là, mis à part peut-être les quelques premières centaines : sécurité et appartenance.

Tout était presque identique. Les mêmes dalles mexicaines, les mêmes murs blancs de l'entrée, la même table en fer forgé noir, avec le grand vase bleu cobalt, le même miroir qui vous renvoyait votre reflet dès que vous aviez franchi la porte. J'avais onze ans lorsque j'ai été assez grand pour voir mon visage tout entier dans ce miroir. Un souvenir est brusquement remonté du fond de ma mémoire : enfant, j'avais la conviction que le jour où je pourrais voir mon visage tout entier dans ce miroir, je serais devenu un homme, j'aurais cessé d'être un gamin. Et surtout, ce jour-là, on aurait trouvé le moyen de me rendre l'intégrité de mon visage. Rien de cela n'était vrai, bien sûr, sauf la conviction.

J'ai serré ma mère dans mes bras et je l'ai suivie dans le couloir ; nous sommes passés devant la salle de télé, sur la gauche, puis nous avons pénétré dans le grand salon. Le même mobilier en cuir, le même parfum de fleurs fraîchement cueillies et d'ail grillé et la même odeur âcre de l'ammoniaque que Mary Ann utilisait, une fois par semaine, pour nettoyer les vitres. *On ne peut avoir une bonne vue à travers des vitres sales, n'est-ce pas, Joe ?* Autrefois, je l'aidais dans cette corvée, elle à l'intérieur, moi à l'extérieur, nous traquions les traînées avec nos raclettes et notre papier journal. C'était une tâche qu'elle ne confiait jamais à la femme de ménage. A nous deux, nous ne laissions subsister aucune trace.

— Assieds-toi, Joe. Je nous sers à boire.

— Je vais t'aider.

— Va chercher un citron vert, veux-tu ?

Je suis sorti dans le jardin et j'ai cueilli un gros citron. Les collines de Tustin étaient belles au crépuscule, quand la lumière devenait plus douce, que les arbres ployaient sous l'effet de la chaleur et que les lignes et les angles précis des maisons se devinaient à travers le feuillage. J'aurais voulu avoir dix ans à nouveau et vivre ici avec Will, Mary Ann, Junior et Glenn.

M'man a préparé de la limonade et de la vodka, elle a coupé deux tranches de citron et les a posées par-dessus. On a pris les verres et on est allés s'installer dans le jardin, près de la piscine. Les meubles de jardin étaient nouveaux, un tissu bleu vif tendu sur des armatures blanc émail. Un large parasol, orienté vers l'ouest. L'ensemble donnait l'impression qu'on se trouvait dans un club de vacances. J'ai retiré mon chapeau et je l'ai posé sur la table, j'ai plié mon manteau sur le dos de ma chaise.

— Qu'est-ce qui ne va pas, Joe ?

Je lui ai parlé de Luria et de Miguel, puis d'Ike Cao. Je lui ai parlé de Savannah et d'Alex.

— Parfois, je voudrais pouvoir effacer tout ça.

— Travailler dans une prison ne t'aide pas vraiment.

— Non.

M'man s'est éclairci la voix et a bu une gorgée.

— As-tu jamais envisagé de changer de travail ? Je sais que tu voulais devenir adjoint du shérif. Je sais que Will t'a poussé dans cette direction, parce que c'est ainsi qu'il a débuté, lui. Mais, sincèrement, tu possèdes deux licences et tu as la tête sur les épaules. Tu as des amis dans la communauté, des gens qui te connaissent bien. Tu pourrais choisir un autre emploi, si tu voulais.

— J'aime mon travail.

— Mais qu'est-ce que tu aimes dans ce travail ?

Il m'a fallu réfléchir une minute. Il est difficile de trouver des réponses quand on a été formé à ne pas poser de questions.

— La sensation de me rendre utile.

— En étant flic ?

J'ai hoché la tête en contemplant l'éclat scintillant de la piscine et je me suis remémoré un baptême que j'avais vécu à Los Angeles, par une chaude matinée de mai : une immersion totale, avec un orchestre qui interprétait du rock chrétien. L'un de mes meilleurs baptêmes, même si je considérais que le rock chrétien était mauvais pour Dieu et mauvais pour le rock and roll. Je ne sais pas pourquoi, mais j'avais eu la sensation que ce baptême m'avait lavé de tout ; cette sensation avait duré une semaine.

— Voyons, il existe mille autres façons de se rendre utile, Joe. Et toutes ne te laissent pas le cœur lourd à la fin de la journée. Will en est sorti juste à temps. Il a passé près de vingt ans au département du shérif. Quand il a été élu superviseur, c'est une nouvelle vie qui s'est ouverte devant lui.

— Il avait tout programmé dans ce sens.

— Peut-être devrais-tu, toi aussi, prévoir ton avenir.

— Carl Rupaski m'a proposé un poste à la régie des transports. Une grosse augmentation de salaire, un boulot différent. Il prétendait qu'après ça, je pourrais postuler n'importe où. C'était censé être un travail plus gratifiant. Entre-temps, je crois qu'il a changé d'avis.

Elle est restée silencieuse un moment.

— Rupaski est un homme sans principes.

— Il avait placé un émetteur sur la voiture de papa.

— Pourquoi ?

— Il espérait que Will le conduirait jusqu'à Savannah, c'est du moins ce qu'il prétend. Mais je crois que Rupaski cherchait le moyen de réduire papa au silence. Il voulait découvrir quelque chose qu'il pourrait utiliser contre lui. Papa détenait la preuve que le Comité de recherche et d'action du Grove avait versé une forte somme à Millbrae pour qu'il vote en faveur du rachat de la route à péage. Will a utilisé cette preuve pour influencer Millbrae dans l'autre sens.

— Will les faisait chanter ?

— Oui.

Je lui ai parlé de l'enregistrement et des notes de Will. Je lui ai même avoué comment l'enregistreur miniature avait été fixé au bureau de Dana Millbrae.

Elle a soupiré et reposé son verre sur la table.

— Toujours glaner des informations en douce. Toujours réunir des tas de renseignements sans que personne le sache. Ça paraissait inoffensif, quand nous étions jeunes, parce que Will était flic, qu'il travaillait aux mœurs, et que c'est ainsi que procèdent les agents des mœurs. Et puis il était si gentil. Je m'y suis faite. Seulement au fil des ans, il est devenu de plus en plus... fouineur. Une semaine avant de mourir, il avait dépensé trois cents dollars pour un gadget qu'on place sur le téléphone et qui encode la voix, ou quelque chose comme ça. Il... il nous a même filmés, un jour, dans la salle à manger, à mon insu. J'étais furieuse quand il m'a fait voir le film. Il avait dissimulé la caméra dans une mallette spéciale munie d'un orifice pour l'objectif. Encore un de ses stupides jouets, je suppose. Ça me révolte de savoir qu'il t'a obligé à enfreindre la loi, juste pour servir ses intérêts. *Piéger le bureau d'un superviseur !* Tu vois, je suis de nouveau en colère contre lui, Joe. Je n'aime pas ça. Mais je n'y peux rien.

— J'ai toujours aimé ce travail.

— Parce qu'il t'a formé ainsi ! Et tu sais quoi, Joe ? Je l'ai questionné à ce sujet. Je lui ai demandé s'il t'entraînait dans toutes ses opérations de nuit, dans tous ses petits jeux. Il a prétendu que non. Il disait que tu lui servais seulement de chauffeur et de garde du corps. Quelle idiote j'ai été ! Quelle sotte naïve !

J'étais coupable et je le savais. Au fil des ans, j'avais eu toutes les occasions du monde de lui parler de ce que Will me faisait faire. Placer un enregistreur dans le bureau de Millbrae n'avait été que l'un des petits travaux que j'avais exécutés pour lui. Il y avait eu ce job d'été qu'il m'avait obtenu au Département de gestion des risques du comté pour que je puisse lui dénoncer les adjoints et les pompiers qui arnaquaient le comté en prétextant des douleurs dorsales imaginaires. Il y avait eu la Cadillac d'un célèbre avocat que j'avais trafiquée, un soir, au yacht-club de Newport Beach ; le professeur accusé de détournement de mineurs que j'avais rossé sur le parking de l'université, le visage masqué par un bas découpé de Mary Ann. Il y avait eu cette maison que j'avais cambriolée pendant que Will assistait à une vente de charité à laquelle participait le maître des lieux. J'avais trouvé ce dont Will soupçonnait la présence – de fausses actions et de faux bons du Trésor – et, quelques semaines plus tard, il faisait inculper le type. Et toutes ces enveloppes que j'avais expédiées de lieux divers vers des destinations diverses. Et puis, il y avait eu la mallette bon marché que Will avait achetée et m'avait demandé d'arranger de manière à lui permettre de filmer discrètement certaines scènes. Je l'avais trafiquée avec un couteau, une scie, de la ouate, de la colle et du carton noir.

Jamais je n'avais rien dit à Mary Ann. Je ne lui avais jamais rien dit parce que j'aimais Will et que je l'aimais, elle, et parce que j'aimais ce genre de missions. Pour la simple raison que j'aimais me rendre utile.

Un chien peut garder un secret à vie. Mais un homme doit savoir quand il fait plus de tort que de bien.

— J'ai été stupide, moi aussi, ai-je dit.

— Sors-toi de ça, Joe, m'a-t-elle supplié. Laisse tomber, renonce, commence une autre vie. Entre au service des forêts de l'Utah ; fais n'importe quoi, mais cesse de travailler dans cette horrible prison, avec le fantôme de ton père partout où tu poses les yeux. Tu mérites mieux.

Elle a pris son verre et l'a vidé, avec les glaçons. Elle l'a reposé sur la table avec un petit claquement de langue. Puis, elle a secoué la tête.

— N'essaie pas d'être lui, a-t-elle dit.

— Il me reste quelques affaires à régler.

— Ne risque pas ta vie pour le venger, Joe. Will n'en retirera rien. Ni moi. Ni toi.

— Ce n'est pas une question de vengeance, mais de justice.

— Ne te cache pas derrière ces notions de justice.

J'ai regardé les collines et les maisons, j'ai entendu une voiture qui descendait la route. Je voyais l'eau sombre de la piscine et une phalène qui luttait pour en sortir. En définitive, elle a réussi à s'envoler. Je n'avais jamais vu une phalène accomplir un tel exploit. J'ai dit :

— Je vais préparer le repas.

19

Il était encore tôt lorsque je suis rentré chez moi, et j'ai décidé de regarder l'une de mes comédies romantiques préférées. C'était la première fois, depuis la mort de Will, que je m'autorisais une activité aussi peu productive que de regarder un film. J'en ai d'abord éprouvé un sentiment de honte, mais dès l'instant où le garçon a rencontré la fille, j'ai songé à June et j'ai oublié la honte.

Puis le téléphone a sonné.

J'ai décroché et j'ai entendu un présentateur de télévision et des voix en bruit de fond. J'ai coupé le son du magnétoscope.

— Allô ?

— Je veux parler à Joe Trona.

La voix d'un jeune homme, claire et agitée.

— Je suis Joe.

— Ici Alex Blazak. Je veux que vous alliez dire à mon père que je suis d'accord pour la lui vendre ; mon prix est de deux millions de dollars. Ensuite, Savannah pourra rentrer à la maison.

— Lui vendre quoi ?

— Il saura de quoi je parle. Vous, pas. Si c'est d'accord, soyez seul à l'angle sud-ouest de Balboa

Boulevard et Pavilion, sur la péninsule, à cinq heures demain après-midi. Si ce que je vois me plaît, je vous contacterai.

— Je peux vous dire d'ores et déjà que « ce n'est pas d'accord ».

— Alors, je la tuerai. Tout ce que vous croyez est faux. Je la tuerai.

A l'aide de la commande à distance, j'ai éteint le magnéto et je suis passé en mode TV, puis j'ai coupé à nouveau le son.

— Je veux Savannah, ai-je dit.

— Tout le monde veut ma sœur. Pour quelle raison ?

— Service de protection de l'enfance.

Il y a eu un long silence. Les voix à l'arrière-plan étaient fortes et assourdies, comme dans un bar. J'entendais celle tout excitée du présentateur, mais je ne distinguais pas ses mots. Une acclamation s'est élevée. Je me suis mis à zapper.

— Monsieur Blazak, ai-je dit, ce soir, je suivrai vos instructions. Si votre père est d'accord, je me trouverai à l'angle sud-ouest de Balboa et Pavilion, à dix-sept heures. Mais au moment de l'échange, Savannah repartira avec moi.

— Et vous la conduirez au SPE ?

— Exact.

— Savannah dit que je peux vous faire confiance.

— Je tiendrai parole.

Une autre acclamation, puis une série de *oooohhh*, comme si quelqu'un avait raté une transformation ou un but. Je suis passé sur Channel 5, juste à temps pour voir la première base des Angels courir autour du terrain.

— Parfait, a dit Alex Blazak.

Il a raccroché brutalement.

La Mustang roulait au pas, dans la nuit, en attendant que Jack Blazak ouvre la grille du second portail. J'ai consulté ma montre : presque vingt-trois heures. Quand la grille s'est ouverte, j'ai remonté l'allée circulaire jusqu'à la majestueuse bâtisse gréco-romaine. Je l'ai aperçu qui descendait le grand escalier du porche d'entrée et se dirigeait vers moi en longeant la pièce d'eau. Je me suis rangé à côté de lui et Blazak est monté dans ma voiture.

— Faites demi-tour, a-t-il dit. Je soupçonne Marchant d'avoir placé des micros dans toute la propriété.

Blazak n'a rien dit tant que nous roulions dans les collines. On a franchi le premier portail et on est descendu vers la Coast Highway, puis on a franchi le second portail. Le garde nous a regardés passer.

— Que savez-vous de Miguel Domingo ? ai-je demandé.

— Les flics l'ont descendu juste ici. Il avait sur lui une machette et un tournevis.

— La jeune fille qui avait été renversée par une voiture, une semaine plus tôt, était sa sœur.

Blazak a tourné la tête dans ma direction, puis a laissé son regard filer vers l'extérieur. Il n'a rien dit. J'ai attendu à l'embranchement, avant de m'engager vers le nord, sur Pacific Coast Highway.

— Je n'ai lu ça nulle part.

— Les journaux en ont parlé ; un entrefilet en dernière page.

— Elle n'a jamais été employée chez nous. Lorna m'a fait part de votre appel.

Nous avons roulé pendant une minute.

— Je déplore que les choses se passent de cette façon, a fait Blazak.

— De quelle façon, monsieur ?

— Ces gens parcourent trois mille kilomètres pour venir travailler ici pour sept dollars de l'heure. Et vous savez quoi ? Il arrive qu'ils s'en sortent. Les chances de réussite sont meilleures que s'ils jouaient à la loterie. Meilleures que s'ils restaient dans ces foutues jungles d'où ils viennent. A leur place, je tenterais ma chance, moi aussi.

Je me suis engagé sur la route en direction du nord. A ma gauche, l'immense océan et le ciel noir disparaissaient dans une nappe de brouillard blême. Celle-ci s'arrêtait à une trentaine de mètres du rivage, comme une fumée qui s'écraserait sur un panneau de verre.

— Votre fils m'a téléphoné, il y a une heure. Il est disposé à vous la vendre et à libérer Savannah. Il en réclame deux millions.

Blazak m'a considéré avec curiosité.

— Me vendre quoi ?

— Vous savez de quoi il parle, moi pas, dixit Alex. Il a regardé par la vitre tandis que je remontais la colline vers Corona del Mar.

— Et il s'adresse à vous, maintenant que votre père n'est plus là.

— Apparemment, monsieur.

— Et vous comptez mettre Marchant dans le coup ?

— Je n'ai pas encore pris de décision. Ça dépendra de vous.

— Ce qui est arrivé à Will, ça n'aurait jamais dû arriver. Alex est cinglé, Trona. Et il joue avec la vie des gens.

— Qu'est-ce qu'Alex veut vous vendre en plus de votre fille ?

— Une cassette vidéo.

J'ai attendu.

— Moi, Lorna et une tierce personne. Une femme. Je vais vous avouer quelque chose, Trona : je n'ai pas honte de ce que je fais. C'est un simple divertissement à mes yeux, et personne n'en souffre. Rien que des adultes consentants. Seulement je dois protéger Lorna. Je ne désire pas que ce document circule, si vous voyez ce que je veux dire.

— Je n'aimerais pas ça, moi non plus. C'est vous qui avez filmé ?

— Ouais. Ensuite, j'ai glissé la cassette dans la pochette d'un vieux dessin animé de Savannah. Elle était trop grande, désormais, pour regarder ce genre de truc. Je l'avais rangée au milieu de ma vidéothèque personnelle, qui est considérable et très éclectique. Mais Savannah fouine partout. Elle adore un jeu qu'elle a baptisé « Savannah l'espionne » – elle fouille dans mes affaires, dans celles de Lorna, de n'importe qui. Il semble que la cassette était dans son sac à dos quand elle a été enlevée. Ils ont probablement voulu la regarder. Alex a compris qu'il pouvait ajouter ça à sa demande de rançon. D'une pierre deux coups. Il peut la garder, cette foutue cassette. Mais pas ma fille.

— Combien de temps vous faudra-t-il pour réunir la somme ?

— Je l'aurai demain matin, à dix heures. Trona, je me suis déjà fait avoir une fois. J'aime ma fille, je suis donc prêt à me faire avoir une deuxième fois. Mais je ne veux pas qu'elle se trouve à nouveau prise au milieu d'une fusillade, ou dans ce genre de situation aberrante que mon fils semble affectionner. Si je ne veux pas courir le risque que le FBI les descende tous les deux, je n'ai d'autre choix que de vous faire confiance. Je vais donc vous faire confiance. Mais n'essayez pas de me doubler. Je suis un homme d'affaires, seulement quand je dois botter le cul d'un type, je trouve toujours le moyen d'y arriver.

J'ai regardé l'échoppe de jus de fruits et les arbres

au feuillage épais qui se dressaient entre l'autoroute et l'océan.

— Monsieur, vous ne m'impressionnez pas vraiment. Vos menaces ne sont, pour moi, que de mauvaises manières.

Il a ricané.

— Vous êtes un drôle de type, Trona. Je ne vous impressionne pas vraiment. Ça me plaît. J'ai apprécié aussi la façon dont vous avez traité Bo dans mon salon.

J'ai fait demi-tour à Poppy et j'ai repris la direction de la résidence des Blazak.

— Je vous demande de laisser Marchant en dehors de tout ça, a-t-il dit. C'est ma condition.

J'ai réfléchi.

— Ils sont pourtant bons sur ce genre de coup.

— Je me souviens combien ils ont été bons sur le coup de Waco et de Ruby Bridge.

— Ils ont ramené le petit Elian à son père.

— Elian n'était pas détenu par un jeune con qui a mis le feu aux vêtements d'un clodo et qui a ensuite pissé dessus pour éteindre les flammes. Ou qui a balancé son chat dans un bassin d'acide. Merde, je n'aurais peut-être pas dû vous parler de ça.

— C'est du passé, monsieur Blazak. Même si ce n'est pas évident quand on regarde mon visage.

Il a adressé un signe au garde qui nous a ouvert le portail.

— Pas de Marchant sur ce coup-là. J'aurai l'argent à dix heures, a-t-il dit. Si vous voulez me joindre, passez par Lorna. Elle me préviendra et je vous rappellerai. Marchant a placé nos téléphones sur écoute.

La voiture sinuait dans les collines vers le second portail.

— Mon père a été abattu par un gangster qui s'appelle John Gaylen. Le cercle se resserre autour de lui.

— Félicitations.

— La veille du jour où il a tué Will, Gaylen a rencontré Bo Warren.

Du coin de l'œil, j'ai remarqué que Blazak me dévisageait. Il n'a rien dit pendant une longue minute. J'écoutais le ronron du moteur V8 de la Mustang.

— Je n'ai pas la moindre idée de ce que ce fils de pute de Bo pouvait trafiquer avec un gangster. C'est l'homme de Dan Alter, pas le mien.

— L'autre jour, chez vous, il semblait pourtant à votre service.

— Rien qu'un prêt. Ce gars, c'est du vent, on ne peut rien en tirer. Il a été incapable de retrouver ma fille. Il a juste réussi à me faire perdre un million de dollars.

— Nous pensons que Gaylen a été engagé pour abattre Will.

— Et vous pensez que Warren a quelque chose à voir là-dedans ?

— Je crois que Warren est un factotum, monsieur. C'est vous-même qui l'avez dit. Seulement, il n'était pas seul avec Gaylen. Il y avait quelqu'un avec lui dans la voiture. Je veux savoir qui.

Blazak a secoué la tête.

— Comment voulez-vous que je le sache ? Vous, les gars, flics, agents du FBI, chefs de service de sécurité, vous et tous les types dans votre genre, les Will et Rick Birch et Steve Marchant, vous voyez toujours des intrigues au milieu d'intrigues. Vous avez eu le culot de nous faire passer au détecteur de mensonges, ma femme et moi, puis vous avez refusé de nous communiquer les résultats du test. Toutes ces conjectures que vous avancez, toutes ces coïncidences et ces spéculations... Moi, tout ce que je veux, c'est récupérer ma fille. Une fillette de onze ans, c'est tout ce que je veux. A vous de coincer Bo Warren et le tueur ! Pas à moi. Je ne m'en soucie même pas. Je suis un homme d'affaires. Je fais exécuter les ordres. Vous, les gars, vous appartenez à une race différente.

— Oui, monsieur. Nous faisons le ménage pour des gens comme vous.

Il a secoué la tête et agité la main comme s'il chassait une abeille d'un plateau de pique-nique.

— Vous pourrez peut-être poser la question à Alex quand vous lui filerez deux autres millions de mes bons dollars et que vous récupérerez Savannah. Je n'avais jamais entendu parler de ce Gaylen avant ce soir.

— Ne vous inquiétez pas pour Savannah.

— Arrêtez-vous devant la grille, Joe. Ecoutez-moi bien, je ferai n'importe quoi pour récupérer ma fille saine et sauve. Si vous êtes la personne avec qui je dois collaborer pour arriver à ce résultat, alors je collaborerai avec vous. Je vous considérerai comme un partenaire en affaires aussi longtemps que vous ne m'aurez pas donné de raisons de revoir mon opinion.

Il a claqué la portière de la Mustang et s'est dirigé vers le portail où il a composé son code d'accès.

De retour sur la Coast Highway, j'ai appelé le bip de Marchant, j'ai raccroché et j'ai attendu.

Il m'a rappelé moins d'une minute plus tard. Je lui ai dit qu'Alex m'avait demandé d'organiser un deal pour sa sœur et une cassette porno. Le marché devait coûter deux millions à Jack. Jack avait accepté.

— Enfin, a-t-il dit. Maintenant, nous allons pouvoir bouger. Vous et moi, nous allons botter quelques culs et récupérer cette gamine. J'appelle le shérif Vale et je vois comment il veut gérer cette affaire.

20

Le lendemain matin, je me suis garé à proximité de la Chapelle de Lumière, peu après le lever du soleil, et j'ai attendu la Corvette rouge de Bo Warren. Les gardes fermaient les grilles de la vaste aire de parking, le soir, et ils ne les rouvraient qu'au matin. Quelques années plus tôt, des vandales avaient brisé des vitres et tagué des obscénités sur les murs, c'est pourquoi Daniel avait décidé d'adopter des mesures préventives.

La voiture de Warren a tourné à l'angle de la rue et est venue s'arrêter devant la grille en fer forgé surmontée de nuages sur lesquels des anges jouaient de la trompette. Le tout était peint en blanc. Warren a composé son code d'accès avant de pénétrer sur l'aire de parking ; je l'ai suivi avant que la grille ait eu le temps de se refermer.

Quand il m'a aperçu derrière lui, il a freiné brusquement et est sorti de son véhicule. Je l'ai rejoint à mi-chemin entre nos deux voitures.

— Foutez le camp, dit-il. Cet espace est non seulement sacré, mais il est aussi privé.

Il semblait tout droit sorti de sa douche : les cheveux mouillés et bien apprêtés, un costume impeccable, des chaussures incroyablement cirées. Ses lunettes fumées me renvoyaient le reflet du soleil levant. Je me suis remémoré une douche que j'avais prise récemment et j'ai dû faire un effort pour chasser ce souvenir.

— Je désire vous parler de John Gaylen.

— Alors parlez, soldat.

— Vous l'avez rencontré sur le parking du Bamboo 33, la veille du jour où Will a été abattu.

— J'ai l'impression que c'est à lui que vous devriez vous adresser, pas à moi.

— Nous nous y employons.

— Je vais vous répéter ce que j'ai dit à Sa Sainteté : je n'ai pas rencontré John Machin. J'ignore où se trouve le Bamboo 33. D'ailleurs, qu'est-ce que c'est, une boîte à Niaquoués ?

— C'est une boîte de nuit vietnamienne. Et un témoin déclare vous y avoir vu. Voiture, immatriculation, description précise du chauffeur. Vous, monsieur Warren.

Il m'a dévisagé sans bouger, le visage dur, le soleil se réfléchissant dans ses verres.

— Voici comment je vois les choses, monsieur Warren. Rick Birch est chargé d'enquêter sur le meurtre de Will. Si je lui dis ce que je sais, il vous convoquera pour vous interroger. S'il vous convoque, il me sera facile de veiller à ce que quelques journalistes en soient avertis. Cela ferait de beaux titres dans la presse du comté : le chef du service de sécurité du révérend Daniel interrogé par la police sur le meurtre de Will Trona. Vous êtes un nouveau venu à la Chapelle de Lumière, ça risquerait de nuire gravement à votre avancement.

Je voyais ses mâchoires se crisper et sa carotide battre la chamade. Cette artère était la première chose que surveillait un inspecteur de police quand son sujet commençait à parler.

— Je croyais que Daniel était votre ami.

— Il l'est, monsieur Warren, mais pas vous.

— Quelle lamentable façon de faire des affaires, Joe. Ne comprenez-vous donc pas le sens du mot « loyauté » ?

Je n'ai pas répondu.

— Ecoutez, Joe. Jennifer Avila m'a branché sur un truand, une certaine Luz Escobar. Aussi connue sous le nom de Pearlita. Escobar m'a dit que son ami Gaylen lui avait parlé d'Alex Blazak. J'ai pensé qu'il savait peut-être où Alex détenait Savannah. J'ai donc voulu lui parler à mon tour. Il ne savait rien. Ou du moins, s'il savait, il ne m'a rien dit. Enquête de routine, Joe. Rien de plus.

— Qui vous accompagnait ?

— Pearlita, qui croyiez-vous donc ?

— J'avais pensé à Jack Blazak.

Warren a souri et secoué la tête. Comme un boxeur qui a été touché, mais ne veut pas le montrer.

— Non. Jack me laisse les coudées franches. Délégation de pouvoir. C'est ce qui fait de lui un homme aussi habile, il sait déléguer.

— Pas habile au point de pouvoir récupérer sa fille.

— Il la récupérera. Des types comme lui obtiennent toujours ce qu'ils veulent. Tout est à vendre, or ils ont les moyens de payer.

— Qu'est-ce qui s'est passé quand vous avez essayé de remettre la rançon à Alex et de récupérer Savannah ? Je veux dire, avant l'intervention de Will. Qu'est-ce qui a cloché ?

Il a secoué la tête.

— Alex n'est pas venu au rendez-vous. Je n'ai donc pas laissé l'argent. Pas de Savannah, pas d'argent. C'était le marché. C'est là que Will s'est planté. Première règle en cas de kidnapping avec demande de rançon : ne jamais payer avant d'avoir récupéré son bien.

Je suis surpris qu'un ancien adjoint du shérif ait commis une telle bourde. Bien sûr, c'est peut-être pour ça qu'Alex a voulu qu'il serve d'intermédiaire. Résultat : Alex a l'argent et la gamine.

— Et la cassette vidéo ?

— Anecdotique. Un homme d'affaires s'ennuie et s'offre une petite sauterie avec sa femme et une fille. Bon Dieu, ces richards sont répugnants.

Warren a regardé en direction de la chapelle.

— Je suis en retard, je dois aller bosser. J'ai été ravi de pouvoir vous aider, Joe. Mais, maintenant, quittez cet espace sacré. Vos prises de judo, ça marche peut-être avec moi, mais pas avec Dieu.

— Je suis surpris d'entendre de tels propos dans votre bouche, monsieur Warren. Vous ne me paraissez pas très porté sur la religion.

— En fait, la religion me passionne... quand je reçois ma fiche de paie.

J'ai regagné ma voiture. La grille était équipée d'une cellule photoélectrique dans le sens de la sortie, de sorte que les anges et leurs trompettes se sont écartés pour me laisser passer.

J'ai été retrouver June pour déjeuner avec elle dans un parc, près de son travail. Je ne l'avais pas revue depuis notre rendez-vous, mais je lui avais téléphoné deux fois et je n'avais pas cessé de penser à elle.

Je ne pensais pas qu'elle serait aussi belle, en réalité, que dans le souvenir que je conservais de cette nuit exceptionnelle. Je me trompais. Lorsque je me suis avancé sur le monticule herbeux et que je l'ai aperçue debout à l'ombre d'un magnolia, mon cœur a bondi dans ma poitrine et je me suis demandé si je réussirais à articuler ne fût-ce que « Bonjour ».

J'ai réussi. Tout juste.

Nous nous sommes installés sous l'arbre pour manger des sandwichs au poulet froid qu'elle avait préparés. Elle portait le bracelet et les boucles d'oreilles en rubis. Nous avons étendu une couverture pour nous allonger dessus et nous avons échangé un unique baiser qui a duré près de quarante-cinq minutes. Mon bras gauche étant tout ankylosé, j'ai fini par rouler sur le dos. Vu sous cet angle, le magnolia ressemblait à mon havre secret. J'ai pensé qu'il était bien agréable d'être dans un vrai havre secret au lieu de devoir se contenter de l'imaginer.

— Je peux toucher ton visage ?

— D'accord.

Elle a tendu la main vers mon visage et l'a posée sur ma joue. Je sentais l'odeur de sa peau et de son parfum, et je m'efforçais de ne penser à rien d'autre. Ses doigts étaient doux. Quand on touche une cicatrice comme la mienne, on a toujours l'impression que l'ensemble va se mettre à bouger. Elle a appuyé doucement sur le bas de la joue, à la base de la mâchoire, et – juste au-dessus des yeux – la peau morte a poussé contre la peau saine qui l'entourait.

— Ça fait mal ?

— Le chaud et le froid, oui. Le toucher, non.

— Comment te rases-tu ?

— Avec une extrême prudence.

Elle a ri. J'ai souri.

— Tu devrais sourire plus souvent.

— J'ai vu ce que ça donne dans un miroir. Un moment pénible.

— Je ne suis pas d'accord. Joe Trona s'apitoierait-il sur son sort ?

Ses doigts ont remonté le long de ma joue. Des fleurs sur des rochers.

— J'essaie de ne pas m'apitoyer sur moi-même. Je

fais de sérieux efforts pour me convaincre que Will avait raison. La première fois que je l'ai vu, il m'a dit que tout le monde avait des cicatrices, mais que la plupart des gens les portaient à l'intérieur.

— C'est beau, et c'est vrai.

— Il disait des trucs bien. Il faisait des trucs bien.

— Pourquoi lui ont-ils fait ça ?

— Je l'ignore.

Nous sommes restés silencieux un moment. La brise soufflait et balançait les feuilles du grand magnolia ; l'herbe était froide sous mon dos, malgré la couverture.

Ses doigts tournaient autour de mon œil. Des pétales sur de l'acier.

— Accepterais-tu, un jour, de retourner au Hillview avec moi et mon micro ? Tu évoquerais tes souvenirs pour moi ? Si une visite de Joe Trona au Hillview n'est pas un bon sujet pour Real Live, alors je ne vois pas ce qui pourrait l'être.

— J'y réfléchirai.

— Je tire avantage de la situation ?

— Ce n'est pas ça. Seulement, ça attirerait forcément l'attention des « méchants ». Ton émission... le jour où tu m'as interviewé... Eh bien, j'ai dit des choses que je n'avais jamais confiées à personne. Si nous remettons ça, certains risquent de comprendre.

— Tu traques les ennemis de ton père ?

— Sans doute.

— Et tu penses que s'ils nous entendent ils risquent, ensuite, de s'en prendre à moi pour t'atteindre, toi ?

— Oui.

— Qu'ils aillent au diable, Joe. Allons faire cette interview à l'instant même.

J'ai roulé sur le ventre et je l'ai regardée.

— Tu ne comprends pas.

— Je comprends que cela ne me fait pas peur.

— C'est à moi que ça fait peur, June. Je t'aime et, s'il t'arrivait quelque chose, je te perdrais.

Silence.

— Tu as raison. J'ai été stupide.

— J'ai raison, cette fois-ci. Tu as du courage à revendre, June, utilise-le à bon escient.

Un nouveau baiser. Dix minutes, plus ou moins. June a reculé.

— C'est l'heure de l'émission, a-t-elle murmuré. Il est temps d'aller jacasser.

De retour chez moi, j'ai retiré l'émetteur radio de la voiture de Will et je l'ai enfermé dans l'un des coffres de mon plancher. J'avais à nouveau le sentiment que les choses ne tournaient pas rond. La même sensation que l'autre nuit, avec Will. Cette fois, j'ai essayé d'y accorder plus d'attention.

La sensation s'est encore précisée, dans l'après-midi, lorsque j'ai été récupérer mon courrier, dans mon casier. Une autre carte postale – cette fois, de Monterey, Californie.

Cher Joe,

J'espère que je peux te faire confiance. Fais en sorte que ça ne foire pas comme la dernière fois. Je suis très fatiguée.

Cordialement,
S.B.

Je suis arrivé à l'angle de Balboa Boulevard et Pavilion à seize heures cinquante-huit.

Alex avait choisi un endroit idéal pour pouvoir m'observer sans se faire repérer. Le boulevard était encombré de voitures qui filaient dans les deux directions, mais la circulation était fluide. Pavilion était une rue plus étroite, avec des aires de parking des deux côtés de Balboa. Partout, il y avait des piétons – des touristes et des plagistes, des patineurs et des pêcheurs, des étudiants et des familles, ou encore des couples de retraités. Deux bars et deux restaurants offraient de bons postes d'observation pour surveiller l'angle où je me trouvais ; il y avait même un hôtel. Alex Blazak pouvait se planquer dans n'importe laquelle de ces voitures ou derrière presque chacune de ces fenêtres sans courir le risque que je l'aperçoive. C'était peut-être l'un de ces étudiants ou de ces touristes. Il aurait même pu me surveiller à l'aide de jumelles depuis le pied de la jetée ou de la plage.

Marchant avait disposé des agents dans le secteur, mais il ne m'avait pas dit combien ni où ils se trouvaient.

Je me suis dirigé vers ma voiture, avec le sentiment d'être épié.

J'ai remonté Balboa Boulevard et j'ai appelé Marchant pour lui dire qu'Alex ne s'était pas manifesté.

— Normal, a dit Steve. Il veut juste vous apprendre à recevoir ses ordres, s'assurer que vous êtes capable de respecter vos engagements. Nous ne le verrons pas avant qu'il vienne chercher l'argent. Il se peut qu'il vous pose encore d'autres lapins. Acceptez systématiquement et faites ce qu'il vous dit. Mais tenez-moi toujours informé.

Je venais à peine de quitter la péninsule lorsque Rick Birch m'a téléphoné.

— Bonne nouvelle, a-t-il dit.

— J'en ai besoin.

— McCallum a reçu les résultats d'analyse de la balle qui a tué Ike Cao. On est vernis. Elle sort de la même arme qui a servi à refroidir deux gars de la bande des Lincoln – deux victimes de Felix Escobar.

— Le frère de Pearlita.

— Peut-être qu'il avait chargé sa sœur de planquer le flingue. Peut-être que pour le conserver en bon état de marche, elle s'est exercée sur Cao. Quoi qu'il en soit, nous l'avons appréhendée, il y a une heure : présomption de meurtre au premier degré. Elle avait un 22 automatique dans la boîte à gants.

— Peut-être qu'elle va nous balancer Gaylen.

— Espérons-le. Elle lui a fait une sacrée fleur en descendant Ike Cao. Maintenant, nous allons voir si elle est résistante.

— Si elle pouvait nous dire qui était le type dans la voiture de Bo Warren la nuit avant le meurtre, j'en serais très heureux.

— Moi aussi. On va la laisser s'habituer à son nouvel environnement, cette nuit, et demain on essaiera de lui proposer un marché.

Je me suis dirigé vers le Grove, en attendant que mon portable sonne à nouveau, mais il est demeuré silencieux. J'ai écouté l'émission de June. Son invité était le directeur du zoo de Los Angeles ; il avait grandi dans le comté d'Orange. Enfant, il entretenait un crocodile dans son jardin, un fourmilier dans sa chambre et une collection de serpents dans son garage. Ça rendait sa mère folle. Il avait l'air d'un brave type. En entendant le plaisant murmure de la voix de June Dauer, ma peau s'est embrasée et mon cœur s'est emballé. J'aurais voulu la tirer hors de l'autoradio pour l'embrasser pendant quelques heures.

Le chef de la sécurité du Grove Club, Bob Spahn, était un lieutenant à la retraite du département du shérif. Grand, mince, des yeux gris clair et des cheveux noirs, courts. Il continuait à assurer la formation en arts martiaux des gars du département. La rumeur voulait qu'il ait triplé son salaire en s'engageant dans le secteur privé, au service du Grub.

Spahn avait accepté de m'accorder « cinq petites minutes » avant de terminer sa journée, à dix-huit heures. Son bureau était situé à l'étage, au fond du couloir de la cuisine du bar. Un flic de la police de la route de Santa Ana, qui arrondissait ses fins de mois, m'a escorté à travers la salle à manger, dans l'escalier, le long des box privés et des tables de billard.

Spahn s'est levé de derrière son bureau et m'a tendu la main. Elle était dure et calleuse, une sensation que j'avais bien connue du temps où je participais à des compétitions d'arts martiaux. Nous passions, alors, plusieurs heures par semaine à donner des coups avec les doigts ou les poings dans des bassines remplies de graines pour oiseaux. Plus tard, les graines ont été remplacées par du sable de plage. Ça renforce les articulations et ça crée des callosités au bout des doigts et sur les articulations.

— Tu t'entraînes toujours, je suppose, a-t-il dit.

— Plus que deux fois par semaine, maintenant, monsieur.

— La compétition te manque ?

— Oui. L'entraînement n'est pas aussi vif.

— Ouais. Que puis-je pour toi, Joe ?

— Je veux savoir qui a fait entrer Luria Blas au Grove. C'était à l'occasion d'une collecte de fonds pour Millbrae, en avril dernier.

— Je me souviens de cette soirée. Ah ! on croit que les hommes d'affaires savent faire la fête jusqu'à ce qu'on ait vu les politiciens. Réunis-les tous dans la même pièce et attention les yeux.

— J'ai déjà vu ça, monsieur.

— Blas... renversée par une bagnole, pas vrai ?

J'ai acquiescé.

— C'était une hôtesse, ce genre de truc ?

— Peut-être qu'elle se prostituait.

— Tu es sûre qu'elle était là ?

— Oui.

— La règle au Grove est stricte : pas de prostitution d'aucune sorte et en aucune circonstance. Elle est appliquée à la lettre.

— Bien sûr. Mais il est parfois difficile de faire le tri, pas vrai ?

— Ben, ouais... un milliardaire avec une fille bien mise, qu'est-ce que tu veux faire ? Pas d'individuelles, en revanche, à moins que nous ne les connaissions. Elles doivent avoir de la classe et du maintien. On a besoin de ce genre de femmes, juste pour l'atmosphère. Comme un bon mobilier.

— Oui, monsieur, du mobilier.

— Autre chose, Joe ?

— Il n'existe donc pas de règle précise quant aux personnes qui accompagnent les membres, du moins en ce qui concerne les femmes.

— Pas vraiment. Je ne suis pas payé pour surveiller ça. Le Grove est au service de ses membres. Ce sont eux qui le dirigent. Je suis une baby-sitter améliorée. Mon principal boulot ? Veiller à ce que le personnel n'embarque pas l'argenterie. M'assurer que les barmans ne piquent pas dans la caisse. Vrai, un charmant bac à sable.

— Pourriez-vous me renseigner sur Luria Blas, ce soir-là ?

— Pourquoi devrais-je le faire ?

— Elle était pauvre. Elle était enceinte. Elle a été rouée de coups juste avant de mourir. Son frère a été descendu en essayant d'en savoir plus.

Il a haussé les épaules. J'ai attendu.

— On dirait ton père, a-t-il dit. Mais j'aimais ça chez lui. Toujours l'ami des opprimés.

— Moi aussi, j'aime les opprimés, monsieur.

— Seulement, vois-tu, Will veillait toujours à assurer ses arrières. Il n'avait rien d'un martyr. Qu'est-ce que tu espères retirer de cette histoire ?

— Rien. J'ai rencontré l'autre frère de Luria. Il m'a fait l'effet d'un type bien.

Il a secoué encore la tête.

— Je vais voir ce que je peux faire pour toi. File-moi ton numéro de téléphone et rappelle-moi la date, d'accord ?

Un détail m'est subitement revenu en mémoire.

— Monsieur, si une fête est organisée ici, au Grove, je suppose que l'organisateur est tenu de réserver une suite, ou le restaurant, ou tout ce dont il a besoin, n'est-ce pas ?

— Ouais, bien sûr. Sinon, c'est le bordel.

— Qui a fait la réservation pour la collecte de fonds au profit de Millbrae, ce soir-là ?

— C'est confidentiel, Joe. Nous sommes un club privé.

— Je comprends.

— Alors, comprends que je ne puisse te le dire. Je vais voir ce que je peux faire au sujet de Luria Blas. Mais je ne tiens pas à perdre mon boulot sur ce coup-là.

— Non, monsieur. Encore merci.

De retour sur la route à péage 241, j'ai attendu de me retrouver dans un secteur de couverture téléphonique pour appeler le directeur général du Grove. Rex Sauers était un vieil ami de Will. Il avait dirigé des boîtes dans le Lower East Side pendant vingt ans, puis un hôtel à Palm Springs, et enfin un restaurant cinq étoiles à Newport Beach où le Grove était venu le débaucher. Il a suffi que je me présente comme le fils de Will pour que sa secrétaire me le passe.

— Joe, comment vas-tu ?

— Pas trop mal, monsieur Sauers. Il me manque.

— Il nous manque à tous. Que puis-je pour toi ?

— Je mets de l'ordre dans les factures de mon père. Et je vois qu'il devait régler sa participation à la soirée organisée pour la collecte de fonds en vue de la réélection de Millbrae, en avril dernier. Il semble qu'il doive trois mille dollars et des poussières, mais il n'est pas précisé à qui le règlement doit être effectué.

— Laisse-moi vérifier.

J'ai passé un moment à écouter les parasites sur la ligne.

— Jack Blazak.

— Merci, monsieur. La plupart des créanciers m'ont déjà contacté. Je suppose que M. Blazak devait être mal à l'aise à l'idée de réclamer de l'argent à la famille d'un homme décédé si récemment.

— Jack est un brave type. Hé, passe donc me voir, un jour. Je t'invite à dîner. J'aimerais qu'on garde le contact.

— J'en serais très honoré, monsieur.

— Vous êtes sur le point d'arrêter ce salaud ?

— Nous avons un suspect. L'étau se resserre. C'est délicat parce que j'ai entendu la voix du tueur, ce soir-là, mais je ne l'ai pas vu. Ce que je crois, c'est que mon père s'est retrouvé au milieu d'une histoire qui l'a dépassé.

— Moi, je crois que tout ça sent mauvais. Will essayait d'aider Jack à récupérer sa fille, et voilà ce que ça lui a rapporté. Crois-moi, Joe, pour moi la cote de Will Trona a encore grimpé quand j'ai appris ce qu'il faisait. Blazak et lui ne s'entendaient sur rien. Ils s'opposaient sur tout. Pourtant, Will a mis leurs différends de côté pour aider Jack. Voilà le genre de type que c'était !

— C'était un grand homme.

— Amen. Gardons le contact, Joe. Fais-moi savoir si je peux t'aider en quoi que ce soit. Si tu veux réserver une table pour toi et une amie, vous êtes mes invités. Si Will a des notes impayées au Grove, oublie-les. L'ardoise est effacée.

Je songeai subitement que j'héritais, en quelque sorte, des amis de mon père, en même temps que de ses ennemis. Seulement, je ne savais pas bien qui était qui. Je me demandais si Will lui-même le savait. Il suffit de se méprendre une seule fois...

Aime beaucoup, mais accorde rarement ta confiance.

21

J'ai réchauffé trois plateaux-télé de qualité supérieure et j'ai attendu que le téléphone sonne. Alex n'avait peut-être pas aimé ce qu'il avait vu. Peut-être qu'il avait changé d'avis. Peut-être qu'il avait décidé de prendre son temps, comme il se plaisait à le faire depuis le début. Dix-huit jours déjà qu'il la détenait. J'ai songé à tout ce qui pouvait se passer en ce laps de temps, et aux vies qui peuvent être vécues pendant dix-huit longues journées d'été.

A vingt heures trente, le téléphone a sonné.

— Allô, Joe, c'est Thor.

— Comment as-tu obtenu mon numéro ?

— Détective privé.

Je n'ai rien dit. Je l'avais à peine effacé de ma mémoire – enfin, j'avais essayé – et voilà qu'il se manifestait à nouveau. Je sentais ma cicatrice prendre feu et mes doigts devenir glacés. J'ai entendu le son creux d'un liquide qui retombait dans le fond d'une bouteille.

— Ecoute, a-t-il dit, faut qu'on parle de certains trucs.

— Je t'ai pardonné.

— C'est pas ça. Y a autre chose. A propos de ce qui s'est passé.

— J'écoute...

— Je... euh... ben, tu sais comment sont les flics. Ils arrivent à te faire dire des trucs qui sont pas vrais. Et s'il se trouve que le mensonge t'arrange, tu leur balances ce qu'ils veulent entendre.

— De quel mensonge tu parles, Thor ? Viens-en au fait.

— T'es pas mon fils, Joe. J'ai cru que tu l'étais, pendant près d'un an. Je t'ai donné un nom, je t'ai donné le biberon, j'ai changé tes langes et j'ai claqué plein de fric pour toi. Je t'ai traité comme si t'étais une partie de moi. Mais ce n'était pas vrai.

J'avais l'impression d'être dans un ascenseur qui tombait en chute libre – une chute vertigineuse et claustrophobique dans les ténèbres. J'entendais une voix d'homme qui hurlait pendant la descente. La mienne, seulement ce n'était pas la mienne.

J'ai entendu Thor boire à nouveau, puis un hoquet. Quand il s'est remis à parler, c'est à peine si ses mots me sont parvenus, je tombais à une telle vitesse.

— Voilà. C'est dit. Je pensais que tu devais le savoir. C'est tout.

Il a raccroché. J'ai enfoncé la touche de rappel automatique, mais son téléphone ne l'acceptait pas.

Foncer. Toutes les vitres ouvertes et la Mustang à fond de train sur l'autoroute de Santa Ana.

T'es pas mon fils, Joe.

J'ai quitté l'autoroute et descendu Edinger à une allure plus raisonnable jusqu'à Santa Ana ; direction : la gare Amtrak. Mon cœur battait au ralenti. J'ai essayé de m'évader vers mon havre secret. Je voyais l'arbre, l'aigle et les collines derrière, mais sans réussir à me projeter dans le feuillage.

Arrivé à la gare, j'ai garé la voiture et je suis parti en quête des hôtels. Rien. Dans un rayon de cinq blocs, j'ai trouvé un Econo Lodge et un motel déglingué, le Paloma. Les réceptionnistes, des types nerveux, n'avaient pas vu d'homme correspondant à la description de Thor. J'ai alors élargi le cercle en m'éloignant de la gare.

Fernandez Motel, Superior Hotel, Fourth Street Apartments – locations hebdomadaires et mensuelles, même la YMCA. Rien.

J'ai continué à élargir le cercle : Oak Tree Motel, Saddleback Inn, La Siesta.

La réceptionniste du Rancho Lodge était une jeune Indienne dont les yeux se sont écarquillés à ma vue. Puis elle a détourné le regard et s'est perdue dans la contemplation du stylo accroché au bout d'une chaîne, sur le comptoir. J'ai décrit Thor Svendson.

— Chambre 12, a-t-elle répondu en s'adressant au stylo. Vous pouvez utiliser le téléphone, juste derrière vous, si vous voulez.

— Je préfère frapper à la porte. Merci.

La chambre 12 était la dernière, au rez-de-chaussée, sur la droite de la réception. Des phalènes se démenaient autour des lampes du couloir. Une télé beuglait dans la chambre 9. Je me suis arrêté devant la porte bleu turquoise et j'ai frappé.

Silence. Pas le moindre mouvement. Pas le moindre bruit. J'ai frappé à nouveau.

— Qui est là ?

— Joe.

— Une seconde.

J'ai entendu la chaîne glisser et le verrou coulisser. La porte s'est ouverte ; Thor se tenait devant moi. Son visage était pâle et ses yeux bleus ; il affichait son sempiternel sourire qui n'était pas un sourire. Barbe blanche, cheveux blancs. Un jean bouffant, un tee-shirt taché, dilaté par son ventre. Les pieds nus et blancs.

— Comment tu m'as trouvé ?

— J'ai roulé. J'entre !

Il s'est écarté et j'ai pénétré dans la pièce chichement éclairée. La télé était allumée avec le son coupé. Ça puait la cigarette, la gnôle et les frites. Une chambre simple avec kitchenette dans un coin. La porte de la salle de bains était fermée. Thor s'est affalé dans le fauteuil, dans un angle de la pièce, face à la télé. Sur la table de nuit, j'ai aperçu une bouteille de vodka bon marché et une brique de jus d'orange.

— Je voulais te le dire la dernière fois qu'on s'est vus, a-t-il marmonné. Mais ton pardon était si important. Je voulais pas en rajouter.

— Comment sais-tu que je ne suis pas ton fils ?

— D'abord, c'était rien que des soupçons. Puis, j'ai consulté le calendrier. Ensuite, je lui ai filé une raclée. Enfin, elle a avoué.

— Qui est mon père ?

— Elle en était pas sûre. Avec une femme comme elle, ça n'a rien d'étonnant. Pendant que j'étais en taule, avant mon procès, elle m'a proposé du fric pour que j'en parle pas. Pour que je laisse les gens croire que t'étais mon fils ; j'ai accepté parce que je suis con. J'ai empoché le fric. J'allais de toute façon moisir en taule, autant que ça me rapporte quelque chose. En définitive, j'ai même pas dû témoigner, j'ai pas été appelé à la barre. Mais le fait de laisser croire que c'était sur mon propre fils que j'avais balancé de l'acide, ça m'a fait remarquer. J'ai pas tardé à m'en rendre compte, à vrai dire, dès qu'ils m'ont bouclé. Ils m'ont enfermé dans le quartier sécuritaire, une chance ! Ça m'a valu quelques interviews. Merde, je suis devenu célèbre. C'est alors que j'ai eu l'idée de faire croire que j'avais agi comme ça sur ordre du Seigneur. Mon propre fils. Comme Abraham. Il avait une barbe blanche pareille à la mienne, sur ce dessin dans mon livre.

J'ai regardé ses yeux joyeux, enfantins.

— Pourquoi as-tu fait ça ?

Il m'a regardé. Une expression de surprise sur le visage.

— Pour lui faire mal ! J'étais saoul, camé et hors de moi. Ça n'avait rien à voir avec toi. Je voulais que tu le saches. C'était juste pour me venger sur quelque chose qui était un peu elle. Pour la faire souffrir comme elle m'avait fait souffrir, moi. Je dis pas que c'était bien ni que c'était mal. Seulement, il y a des trucs, Joe, qu'un homme peut pas pardonner.

Nous avons laissé ces mots flotter dans l'air. Et flotter encore un peu. Thor a baissé les yeux, il a bu un autre coup de vodka et l'a fait passer avec une gorgée de jus d'orange.

— Et tu veux que je te pardonne ?

Il a relevé les yeux. L'innocence bleue. Une tentative de sourire. La barbe du Père Noël.

— Tu m'as déjà pardonné. Tu te souviens ? Maintenant, on peut dépasser tout ça. Oublier. Repartir de zéro. Tiens, bois un coup. C'est pas une mauvaise vodka, enfin pour Food King.

— Où est-elle ?

— Charlotte ? Je l'ai pas vue une seule fois en vingt-trois ans. Je lui ai pas parlé plus souvent. Rien. Sauf l'argent. Elle l'expédiait toujours à date fixe. Je parie qu'elle s'est refait une virginité, qu'elle a changé de nom et épousé un banquier.

— Combien ? Quand ?

Il a laissé son regard filer au-delà de moi, comme s'il cherchait à se souvenir. Si vous preniez une photo de lui, dans un moment pareil, et que vous la montriez à une personne qui ne le connaissait pas, elle vous dirait que c'est un homme heureux. Enfin, s'il n'avait pas ces poches sombres sous les yeux et cette peau blême et moite.

— Mille dollars par mois pendant vingt-trois ans. Je me suis fait, comme ça, deux cent soixante-seize mille dollars. Elle m'avait filé cinq mille dollars au départ. Une sorte de prime à la signature. J'ai tout claqué.

— Mais tu ne lui as jamais parlé, pas même au téléphone ?

— Une ou deux fois, elle a appelé, peut-être. Elle a pas dit grand-chose. Y avait jamais d'adresse d'expéditeur avec le fric, te donne donc pas la peine de poser la question.

— Comment savait-elle où adresser l'argent ?

— Toujours à la même boîte postale, à Seattle.

— Quelle est sa dernière adresse, à ta connaissance ?

— Là où tout s'est joué, Lake Elsinore, dans le comté de Riverside. Il y a des années, un type en prison m'a dit qu'elle s'était installée à L.A. Je sais pas si c'est vrai.

— Qu'indiquait le cachet sur les enveloppes ?

— San Diego.

— Tout le temps ? Pendant les vingt-trois années ?

— Ouais. Et alors ?

— Tu as gardé une des enveloppes qui contenaient les billets ?

— Non, juste l'argent.

Thor a pris la bouteille et a avalé une longue gorgée de vodka. Puis une de jus d'orange, à même la brique.

— Tu veux boire, Joe ?

— Quand as-tu reçu le dernier paiement ?

— Il y a trois semaines. Il arrive toujours le premier jour du mois.

— Quel type de billets ?

— Dix billets de cent. Usagés. Jamais des neufs.

— Qu'en as-tu fait ?

— Loyer. Vodka. Une petite amie ou deux, au fil des ans. Faut bien vivre, non ?

Je l'ai regardé, puis j'ai contemplé la chambre, la bouteille et le téléviseur muet, et enfin, cette terrible expression d'innocence dans ses yeux.

— Ouais. Faut bien vivre.

— J'ai cru que t'allais dire que c'était vraiment pas la peine pour un type comme moi et que peut-être même que t'allais me descendre, comme tu avais dit que tu le ferais.

— Les choses changent.

— Tu parles !

Il paraissait réfléchir. Il a bu et reposé la bouteille avec maladresse.

— Tu veux la revoir ?

— Exact.

— Je suppose que si t'avais l'intention de me tuer, il te suffirait d'utiliser cette arme qui est sous ton manteau pour me faire sauter le caisson.

— Je te briserais la nuque.

Il a détourné le regard, son drôle de sourire toujours aux lèvres, ses cheveux blancs en pagaille, ses yeux bleus grands ouverts, clairs et vides.

J'ai fait un pas vers lui et j'ai pris sa tête entre mes mains. Le geste aurait pu faire penser à celui d'un homme qui tourne la tête d'un autre pour l'obliger à le regarder dans les yeux. Peut-être pour lui dire ce qu'il a sur le cœur. Mais j'ai disposé mes mains comme quand on s'apprête à tordre le cou d'un type : on cherche d'abord le bon équilibre et on répartit bien le poids de son corps, puis on évalue le potentiel de résistance. Cette manière de procéder est imparable parce que le type ne sait pas dans quelle direction vous allez lui tordre le cou ni à quel moment précis. Thor paraissait comprendre tout ça. J'ai approché mon visage du sien. Je sentais les relents de vodka et de jus d'orange.

— Est-ce que tout ça est bien vrai ? ai-je demandé.

— Oh, tout, oui. Je n'ai aucune raison de te mentir.

— Je suis heureux de ne pas être ton fils. Je préfère appartenir à la race des humains.

— Tu vois ? a-t-il murmuré. Je ne suis pas aussi mauvais que ça.

De retour chez moi, je me suis installé dans l'obscurité et j'ai réfléchi. La lune dispensait juste assez de clarté pour qu'un peu de lumière filtre à travers les stores. J'avais perdu mon père deux fois en deux semaines, et mes émotions ne parvenaient plus à suivre le rythme des événements. Elles étaient là – je les sentais juste au-dessous de la surface. Mais la surface était glacée et j'avais besoin d'un bon baptême. Tout ce dont je disposais, c'était une baignoire.

June m'a appelé et je lui ai dit que je ne pouvais pas parler parce que j'attendais un coup de fil important. J'ai essayé de me montrer poli, mais peut-être que j'aurais pu dire les choses avec plus de tact. Elle n'était pas heureuse en raccrochant et mon cœur était encore plus lourd. Je me suis demandé si l'amour était toujours irrationnel, ou s'il l'était uniquement dans mon histoire personnelle.

Je me sentais abandonné. A la dérive. J'avais eu besoin de Thor plus que je ne me l'étais avoué. Il était mon Lucifer, et je pouvais toujours lui imputer ma part d'ombre. J'avais eu besoin de Will, aussi, ma part de lumière. Maintenant, les deux avaient disparu, chacun à sa façon, et je me retrouvais avec le sentiment que mon existence passée n'était qu'un leurre. Assister à la dissolution de sa propre histoire engendre un vide terrible. Je sentais les fondations que je m'étais donné tant de peine à construire se dissoudre, se désagréger.

Le cœur battant la chamade, j'ai rappelé June et je lui ai expliqué ce que j'étais capable de formuler. Thor et Charlotte. Saoul, camé, sa volonté de blesser Charlotte. Rien de personnel. Mille dollars par mois pendant plus de vingt ans pour faire croire au monde que j'étais son fils. Cachet de la poste : San Diego.

June est restée un long moment sans parler.

— Tu es un homme nouveau, maintenant, a-t-elle dit posément. Tu es libre. Et, au fait, je t'aime. Je l'ai su à l'instant même où l'émission s'achevait.

— Je t'aime, moi aussi. Je l'ai su à l'instant même où tu as plongé dans la baie avec moi.

Une heure plus tard, le téléphone a sonné. Mon portable, pas la ligne fixe.

— Récupère l'argent. Garde ce téléphone à portée de main. Si une seule chose me déplaît à mille kilomètres à la ronde, je la tue. Si je vois l'ombre du FBI, je la tue. Si le ton de ta voix ne me plaît pas, je la tue.

— Ne la tue pas. Deviens riche, au contraire.

Il a raccroché.

J'ai coupé la communication et j'ai reposé le portable sur la table, puis j'ai appelé son père sur la ligne fixe.

22

J'attendais Jack Blazak à l'entrée de Diver's Cove, à Laguna Beach. Il était minuit trente. Le ciel était dégagé et les étoiles scintillaient derrière les arbres. La nuit embaumait les embruns de l'océan, l'eucalyptus et le jasmin.

Blazak est arrivé avec cinq minutes de retard. Il m'a montré l'attaché-case dans le coffre de la Jaguar neuve. Les billets étaient rangés en liasses de cent. J'ai fait passer l'attaché-case dans le coffre de ma Mustang.

— Ça fait beaucoup d'argent, Joe.

— Deux millions de dollars, j'espère.

— Un homme pourrait s'acheter une belle maison sur la plage avec la moitié de cette somme et mener la belle vie avec l'autre moitié.

— Peut-être que c'est ce que veut faire Alex.

— Il dilapidera l'argent. Comme tout le reste.

— Pourquoi vous détestez-vous à ce point ?

Il m'a regardé et a secoué la tête.

— Je ne le déteste pas. Il me déçoit. Tous les avantages, aucun résultat. Il a gâché toutes les occasions que nous lui avons procurées. Enlever sa sœur et demander une rançon pour la libérer ? Quel jeune fait ce genre de choses ?

Je n'avais pas de réponse à cette question. Je ne savais qu'une chose, c'est que j'avais vu Savannah – une enfant délicieuse qui se retrouvait dans une bien sale situation. C'était suffisant. Ça représentait plus pour moi que Jack et Alex réunis.

Blazak s'est avancé vers moi.

— Ne ramenez pas Savannah à la maison. Conduisez-la ici. Téléphonez à Lorna, comme vous l'avez déjà fait. Demandez-lui si elle a eu des nouvelles de Savannah. *Si elle a eu des nouvelles de Savannah* ! Lorna me préviendra aussitôt sans que Marchant ou qui que ce soit en ait vent. Je viendrai la chercher ici même.

J'ai dit que j'étais d'accord.

— Et la cassette dont nous avons parlé, je compte sur vous pour me la rendre en même temps que ma fille.

— C'est ce qui est convenu, monsieur.

— Vous pensez que c'est ce qui est convenu, Trona. Mais vous ne connaissez pas Alex. Je peux vous garantir qu'il tentera de nous rouler dans la farine.

— Je veillerai à ce qu'il n'en soit rien.

Il a posé sur moi un regard soupçonneux.

— Vous êtes seul sur ce coup, pas vrai ? Ni fédéraux ni shérif ?

— Exact.

— Pas d'amis pour vous filer un coup de main ?

— Je m'en sortirai seul.

Blazak m'a dévisagé puis il a reculé.

— Que voulez-vous ? Pourquoi faites-vous cela ?

— Pour Will. Et pour votre fille.

— Je vous filerai cent mille dollars, si tout se passe comme prévu.

— Merci, monsieur.

— Ça ne vous impressionne pas.

— Non.

Les voulez-vous seulement ?

J'ai réfléchi avant de répondre, même si je n'avais pas l'intention de lui rendre sa fille.

— Cent mille dollars ne me déplairaient pas.

Il a souri. Comme s'il avait le sentiment que j'avais eu une révélation soudaine, ou que je l'avais rejoint sur un point capital. L'ennui avec les gens qui aiment l'argent, c'est qu'ils sont persuadés que tout le monde aime l'argent. Ça les aveugle.

— Pas de cassette, pas de marché, a-t-il dit. Savannah *et* la cassette. Souvenez-vous-en.

En quittant Laguna Beach avec deux millions dans le coffre de ma voiture, je n'étais pas près de l'oublier. J'avais posé mon portable sur le siège à côté de moi et j'attendais l'appel qui me permettrait de finir le travail que Will n'avait pas eu le temps de mener à bien.

La salle de crise bourdonnait : Marchant et douze agents fédéraux, Birch et Ouderkirk, le shérif Dwight Vale, ainsi que le capitaine du SWAT, le groupe d'intervention du département du shérif.

Marchant a rangé les deux millions dans un sac en toile noire tout élimé, mais équipé d'une balise électronique dans les poignées. Il a glissé un autre mini émetteur au milieu d'une liasse.

— Notre atout est tout bonnement invisible, a-t-il dit. Il est dissimulé dans la doublure du sac. Une balise à infrarouges. Elle émet un signal thermique que nous pouvons capter en l'air – depuis un avion ou un hélico. Où que ce sac aille, nous le suivrons. Il sera visible comme une luciole.

Le shérif Vale était un homme grand et lourd ; dans le département, il était surnommé le Taureau. Il était occupé à distribuer les consignes à ses hommes, mais tout le monde dans la pièce savait que le dernier mot reviendrait au Bureau.

Marchant et Vale avaient déjà prévu deux « assistantes sociales du SPE » pour m'accompagner. Il s'agissait, en réalité, d'un détective de la Criminelle, Irene Collier, et d'un détective de la police de Santa Ana, Cheryl Redd. Collier avait la quarantaine et de l'embonpoint ; Redd était plutôt menue, la bonne cinquantaine et de longs cheveux poivre et sel. Lorsqu'elle posait ses lunettes sur son nez et qu'elle coiffait ses cheveux en chignon, elle paraissait tout à fait inoffensive.

— Joe, quand Alex appellera pour t'indiquer le lieu de l'échange, dis-lui que tu veux te faire accompagner par deux assistantes sociales. Dis-lui que c'est la condition pour que Savannah soit admise au Service de protection de l'enfance, faute de quoi elle rentrera chez son père et sa mère.

Ils m'ont équipé d'un second portable relié directement à la salle de crise, et ils ont mis à ma disposition un van, au cas où Alex serait assez confiant pour m'autoriser à conduire le véhicule de mon choix. J'ai même été gratifié d'un tout nouveau gilet pare-balles conçu pour résister à des tirs à bout portant, à du gros calibre ou à des rafales.

— Pas mal pour un adjoint, a fait Birch. J'ai dû attendre trente ans pour qu'on me confie une telle mission.

— Très bien, est intervenu Marchant. Moment délicat, l'attente commence, tenez-vous prêts.

Il m'a conduit jusqu'au parking protégé et a enfermé le sac en toile dans le coffre de ma Mustang.

On a déjeuné à la cafétéria du tribunal : Marchant, Birch et Ouderkirk, Irene Collier et Cheryl Redd.

L'agent spécial et les quatre détectives paraissaient détendus et ravis d'être ensemble ; personne ne m'a posé la moindre question sur ma vie, sur mon visage, sur Will ou sur Thor. Nous étions juste là pour bosser. C'était un peu comme dans la salle à manger du personnel, à la prison centrale, lorsque je déjeunais avec les autres adjoints. Nous formions une équipe. Des gens qui appartenaient au même camp. Une famille, quoi. Mais c'était plus que ça pour moi. C'était comme un avant-goût de ce qui m'attendait. J'ai songé à Will et à la terrible beauté du monde dont il m'avait ouvert les portes.

Vingt ans de ce boulot, puis dirige-toi vers la politique ou les affaires, Joe. Tu bénéficies déjà d'une renommée supérieure à la mienne. Acid Baby. Bon sang : joue les cartes qui t'ont été données. Acid Baby président. Ça sonne bien, pas vrai ?

Après le déjeuner, Birch m'a entraîné à l'écart.

— J'ai secoué Pearlita, ce matin. La vidéosurveillance de l'hôpital, la correspondance entre la cartouche et son calibre 22. J'ai convoqué des témoins qui ont confirmé que c'était bien elle derrière le masque d'infirmière. Bref, elle est prête à négocier. Elle prétend qu'elle peut faire tomber Gaylen pour le meurtre de Will, si on la laisse sortir. Je lui ai dit que ce genre de pratique n'existait pas dans la vraie vie. Je lui ai proposé d'y aller piano, de commencer par exemple en nous disant qui se trouvait avec Bo Warren la nuit où il a rencontré Gaylen, sur le parking du Bamboo 33. Elle prétend savoir qui était le mystérieux passager et elle se dit prête à nous livrer son nom, si nous lui obtenons une réduction de peine. J'en ai parlé avec Phil Dent ; il est généralement assez coopératif. On verra.

Il était treize heures trente-cinq. Toujours pas d'appel d'Alex.

Je suis allé traîner dans les bureaux de la Criminelle. A la prison centrale. Je me suis assoupi un bref instant, la tête posée sur la table de la salle de réunion.

J'ai été faire un peu d'exercice au gymnase réservé au personnel de la prison, pas de civils et un air conditionné réglé à la perfection. Le gymnase est, en partie, un mémorial à un adjoint tombé en service – Brad Riches, un jeune gars qui s'est fait descendre par un cambrioleur armé d'un automatique, au moment où il garait sa voiture devant une épicerie. Sur un mur, on a peint la voiture de patrouille de Brad, avec un flic allongé sur le sol. Sur le mur opposé, une autre fresque représente quatre adjoints en position de tir. Les canons de leurs armes sont pointés vers vous. On aperçoit les méchants dans les reflets de leurs lunettes. Une bannière au-dessus de la porte d'entrée dit : *La force du loup est dans la meute ; la force de la meute est dans le loup.*

J'ai fait mes exercices tout en songeant à Riches, à la meute et à John Gaylen. Quelles étaient les chances pour qu'il se manifeste à nouveau au moment de l'échange ? Quelles étaient les chances pour que la personne qui voulait la mort de Will désire également la mienne, aujourd'hui, et renouvelle l'opération qui lui avait si bien réussi la première fois ? Les chances étaient faibles, je le savais, mais je ne pouvais m'empêcher de craindre la symétrie, la répétition, l'occasion.

Déjà quinze heures quarante-trois. Toujours pas d'appel.

Je me suis rendu au tribunal pour suivre une partie du procès du Dr Chapin Fortnell. Lorsque j'ai pénétré dans la salle d'audience, il avait les yeux baissés, apparemment perdu dans la contemplation de la table de la défense. Il les a levés et a posé sur moi un regard assoupi au moment où je me suis assis. Un assistant du district attorney interrogeait une victime de Fortnell, un homme de vingt et un ans, qui n'en avait que douze lorsque Fortnell avait abusé de lui.

Et où étiez-vous, précisément, quand se sont produits les premiers attouchements ?

Dans son bureau. A Newport Beach.

Dans son cabinet de consultation ? Là où il pratiquait sa psychothérapie familiale avec des jeunes garçons et des jeunes filles ?

Objection, Votre Honneur ! Ce témoin ne peut avoir connaissance de l'âge précis des patients du Dr Fortnell et...

Objection retenue. Poursuivez, monsieur Evans.

Cela m'a remis en mémoire un incident qui s'était produit quand j'avais onze ans. Je m'étais inscrit dans un club de jeunes de Tustin, et nous avions l'habitude de nous rendre à la plage à vélo, deux employés du club, un groupe de gamins et moi. Un jour, dans les toilettes publiques de la 15e Rue, je venais de me soulager quand un type plus âgé, trapu, avec des lunettes de soleil et de longs cheveux roux m'a bloqué le passage et m'a demandé si je savais ce qu'était le sexe. J'ai dit : « Non monsieur, je l'ignore. » J'ai détourné les yeux et j'ai essayé de le contourner. Je me souviens encore de l'odeur moisie de ces toilettes, du gravier pisseux, des latrines puantes et des flaques de Dieu sait quoi sur le sol. Tandis que j'essayais de le contourner, la tête baissée, j'ai vu son pied nu se déplacer de manière à me couper la retraite et j'ai senti sa grosse main se poser sur mon bras. J'avais cinq années d'arts martiaux derrière moi, à cette époque, et une ceinture verte dans trois disciplines différentes. D'une main, j'ai saisi son bras tendu et de l'autre je lui ai griffé un œil.

Il m'a aussitôt lâché, et je lui ai griffé l'autre œil. Tandis qu'il se tenait là, se protégeant les yeux des deux mains, au milieu de l'odeur saumâtre des toilettes, j'ai décoché un coup sec sur sa rotule gauche et il s'est effondré dans un cri. Je me suis précipité jusqu'au poste de secours mais, arrivé là, j'ai été incapable de raconter ce qui s'était passé. Les mots ne venaient tout simplement pas. J'avais honte, rien que d'avoir été touché par cet homme et d'avoir subi ses avances. Le maître nageur, qui discutait avec des filles, ne s'est pas intéressé à moi. Je me souviens d'avoir empoigné ma planche et ramé en direction des vagues froides et violentes. J'apprenais alors à surfer et j'ai glissé d'une vague à l'autre jusqu'à l'épuisement, qui m'a procuré une sensation de purification. Je n'ai jamais plus remis les pieds dans ces toilettes publiques sans sentir ma peau se hérisser et mon visage s'enflammer.

Lorsque je me suis éclipsé, le Dr Fortnell contemplait à nouveau la table.

A dix-sept heures, je me suis installé dans ma voiture pour écouter l'émission de June. Elle recevait comme invités un ouvrier du bâtiment et une femme de quatre-vingt-deux ans. L'ouvrier avait sorti la dame d'une voiture tombée à l'eau. La femme avait enfoncé l'accélérateur au lieu de la pédale de frein, défonçant ainsi un grillage, et avait atterri dans la piscine municipale. Personne n'avait été blessé, pas même la dame. Elle a raconté qu'elle avait senti la main de Dieu se poser sur son bras au moment où elle avait failli se noyer.

Quand je dis qu'un baptême est régénérateur !

Je suis rentré chez moi à dix-neuf heures. Toujours pas d'appel. J'ai avalé mes plateaux-repas avec deux millions de dollars planqués sous la table. J'ai appelé

June de mon téléphone fixe ; on s'est parlé un court moment. Je lui ai dit que tout allait bien et que la situation ne devrait pas tarder à se débloquer. Son doux murmure était si beau que j'avais envie d'enfoncer ma main dans le combiné pour l'attirer jusqu'à moi. Regarder son filet de voix flotter dans l'air. Ecouter son rire. Le jeter dans ma bouche et l'avaler. Je sentais son goût dans ma bouche et celui de June : sel, fleur, lait.

Alex Blazak a téléphoné à vingt et une heures trente-sept.

— Emmène le colis au Newport Pavilion. Conduis la Mustang. Tu trouveras une cabine téléphonique à l'entrée. Installe-toi dedans à vingt-deux heures dix précises. Si ce que je vois me plaît, on se reparlera.

— J'amène deux femmes du Service de protection de l'enfance. C'est ça ou elles n'acceptent pas d'accueillir Savannah, ce soir.

— Amène le pape si ça te chante. De toute façon, tu ne me verras pas.

Il a raccroché. J'ai réalisé qu'Alex était stupide et qu'il était dans la merde jusqu'au cou.

J'ai appelé la salle de crise sur le portable du Bureau et Marchant m'a répondu. Je lui ai fait mon rapport.

— On envoie les hélicos. Collier et Redd seront postées près de la cabine téléphonique avant vingt-deux heures. Terminé.

Je suis arrivé devant la cabine à vingt-deux heures cinq. Occupée. Un jeune homme à la voix rauque en pantalon blanc et tee-shirt rouge parlait haut et fort. J'ai posé le sac en toile sur le sol, je lui ai tapoté l'épaule et j'ai exhibé mon badge. Il a froncé les sourcils et a posé la main sur le combiné. Je lui ai expliqué qu'il devait libérer la cabine. Il a ramené le téléphone devant sa bouche et a parlé devant le combiné tout en s'adressant à moi.

— Il est à toi, Joe, a-t-il dit. Je suis Larson. Collier et Redd sont en surveillance derrière la vitre de ce bar. Je ne serai pas loin.

Il a raccroché et s'est éloigné. Le téléphone a sonné à vingt-deux heures dix précises.

— Où sont tes amies ?

— Dans le bar.

— Le front de mer doit grouiller de flics.

— Deux assistantes sociales. C'était convenu.

— Prends le prochain ferry jusqu'à Balboa Island. Tiens-toi à tribord avant. Quand tu descendras à terre, attends près de la cabine téléphonique de droite. File. Il part.

J'ai raccroché, adressé un signe à Collier et Redd, et je me suis précipité vers l'embarcadère. La dernière d'une colonne de trois voitures se dirigeait vers la place qui lui était indiquée. Le personnel de bord vérifiait les freins de la première voiture. Je suis monté à bord du ferry, le sac sur l'épaule. Collier et Redd m'ont rejoint. Collier portait un jean, un vieux cardigan et un grand sac ; Redd, une longue jupe démodée, un pull informe et des tennis, ses cheveux étaient relevés en chignon. J'ai aperçu le récepteur dans son oreille et le petit émetteur contre son menton. La ligne directe de Marchant, sans doute : Redd devait faire le rapport sur nos mouvements. Des piétons s'appuyaient à la rambarde tout autour de nous – des touristes vêtus de couleurs criardes, des couples serrés pour lutter contre la fraîcheur de la brise nocturne, des enfants avec des skateboards et des bicyclettes.

Tout en m'excusant, je me suis frayé un passage pour gagner l'avant droit du bateau. J'ai regardé l'aire de jeu à côté de l'embarcadère, avec son manège, et j'ai posé le sac à mes pieds. Collier et Redd se sont installées de part et d'autre de moi.

Le moteur du ferry s'est mis à gronder. J'ai ressenti sa vibration profonde dans mes jambes tandis que nous nous éloignions du quai et nous gagnions la pleine mer. Un ketch remontait le chenal. Un couple d'adolescents dans un skiff pêchait devant nous, leurs cannes scintillaient dans les lumières du Pavilion. De l'autre côté du port, j'ai aperçu Balboa Island. Un employé de la compagnie en pantalon kaki et chemise à fleurs a pris mon dollar pour notre groupe de trois et m'a rendu vingt-cinq cents.

Le pilote du ferry a mis la barre à bâbord, contre le sens du courant. J'apercevais l'autre débarcadère. Le ketch a disparu dans les ténèbres ; sa poupe en forme de bouclier s'estompait lentement. Un Zodiac filait à côté de nous, à une trentaine de mètres de notre bord.

Mon portable a sonné.

— Tiens-toi prêt.

J'ai soulevé le sac d'une main et je l'ai posé sur la rambarde. J'ai senti Collier et Redd se crisper tandis que je surveillais la masse noire de l'eau. Le Zodiac ralentissait, tout en se rapprochant du ferry.

— Je suis juste derrière toi. Je vais passer à ta hauteur et tu vas laisser tomber le sac. Ne bouge pas encore.

— Où est-elle ?

— Tu le sauras quand j'aurai l'argent. Si toi ou les flics qui t'accompagnent cherchez à me coincer, n'oublie pas ceci : Savannah n'a de l'oxygène que pour tenir environ deux heures. Vous me tuez, vous la tuez. C'est aussi simple que ça. Prépare-toi, Scarface. Quand je dis « balance », tu balances le sac. Garde le téléphone levé. Levé !

J'ai regardé Redd.

— Il a planqué la gamine dans un lieu où elle ne dispose pas de beaucoup d'air. Ne tirez pas.

Le Zodiac remontait rapidement le long du ferry, son moteur vrombissait. Je voyais l'homme à son bord : des vêtements sombres, une casquette de base-ball posée à l'envers, le corps à moitié tourné vers le gouvernail à l'arrière de l'embarcation. Dix mètres. Cinq mètres. Puis plus qu'un mètre. Il se rapprochait de moi. Je tenais le sac dans le vide, à bout de bras, en attendant que le Zodiac soit juste à ma hauteur. Je ne distinguais pas bien Alex Blazak, mais dès que les lumières du ferry ont éclairé son visage il m'a fait songer à son père : grave, tendu, autoritaire.

Il m'a souri :

— Balance !

J'ai lâché le sac. Il a atterri à la surface de l'eau dans un petit claquement sourd. Le Zodiac a fait un bond en avant, et j'ai vu Alex Blazak armé d'une longue gaffe chercher à glisser celle-ci dans une poignée du sac pour le tirer vers lui. Il l'a relâché à deux reprises, l'a rattrapé, puis l'a saisi à deux mains. Relevant la tête vers moi, il m'a adressé un petit signe et un nouveau sourire.

Le Zodiac a viré subitement à la manière d'un daim surpris et s'est enfoncé dans les ténèbres avec un hurlement de moteur en laissant derrière lui un nuage de fumée.

Je l'ai regardé se fondre dans la nuit et filer dans le chenal vers l'entrée du port.

Son sillage s'élargissait au fur et à mesure qu'il s'éloignait. Le bruit du moteur fondait progressivement. Je me suis demandé si la balise électronique n'était pas trop humide pour fonctionner correctement, et si les émetteurs à infrarouges survivraient à un tel plongeon.

J'avais toujours le téléphone collé à l'oreille.

— Trona, je reprends contact avec toi dès que je serai en sécurité. Rappelle tes chiens et tu récupéreras Savannah vivante. Adieu, Tronche de cake.

J'ai fait signe à Redd de raccrocher et je me suis empressé d'appeler Marchant sur mon deuxième poste. Je lui ai annoncé que Blazak avait l'argent et qu'il filait vers l'ouest, en direction de l'océan.

— Savannah ne dispose pas de beaucoup d'oxygène, monsieur. Il nous rappellera dès qu'il se sentira en sécurité.

— Larson capte toujours le signal émis par le sac. Pour l'instant, tout se passe bien. Trois voitures banalisées se dirigent vers la péninsule en ce moment même. Deux autres sont à Balboa Island. Elles longent la jetée. La patrouille fluviale entre dans la danse, et j'envoie les hélicos. On va le coincer. Attendez un instant, Joe.

Je l'ai entendu parler à quelqu'un d'autre, mais je ne comprenais pas ce qu'il disait. Puis il est revenu à moi.

— Ouais, ouais, d'accord. Joe, la patrouille fluviale couvre la moitié sud, entre le débarcadère du ferry et le chenal. Pas de Zodiac en vue pour le moment. Prenez le prochain ferry et revenez ici. Attendez près de la voiture, tous les trois.

— Bien reçu, monsieur. Prenez-le vivant.

Les hélicoptères vrombissaient dans les ténèbres, et les projecteurs de la patrouille fluviale balayaient le secteur sud. Mon cœur battait en accéléré dans ma poitrine et toutes les lumières paraissaient renfermer une promesse.

— Vous avez bien tenu votre rôle, dit Collier.

Elle m'a serré le bras.

— Maintenant, c'est à Alex de tenir le sien.

Nous étions appuyés contre ma voiture. Je me sentais stupide, inutile, pareil à un touriste.

Cinq minutes. Dix.

Marchant a rappelé à vingt-trois heures cinq.

— Joe, dirigez-vous vers le sud de la péninsule, le long de Balboa Boulevard. La patrouille fluviale l'a repéré et le signal est net. Le sujet a accosté à un quai privé, il semble qu'il ait largué les amarres à un appontement près de K Street. Si la situation évolue, on pourrait avoir besoin de vous.

— Ne le tuez pas.

— Tout va bien. Restez calme. Terminé.

J'ai redescendu lentement la péninsule, le long des vastes propriétés, des bungalows, des palmiers et des bougainvillées. La circulation était dense. J'ai dépassé K Street en m'efforçant de poser un regard détaché sur tout ce qui m'entourait. J'ai laissé aller ma nuque sur l'appuie-tête, ainsi que le faisait Will, les paupières mi-closes, les yeux en alerte.

Trois voitures de police de Newport Beach étaient garées sur notre gauche. Deux voitures de patrouille du département du shérif sillonnaient L Street. J'ai repéré trois autres véhicules banalisés et deux berlines qui devaient appartenir aux fédéraux.

Deux hélicoptères survolaient l'eau, leurs projecteurs fouillaient les ténèbres. Des touristes approchaient, curieux.

Le boulevard aboutissait au chenal. J'ai fait demi-tour et je suis revenu sur mes pas. Une voiture banalisée était garée près de la jetée. Une autre nous a dépassés en direction de K Street.

Je m'interrogeais. Vingt minutes et il était toujours sur l'eau ?

J'ai à nouveau dépassé K Street. Rien. J'ai rappelé Marchant.

— Il est toujours à quai ?

— La patrouille fluviale finit son approche en ce moment même. Joe, amenez-vous avec les assistantes sociales sur la plage, K Street. Ne raccrochez pas. Terminé.

— Nous y sommes.

J'ai descendu K Street et je me suis garé à la limite du sable.

— Monsieur, où est Blazak ?

— Aucune trace.

— Je parie qu'il a abandonné le bateau et le sac, monsieur.

— Joe, attendez de mes nouvelles.

Je l'ai entendu qui parlait sur une autre ligne. Puis :

— Joe, je suis en ligne avec l'équipe fluviale. Ils ont accosté, mais ils ne voient pas Blazak. Ils ont des jumelles de nuit et la visibilité est bonne. Ils distinguent clairement le Zodiac. Ils aperçoivent même ce qui ressemble à un sac en toile sur une banquette. Mais pas la moindre trace de Blazak. Joe, le groupe d'intervention sera là dans trois minutes. Je vous envoie trois hommes pour fouiller le Zodiac. Laissez Redd diriger l'opération. Elle a l'expérience de ce genre de situation. Gardez l'œil ouvert. Terminé.

Collier a remonté la petite rue d'un côté ; Redd et moi, de l'autre. Lorsque nous sommes arrivés à la dernière maison, Redd s'est avancée la première. Je l'ai suivie, talonné par Collier. C'était ma première intervention sur le terrain ; j'étais fier et calme. C'était un peu comme mes opérations de nuit avec Will, mais en mieux, d'une certaine façon. Redd avait son arme de service à la main et la tenait plaquée le long de sa jambe. J'ai fait comme elle.

Le bateau de la brigade fluviale était à trente mètres du quai, mais ses puissants projecteurs éclairaient tout le quai de K Street. Je distinguais les silhouettes du Zodiac et des adjoints. Les hélicoptères ronronnaient à basse altitude et faisaient des vagues à la surface de l'eau.

Redd s'est avancée sur le débarcadère éclairé comme en plein jour. Je l'ai suivie. Ses cheveux volaient au vent sous les pales des hélicos et elle s'est tournée vers moi. L'arme pointée vers le Zodiac, elle a commencé à courir. J'ai fait de même. Elle marchait en crabe, moi aussi. Elle a dit quelque chose et a baissé son arme, mais le bruit des hélicos couvrait sa voix. Lorsque je l'ai rejointe, j'ai découvert le sac en toile vide sur l'une des banquettes du bateau. Les pas de Collier résonnaient derrière moi.

— Tu l'avais dit, a-t-elle observé.

— Il est fort à ce petit jeu-là.

Puis une voix amplifiée a résonné du bateau de patrouille.

— LE FILS DE PUTE S'EST TIRÉ ?

— Le fils de pute est loin, a confirmé Redd. *Fils de pute !*

J'ai rangé mon arme et j'ai remercié le ciel d'avoir permis à Alex de filer. Cela signifiait qu'il pourrait nous conduire jusqu'à sa sœur, pour autant qu'il trouve au fond de son cœur la force de renoncer à sa meilleure source de profit

— Nous sommes vivants, ai-je dit. Elle est vivante.

Redd s'est tournée vers moi.

— N'y compte pas trop, Joe.

Mon portable a sonné. Redd a fait signe aux hélicos de s'éloigner tandis que je prenais la communication, le téléphone collé à mon oreille.

23

— Où est-elle ?

Alex Blazak a ri. J'avais l'impression qu'il était dans une voiture. La réception était mauvaise, avec des parasites et un bruit de fond sur la ligne.

— Tu n'imaginais quand même pas que j'allais lui faire du mal, non ?

— On ne sait jamais, avec un dingue comme toi.

— C'est bien moi. Je me reconnais. Allez, elle t'attend au Bay Breeze Motel. Si tu es toujours dans K Street, à fouiller mon bateau, le motel n'est qu'à trois kilomètres. Chambre 14, Trona. Hé, c'est sympa de faire affaire avec toi. Chrissa prétend que t'es un type bien.

Il m'a donné l'adresse du motel et a raccroché. J'ai transmis l'information à Redd, qui l'a communiquée à Marchant, et nous sommes repartis.

Cinq minutes plus tard, nous arrivions au Bay Breeze Motel. Il était situé du côté plage de Coast Highway. Deux voitures de patrouille du shérif étaient déjà garées sur le parking. Deux véhicules de la police de Newport Beach étaient en double file sur Pacific Coast Highway. Deux hélicos se posaient sur la plage. Ils venaient de deux directions opposées.

— Je passe en premier, Joe. Si on a besoin d'aide pour ouvrir la porte, vous êtes notre homme. Les flics en uniforme couvriront l'arrière et les côtés.

La chambre 14 était située au premier étage ; en haut d'un escalier en ciment, on a tourné à gauche. Il y avait de la lumière dans la chambre. Collier et moi, nous nous sommes placés d'un côté de la porte ; Redd, de l'autre.

Elle a frappé deux coups.

— Oui ?

— Savannah Blazak ?

— Oui.

— Je suis le sergent Cheryl Redd du département du shérif du comté d'Orange. Tu es seule ?

— Oui.

— Ouvre la porte, s'il te plaît.

J'ai entendu le verrou coulisser et la chaîne glisser. La porte s'est ouverte vers l'intérieur et Savannah Blazak est apparue dans un faible éclairage. Elle paraissait pâle et sale.

— Salut, Joe. Bonjour, adjoints. Je me porte bien, et je suis désolée de vous avoir donné tant de mal.

— Tout va bien se passer, ai-je dit. Ça fait plaisir de te revoir.

— Est-ce qu'Alex va bien ?

— Pour autant que je le sache.

— Tout est de ma faute. De ma faute.

— Partons d'ici. Nous parlerons plus tard.

— Je ne rentre pas à la maison ?

— Nous t'emmenons au Service de protection de l'enfance, au foyer pour enfants Hillview, ai-je précisé. C'est un endroit sûr. J'y ai passé quelques années.

— D'accord. Je peux récupérer mes affaires ?

— Nous avons Savannah, a dit Redd dans son micro émetteur. Elle semble en bonne santé.

Savannah était installée à l'arrière de ma voiture, à côté de Collier. Redd était à l'avant, avec moi.

Redd a lu ses droits à Savannah, conformément aux prescriptions du code, et lui a demandé si elle acceptait de nous parler en dehors de la présence d'un avocat.

— Bien sûr.

— Dis-nous ce qui s'est passé, Savannah.

— Je jouais à « Savannah l'espionne », un jeu que j'ai inventé. J'espionne les gens avec ma caméra vidéo. C'est rien qu'un jeu. Seulement, j'ai tourné ce film qui montre mon papa qui fait quelque chose de mal. Alors j'ai eu peur. Quand il se fâche, il est vraiment terrible. Un jour, en me frappant, il m'a explosé un tympan, après il m'a obligée à dire au docteur que c'était Alex qui m'avait fait ça. Comme je ne savais pas quoi faire avec mon film, je me suis enfuie chez mon frère et je lui ai tout raconté. Il a dit que je ne devais pas m'inquiéter. Il a dit que nous pourrions vivre ensemble, tous les deux, en sécurité et oublier ce que papa avait fait. Mais pour ça, il nous faudrait beaucoup d'argent. Et justement, la cassette valait beaucoup d'argent pour mon père. Alors, Alex lui a téléphoné pour lui dire qu'il voulait la lui vendre. Papa a dit qu'il tuerait Alex s'il montrait la cassette à qui que ce soit. Ensuite, Will nous a trouvés au Ritz et il a promis de nous aider. Malheureusement, il a été tué. Et papa est passé à la télévision et il a dit qu'Alex m'avait enlevée ; alors le FBI a commencé à nous rechercher partout. Avec Alex, on s'est dit que Joe pourrait peut-être nous aider, en évitant qu'Alex se fasse tuer. Ça a marché. J'ai la cassette. Je vous la donne.

Je me suis retourné et je l'ai vue qui fouillait dans son sac à dos Pocahontas.

— Merci, a dit Collier.

Savannah a soupiré et a commencé à sangloter.

— Hé, a fait Collier, doucement. Tout va bien, jeune fille. Tu as agi comme il fallait. Tu es en sécurité maintenant. Tu es dans une voiture avec trois policiers. Courage.

Mais Savannah a continué à sangloter.

— Joe... je n'ai pas encore eu l'occasion de te remercier pour m'avoir fait passer par-dessus le mur.

— Ce fut un plaisir. Où as-tu disparu ?

— J'ai couru jusqu'à l'angle de Lincoln et de Beach. C'était notre point de ralliement avec Alex, au cas où les choses se passeraient mal.

— Alex t'y attendait ?

— Oui.

Je l'écoutais sangloter.

— Savannah, je n'ai pas eu l'occasion de te remercier pour ce que tu as fait, le soir de notre rencontre, à Lind Street.

— Qu'est-ce que j'ai fait ?

— Tu as regardé mon visage et tu m'as demandé comment j'allais.

— J'aime ton visage. Il n'est pas banal.

— Je t'aime bien. Accroche-toi. Nous serons au Hillview dans quelques minutes.

Etrange impression que de revenir au Hillview. J'y étais retourné déjà, des dizaines de fois, comme conseiller, pour aider les assistantes sociales au mieux de mes compétences. J'ai confiance dans les employés du Hillview.

Mais franchir ces portes me renvoyait toujours vers les années que j'avais passées ici, vers les visages qui se succédaient sans cesse, vers la routine, la solitude, l'angoisse, la tristesse et le doute. Pendant que nous patientions dans la salle d'attente, je me suis approché de la fenêtre et j'ai laissé mon regard courir sur les bâtiments du foyer : la bibliothèque, où j'avais rencontré Will et Mary Ann pour la première fois ; le gymnase, où j'avais joué d'interminables matchs avec des gosses plus grands et plus forts que moi ; les villas pour les filles mères et leurs bébés ; le patio, où on organisait des barbecues, et le terrain de jeu. J'ai contemplé l'allée, toujours soigneusement entretenue, dont je m'étais dit, dans le secret de mon cœur, qu'un jour elle me conduirait loin d'ici, vers une autre existence, vers une vie meilleure, plus réelle et plus permanente, vers une maison dont je ne repartirais jamais et qui serait mienne pour toujours.

Savannah m'a surpris en train de regarder par la fenêtre, et elle est venue me rejoindre.

Un médecin l'a examinée et a déclaré qu'elle n'avait souffert d'aucune forme de violence et qu'elle se portait bien. Elle devrait suivre une thérapie post-traumatique, mais pour l'heure, elle pouvait être admise au foyer.

La procédure d'inscription au Hillview a duré moins d'une heure. Le directeur et un consultant ont rempli tous les formulaires et ils ont accepté officiellement de recueillir Savannah Blazak. Il nous restait soixante-douze heures pour convaincre un juge de la nécessité de confier Savannah au foyer, dans son intérêt, sinon ses parents pourraient venir la réclamer.

Ce serait difficile, compte tenu de la notoriété de Jack et Lorna. Mais la raison justifiant l'adoption d'une telle mesure se trouvait en sécurité dans le sac de Collier, et j'étais impatient de quitter le Hillview pour glisser la cassette dans un magnétoscope du département.

J'ai pris la main de Savannah, puis j'ai mis un genou en terre pour la serrer contre moi. Mon cœur battait la chamade, parce que je n'avais jamais imaginé qu'un jour viendrait où je dirais au revoir à un enfant qui resterait ici, alors que moi je partirais. Pour une fois dans ma vie, j'avais le sentiment de savoir très précisément ce qu'éprouvait une autre personne. De le savoir vraiment.

— Je reviendrai, Savannah. Et tu ne resteras pas toujours ici.

J'ai regardé le directeur et le conseiller.

— Ce sont de braves gens.

— Joe sait de quoi il parle, a dit le directeur. C'est l'un de nos plus célèbres ex-pensionnaires.

J'ouvrais la portière de ma voiture quand mon mobile de service a sonné. C'était Marchant.

— On a arrêté Alex Blazak, il y a cinq minutes. Pas de coups de feu échangés.

Sur le chemin du quartier général, j'ai appelé Lorna Blazak. Je commençais à peine à lui dire où se trouvait Savannah, quand j'ai entendu Jack lui ordonner de dégager et de lui passer le téléphone.

— Vous l'avez ?

— Elle a été confiée au Service de protection de l'enfance.

— Où ?

— Je ne peux pas vous le dire pour l'instant. Vous serez informé des heures de visite en temps utile.

— Je suis son père ! Que diable avez-vous fait de ma fille ?

— Elle est sous notre protection. Vos deux millions de dollars ont assuré sa sécurité, monsieur. J'en serais heureux si j'étais à votre place.

— J'en suis heureux, a-t-il dit.

Sa voix était si tendue qu'on avait l'impression qu'il avalait du verre pilé.

— J'en suis très heureux. Et l'autre chose ?

— Je l'ai.

— Alors, retrouvez-moi sans tarder à Diver's Cove. Je récupérerai ce qui m'appartient et je vous remettrai ce dont nous étions convenus.

— Non, monsieur. Je vais d'abord regarder la cassette.

— Elle est ma propriété ; vous n'avez pas le droit d'en disposer.

— C'est une pièce à conviction obtenue dans le cadre d'une enquête de police, monsieur. Votre autorisation est inutile.

— Je possède les meilleurs avocats du comté.

— Félicitations.

— Je vous donnerai un million de dollars si vous me la remettez avant que vous ou quiconque l'ait regardée. Je vous ai dit ce qu'il y a sur ce film. Vous devez comprendre dans quel embarras cela nous placerait, ma femme et moi.

— Je comprends votre embarras, monsieur.

— Alors, apportez-moi cette cassette. Deux millions, Joe. Dernière offre. C'est une propriété privée.

— A propos, Savannah se porte bien. Un peu fatiguée, mais en parfaite santé. Soyez gentil de le dire à votre femme.

— Je vous ferai virer du département si je ne récupère pas ma cassette.

— Et votre fils, je veux dire Alex, a été arrêté.

— J'offre trois millions pour la cassette. Trois millions de dollars pour vous, Joe.

— Allez vous faire foutre, monsieur.

J'ai raccroché.

Vingt minutes plus tard, un peu avant une heure du matin, nous étions installés dans l'une des salles de conférence du Bureau : Marchant, Birch et Ouderkirk, Redd et Collier. Marchant a enfoncé la touche *play* du magnétoscope, puis s'est assis à côté de Birch.

D'abord de la neige noire et blanche, avec une date et une heure, dans le haut de l'écran. Le 12 mai, quatorze heures trente-cinq.

Puis le rire d'une fillette. La plage. Crystal Cove, entre Newport et Laguna. Lorna Blazak marchait, en tennis et pull rose. Un terrier courait devant elle. Il s'avançait vers l'eau mais reculait dès que celle-ci arrivait à sa hauteur.

— *Ici Savannah l'espionne, qui suit m'man. Nous sommes à Crystal Cove. Maman risque une amende parce qu'elle ne tient pas Abner en laisse. Les espions remarquent ce genre de détails. Je surveille les environs pour l'avertir si j'aperçois des policiers. M'man, m'man ! M'man... souris !*

Lorna souriait et un coup de vent faisait voler ses cheveux dans son visage. La caméra zoomait sur son sourire. Le chien aboyait en fuyant la montée de l'eau.

— *J'emmènerai Abner dans notre prochaine mission dangereuse, quelque part en Afrique ou à New York. Il s'entraîne pour ce genre de missions. Abner ! Abner ! Souris à la caméra, Ab !*

La scène suivante se déroulait dans une pièce qu'on aurait pu croire sortie d'un magazine de décoration : l'océan de l'autre côté d'une baie vitrée, un grand vase doré posé sur le sol, de style égyptien, des poignées sculptées en forme de cobras dressés. Le film portait la date du 18 mai, à onze heures cinquante-huit.

Jack Blazak était debout devant la fenêtre, il portait un débardeur et un pantalon bouffant en satin. Il téléphonait, mais sa respiration était saccadée, les muscles de ses bras crispés ; une serviette blanche couvrait ses épaules.

— Savannah l'espionne surprend papa qui traite des affaires après sa séance de boxe. Tu as cogné dur, papa ?

Blazak se tournait vers la caméra et enfonçait un bouton du téléphone. Il faisait saillir les muscles d'un bras en souriant.

— Je ne suis pas Mohammed Ali, mais je ne me sens pas mal.

— Qui va remporter le prochain championnat ?

— Moi. Moi, bien sûr.

— Les espions n'aiment pas le sang, papa.

— Je le mettrai KO au premier round. Pas une goutte de sang ne sera versée.

— Tu es le champion.

— Je suis fort ! Je suis scientifique ! Je pulvériserai cette sale tronche de gorille sur le ring, à Manille !

— Papa, c'est un propos raciste.

— Et alors ? Hé, j'ai l'occasion de gagner quatre millions de dollars en trente secondes, si tu me laisses finir cette conversation.

Blazak souriait à nouveau, il prenait une grande inspiration et enfonçait un autre bouton du téléphone.

— Désolé, Carl. Savannah m'espionne. Savannah, Carl te dit bonjour.

— Salut, Carl. Ce matin, j'ai conduit le kart Volkswagen que tu m'as offert. C'était mon cadeau préféré.

— Carl dit que tu es toujours la bienvenue chez lui. Maintenant, laisse-nous, chérie. Papa doit retourner travailler.

— Tu ne fais jamais rien d'autre que travailler et...

— Maintenant ça suffit ! Je travaille, bon Dieu !

L'image s'est mise à tanguer dans tous les sens tandis que Savannah courait hors de la pièce. Un instant plus tard, un long couloir, un plafond haut avec un puits de lumière et des portes coulissantes ouvertes sur une petite vigne. Je reconnus l'endroit où les Blazak m'avaient reçu.

— *Papa ne sait faire que travailler et boxer. Il nous a acheté une autre maison, la semaine dernière, à Florence. Je l'espionnerai là-bas cet été !*

— Combien de maisons possèdent-ils ? a demandé Redd.

— Quatre, a répondu Birch. Newport Beach, Aspen, Key West et Florence. Blazak figure en quarante et unième position au hit-parade des plus grosses fortunes, depuis l'an dernier.

— Il semble plutôt dur avec sa fille, a observé Ouderkirk. Mais je le défie en trois rounds, quand il veut.

Collier a demandé dans quelle maison se trouvait la pièce avec le vase aux cobras.

— C'est la maison de Newport, ai-je répondu. J'y suis allé il y a trois semaines.

La scène suivante se déroulait dans le salon où je m'étais trouvé en compagnie des Blazak et de Bo Warren. Elle avait été tournée le 21 mai, à dix heures vingt. Savannah était, apparemment, cachée derrière un sofa, qui faisait face à la fenêtre. Une petite femme aux cheveux noirs dépoussiérait le manteau de la cheminée, en soulevant les cadres les uns après les autres. Abner, le terrier, était assis le museau en l'air, et l'observait avec beaucoup d'intérêt. C'était une belle journée claire. Derrière la femme de ménage, on apercevait Catalina Island, qui se détachait sur le bleu du ciel et du Pacifique. Ayant terminé d'épousseter la cheminée, elle se tournait vers la caméra. Savannah devait être tapie derrière le divan, parce que pendant un moment, on n'a rien vu d'autre que le tapis et le mur. La caméra s'est redressée et a refait le point sur la femme qui se trouvait maintenant dans un coin de la pièce et nettoyait le plafond avec une longue perche au bout de laquelle était fixée un chiffon rose. Elle chantonnait doucement.

Marcie ! La domestique des Blazak.

Elle se retournait subitement. Savannah riait.

— *Il me semblait bien qu'on m'observait ! Je vais t'attraper !*

— *Savannah l'espionne, capturée par Marcie ! Prise en flagrant délit.*

Rire et arrêt de l'image.

Puis l'image s'est stabilisée sur une scène de nuit. Le dateur indiquait : 29 mai, vingt-deux heures quarante-huit. J'ai eu du mal, dans un premier temps, à situer l'endroit, mais j'ai réalisé que la caméra était placée tout près de la vigne vierge qui grimpait sur le mur sud de la maison. Les réverbères projetaient des ombres sur la façade et, quand la caméra a reculé, les tiges torturées de la plante sont devenues plus nettes.

La voix de Savannah n'était qu'un murmure.

— *Savannah l'espionne sur la propriété familiale du financier international Simon Carny dont la fortune se chiffre en milliers de milliards. Un bel homme, enveloppé de mystère et d'une tonne de secrets.*

Suivait un panoramique sur la vigne sombre, l'immense piscine entourée de solides palmiers de Canary Island et la maison d'hôtes. Cette bâtisse était une version réduite de la résidence principale, un mélange de temple grec et de maison romaine – des piliers et des colonnades, un vaste portique apparemment en marbre, la même forme rectangulaire, et le même toit plat.

— *Grâce à des conditions météorologiques favorables, Savannah se lance dans une mission particulièrement dangereuse. Sa mère est absente pour toute la semaine. Sa gouvernante regarde la télévision, et Savannah s'est couchée il y a près de deux heures. Mais voilà... elle s'est éclipsée discrètement par la fenêtre... et elle a furtivement observé que le milliardaire Simon Carny s'est enfermé dans son bureau romain, situé entre sa somptueuse piscine et une vigne des plus délicats raisins de toute la Toscane.*

Savannah s'engageait entre les vignes. Celles-ci étaient feuillues et chargées de petites grappes. Lentement, la maison d'hôtes emplissait l'écran. Savannah s'allongeait sur le ventre et commençait à ramper.

— *Savannah l'espionne veut pas risquer que le reclus Carny la surprenne. Même le grand chien espion Abner a été enfermé afin de ne pas trahir, par ses aboiements, la présence de Savannah. La plus grande vertu d'un espion est le silence. Bon sang, quelle galère de ramper sur le ventre au milieu de cette poussière. Gare aux anacondas !*

Les vignes défilaient lentement devant la caméra, tandis que la maison d'hôtes se rapprochait. De la lumière brûlait à l'intérieur.

— *Plus que trois rangées et Savannah l'espionne devra se glisser tout doucement jusqu'à la fenêtre, dans l'espoir d'entrapercevoir le puissant milliardaire Simon Carny.*

La maison d'hôtes remplissait presque tout l'écran. L'image se concentrait maintenant sur une fenêtre en retrait, derrière des barreaux en fer forgé. La fenêtre était à moitié ouverte et un rideau blanc voletait au-dehors. Des jardinières débordaient de géraniums rouges. Sur le sol, un banc en béton en demi-cercle. Tandis que la fillette approchait, on entendait, en arrière-fond, une voix d'homme. Un autre son également, aigu et intermittent : quelqu'un qui pleurait ou qui riait. Savannah s'approchait du banc, sur lequel elle se hissait.

Derrière les barreaux et le rideau qui s'agitait au vent, on apercevait le salon, la cuisine, et une porte qui menait vers l'arrière de la maison.

Voix d'homme : *Tiens, voilà qui devrait arranger ton affaire.*

Puis un claquement sourd, comme si on venait de donner un coup de poing dans un coussin en plume.

Le bruit aigu n'était pas un rire, bien au contraire, c'était une femme qui faisait des efforts pour reprendre son souffle.

Blam ! ! !

— *Tu crois vraiment que tu peux jouer ce genre de tour à un type comme moi ?*

La femme suffoquait, mais ne prononçait pas un mot.

Blam ! ! !

— *Alors tu vas te dépêcher de régler cette affaire, hein, petite garce ?*

Sanglots, puis :

— *Oui. Oui !*

— *Nom de Dieu, je veux que tu règles ça. Tu vas prendre ce que je te donnerai et pour le reste, tu vas chasser ces idées stupides de ta petite cervelle malade. D'accord ?*

Blam ! ! !

— *Oui. Oui.*

Puis une profonde inspiration, comme si l'homme venait de relâcher la femme qui pouvait, enfin, recommencer à respirer librement. De terribles quintes entrecoupées de sanglots et de syllabes inintelligibles. Le genre de sons que produit une personne dont on maintient la tête sous l'eau.

— *Rhabille-toi. Casse-toi et que je ne te revoie jamais, salope. Et voilà pour que tu n'oublies pas ce que tu dois faire.*

Blam ! ! !

— *Ta gueule. La ferme. Là, respire tout ce que tu peux. En fait, je suis un type sympa quand on me connaît bien.*

Jack Blazak pénétrait en trombe dans le salon, le torse et les pieds nus. Il enfilait un polo, la tête d'abord, puis les bras qu'il faisait passer avec des mouvements saccadés et rageurs. Il sortait à nouveau du cadre.

— *Non ! Non !*

Blam ! ! !

— *Rhabille-toi, espèce de salope, tas d'os. Même ta vue m'est devenue insupportable.*

Blazak surgissait à nouveau, en équilibre sur un pied, l'autre en l'air, tandis qu'il essayait d'enfiler une chaussure.

Des sanglots dans le fond de la maison.

— *T'es la femme la plus stupide que porte cette terre, et c'est rien de le dire !*

Il enfilait l'autre chaussure.

Assis au petit bar de la cuisine, il feuilletait le magazine *Forbes*. Il se massait la nuque, puis regardait ses doigts. Il tournait son regard en direction de la femme, puis revenait vers le magazine.

Quelques minutes plus tard, celle-ci s'avançait en chancelant. Robe noire courte, talons hauts, un petit pull en cachemire avec de la nacre et des paillettes brodées sur le devant. Elle était pliée en deux et son pas était mal assuré. Dans une main, elle tenait une grosse liasse de billets. Elle serrait le pull contre ses épaules, comme si elle était gelée. Ses bras étaient maigres et basanés. Ses longs cheveux noirs, défaits, pendaient sur son visage. Elle passait la main dedans et les rejetait vers l'arrière, révélant un visage charmant et terrorisé.

Birch a fait un arrêt sur image.

— Luria Blas, ai-je dit. Dix-huit ans et enceinte au moment des faits. Rouée de coups quelques heures avant sa mort. Je suppose qu'elle venait d'annoncer la nouvelle à Blazak.

— La femme qui a été renversée ? a demandé Collier.

— On dirait qu'elle cherchait à lui extorquer du fric, a glissé Ouderkirk.

— Merde, Harmon, a fait Redd, elle a dix-huit ans, elle est célibataire et enceinte des œuvres du n° 41 au hit-parade des plus grosses fortunes d'Amérique. Peut-être qu'elle lui demandait simplement un peu d'aide.

— Désolé, c'est ce que je voulais dire.

— Bon sang, Harmon, il était en train de cogner sur le fœtus.

— Je sais ! J'abandonne ! J'essayais juste d'établir un mobile. Blazak voulait l'obliger à avorter. Elle menaçait de garder l'enfant et d'engager une procédure de recherche en paternité.

Un moment de silence pour nous permettre d'assimiler l'horreur de la scène dont nous venions d'être témoins.

Birch a relancé l'enregistrement. Luria gagnait le bar en vacillant et ramassait un petit sac noir. Elle y fourrait l'argent et essayait de refermer le sac, mais les billets restaient coincés. Ses cheveux noirs retombaient devant son visage. La trace d'une ancienne ecchymose était toujours visible sous un œil. Ses jambes sombres tremblaient.

Blazak la suivait des yeux, comme s'il s'agissait d'une domestique qui accomplissait ses tâches avec maladresse.

— *Tu m'as griffé.*

— *Désolée.*

— *Fous le camp !*

— *Je m'en vais.*

— *Cet argent couvrira tes frais. Largement. Utilise le reste pour retourner d'où tu viens.*

— *Je vais rentrer chez moi.*

Luria avançait vers la porte et vers la caméra. L'image s'agita et l'écran devint tout noir.

— Le labo possède un échantillon de peau prélevé sous un ongle de Luria, ai-je dit. Peut-être que cette simple égratignure nous servira à le faire tomber.

— Et cette cassette, dit Birch. Plus le témoignage de Savannah Blazak.

Nouveau moment de silence, tandis que les pièces du puzzle continuaient à se mettre en place. Marchant s'est levé :

— Rick, fais ce que tu dois faire. Nous sommes là pour vous aider.

— Voyons : Blazak paie trois millions de dollars pour récupérer sa fille et cet enregistrement, a dit Birch. Il veut que Savannah se taise. Il doit absolument détruire cette cassette. Maintenant, il n'a ni l'une ni l'autre. Cheryl, envoie deux flics en uniforme au Hillview.

— D'accord.

— Harmon, je veux une copie de cette cassette, et une autre encore, et...

— Pigé.

— Collier, va trouver McCallum dès l'ouverture du labo. Explique-lui la situation et dis-lui que je disposerai bientôt d'un échantillon comparatif. Nous n'allons pas tarder à savoir si Blazak a laissé sa peau sous l'ongle de Luria Blas.

— Je l'attendrai sur place, a dit Collier.

— Joe, il est deux heures du matin. Rentrez chez vous et prenez un peu de repos. Et... félicitations. Vous avez arraché une fillette aux pattes d'un frère cinglé et d'un père qui bat les femmes à coups de poing. Pour l'instant, le Hillview est l'endroit le plus indiqué pour cette gamine. Soyez prudent. Ce cinglé de Jack pourrait vouloir votre peau.

Birch m'a tendu la main et je l'ai serrée. Puis, chacun a fait de même, à tour de rôle. Même Marchant. Ouderkirk m'a donné une claque dans le dos.

Je n'avais jamais été aussi fier de ma vie qu'en deux occasions : le jour où Will et Mary Ann étaient venus me voir au Hillview, et la première fois que June Dauer et moi avions fait l'amour. J'ai souri en me tournant de manière à cacher le mauvais côté de mon visage. Et je suis sorti.

Une fois dans la voiture, j'ai téléphoné à June. Elle a répondu dès la troisième sonnerie, d'une voix où ne perçait ni surprise ni sommeil.

— C'est fini, ai-je dit. La petite va bien. Elle est en sécurité. Personne n'a été blessé. Je me demandais si je pouvais venir chez toi.

— T'as intérêt à te ramener vite fait.

Un peu avant trois heures du matin, je me tenais sur le perron de June Dauer, qui surplombait Newport Harbor. Les lumières dansaient à la surface de l'eau, et l'air sentait le sel, les bernaches et les solanacées. J'ai frappé et attendu. Elle a ouvert la porte, elle était dans le noir et m'a murmuré d'entrer.

Nous avons commencé à faire l'amour à trois heures huit, cinq heures vingt-deux et sept heures douze. Nous avons mangé des céréales avec du lait entier et du miel à quatre heures quinze, et j'ai préparé des œufs avec du bacon, des saucisses et des pommes de terre à six heures trente, que j'ai servis avec des gaufrettes, du melon et du jus d'orange.

June s'est rendue au studio vers neuf heures et m'a dit de dormir aussi longtemps que je voulais.

Je me suis réveillé à midi. J'ai traîné dans l'appartement, une tasse de café à la main. La brume matinale s'estompait et l'eau de la baie était d'un gris vitreux.

J'avais l'impression d'être dans un autre monde, dans un autre univers. Pas de barreaux. Pas d'uniformes. Pas d'armes. Pas de cinglés.

June Dauer était présente partout où je posais les yeux ; assise sur le sofa, debout dans la cuisine, regardant par la fenêtre, allongée sur la terrasse. Je voyais ses boucles sombres, les traits merveilleux de son visage, ses jambes solides et bronzées. J'entendais le doux et clair murmure de sa voix.

Je me demandais à quoi ressemblerait la vie ici. Est-ce qu'il y avait seulement de la place pour un homme de mon acabit, pour une cicatrice et pour une arme ? C'était drôle, pourtant. Lorsque je m'imaginais ici, je n'avais pas l'impression d'être tout ça. Je me sentais différent. Je me sentais plus petit, plus léger, plus doux. Plus de cicatrice. Plus d'arme. J'étais comme un grand sourire perché sur une paire de jambes avec, entre les deux, un corps qui ne désirait rien sinon être tout près de June. Etre à la maison. Comme si sa peau était une maison dans laquelle je pouvais emménager.

24

Je me suis arrêté devant la cellule 8 du quartier J et j'ai posé le plateau-repas dans la trappe prévue à cet effet en regardant les yeux brillants d'Alex Blazak. Il était seize heures et le sergent Delano m'avait autorisé à lui apporter son repas. Ce soir, boulettes de viande, purée de pommes de terre, légumes et lait.

— Acid Baby.

— Je m'appelle Joe Trona.

— Ouais, ouais, je sais. Le fils de Will. C'est con ce qui lui est arrivé. Il n'aurait pas dû s'attaquer aux poids lourds.

— Qui a payé Gaylen pour le descendre ?

— Faites-moi sortir d'ici et je vous le dirai.

— Ça ne dépend pas de moi, mais du district attorney.

— Il me libérera, dès qu'il aura parlé à Savannah et qu'il saura qu'il n'y a pas eu kidnapping. Tout ça, c'est une invention de mon père.

— Il y a eu chantage.

Alex a souri. Il a bondi de son lit et s'est avancé jusqu'aux barreaux. Il a baissé les yeux vers le plateau fumant et a fini par le prendre.

— Hé, c'est pas moi qui ai rossé cette femme. C'est lui, non ?

— Qui a engagé Gaylen ?

Il s'est assis sur le lit et a parlé, le plateau posé sur les genoux.

— Ce n'est pas à moi qu'il faut poser la question. Demandez donc à mon père. Tout part de là.

— Mais vous, vous saviez que quelque chose se tramait. Vous aviez parlé avec Gaylen. C'est pour ça que vous avez laissé Savannah seule dans l'appartement de Lind Street. Vous l'avez sacrifiée après avoir récupéré l'argent. C'est pour ça que vous aviez prévu un plan de repli pour la récupérer à l'angle de Beach et Lincoln.

— Réaction purement instinctive. Si vous étiez le fils de Jack, vous auriez appris à vous montrer prudent.

— Je me pose une question : vous avez reçu un demi-million en bonus, vous ne l'auriez pas utilisé pour piéger Will, par hasard ? Vous aviez besoin de lui dans cette affaire, mais vous le manipuliez aussi. Vous traitiez notamment avec un homme qui voulait sa mort.

Blazak a rougi et baissé les yeux vers sa nourriture.

— Ces légumes, ils sont frais ?

— Surgelés. Vous venez tout juste de rougir.

Il a levé les yeux vers moi et a rougi un peu plus.

— Ne parlez pas de visage. Pas vous.

Je l'ai regardé droit dans les yeux, sans dire un mot.

— Vous me filez les jetons, a-t-il dit.

J'ai continué de le dévisager. Blazak s'est détourné et s'est assis les jambes croisées sur le lit, face au mur du fond.

Je suis entré dans la cellule à l'aide de la clé que m'avait confiée le sergent Delano. Alex était sur le point de se retourner quand je lui ai demandé son plateau. Il me l'a tendu et je l'ai posé sur le sol. Puis, je l'ai saisi par le cou, je l'ai soulevé de manière à amener son visage à hauteur du mien, et là je l'ai plaqué contre le mur tout en lui serrant la gorge. Ses pieds battaient l'air et il a fini par marcher sur la pointe des pieds. Je sentais sa vie battre avec urgence sous mes mains.

— Qui l'a engagé ?

Je l'ai reposé sur le sol, sans pour autant lâcher son cou.

Il a aspiré un peu d'air, les yeux écarquillés.

— Tu veux encore te balancer un peu ? ai-je demandé.

Il a toussé, piétiné sur place et toussé encore.

— Gaylen était seul sur le coup, a-t-il fini par grogner. Il y a quelques mois, j'ai traité une affaire avec des amis à lui. Il savait donc comment me joindre. Il m'a expliqué le genre de lieu où devrait se passer l'échange : un endroit où il n'y aurait pas trop de témoins, où ils pourraient aller et venir en voiture, à la tombée de la nuit. Il a dit que je pourrais me faire trois mille dollars de plus. J'ai pensé que ça ferait toujours un peu d'argent de poche. J'ignorais tout de ce qu'il préméditait. Quelque chose me disait seulement de ne pas m'attarder dans le secteur. Il ne m'a jamais payé. Bon Dieu, mon cou.

— Des amis de Gaylen ? Lesquels ?

— Pearlita et Felix Escobar.

— Et tu as accepté de faire ce qu'il te demandait ?

— Ben, ouais. De l'argent, c'est de l'argent, pas vrai ? Seulement je n'avais aucune idée de ce qu'il mijotait. Je ne savais pas qu'il voulait descendre ton père. Ou essayer de reprendre Savannah. Si j'avais été là, il m'aurait sûrement descendu moi aussi. C'est lui qui est venu me trouver, vieux. Je n'ai pas la moindre idée de la manière dont il a pu savoir que je réclamais du fric à mon père. Il s'est juste pointé à mon entrepôt.

— Tu étais censé être à Lind Street, lors de l'échange, n'est-ce pas ?

— C'est ce qu'ils croyaient tous. Mon père et le vôtre.

Sans le lâcher, je l'ai reconduit jusqu'à son lit, sur lequel je l'ai assis. J'ai ramassé le plateau-repas et le lui ai tendu.

— Mange tes légumes.

— D'accord.

— Tu as presque vingt-deux ans. Tu aurais dû avoir assez de jugeote pour ne pas faire courir de tels risques à ta sœur. La livrer ainsi à elle-même ! Il s'en est fallu de peu qu'elle se fasse descendre. Qu'est-ce qui ne tourne pas rond dans ta tête ?

— Elle appartient à la race des survivants.

— Tu n'es qu'un lâche. Toutes ces armes, tous ces flingues... Mais en réalité, tu es un lâche.

— Hé, j'avais besoin de fric. Mon père est la quarante et unième fortune d'Amérique. J'ai été habitué à un certain train de vie.

Il me regardait piteusement, tout en se massant le cou.

En fin d'après-midi, j'ai été avec Rick Birch interroger Savannah. Le médecin nous a informés qu'elle avait dormi presque toute la journée et qu'à son réveil elle avait paru désorientée et déprimée.

Nous nous sommes installés à une petite table de la bibliothèque du Hillview. C'est moi qui avais proposé l'endroit, car j'imaginais que Savannah s'y sentirait bien. Je lui ai raconté l'histoire de Will et de *Shag, le dernier bison des plaines*. Elle a eu l'air très intéressée. Elle a voulu savoir si je me souvenais de la page que je lisais quand il s'était assis près de moi. Je m'en souvenais : page 30, là où Shag se bat pour prendre la tête du troupeau. La table était celle-là même où nous nous étions installés ce fameux jour. Je le sais parce qu'il y avait une croix gravée dans le bois par un élève créatif du Hillview. Will l'avait suivie du bout des doigts tout en me parlant. La croix était encore là, estompée par les ans, mais toujours visible.

Nous avons enregistré toute son histoire. Cela nous a pris près d'une heure. Savannah parlait sur un rythme rapide et balayait parfois de longues périodes et de nombreux événements en quelques mots. Nous lui avons laissé achever son récit avant de le reprendre et de commencer à lui poser des questions.

— Quand as-tu décidé de prendre la cassette et de t'enfuir chez Alex ?

— *Dès que j'ai vu le portrait de la femme dans le journal. Et qu'elle avait été renversée par une voiture et qu'elle était morte.*

— A-t-elle jamais travaillé pour ta famille ?

— *Oui. Elle a fait le ménage chez nous plusieurs fois. Je me souviens d'elle parce qu'elle était très jolie et très calme, avec un sourire comme une grande lumière. Je lui ai demandé comment elle faisait pour avoir des cheveux aussi brillants et elle a dit qu'elle les rinçait à la bière.*

— Qui a eu l'idée de demander de l'argent à ton père en échange de la cassette ?

— *Alex. Il a toujours besoin d'argent.*

— Et ça te paraissait une bonne idée ?

— *Non. Mais j'avais peur d'aller porter la cassette à la police, à cause de ce que papa me ferait. Alex disait que si on lui soutirait beaucoup d'argent, on pourrait en donner une partie à la famille de la victime.*

— Quand Alex a demandé de l'argent la première fois, à qui a-t-il téléphoné, combien a-t-il demandé, quand et où ?

— *D'abord, à papa. Puis à un certain Bo. Enfin, à Will.*

— Où et quand, précisément, avez-vous rencontré Will Trona ?

— *A Laguna Beach. Je ne me souviens plus précisément quand, mais je crois que c'était une ou deux nuits avant qu'il se fasse assassiner.*

— Après cette rencontre, Alex a-t-il téléphoné à Will pour préciser les choses ?

— *Il a appelé Will. Mais il a aussi parlé à un tas d'autres personnes. A propos d'argent, d'endroits et de qui serait là et de où nous serions, nous.*

— Quelles autres personnes ?

— *Un certain Daniel, je crois qu'il s'agissait du révérend Alter. Un certain John. Et puis, Pearl. Et une femme... Donna ? Renée ? Quelque chose comme ça.*

J'ai noté ce nom : Donna ou Renée – une nouvelle venue dans le jeu.

— Savais-tu qu'Alex disait à ton père que tu rentrerais à la maison ?

— *Oui. Mais Alex mentait. Nous allions prendre l'argent et acheter une petite maison sur la plage pour y vivre tous les deux.*

— Sais-tu combien d'argent Alex a demandé, la première fois ?

— *Cinq cent mille dollars.*

— Sais-tu qu'il a ensuite doublé la somme ?

— *C'était une idée de Will.*

— Will avait-il connaissance de l'existence de la cassette ?

— *Alex lui avait montré le film. Et Will lui avait alors conseillé de doubler le montant de la rançon. Will disait qu'Alex devait prendre l'argent et me confier à lui avec la cassette.*

— Que pensais-tu de l'idée de repartir avec Will ?

— *J'aimais bien Will. Je lui faisais confiance. Il disait qu'il me conduirait au Service de protection de l'enfance et que je n'aurais pas à me soucier de ce que ferait mon père. Il disait qu'il n'y avait aucune raison de rendre la cassette à papa ni même à la police. Il disait qu'il arrangerait l'affaire de manière à ce que tout le monde soit à nouveau heureux.*

J'ai songé à la formidable occasion qui s'était offerte à Will de faire chanter Blazak. Aux prodigieuses concessions qu'il aurait pu lui soutirer rien qu'en le menaçant de remettre la cassette aux autorités.

— Peux-tu nous dire où vous êtes allés, Alex et toi, après la nuit où Will s'est fait tuer ?

— *Je ne me souviens pas précisément dans quel ordre. Mais nous sommes allés à Big Bear, au lac Arrowhead, à La Jolla, Imperial Beach, Julian, Hollywood, Santa Monica, Santa Barbara, San Francisco. Et Mendocino, Reno, Las Vegas, Bullthorn City, Yuma, Palm Springs et Mexico.*

— Une nouvelle adresse toutes les nuits, pas vrai ?

— *Nous avons passé deux nuits à Las Vegas pour qu'Alex puisse jouer et assister à un combat de boxe. Et quatre à Mexico parce que nous étions fatigués. Partout ailleurs, nous ne sommes restés qu'une nuit.*

— Vous êtes allés partout en voiture ?

— *Partout sauf à Mexico et Zihuatanejo. Pour aller là, nous avons pris l'avion à Tijuana. La Porsche d'Alex est très rapide.*

— Alex t'a-t-il jamais fait mal ?

Savannah m'a considéré avec une expression de surprise.

— *Me faire mal ? Il a fait tout ce qu'il a pu pour me protéger et pour me faire plaisir. J'ai été malade à Mexico et il est resté toute la nuit auprès de moi ; il me passait des linges humides sur le front. Il a demandé à l'hôtel qu'on m'apporte de la soupe et de l'eau minérale. C'est le meilleur frère dont peut rêver une petite fille.*

J'ai noté cette appréciation, en songeant à des notions comme l'innocence, la confiance, la peur, et le fait d'avoir onze ans.

J'ai songé aussi à Savannah l'espionne.

— Savannah, as-tu joué à Savannah l'espionne pendant que toi et Alex, vous étiez en fuite ?

— *Oui, bien sûr. J'ai fait deux films entiers. Je nous ai filmés partout, en train d'organiser nos activités secrètes. Alex trouvait ça très amusant.*

— Où sont ces bandes, maintenant ?

— *Dans mon sac à dos, avec ma caméra. Vous voulez les voir ?*

— Oui. Nous aimerions beaucoup les voir.

Un assistant du Hillview a eu la gentillesse de nous apporter un téléviseur et un magnétoscope dans la bibliothèque. Pendant les deux heures qui ont suivi, nous avons regardé Alex et Savannah Blazak foncer à travers l'ouest dans la Porsche noire d'Alex, plonger dans la baie de Zihuatanejo, découvrir leurs diverses suites, se lancer des hamburgers à la tête, regarder par la fenêtre pour s'assurer que personne ne les suivait, se dépêcher de faire leurs bagages et de sauter en voiture tandis qu'Alex développait des théories paranoïaques sur des conspirations et que Savannah commentait le film. Dans une séquence, Alex balançait son million de dollars en billets au milieu d'une suite d'un hôtel de Las Vegas. Un autre épisode montrait la ville frontière de Tijuana, déprimante à souhait, avec ses vendeurs ambulants qui proposaient des tirelires en forme de bouddha, des figurines de *Star Wars* portant des sombreros, des requins accrochés à des ficelles, des boîtes peintes en rose, jaune et bleu vif. Un autre épisode, en revanche, montrait la côte de Mendocino, belle et sauvage, le Golden Gate Bridge, les collines de Santa Barbara, les champs de coton de Yuma, les béliers à grandes cornes qui trônaient devant le Ritz-Carlton de Palm Desert et les merveilleuses montagnes des environs de Tucson.

— Pourquoi Alex a-t-il pris contact avec moi ? ai-je demandé. Pourquoi avez-vous décidé de proposer un nouveau marché à votre père ?

— Alex voulait plus d'argent. Et pour être tout à fait honnête, Joe, j'étais fatiguée de courir dans tous les sens. C'était sympa, mais je dois entrer au lycée dans quelques mois. Je suivrai des cours de mathématiques et d'anglais accéléré.

— Pourquoi avoir fait appel à moi ? Pourquoi ne s'est-il pas adressé directement à ton père ?

— Oh, non, Joe. J'ai confiance en toi. C'est pour ça que je t'ai envoyé les cartes postales. J'avais besoin de parler à quelqu'un, mais je ne voulais pas attrister ma mère avec ce genre d'histoire. Elle est très fragile. Alors, j'ai pensé à toi. Et puis, Alex faisait confiance à ton père. Il est impossible de traiter directement avec papa, parce que c'est un homme d'affaires redoutable. Il réussit toujours à tourner les choses à son avantage, même si vous avez l'impression d'avoir fait une bonne affaire.

J'ai songé à Jack Blazak et à son tempérament colérique, à sa duplicité et à sa puissance.

— Et ta mère, Savannah ? Est-ce que tu lui fais confiance ?

Elle m'a regardé, puis Rick Birch. Ensuite, elle a détourné les yeux. Elle a soupiré.

— Elle est toujours d'accord avec lui. Même quand elle sait qu'il a tort. C'est une des lois de papa : maman doit toujours être d'accord avec lui.

Je me suis demandé si Jack avait jamais infligé à Lorna le même traitement qu'à Luria Blas.

— Est-il arrivé à ton père de battre ta mère ?

Savannah regardait toujours par l'une des fenêtres de la bibliothèque.

— Je ne l'ai jamais vu battre maman. Seulement, elle passe beaucoup de journées au lit. Je ne sais pas très bien pourquoi, mais c'est le plus souvent à la suite d'une dispute. Ils crient très fort, en utilisant de très gros mots. Surtout quand maman a beaucoup bu.

— As-tu jamais observé chez elle des ecchymoses ou des coupures ?

— Non.

J'ai suivi son regard. L'aire de jeu était remplie d'enfants. Deux conseillers du Hillview jouaient avec eux.

— Savannah, te souviens-tu si la personne à qui Alex a parlé s'appelait Donna ou Renée ?

Elle a fermé les yeux ; elle réfléchissait, son air était grave. Elle a respiré profondément, puis a expiré lentement.

— Non. Un nom de femme, quelque chose comme ça, mais peut-être pas tout à fait.

— Donc, ce n'était pas Donna ou Renée, mais quelque chose comme ça ?

— Oui. Ça m'énerve quand je n'arrive pas à me souvenir. Je suis désolée. Vous croyez que je pourrais avoir quelque chose à manger, maintenant ? Et aussi quelques minutes rien que pour moi ? Je ne sais pas pourquoi, mais je me sens vraiment très fatiguée, aujourd'hui.

Ce soir-là, Birch, Ouderkirk et moi, nous avons pris la voiture et nous avons roulé jusqu'à l'entrée de Pelican Point. Une voiture blanche et noire du département du shérif nous suivait. Birch a montré son badge au garde.

— Qui venez-vous voir ?

— Ça ne te regarde pas. Ouvre la grille.

L'autre s'est exécuté en grimaçant.

Au second portail, la voix de Jack Blazak a tonné dans l'interphone.

— Que diable voulez-vous ?

Birch a décliné son identité et il a dit qu'il désirait parler à M. Blazak.

— A quel sujet ?

— Luria Blas.

Quelques crachotements sur la ligne.

— Très bien.

Le second portail s'est ouvert et Birch a lancé la Crown Vic dans l'allée sinueuse. La maison gréco-romaine s'est bientôt dressée devant nous.

— Regardez-moi ça, a dit Ouderkirk. Un vrai palais. Une piscine et un court de tennis, un étang illuminé et un héliport. Un garage pour cinq voitures, et qu'est-ce que c'est que ça ? Une vigne ? Je n'ai décidément pas choisi le bon boulot. Je le savais. Je le savais. Je n'ai même pas les moyens de me payer une femme de ménage, et ce type, lui, les rosse à mort après les avoir engrossées. Ça me donne vraiment envie de me réincarner en trou du cul.

— Tu n'es pas obligé d'attendre de te réincarner, a fait Birch en rigolant.

— C'est ça, je n'ai qu'à suivre ton exemple, pas vrai ?

— Regarde-moi ces statues. Celle-là, à droite, c'est la copie d'un Rodin.

— Peut-être que c'est l'original, a dit Ouderkirk. Quand on a les moyens de se payer un palais comme celui-ci, on a aussi les moyens de s'offrir les petits à-côtés.

Une Bentley de la taille d'un pétrolier était garée à l'ombre, derrière le garage de Blazak. Le chauffeur somnolait. Tandis que nous garions la voiture le long de la sienne, il a saisi son portable et composé un numéro sur le clavier. J'ai dit :

— Il semble que Blazak ait convoqué son avocat.

— Voilà qui promet d'être intéressant, a fait Birch.

Il s'est tourné vers moi et m'a parlé par-dessus son épaule.

— Joe, vous ne dites rien sauf si on vous interroge.

— Compris.

La voiture de patrouille noire et blanche est allée se garer juste devant la Bentley. Birch a adressé un petit signe de tête aux adjoints et a ouvert la marche en longeant la piscine.

Blazak nous attendait au sommet du porche, il portait un jean, une chemise blanche et des chaussures de bateau. Il était rasé de près et ses yeux clairs n'exprimaient aucun repentir. Il a serré la main de Birch et d'Ouderkirk et m'a toisé avec mépris.

Nous nous sommes rendus dans le séjour lumineux où les Blazak et Bo Warren m'avaient exposé leur petit mensonge pour la première fois. Installé à la place de Bo Warren, se trouvait un homme plus âgé, en costume trois pièces bleu. Les cheveux blancs, les yeux bleus et grands ouverts comme ceux d'un gosse de deux ans.

Il s'est levé prestement et s'est présenté ; il se nommait Adam Duessler. Il a serré les mains à la ronde puis s'est rassis, les jambes croisées.

— Jack m'a engagé pour le conseiller dans le cadre de cette affaire particulière, a-t-il expliqué. Je lui ai proposé de garder le silence pour l'instant. Je ne suis pas d'avis de précipiter les choses, ce qui explique en partie mon conseil. Je ne sais pas non plus très précisément ce que vous venez faire ici, tous les trois. Donc, messieurs, nous vous écoutons.

Birch et Ouderkirk se sont installés sur l'un des

divans crème. J'ai pris un siège et je me suis assis en retrait, j'ai posé mon chapeau sur mes genoux et j'ai croisé les mains dessus.

Birch s'est penché vers l'avant.

— M. Blazak n'est accusé d'aucun crime. C'est drôle qu'il éprouve le besoin de se faire assister d'un avocat.

— C'est son droit, a dit Duessler.

— Bien sûr, a répliqué Birch. Je peux me faire accompagner de mon avocat pour conduire ma voiture au garage, si ça me chante.

Birch a laissé ses propos flotter dans l'air.

— Nous sommes très impressionnés par votre appréhension de la procédure, a dit Duessler. Donc, je le répète, nous vous écoutons.

— Nous possédons la preuve que M. Blazak a agressé une jeune domestique, dénommée Luria Blas, le 8 juin dernier. Nous avons, en outre, un témoin oculaire de la scène. Au lieu d'avancer des conclusions hâtives, nous désirions entendre l'explication de M. Blazak. Peut-être que ce que nous voyons de façon évidente n'est pas aussi évident que ce que nous sommes tentés de croire.

— C'est gentil de votre part de venir nous consulter, a dit Duessler.

— C'est par respect pour la notoriété de M. Blazak au sein de notre communauté, et aussi en raison de la nature particulièrement odieuse des faits.

Un petit silence a suivi cette précision.

— M. Blazak, a dit Birch. Nous possédons une cassette vidéo qui vous montre en compagnie de Mlle Blas, dans la maison d'hôtes. Le film a été réalisé par votre fille, Savannah, à l'occasion d'un jeu qui lui est familier. L'avez-vous vu ?

— M. Blazak ne répondra pas à cette question, pour l'instant, sur mon conseil, a dit Duessler.

— Voyons, nous souhaiterions juste savoir s'il a vu le film, est intervenu Ouderkirk.

— Jack ? a demandé Duessler.

Blazak a hoché la tête.

Birch a sorti son calepin et son stylo. Blazak l'observait. Birch a écrit quelque chose, puis il a levé les yeux en direction de Blazak.

— Avez-vous employé Luria Blas ?

— M. Blazak ne répondra pas à cette question, pour l'instant, sur mon conseil, a dit Duessler.

— Avez-vous eu des relations sexuelles avec Luria Blas ?

— M. Blazak ne répondra pas à cette question, pour l'instant, sur mon conseil, a dit Duessler.

— Il vous paie beaucoup trop cher ; vous répétez sans cesse la même chose, a observé Ouderkirk.

— N'est-ce pas ? a fait Duessler. Ecoutez, messieurs, mon client est tout à fait disposé à répondre à ces questions et à bien d'autres encore, mais pas pour l'instant. Nous n'avons pas encore eu le temps de nous entretenir de cette affaire. Accordez-nous une semaine pour étudier tout ça, et nous nous reverrons alors. Il n'y a aucune raison pour que nous ne puissions trouver un terrain d'accord dans ce dossier.

Birch s'est levé.

— Qu'en pensez-vous, monsieur Blazak ? Allez-vous laisser un avocat vous donner des ordres, ou aurez-vous le cran de régler vous-même vos affaires ?

— Je me contenterai d'obéir aux ordres, pour l'instant.

— Tout devient tout de suite beaucoup plus clair lorsque vous vous exprimez personnellement. Vous désirez en fait que nous nous procurions nos informations auprès de n'importe qui, sauf auprès de vous ?

— Faites ce que bon vous semble.

— Comme vous voulez, a dit Birch.

— Sortez de chez moi, espèce de minables !

Birch et Ouderkirk ont échangé un regard. Dans cet échange, une question avait été posée et une réponse fournie.

Birch a secoué la tête.

— Monsieur Blazak, vous êtes en état d'arrestation pour coups et blessures sur la personne de Luria Blas. Vous avez le droit de demander l'assistance d'un avocat et vous avez, également, le droit de garder le silence. Tout ce que vous direz pourra être, et sera, utilisé contre vous au tribunal. Placez les mains derrière la tête et tournez-vous.

Blazak est devenu rubicond.

— Messieurs, messieurs, a fait Duessler, il est parfaitement inutile de passer les menottes à mon client, et même de l'inculper pour l'instant. Laissez donc M. Blazak se mettre librement à la disposition de la justice, dès demain midi. Vous ne pouvez sûrement pas considérer qu'il risque de quitter le pays.

— Je considère qu'il y a risque de fuite, a dit Ouderkirk.

— Espèce de petits merdeux, a grondé Blazak

— Soyez raisonnables, a fait Duessler.

— Votre client a baisé la bonne, a dit Ouderkirk. Puis il l'a battue à mort lorsqu'elle s'est retrouvée enceinte. Voyez comme il est raisonnable, monsieur Duessler.

Birch lui a mis les menottes et l'a poussé hors de la maison.

— Nous nous reverrons au tribunal, a conclu Ouderkirk. Notre district attorney ne fera qu'une bouchée de votre client.

Tandis que nous redescendions Pacific Coast Highway, je regardais les faucons qui planaient dans le ciel, lequel commençait à s'assombrir alors que des lumières s'allumaient dans les maisons.

Je me demandais comment un homme qui possédait autant de biens pouvait, ainsi, manquer de la plus élémentaire décence et du bon sens le plus commun. Son mariage, sa famille, sa réputation, ses affaires, tout allait en pâtir, et peut-être même qu'il n'en resterait rien. Il allait passer des années en prison, sans doute beaucoup d'années. Tout ça parce qu'il croyait que son pénis était plus important que les droits d'un être humain, un être pauvre qui plus est.

Il lui resterait toujours beaucoup d'argent. Mais c'était à peu près tout ce qui lui resterait.

Je me suis tourné et j'ai regardé la voiture de patrouille noire et blanche qui nous suivait. Douze milliards de dollars derrière son grillage de sécurité et, devant, deux adjoints qui se faisaient quelque chose comme cent mille dollars par an à deux, à condition d'accumuler toutes les heures supplémentaires possibles. Quelle étrange gloire de faire ainsi chuter les puissants. D'une certaine façon, j'essayais toujours de les comprendre. Ne devraient-ils pas être meilleurs que nous, briller un peu plus, être nos guides ?

Nous avons franchi le poste de garde où Miguel Domingo avait trouvé la mort en cherchant à laver l'honneur de sa sœur ; une femme qui avait sacrifié cet honneur pour un peu d'argent. Tout ce qu'elle avait laissé à l'homme qui l'avait rouée de coups, c'était une simple égratignure. Une machette, un tournevis aiguisé et un ongle avaient eu raison de l'homme le plus riche du comté d'Orange.

Miguel et Luria avaient livré un combat qui n'était pas vraiment le leur, et cela leur avait coûté la vie. Seulement, ils étaient sur le point de le remporter.

Tant mieux pour eux.

25

Ce soir-là, de retour chez moi, j'ai téléphoné à Valeen Wample. Ma grand-mère. Le bout de papier tout élimé sur lequel j'avais griffonné son numéro de téléphone et que j'avais conservé pendant toutes ces années dans mon portefeuille s'est déchiré au moment où je l'ai déplié. L'encre en était toute délavée, aussi pâle qu'une veine au creux du poignet. D'après le code postal, elle devait habiter dans le désert du sud de la Californie. Elle a décroché à la cinquième sonnerie.

— Ouais ?

— Ici Joe Trona.

Un temps. J'entendais la télé en fond et une espèce de soufflerie – l'air conditionné ou un ventilateur.

— Et alors ?

— Le fils de votre fille, madame.

— Je sais. Qu'est-ce que vous me voulez ?

— L'adresse et le numéro de téléphone de Charlotte.

— Elle doit être morte.

— Alors, communiquez-moi les dernières coordonnées en votre possession.

— Pourquoi ?

— Il faut que je lui parle.

Nouveau silence.

— Personne n'a envie de parler à Charlotte.

— Pourquoi ?

— Et voilà ! Pourquoi ?

— Je souhaiterais éclaircir certains points avec elle.

— C'est une incapable, une lâche et une sans-cœur. Pour commencer.

— Thor n'est pas mon père.

— Qui est-ce qui prétend ça ?

— C'est Thor. Charlotte l'a payé pour qu'il ne dise pas pourquoi il m'avait jeté de l'acide au visage.

— Oh, c'est des conneries.

— Peut-être, madame. Mais Charlotte pourrait me dire ce qu'il en est.

Encore un silence. Je l'ai entendue reposer le téléphone. La télé. Le ventilateur. Puis elle est revenue. Un bruit de glaçons dans un verre.

— Voici un numéro qui était valable il y a encore quelques années. Je l'avais appelée, en ce temps-là, pour lui demander de l'argent. Elle ne m'en a pas envoyé. Je ne l'ai plus jamais rappelée.

Elle m'a communiqué le numéro de téléphone et une adresse dans une petite ville, Fallbrook, pas loin de San Diego.

— Où habitez-vous, madame ?

— Bombay Beach. C'est le trou du cul du monde. On s'y emmerde tellement qu'on a inventé la télévision. Les poissons viennent crever sur le sable. Les oiseaux tombent du ciel, foudroyés par le botulisme. Cette merde de Salton Sea. Quarante-deux degrés tout l'été. Des scorpions et des serpents. Un vrai trou d'enfer, mais je ne peux rien m'offrir de mieux.

— Je peux vous envoyer de l'argent.

— Combien ?

— Dix mille dollars, ça vous irait ?

— Quinze, ça serait mieux. Adresse-les moi sans tarder, Joe, mon petit-fils. J'ai besoin du moindre centime, tu sais.

Elle m'a donné son adresse. J'ai entendu les glaçons tinter dans le verre.

— Je regrette que tu veuilles lui parler. Elle est pourrie. Elle salit tout ce qu'elle touche.

— Je lui transmettrai vos amitiés.

— Surtout pas.

— Merci pour votre aide.

— Tu appelles ça de l'aide ? J'appelle ça de la stupidité.

— Merci, malgré tout.

— Comment va ton visage ?

— Il reste une cicatrice.

— Dur. Suis mon conseil : ne lui téléphone pas. Quoi que tu aies, elle le pervertira. Au fait, elle a changé de prénom, elle se fait appeler Julie. Et son nom de famille est Falbo.

J'ai rédigé un chèque de quinze mille dollars. Mon compte en banque était presque à sec, les rubis m'avaient coûté une petite fortune. J'ai consulté ma collection de cartes de vœux vendues au profit des Anciens combattants paralysés d'Amérique. Je leur adressais un don, chaque année, et ils m'envoyaient les cartes en guise de remerciement. J'en ai trouvé une vierge, avec un chat et une pelote de laine, mais je ne voyais pas trop quoi écrire.

Je suis donc allé au drugstore où j'ai fouiné dans le présentoir des cartes. Je ne savais pas quels sentiments un petit-fils est censé éprouver pour sa grand-mère, surtout quand il ne lui a parlé que deux fois dans sa vie. Elle ne semblait pas être une personne très aimable, mais il était difficile de juger un être sur deux échanges téléphoniques. J'ai choisi une carte qui ressemblait à un pull tricoté. Une étiquette autocollante disait : POUR GRAND-MAMAN. Sur le feuillet intérieur, on lisait : *Une pensée pour toi, un être cher à mon cœur.*

De retour à la maison, j'ai signé la carte et j'ai ajouté à la main : « Avec respect et affection ». J'ai glissé le chèque à l'intérieur de l'enveloppe, sur laquelle j'ai recopié l'adresse. J'ai hésité avant d'ajouter au dos l'adresse de l'expéditeur ; je me demandais si elle accuserait seulement réception de l'envoi.

J'ai versé une large rasade de vodka sur des glaçons et j'ai emporté le verre dans le jardin. Dans l'obscurité, j'entendais les écureuils qui couraient sur les poteaux électriques. Ceux à qui il arrivait de tomber étaient aussitôt chassés par les chats. L'oranger perdait ses dernières fleurs, mais le jardin embaumait encore et me faisait penser à mes premiers mois dans les collines de Tustin avec Will et Mary Ann, parce que le citronnier était en fleur le jour où ils m'avaient accueilli dans leur maison de rêve.

Rick Birch m'a téléphoné deux minutes plus tard.

— Pearlita accepte de négocier, a-t-il dit. Dent lui a promis de ne pas demander la peine capitale pour Felix. En fait, il estimait n'avoir aucune chance face à ce jury, alors il lui jette un os qu'elle aurait, de toute façon, obtenu. Pearlita a identifié le passager qui se trouvait dans la voiture de Bo Warren, l'autre nuit : le superviseur du deuxième district du comté d'Orange, Dana Millbrae.

Un nom de femme. Quelque chose comme Donna ou Renée, mais peut-être pas tout à fait.

Dana.

J'ai appelé Ray Flatley et je me suis excusé de le déranger chez lui.

— Pas de problème, Joe. Je travaillais au piano un morceau de ce nouveau venu, Warren Zevon. Je crois savoir que c'est un voyou, mais il est vraiment sympa. Et ses ballades me filent la chair de poule, tellement elles sont belles.

— Je voudrais que vous m'aidiez à réaliser un enregistrement.

— Je ne savais pas que vous chantiez.

— Je ne parle pas de musique, monsieur, ai-je dit. Juste quelques mots.

— Quel genre de mots ?

— Des mots à moi. Je vais jouer mon rôle et vous, celui de John Gaylen.

Un long silence.

— Et qui est censé écouter cet enregistrement parfaitement illégal ?

— Vous n'aurez même pas à le savoir.

— Quand sera-t-il détruit ?

— A dix heures, demain soir. Je vous remettrai le plastique et la bande fondus, si vous le désirez, monsieur.

Un autre silence. Puis la voix profonde et claire de Flatley :

— Ah, Joe Trona, je peux bien faire ça pour vous. Quand avez-vous besoin de la voix de John Gaylen ?

— A l'instant.

Il m'a communiqué son adresse et a raccroché.

J'étais de retour chez moi à vingt-deux heures. J'ai trouvé le numéro de téléphone personnel de Dana Millbrae dans le carnet d'adresses de Will.

Millbrae a décroché lui-même. Je lui ai dit qu'il fallait qu'on se parle et il n'a même pas cherché à savoir pourquoi.

— Téléphonez à ma secrétaire pour prendre rendez-vous, a-t-il dit.

— C'est urgent, monsieur.
— Une affaire de police, Joe ?
Je percevais la peur dans sa voix. Comment aurais-je pu ne pas l'utiliser contre lui ?
— Oui.
— Pas ici.
— Que diriez-vous du Grove, dans une heure ?
— Je n'en suis pas membre ; vous non plus.
— Laissez-moi régler ce simple détail, monsieur. Vous serez mon invité.
J'ai raccroché et j'ai appelé Rex Sauers. Il a dit qu'il nous faisait préparer un box.

Dana Millbrae a traversé le salon du Grove en direction de notre box. Il avait l'air emprunté, les mains enfoncées dans les poches et les yeux baissés. Un costume élégant. Il s'est assis et m'a regardé. Il avait un visage enfantin, des yeux graves et des cheveux qui retombaient sur ses épaules. Université du sud de la Californie, maîtrise de gestion de Stanford. A quarante-quatre ans, il débutait en tant que superviseur. Marié, quatre enfants. Il m'avait confié, lors des funérailles, qu'en perdant Will il avait un peu perdu un second père : Will lui avait tout appris de ce boulot qui faisait de lui l'un des sept officiers les plus puissants du comté.
Nous nous sommes serré la main. Il m'a dévisagé, puis s'est tourné vers un serveur.
— Ça vous dérange, si je fume ? a-t-il demandé.
Je lui ai dit que non. Le serveur s'est approché et Millbrae a commandé un double Martini à la Stolichnaya, avec glaçons et un zeste de citron. Il a approché un briquet du bout de son cigare, a tiré dessus pour l'allumer et a inspiré profondément.
— Bien, je vous écoute.

— Vous et Bo Warren, vous avez rencontré John Gaylen sur le parking du Bamboo 33, la veille du meurtre de Will. Je veux savoir de quoi vous avez parlé.

Il s'est levé et a fermé les rideaux, puis il s'est rassis et m'a jeté un regard indécis.

— Nous avons parlé de la manière de récupérer Savannah Blazak.

— Que savait Gaylen au sujet de Savannah Blazak ?

— Il était en contact avec Alex. Ils avaient fait des affaires ensemble.

— Qu'a dit Gaylen très précisément ?

Millbrae a tiré sur son cigare et a, enfin, croisé mon regard.

— Je ne m'en souviens pas précisément.

— Alors, donnez-moi les grandes lignes.

Le serveur a écarté les rideaux, il a posé le verre de Millbrae sur la table, et a refermé les rideaux en partant.

Millbrae a bu une bonne rasade, puis une seconde.

— Il nous a dit qu'elle se portait bien. Que tout se passerait bien.

— Vous et Bo Warren, vous avez fait tout ce chemin jusqu'au Bamboo 33 après minuit, juste pour vous entendre dire ça ?

Il a hoché la tête.

— Je ne vous crois pas.

— Interrogez Bo. C'est la vérité.

— Bo prétend qu'il était là en compagnie de Pearlita.

Millbrae s'est éclairci la voix, le poing devant sa bouche.

— Non, il était avec moi.

— J'apprécie votre honnêteté. Monsieur Millbrae, je vais vous parler très franchement moi aussi. Will savait que Rupaski vous filait des pots-de-vin pour que vous émettiez un vote favorable au rachat des routes à péage par le comté. Will possédait un enregistrement dans lequel il était question d'une remise d'argent en billets, à Windy Ridge. Je suis sûr que Carl vous a déjà parlé de tout ça, n'est-ce pas ?

Il a hoché la tête. Il avait l'expression d'un gamin qui venait de se faire surprendre une cigarette à la main.

— Bien. Will possédait également un document compromettant pour Jack Blazak. Il avait même de quoi ternir la réputation du révérend Daniel Alter. Il vous a fait chanter pour que vous vous opposiez au rachat des routes à péage. Il était sur le point de faire chanter Blazak. Et il aurait pu, à n'importe quel moment, faire inculper Carl Rupaski pour faits de corruption et de conspiration. J'ai en ma possession toutes les preuves nécessaires pour entamer une procédure. Tout ce que je viens de dire vous paraît-il conforme à la réalité ?

Millbrae a hoché à nouveau la tête. De petites traînées de sueur perlaient le long de ses tempes. Il a avalé un grand coup de vodka et l'a fait passer avec une bouffée de cigare.

— Ce...

— Ce quoi ?

— Ce salaud avait quelque chose contre chacun d'entre nous.

— C'est exact. Et c'est pourquoi vous vous êtes arrangés pour que John Gaylen le descende.

— Absolument faux.

Même dans la semi-pénombre du box, je voyais que le visage de Millbrae s'était empourpré. Il cherchait désespérément un objet sur lequel fixer son regard, mais il n'avait guère de choix dans cet espace confiné, d'autant que les rideaux étaient tirés. Aussi s'est-il reporté sur son cigare.

— Désirez-vous entendre la version de Gaylen ?

Millbrae a rougi davantage. Il a bu encore un peu de vodka.

— Non.

— Ecoutez, pourtant. C'est instructif.

J'ai sorti mon mini enregistreur et je lui ai passé la bande que Ray Flatley m'avait aidé à réaliser.

MOI : *Voyons, qui a été le premier à vous parler d'un contrat contre Will Trona ?*

FLATLEY : *D'abord, il y a eu Bo Warren. Pearlita m'a mis en contact avec lui. Puis Millbrae, le superviseur, s'en est mêlé à son tour. Il y avait aussi un certain Carl, un vrai con. Et le père de la gosse, Jack. J'ai d'abord cru qu'il voulait récupérer la petite à tout prix. Mais j'ai vite compris qu'il voulait surtout la peau de Will Trona. Millbrae n'était qu'un factotum. Ils l'appelaient Millie et se payaient sa gueule quand il n'était pas là.*

J'ai coupé l'enregistrement, rembobiné légèrement la bande, et j'ai fixé Millbrae. J'ai menti :

— Nous l'avons interrogé ce matin. Il vous balance à tour de bras. Cette bande est tout juste vieille de six heures.

De cramoisi, son visage était devenu blême. Il s'est passé le dos de la main sur le front, pour essuyer la sueur, et il a aspiré une autre bouffée de son cigare, en plongeant le regard au fond de son verre vide.

— C'est peut-être un faux.

— Votre avocat peut engager un expert pour le vérifier à vos frais.

J'ai rangé l'enregistreur dans la mallette de Will, puis j'ai ouvert les rideaux pour permettre à la fumée de s'échapper et j'ai indiqué le verre vide de Millbrae au serveur.

Une minute plus tard, un autre double Martini se

posait devant lui. Il a bu une gorgée et m'a lancé un regard mauvais, en marmonnant quelque chose entre ses dents.

— Je ne vous ai pas bien compris, monsieur Millbrae.

— Je disais que votre père était un vrai con.

Je me suis levé et j'ai refermé les rideaux. Ensuite, j'ai plongé mon regard au fond du sien.

— Ne faites pas ça, a-t-il dit. Je sais que vous pourriez me casser la gueule sans problème.

— Ce ne serait pas très poli.

— Ouais. Pas dans un lieu comme celui-ci.

Il a bu encore et a considéré le cigare consumé.

— Vous allez m'arrêter ?

— Tout dépendra de ce que vous allez faire durant l'heure qui vient.

— On pourrait trouver un accord.

— Je vous écoute.

— Je ne vais pas payer pour tous ces types. Je suis le petit nouveau dans le groupe et je n'ai pas l'intention de porter le chapeau.

— Vous préférez trouver comment les faire plonger pour permettre à Dana Millbrae de rester à proximité des sommets, là où il aspire tant à creuser son nid.

Il m'a dévisagé à nouveau et s'est mis à jouer avec le mégot du cigare.

— Je peux négocier. Moi contre eux. Si je vous donne les autres, vous pouvez me laisser hors du coup ?

— Je peux vous laisser, en partie, hors du coup. Pas tout à fait.

— Je suis dans la merde..

— Je vais vous dire ce que je peux faire, monsieur Millbrae. Vous me dites la vérité, et je mène mon enquête aussi loin que possible sans vous impliquer.

Gaylen a déclaré que vous n'étiez qu'un factotum. Je le crois volontiers. Si vous me donnez de quoi faire tomber Blazak, Rupaski et Bo Warren, j'aurai tout ce que je désire. Ils vous ont manipulé. Je le comprends. Seulement je dois savoir de quelle manière, très précisément. Et laissez-moi ajouter une chose : si je faisais entendre mon petit enregistrement à tous ces gens, ils pointeraient aussitôt le doigt dans votre direction et vous vous retrouveriez en prison pour longtemps.

— C'est atroce. C'est horrible.

— C'est un simple jeu de société, comparé à ce que vous avez fait à Will.

Millbrae a essayé de faire passer quelque chose de dur dans son regard, mais tout ce que je voyais c'était un lâche et un politicien raté. Son menton tremblait.

— Je suis entré dans la vie publique pour être au service des gens. Je vous jure que c'est vrai. Et je n'ai réussi qu'à les baiser, et moi aussi.

Il a souri amèrement et s'est remis à boire.

— Grâce à Will. Au fait, dans quel bureau avait-il installé le magnétophone : celui de Rupaski ou le mien ?

— Le vôtre. Vous vivrez assez longtemps pour connaître des jours meilleurs, monsieur Millbrae. Qui sait ? Si vous pouvez m'aider à mener à bien cette affaire, peut-être que le prix à payer ne sera pas aussi lourd qu'il le devrait. Vous sentez déjà le doux parfum de l'opportunisme souffler sur le merdier de votre vie, pas vrai ?

Il a émis une sorte de rire. Puis il s'est tourné vers moi et a contemplé le bout de son nez. Je me demandais dans quelle école de maintien il avait appris ce truc-là.

— Vous pourriez changer d'avis, monsieur Trona. Vous pourriez revenir et me coincer à n'importe quel moment. Vous me tenez au creux de votre main, comme votre père tenait tous ceux dont il a croisé le chemin dans sa vie. Cette connerie que j'ai commise ne s'effacera donc jamais.

— Jamais. C'est la vie de Will qu'on a effacée à la place.

Parfois, vous voyez passer quelque chose dans le regard d'un homme, et vous ignorez ce que c'est. Vous savez que vous pourriez vivre cent ans de plus et le rencontrer encore un millier de fois, vous ignorerez toujours ce que c'est. J'ai observé quelque chose de semblable dans les yeux de Millbrae, à cet instant précis.

— Je vous ai vu rouler dans sa voiture, a-t-il dit. Je vous ai vu trimballer cette vieille mallette qui l'accompagnait partout. Et je vous vois, là, cherchant à conclure des marchés sordides avec un superviseur du comté d'Orange, au Grove. Vous allez devenir pareil à lui. J'imagine que ça vous plaît. Moi ça me plairait. A vingt-quatre ans, vous possédez déjà toute cette merde pour laquelle votre père a galéré sa vie durant.

— J'aime bien la voiture.

— J'en ai une verte, même modèle, mais avec des jantes de dix-sept pouces.

— C'est joli, ces grandes roues, mais c'est moins bon pour la tenue de route et la consommation.

Il a avalé une autre gorgée.

— Sortez le magnéto de votre poche, Trona. Bon Dieu... je n'y crois pas. Voyons si je suis vraiment bon à ce petit jeu.

— Vous vous en sortirez très bien, monsieur Millbrae.

— Il y a eu toute une conjonction d'éléments, Trona. Un peu comme lors de ces tempêtes exceptionnelles, où trois événements météorologiques se combinent à l'encontre de toute probabilité. Seulement, en l'occurrence, il ne s'agissait pas de trois événements, mais de vingt ou peut-être de cent. En fait, c'était comme si tous se liguaient subitement contre Will. D'abord, il y a eu cet enregistrement qui nous mettait en cause, Carl et moi. Je n'aurais jamais dû accepter de l'argent pour voter dans un sens ou dans l'autre, seulement j'ai été faible. Je dois payer les études de mes gosses et rembourser un énorme emprunt immobilier, or les salaires des superviseurs ne sont pas faramineux. Mais c'était mal, j'en conviens. Et Will m'a pris la main dans le sac – il *nous* a pris la main dans le sac. Vous savez, quand il m'a fait écouter la cassette, sur ce même magnétophone que vous utilisez en ce moment, j'ai eu le sentiment que ma vie tout entière était à sa merci. Que j'étais mort. Tout ce pour quoi j'avais travaillé risquait de m'être arraché ; il suffisait pour ça que cette cassette tombe en de mauvaises mains.

Millbrae a soupiré et a baissé les yeux vers la table.

— Un autre verre, monsieur Millbrae ?

— Pourquoi pas ?

J'ai fait signe au garçon de nous resservir. Le silence s'est installé dans le box jusqu'à ce qu'il ait posé les verres sur la table et que le rideau se soit refermé. Millbrae a passé la tranche de citron sur le bord de son verre, puis il l'a laissée tomber dans le Martini et il a bu.

— Carl était furieux. Bien sûr, si l'une de nos conversations avait été enregistrée, il ne pouvait y avoir qu'un responsable : moi ! Carl avait besoin de mon vote, et moi je n'étais plus en mesure de défier

Will. Il nous tenait et nous le savions. Carl a demandé à certains de ses hommes de suivre Will, la nuit, dans l'espoir de découvrir quelque chose qui pourrait se retourner contre lui. Nous savions tous qu'il avait un faible pour les femmes, et nous espérions le coincer pour échanger mutuellement ce que nous possédions l'un sur l'autre. Carl avait même demandé à l'un de ses hommes de placer un émetteur sur la BMW de Will, à l'occasion d'un entretien de routine. C'est comme ça que Carl a découvert que Will était en contact avec Savannah Blazak. Carl et moi, nous sommes aussitôt allés voir Jack.

« Nous nous sommes réunis un lundi soir, deux jours avant que Will ne se fasse descendre. Ici même, au Grove. On a fait quelques parties de billard et on a bu quelques verres ; on a aussi baratiné des jeunes femmes. Mais surtout on a donné libre cours à notre colère contre Will Trona et sa manie de jouer des tours pervers aux copains et de toujours passer à travers les mailles du filet. Jack m'a présenté Bo Warren, et Warren nous a laissé entendre que le révérend Daniel Alter, lui-même, avait des soucis à cause de Will. C'était comme une partie de plaisir, à l'envers – un groupe d'hommes qui se rendaient compte à quel point ils détestaient la même personne. Non, il n'était pas vraiment question de haine, mais... de peur. Je veux dire que Will avait toujours agi de cette façon. Il passait sa vie à collectionner des confessions, des faveurs et de l'argent, tout ça pour asseoir son pouvoir. Il était le Prince, tout droit sorti de Machiavel. La conversation a commencé à prendre un tour plus... sérieux. Jack nous a parlé de ce John Gaylen qu'il avait engagé pour flanquer la trouille à son fils. Jack s'était arrangé avec Will pour qu'il remette une forte rançon à Alex en échange de la gamine. Mais, au moment de l'échange,

Jack voulait qu'Alex connaisse la peur de sa vie. Gaylen et ses hommes étaient censés réclamer la gosse, flanquer les chocottes à Alex et piquer le fric à Will pour le rendre à Jack. Une manière de donner une leçon à son fils, d'accord ? Ça avait un prix, bien sûr.

— Quel prix ?

— Blazak ne l'a pas précisé. Et nous étions là, à jouer au billard, quand Bo Warren a demandé tout à coup pourquoi nous ne payerions pas Gaylen pour filer aussi une trempe à Will ? Histoire de lui apprendre à se tenir tranquille, à cesser de faire chier le monde. Ainsi Gaylen n'aurait même pas à toucher un cheveu d'Alex, parce que dérouiller Will sous ses yeux et ceux de Savannah serait plus qu'il n'en faut pour terrifier un garçon comme lui.

Millbrae a bu à nouveau. Il a ramassé le cigare, l'a rallumé et s'est enveloppé à nouveau d'un nuage gris-bleu.

— C'est à ce moment-là que nous nous sommes regardés, Carl et moi, et nous nous sommes compris. Puis j'ai regardé Warren et Blazak ; il était clair que nous étions tous sur la même longueur d'onde. Dan Alter discutait avec son astrologue personnelle, une jeune femme d'une grande beauté. Il lui parlait de Dieu, sans doute. Il a donc manqué cet instant de communion parfaite, mais pas nous. Personne n'a prononcé un seul mot, c'était inutile. Pourtant, en cinq secondes, l'idée de rosser Will avait pris une tout autre tournure. C'est à cet instant que j'ai dit non. J'ai dit : « Ne comptez pas sur moi. » Carl a dit que l'idée de filer une bonne correction à Will était, selon lui, excellente et : « Toi, le petit merdeux – ça s'adressait à moi –, tu vas régler les détails avec John Gaylen. »

Millbrae avait trouvé sa porte de sortie, et je l'ai laissé l'emprunter.

— Combien lui avez-vous filé ?

— Neuf mille dollars.

Dana Millbrae a-t-il remarqué mon incrédulité ? Il était sans doute trop saoul pour ça. En outre, il reconnaissait sa participation à une association de malfaiteurs en vue de perpétrer un meurtre (même s'il n'était pas prêt à le qualifier de la sorte). Il avait donc des excuses pour être distrait. De toute façon, ce qu'il avançait n'aurait pas dû me surprendre. Je savais qu'il était possible de faire assassiner n'importe qui, n'importe où, pour une somme variant entre trois mille et dix mille dollars. Pourtant, le fait que la vie de Will ait été adjugée pour la modique somme de neuf mille dollars jetait subitement un éclairage plus cru sur toute cette scène : la laideur et la petitesse de ce qu'avaient accompli ces hommes, leur avidité, leur lâcheté, leur arrogance... Je ne parvenais pas à chasser l'image de Daniel Alter draguant son astrologue pendant que ses amis organisaient le meurtre de mon père. Ajoutons l'ignorance, la vanité et la luxure à la liste.

— Comprenez-moi bien, Trona, ces neuf mille dollars ne payaient rien d'autre qu'une bonne correction à Will.

— Une bonne correction ? Ce sont les mots que vous avez employés avec Gaylen ?

— Ouais, et il a dit : « Qu'entendez-vous par là ? Que voulez-vous que je fasse ? » Alors j'ai dit : « Brisez-lui les genoux ! », parce que c'est toujours ce qu'ils disent dans les films. « Cassez-lui aussi quelques côtes. Mais ne lui démolissez pas le visage ni les dents. » J'ai ajouté ça, parce que ça m'aurait paru salaud de le défigurer.

— Voilà qui était on ne peut plus prévenant.

Il m'a regardé, puis il a détourné les yeux. Il a poussé un profond soupir et il a bu, avant de tirer une nouvelle bouffée de fumée bleue.

— Monsieur Millbrae, comment et quand la commande à John Gaylen a-t-elle été modifiée pour inclure le meurtre ?

— Je l'ignore. En fait, j'ignorais même qu'elle avait été modifiée. En tout cas, je peux vous assurer que je n'y suis pour rien. Personne n'a jamais parlé de meurtre devant moi.

— Gaylen ne nous a pas parlé d'une correction. Selon lui, c'était bien un contrat. Il était payé pour tuer.

— Le mot « meurtre » n'a jamais été prononcé.

— Non. Les hommes qui fréquentent le Grove ne prononcent pas ce genre de mots.

Millbrae a vidé son verre de Martini. Ses yeux se sont écarquillés et il a essuyé la sueur qui dégoulinait sur son visage. Ses cheveux défaits étaient trempés et lui collaient au front.

— Je n'en savais rien.

Je l'ai considéré un moment, sans prononcer un mot.

Il a détourné le regard.

— Je m'en suis sorti ?

— Nous en avons terminé.

Il a ouvert la bouche et ses yeux ont osé rencontrer les miens.

— Terminé ?

— Pour l'instant.

— Ouais, je vois. Terminé *pour l'instant*.

J'ai roulé longtemps et vite cette nuit-là, la 241 puis la 91, ensuite la 55 et la 5, la 133 et de nouveau la 241 ; je suis sorti sur la 261 et revenu sur la 5 ; j'ai enfilé la 405 jusqu'à Jamboree, puis Pacific Coast Highway, et enfin la 55 et la 91 jusque chez moi.

Pendant cette virée, toutes vitres baissées, à 220 kilomètres à l'heure, j'ai songé à la vie de Will vendue pour une somme qui représentait à peine l'argent de poche d'un magnat comme Blazak. Je me suis remémoré ce que Will avait dit cette nuit-là. *Tout le monde.* Et j'ai compris qu'il m'avait, en fait, dénoncé ses assassins : ils étaient tous coupables. Will en savait trop. J'ai songé aussi à ce que Millie avait dit au sujet des circonstances qui s'étaient toutes liguées pour éliminer Will, à la manière dont des dizaines d'événements avaient dû conspirer pour que des balles mettent un terme à son existence : les Blazak et Bo Warren, le révérend Daniel Alter et Luria Blas, Gaylen et Alex, Jaime et Miguel Domingo, Pearlita et Jennifer, Rupaski et Millbrae. Même Joe Trona. Joe, qui aurait dû voir venir les choses, qui aurait dû humer l'odeur de la trahison dans le brouillard, cette nuit-là. Joe qui aurait dû se méfier en constatant qu'il avait les mains moites et que sa cicatrice le démangeait. Joe, qui aurait dû écouter la voix de la prudence, qui hurlait au plus profond de son cœur.

Tout le monde.

J'ai acheté de quoi manger dans un fast-food et je suis allé garer la voiture devant la maison de June Dauer, où j'ai passé quelques instants. Je ne suis pas entré chez elle. J'ai mangé. J'ai regardé sa fenêtre et sa porte et je me suis demandé ce que je faisais là ; l'Effet Magique m'avait ramené chez elle, comme Will me l'avait prédit. J'avais envie d'un nouveau baptême, mais ce n'était guère pratique, à moins d'aller tirer le révérend Daniel Alter de son sommeil et de le forcer à descendre avec moi dans la Chapelle de Lumière. J'imaginais le révérend Daniel parlant avec son astrologue pendant que les bureaucrates et les capitaines d'industrie complotaient le meurtre de Will. Si j'avais été peintre, j'aurais fait un tableau de la scène. Je ne pensais pas que Daniel était la bonne personne vers qui me tourner pour me faire baptiser.

Je me suis calmé, j'ai posé mon chapeau sur mes genoux et j'ai appuyé ma nuque contre le repose-tête ; j'observais la maison, les lignes à haute tension et les étoiles.

J'ai fermé les yeux et j'ai imaginé June. J'ai songé au premier jour où j'avais mis les pieds dans la maison au cœur des collines de Tustin, au soleil qui éclairait les hibiscus rouges et les roses blanches du jardin des Trona.

J'ai pensé à Shag et aux derniers bisons de son troupeau qui quittaient les plaines pour gagner les terres glacées du Yellowstone, afin d'échapper aux hommes venus les exterminer. De la neige fondait sur leur puissante crinière ; leurs petits yeux brillants exprimaient la richesse de leur âme.

Mon portable a sonné à deux heures et demie.

— C'est ton vieux pote, Bo.

Je n'ai pas répondu.

— Le vent est porteur de nouvelles, Joe.

— Quel vent ?

— J'ai parlé avec Millbrae. Ensuite, j'ai parlé avec les gars, tu sais de qui je veux parler, pas vrai ? Nous avons trouvé une solution. Il est question d'une grosse somme d'argent.

— Ça ne m'intéresse pas.

— Ne te précipite pas. Songe à la valeur de cet enregistrement.

J'ai raccroché et réfléchi pendant cinq bonnes minutes. Puis j'ai refermé les yeux.

Ensuite, je ne me souviens plus de rien, sinon que lorsque j'ai rouvert les paupières, les premiers rayons du soleil brillaient dans le rétroviseur et se réfléchissaient dans mes yeux.

26

De bonne heure, ce matin-là, j'ai fait écouter la confession de Millbrae à Birch, Ouderkirk et Phil Dent. Il y a eu un silence, à la fin.

Birch s'est exclamé :

– *Ouah !*

Dent a commencé à faire les cent pas, les yeux baissés.

Ouderkirk a ri.

— Quelles crapules ! a-t-il fait. Inculpons-les tous pour meurtre au premier degré et conspiration. C'est une circonstance aggravante. La peine de mort assurée.

— Du calme, l'a coupé Dent. Nous devons agir selon les règles. Joe, veux-tu bien nous préciser comment tu l'as amené à se confier à toi de la sorte ?

Je me suis exécuté. Je suis toutefois resté évasif en ce qui concernait l'enregistrement de « Gaylen » et je n'ai pas mentionné une seule fois le nom de Ray Flatley. En revanche, j'ai laissé entendre que j'avais « fabriqué » certains indices pour obtenir la confession de Millbrae. J'ai aussi reconnu avoir légèrement comprimé le temps au sujet de la date de notre dernier entretien avec Gaylen. Enfin, j'ai précisé qu'à aucun moment je n'avais dit à Millbrae que la pièce à conviction en ma possession était authentique.

— Vous avez « improvisé » et « comprimé le temps » ? Vous parlez comme un avocat, a dit Ouderkirk.

Il s'est tourné vers notre district attorney.

— Ça se voulait un compliment, Phil.

— Merci, Harmon, a dit Dent. Dans une conspiration, il suffit, généralement, d'isoler un type du groupe. Si vous y parvenez, vous jouez sur du velours. Vous n'avez plus, ensuite, qu'à les prendre un par un, comme des quartiers d'orange, à bien les presser et à les bouffer jusqu'au dernier.

— J'ai laissé entendre à M. Millbrae qu'il pourrait bénéficier d'une certaine indulgence s'il continuait à collaborer avec nous, ai-je précisé. Mais je n'ai rien promis.

— Bien, a dit Birch. Nous avons là largement de quoi interroger Rupaski, Blazak et Bo Warren. Même Alter, si on veut. Blazak va s'en prendre de tous les côtés, avec la raclée de Blas en prime. Et dès que l'un d'eux aura l'impression qu'un autre s'est couché, ils se coucheront à tour de rôle. J'ai vu ça un millier de fois.

— Gaylen est la clé, a dit Dent. Il peut nous balancer son ou ses commanditaires. Aucun d'eux ne reconnaîtra jamais avoir donné l'ordre de tuer Will. Ils vont tous faire comme Millbrae : prétendre qu'il s'agissait d'un terrible malentendu, que Gaylen a pété les plombs et que Joe les a eus par surprise. Nous nous retrouverons alors en face de jurés à qui nous devrons faire avaler que de respectables fonctionnaires et la quarante et unième fortune d'Amérique sont des assassins. La tâche ne sera pas aisée. Commençons par Gaylen. Je crois que nous disposons d'un faisceau de présomptions suffisant pour envisager une inculpation. Amenez-le-moi. Je vous rédige le mandat d'arrêt. Joe, j'ai besoin que vous me résumiez en quelques pages tout ce que vous avez réuni contre Gaylen ; je veux aussi la transcription de l'enregistrement de Millbrae.

— Je vous les apporte dans une heure.

— Nous avons suspendu notre surveillance de Gaylen il y a deux jours, a dit Birch. Mais on ne devrait pas avoir trop de mal à le retrouver.

Il a empoigné le téléphone.

Dent continuait à faire les cent pas. Ouderkirk se curait un ongle avec un canif.

— Vous avez fait du bon boulot, Joe, a-t-il dit. Vous ferez vraiment un bon flic, un de ces jours.

— Ouais, a fait Birch en me regardant par-dessus le combiné.

— Nous verrons ça, a dit Dent. Je ne veux pas jouer les rabat-joie, mais il reste du chemin à parcourir entre une confession obtenue dans des circonstances contestables et une inculpation pour meurtre.

— C'est pourquoi nous avons fait appel à vous, a glissé Ouderkirk. Vous êtes doué pour amener les gens à soulager leur conscience.

Birch a demandé à parler au chef de patrouille.

— Rick, dis-leur d'être prudent avec Gaylen, a suggéré Ouderkirk. Les salauds sentent venir le vent. Ils deviennent alors aussi dangereux que des serpents à sonnette.

— Approchez-le avec prudence, a dit Birch au chef de patrouille. Considérez qu'il s'agit d'un homme armé et dangereux. Harmon, allons voir s'il n'est pas tout simplement planqué au fond de son lit. Mettez-vous au boulot sur ce rapport, Joe. Faites en sorte qu'un juge puisse prendre plaisir à lire votre prose.

Je me suis appliqué pour rédiger ce rapport, comme jamais auparavant. J'étayais mes soupçons concernant Gaylen ; je détaillais la longue chaîne d'éléments qui avait mené de Savannah Blazak à Dana Millbrae ; j'évoquais l'aveu de Del Pritchard, qui avait placé un émetteur sur la voiture de Mill. L'une des secrétaires assermentées de Dent procédait, pendant ce temps-là, à la transcription de la confession de Millbrae. Quand elle en a eu terminé, je me suis efforcé d'en extraire les passages les plus efficaces. *Personne n'a prononcé un seul mot, c'était inutile. Pourtant, en cinq secondes, l'idée de rosser Will avait pris une tout autre tournure.*

Phil Dent m'a demandé de corriger certains passages. Il a insisté pour que je décrive comment j'avais reconnu la voix de John Gaylen, pendant que Birch et Ouderkirk l'interrogeaient, mais sans insister sur le fait que je ne l'avais pas identifié positivement comme étant le meurtrier de mon père. Il m'a aussi demandé de supprimer l'expression « après quelques verres » dans ma description de mon entrevue avec Millbrae.

Après avoir lu la seconde version, il a levé les yeux sur moi.

— Préparez-vous à un beau merdier. Et soyez prudent avec la presse. Si vous leur donnez trop l'impression d'être un fils décidé à venger son père, cela risque de se retourner contre nous, au tribunal. Il va déjà être assez difficile de leur faire avaler la confession de Millbrae. Or, sans elle, nous n'avons que du vent.

J'ai passé l'après-midi dans la vieille maison au milieu des collines de Tustin ; j'ai fait du tri dans les effets personnels de Will. Mary Ann allait et venait, visiblement à cran, incapable de rester plus de quelques minutes dans ce qui avait été leur chambre, pendant que je sortais les costumes et que je les empilais sur le lit. J'avais l'intention d'en garder quelques-uns. Il suffirait de quelques retouches pour que je puisse les porter. Les autres, je comptais en faire don à l'Armée du Salut de Fourth Street, où Will avait l'habitude de déposer ses vieux vêtements.

— Je t'en prie, Joe, laisse-moi quelques-uns de ses costumes beiges, en lin. Le clair lui allait si bien. Et le smoking, au fond de l'armoire, dans la housse en plastique, c'est celui qu'il portait le jour de notre mariage.

Ses yeux se gonflaient de larmes et elle est sortie en trombe de la chambre ; la tête bien droite, mais les épaules affaissées.

Le révérend Daniel nous a rendu visite dans l'après-midi. J'avais raté son sermon du matin parce que j'essayais, pendant ce temps-là, de faire inculper ses petits copains. Daniel paraissait désemparé et épuisé. Il portait son habituel pantalon bouffant et sa chemise de golf ; il semblait soucieux d'aider les autres, alors que, de toute évidence, il avait lui-même besoin d'aide. Il allait et venait derrière moi, pendant que je sortais les chaussures du grand dressing de Will.

— Je me fais du souci pour toi, Joe.

— Je vais mieux.

— Est-ce que tu aimes voyager ?

— J'aimais bien les vacances en famille, quand j'étais gosse. Surtout quand nous partions tous ensemble dans la grande caravane blanche, à Meteor Crater ou à la forêt pétrifiée en Arizona.

— Ça devait être très agréable.

— On voit le paysage tout en roulant.

Alors, Daniel m'a proposé d'aller visiter la Terre sainte avec un groupe de la Chapelle de Lumière. En quelque sorte, un « voyage organisé aux frais de la princesse ». Vingt jours avec, en prime, l'Egypte, quelques îles grecques, Paris, Rome et Londres.

— Ils partent ce soir, a-t-il dit. Mais tu n'as besoin de rien, juste d'un passeport. Tout le reste t'est offert, Joe. Un cadeau de la Chapelle de Lumière. Voyage première classe dans les meilleurs hôtels.

Je l'ai regardé et j'ai rangé une paire de mocassins dans une boîte.

— C'est impossible.

— Pourquoi ?

— Le boulot, révérend.

— Je te croyais en congé, depuis la fusillade.

— C'est vrai. Mais il n'y a pas que ça.

Il m'a souri timidement, ses yeux agrandis par les verres de ses lunettes.

— Tu sais, tu pourrais emmener une amie avec toi, en Terre sainte, Joe. Peut-être bien la fille de la radio.

J'ai interrompu mon mouvement et je l'ai dévisagé. Il tenait à la main une paire de chaussures de golf à deux tons de Will ; il en suivait les coutures du bout du doigt.

— Qui vous a parlé d'elle ?

— Personne ne m'a parlé d'elle, Joe. J'ai seulement écouté son émission ! Tu lui en as dit plus en une heure qu'à moi, ton confesseur, en quinze ans. Ça m'a fait plaisir de t'entendre te confier à elle, comme ça. En t'écoutant, j'ai eu le sentiment que tu te livrais beaucoup. Et qu'elle se livrait, elle aussi. C'est tout. Peut-être qu'elle pourrait t'accompagner et en profiter pour réaliser quelques interviews... une façon de joindre l'utile à l'agréable.

— Non.

— Ce n'est qu'une proposition, Joe.

— Merci, monsieur. J'apprécie.

Daniel est resté près de moi pendant que je finissais d'emballer les chaussures et les ceintures. Il s'est assis sur le bord du lit de Will et Mary Ann, les jambes croisées et les mains jointes sur les genoux.

J'ai commencé à ranger les cravates de Will. J'ai mis de côté celles que je désirais conserver. Les autres, je les ai posées sur le lit à côté du révérend Daniel.

— Te souviens-tu de cette conversation que nous avons eue au sujet de ton père, dont les actions semblaient toujours viser un bien supérieur ?

— Oui, monsieur.

— Comment il croyait toujours faire le bien, même quand ses actions étaient dommageables ou vénales ? Comment il estimait que le bien et le mal étaient des notions définies par les circonstances ?

— C'est ce qu'il m'a appris dès mon plus jeune âge.

— Et tu l'as compris ?

— Ce n'est pas bien difficile à comprendre. C'est plus difficile à mettre en pratique.

— Tout ce que je crois et tout ce que je sais m'amène à dire qu'il manquait quelque chose à la méthode de Will.

— Vous avez Dieu pour combler ce manque.

— J'ai prié Dieu avec constance et ferveur, pas plus tard que ce matin. Parce que, ce matin justement, j'ai appris certaines choses, Joe. Des choses terribles qui concernent des gens bien. J'ai compris, alors, que je devais agir. Je ne savais pas comment, au juste. C'est pour ça que j'ai prié Dieu. De longues prières, Joe. Longues et pleines de points d'interrogation.

— Et vous avez obtenu des réponses ?

— Oui. Il m'a dit : « Révérend Daniel, fais ce qui est juste. » Et Il a ajouté : « Révérend Daniel, dis à Joe Trona de faire ce qui est juste. »

— Nous allons tous les coincer, monsieur.

Son visage était gris et sans expression.

— Je comprends. J'aimerais que tu évites de mentionner mon nom aussi longtemps que possible.

— Vous étiez là ; vous parliez avec votre astrologue.

Il a rougi et a détourné le regard.

— C'est exact. Hormis cela, je ne peux pas dire grand-chose de plus sur cette soirée.

— Vous risquez d'être convoqué, révérend. Cela dépend du district attorney et de personne d'autre.

Daniel s'est levé.

— Et si je suis convoqué, je répondrai honnêtement à toutes les questions qui me seront posées. C'est ainsi que j'ai toujours fait.

Il a regardé un moment par la fenêtre, puis il a soupiré et il s'est retourné vers moi. Sa voix était douce et ses yeux humides.

— Joe, permets-moi de te demander quelque chose : agis comme un homme qui vit dans cette vallée de larmes et de tourments ! Laisse tomber. C'est ce que Will aurait fait. Apprends à agir comme lui. Utilise les connaissances qu'il t'a inculquées pour œuvrer dans le sens du bien. Tu pourrais faire tellement de bien, Joe, si tu agissais comme un homme dans ce monde d'hommes. Will est responsable de ce qui lui est arrivé. Efforce-toi de tirer une leçon positive de son sacrifice. Pour toi. Pour ta famille. Pour tes amis. C'est le conseil qu'il t'aurait lui-même donné. Je t'assure.

— Je ne laisserai pas ses meurtriers s'en sortir.

— Punis-les, bien sûr. Mais punis-les comme le ferait un homme. Ne les livre pas à la justice. La justice gâchera tout le bien qui peut sortir de cette histoire. Tout le bien dont ton cœur est capable. Tout le bien dont *leur* cœur est capable, si on leur accorde une chance. La justice ne voit qu'elle-même. Elle ne peut qu'ajouter un peu plus de tristesse à la tristesse ambiante, un peu plus de tragédie à la tragédie ambiante. Ton intérêt est supérieur à celui de la loi, Joe. C'est ainsi que Will voyait les choses.

— Vous me faites penser à Lucifer dans la Bible.

— Personne ne m'a jamais rien dit d'aussi blessant. Jamais !

— Je crois, pourtant, que la comparaison est assez

bonne, monsieur. En outre, il est trop tard. Beaucoup de gens savent déjà tout ce que je sais.

Il m'a regardé et m'a saisi par les épaules. Il a serré et, plus il serrait, plus je sentais ses doigts trembler.

— Joe, c'est la décision la plus importante de ta jeune vie. Tout l'avenir dépend de ce que tu vas faire. Pas seulement le mien, mais celui de beaucoup de gens. Si tu changes d'avis, appelle-moi, je t'en prie. J'ai quelques idées sur la manière dont on pourrait servir la justice tout en faisant le bien. J'ai quelques idées sur la manière dont nous pourrions tous ressortir plus sages et plus heureux de cette tragédie. Sur la manière dont nous pourrions éviter de traîner le nom de Will dans la boue tout en assurant le bien-être de sa famille. Certaines personnes bien placées m'ont déjà donné des garanties en ce sens. M. Millbrae, en particulier, est tout à fait disposé à reconsidérer ses déclarations et ses souvenirs. Ces hommes sont prêts à placer leurs biens, leur puissance et leur loyauté à ton service. Ils déposent tous leurs péchés aux pieds de Jésus.

— Dites-leur d'aller se faire foutre, monsieur.

— Je ne t'ai jamais entendu prononcer de tels mots.

— C'est la première fois de ma vie que je les prononce à voix haute. Mais je n'en apprécie pas moins vos conseils. Ainsi que votre proposition de voyage en Terre sainte, aux frais de la princesse.

A dix-sept heures, June m'a autorisé à m'installer dans le studio d'enregistrement pour la regarder animer son émission. J'éprouvais la même sensation de malaise que l'autre nuit, avec Will : l'impression que quelque chose ne tournait pas rond. Je sentais des armes me mettre en joue. La semi-pénombre du studio me paraissait menaçante, comme si le mal était tapi dans l'obscurité.

Mais June était brillante et détendue à l'antenne. Elle interviewait un professeur de lycée ; deux ans plus tôt, un de ses élèves lui avait tiré une balle dans la tête. Il s'en était sorti sans trop de séquelles. Il tenait des propos lénifiants et très généreux à l'égard du garçon qui avait tenté de l'assassiner. Depuis le jour du drame, il lui avait consacré beaucoup de temps. Il s'était efforcé de l'aider. Il estimait que son agresseur avait beaucoup changé, et qu'il croissait, désormais, tel un arbre magnifique qu'on aurait arraché à une terre anémiée. Je me suis demandé si cet homme était plus proche de Dieu que moi. J'ai décidé que c'était probable, et je me suis senti heureux à l'idée qu'il existait des hommes comme lui sur terre, et plus heureux encore de savoir qu'ils travaillaient avec des jeunes délinquants.

Quand June a eu terminé son émission, je lui ai saisi la main et je l'ai entraînée rapidement jusqu'à sa voiture. La chaleur de juin nous est tombée dessus subitement ; l'air était lourd et pesant. Je gardais un œil fixé sur les haies et les buissons du campus, ainsi que sur les voitures garées sur le parking.

Une Mercedes noire, aux vitres teintées, s'est engagée sur le parking et s'est garée de travers.

— Ça va, Joe ?

— J'observe.

Une femme est sortie de la Mercedes, a ouvert la portière arrière et en est ressortie en tenant un bébé dans les bras.

— Qu'est-ce qui se passe ?

— Monte en voiture, s'il te plaît. Branche le contact et l'air conditionné.

Elle m'a regardé, interloquée, mais elle a fait ce que je lui demandais. Je me suis installé sur le siège passager, à côté d'elle ; je sentais l'air chaud sur ma peau.

— Parle-moi, Joe.

— Je t'ai réservé une chambre d'hôtel. Tu verras, elle est sympa. A vrai dire, c'est une suite qui donne sur la plage, à Laguna. Je me sentirais mieux si tu t'y installais pendant quelques jours. Certaines personnes sont au courant de nos relations. Or, il se passe des choses et je ne voudrais pas qu'elles t'éclaboussent.

— Merde, Joe, t'es sérieux ?

— Oui.

— Tu resteras là-bas avec moi ?

— Non.

Elle m'a dévisagé. Je regardais ses boucles que l'air conditionné faisait voler et j'ai remarqué un peu de sueur sur ses tempes. Ses yeux étaient sombres. Je me suis penché vers elle pour l'embrasser et elle s'est détournée.

— Je suis en danger ?

— Je ne crois pas. Je préfère juste être prudent.

Elle a touché ma bonne oreille. L'air conditionné était de plus en plus froid et je sentais la sueur couler sur mon visage.

— Tu m'estimes suffisamment en danger pour m'installer dans une chambre d'hôtel.

— Juste pour deux jours.

Je continuais à surveiller le parking, les voitures sur le boulevard, le trottoir. J'avais l'impression d'être un œil énorme auquel étaient attachées deux oreilles. J'avais conscience de mes mains, de mes armes, de l'endroit où se trouvait la poignée de la portière et du temps qu'il me faudrait pour plaquer June contre le sol de la voiture.

— C'est l'une des attentions les plus délicates qu'un homme ait jamais eues pour moi. Je veux dire que ça se situe au même niveau que des fleurs avec un panier dégustation de cafés et de liqueurs, des chocolats et un bracelet de rubis de deux millions de dollars à l'occasion d'un premier rendez-vous.

— C'est une question de sécurité.

— Je comprends. Seulement, je dois rentrer chez moi pour récupérer deux ou trois choses.

— Je te suivrai, si tu veux bien.

Elle a soupiré et secoué la tête. Puis elle a fait glisser ses doigts vers mon menton et elle l'a tourné vers elle, d'un geste ferme. Elle m'a attiré pour un baiser qui a duré une minute et quarante-deux secondes, selon l'horloge du tableau de bord.

— Ce foutu air conditionné ne réussit pas à refroidir mes envies, quand tu es près de moi, Joe.

— Peut-être qu'il est mal réglé.

Elle a secoué la tête et j'ai examiné à nouveau le parking et la rue avant de sortir. J'ai bloqué les portières et je me suis éloigné.

J'ai escorté June jusque chez elle. Je me suis assuré que toutes les portes et les fenêtres étaient fermées, puis je l'ai attendue dans la voiture. Personne en vue. J'ai fini par la rejoindre et nous avons fait l'amour avant qu'elle termine ses valises, pendant aussi et encore après. Mon cœur débordait tellement que je le sentais battre dans chaque partie de mon corps. Et je sentais son cœur également. C'était un peu comme si nous formions un animal unique – un être emmêlé, improbable et pourtant complet. Je lui ai dit que je l'aimais entre vingt et trente fois ; j'ai cessé de compter à partir de dix-huit quand June a râlé, gémi, et qu'elle a enfoncé ses ongles dans ma nuque, si fort que j'ai dû mordre une poignée de ses cheveux pour m'empêcher de hurler.

La suite au Surf and Sand était plus grande que ma maison et elle jouissait d'un panorama et d'un mobilier beaucoup plus raffinés. Par les fenêtres, on voyait les eaux scintillantes du Pacifique. Le ciel était pâle et sillonné de nuages avec des trouées bleu clair au milieu et bleu foncé près de l'horizon. Sur la terrasse, on avait vue sur la plage où des enfants jouaient dans l'eau et où des surfeurs filaient sur la crête des vagues.

J'ai vérifié les serrures, les verrous et le téléphone. Je me suis assuré que le directeur – un ami de Will – était informé de notre arrivée. Il avait eu la gentillesse d'installer June entre un couple en voyage de noces et une famille avec deux enfants. J'ai posé un petit Browning 22 automatique sur la table de nuit, mais June a blêmi en le voyant. Je l'ai aussitôt ramassé et j'ai renoncé à lui enseigner les rudiments du tir.

Nous avons refait l'amour, mais, cette fois, avec moins d'empressement, de façon différente. J'ai songé que nous ne connaîtrions peut-être plus jamais ces sensations, et elle m'a dit qu'elle avait ressenti la même chose. Elle a pleuré dans mes bras. Je n'avais jamais senti les larmes de quelqu'un sur ma cicatrice et ça me faisait un effet bizarre. Comme si on me poignardait avec un objet tout à la fois froid et chaud, ou comme si on me massait avec un onguent ou avec de l'alcool. Je lui ai dit que, quand tout serait terminé et que je la saurais en sécurité, on pourrait prendre des vacances ensemble. Elle a ri, mais je ne lui ai pas demandé pourquoi, parce que nous étions redevenus deux animaux distincts et que je m'apprêtais à partir.

De retour chez moi, je me suis entretenu au téléphone avec Rick Birch. Il m'a annoncé que, le lendemain matin, Dent comptait inculper Jack Blazak de complicité de meurtre et balancer l'affaire aux médias, histoire de mettre la pression à Rupaski et Bo Warren. Birch envisageait de les laisser mariner un jour ou deux avant de les interroger sur la mort de Will. Au Hillview, Savannah dormait beaucoup et elle avait enrichi de quelques détails ses récits précédents du « kidnapping ». Le directeur du foyer avait autorisé sa mère à lui rendre visite, sous surveillance toutefois. Savannah avait éclaté en sanglots quand Lorna était entrée dans le parloir. Alex Blazak était toujours en prison et le bureau de Dent entendait le poursuivre s'il ne se décidait pas à se montrer un peu plus coopératif. Pearlita avait attaqué deux gardiens de prison et s'était pris une giclée de poivre dans la figure. Birch et Ouderkirk s'étaient rendus chez John Gaylen avec un mandat d'arrêt et avaient trouvé la maison vide.

— Pas de voiture, presque pas de vêtements ou d'objets personnels, a dit Birch. Le thermostat coupé et trois jours de courrier dans la boîte. Pas de téléphone. Pas de répondeur. Il a filé. Mais deux de nos hommes surveillent sa maison, vingt-quatre heures sur vingt-quatre, au cas où il reviendrait chercher sa brosse à dents.

— Personne ne l'a vu au Bamboo 33 ?

— Ils ne discutent pas avec des types comme nous, Joe. Faites gaffe, mon garçon. Si ces gens étaient prêts à tuer Will, ils pourraient fort bien s'en prendre à vous.

J'étais installé dans la pénombre de la maison, avec un Remington 1100 calibre 12 sur les genoux ; je regardais une vieille comédie romantique. J'ai téléphoné à June et nous sommes restés au téléphone pendant une heure et quinze minutes. Elle a dit que le coucher de soleil depuis la terrasse était absolument fabuleux et que le dîner servi dans la chambre avait été l'un des meilleurs repas de sa vie. Les Martini l'avaient un peu sonnée.

— Je suis pompette pour l'instant, Joe, mais j'ai pensé à quelque chose : je t'aime, tu me manques, je veux t'épouser et te faire deux ou trois enfants, une fois que nous aurons pris du bon temps ensemble pendant quelques années.

— D'accord.

— Réfléchis à ma proposition.

— J'y ai déjà réfléchi.

— Vraiment ?

— Vraiment. Et Real Live ?

— Je continuerai l'émission aussi longtemps que je veux. C'est facile et drôle. Je n'ai qu'à parler.

J'ai laissé mon regard courir sur ma petite maison, sur le mobilier tout simple baigné par la lumière bleutée de l'écran de télévision, et j'ai imaginé June Dauer dans ce cadre.

— Il n'y a pas de service d'étage, ici, ai-je dit en caressant la crosse luisante du Remington.

— On pourrait vendre nos deux appartements et investir l'argent dans quelque chose de plus grand. Il faut que je te dise, Joe, nous n'en avons jamais parlé, mais j'ai besoin d'espace et d'un peu d'intimité.

— Moi aussi.

Nous sommes restés silencieux pendant quelques instants. J'écoutais son souffle. J'entendais le bruit des vagues sur la plage.

— Ici June Dauer, a-t-elle murmuré, qui vous rappelle que Real Live, c'est vous. Si vous ne pouvez être heureux, soyez au moins détendu !

— Les deux à la fois, ça me plairait bien.

Nous avons raccroché quelques minutes plus tard.

Bridget Andersen m'a téléphoné vers vingt-deux heures. Sa voix était posée et calme, mais elle paraissait terrorisée.

— Millie est arrivé tard au bureau, ce matin, a-t-elle dit. J'ai eu l'impression qu'il avait passé une bien mauvaise nuit. Il s'est enfermé et a passé beaucoup de temps au téléphone. Il a parlé avec Carl et avec un certain Warren Quelque-Chose ou Quelque-Chose Warren. J'ai tout enregistré. Il y a des précisions sur la nuit où Will est mort. Quelque chose au sujet d'un certain John Gaylen. Ils ont aussi parlé de vous, Joe. Il paraît que vous êtes le seul à avoir tout compris au sujet de Will. Ils comptent se débarrasser de vous. Ils ont aussi parlé de Millie, qui devrait revenir sur ce qu'il vous aurait raconté. Il a dit qu'il prétendrait que c'était rien que des conneries pour que vous lui lâchiez les baskets. Ils ont parlé de moi et de cet enregistrement : ils pensent que j'ai filé un coup de main à Will. Ils veulent me faire taire, mais je ne sais pas s'ils parlaient de me virer ou de me descendre. J'ai quitté le bureau à l'heure habituelle, et une Impala blanche m'a suivie jusqu'à une boutique où j'ai fait des courses, puis jusqu'à ma salle de sport, et enfin jusque chez moi. Des hommes de main de Carl. Ils sont garés dans ma rue, deux maisons plus bas. Ils s'imaginent que je ne les vois pas.

— Je croyais que vous aviez retiré l'enregistreur.

— Je l'ai remis en place dès que Will a été tué.

— Vous allez bien ?

— Oui. Bien sûr.

— Où est l'enregistrement ?

— Ici, dans mon armoire.

— Ne bougez pas.

— Oh, ne vous en faites pas pour ça !

Elle m'a donné son adresse et j'ai raccroché. J'ai rangé l'arme dans un coin. J'ai appelé Rick Birch pour lui dire où j'allais et pourquoi. J'ai enfilé mon blouson, j'ai tiré le verrou et je suis sorti.

Je reculais dans l'allée quand j'ai dû enfoncer la pédale de frein pour éviter de percuter la Corvette rouge et blanc de Bo Warren.

Je suis sorti et il est sorti.

— Fais gaffe où tu mets les pieds, Joe.

Quatre hommes en manteau long ont surgi de la nuit, sur ma droite, leurs armes pointées sur ma poitrine. Ils se sont approchés de moi et j'ai senti l'acier bleu sur mon corps. Ils m'ont délesté d'un de mes 45 et du 32 accroché à ma cheville. Une Impala blanche s'est rangée derrière la voiture de Warren. John Gaylen en est sorti.

— Salut, Joe Trona, causons.

27

Ils m'ont poussé, devant eux, dans la berline blanche. Ils m'ont installé sur le siège arrière, au milieu. L'homme à ma droite a ramassé une corde sur le plancher, il y a fait un nœud coulant, il l'a passé autour de mon cou et a serré. J'entendais les pas des autres qui marchaient dans l'obscurité vers une autre voiture. Le chauffeur a actionné le verrouillage central. Sur le siège passager, Carl Rupaski s'est retourné et m'a regardé. La Corvette de Bo Warren ronronnait en descendant la rue endormie, et Gaylen a lancé l'Impala derrière.

Eau de Cologne. Sueur. Huile d'entretien d'armes.

— Vous avez été stupide de vouloir jouer ce petit jeu avec moi, a dit Rupaski. Je vous offrais le monde, vous n'en avez pas voulu. Eh bien, voyez ce que vous gagnez.

— Et Bridget, qu'a-t-elle gagné ?

— Des cours de théâtre, a répondu Rupaski. Je lui ai écrit son texte et nous l'avons répété ensemble. J'ai pensé que vous vous précipiteriez pour récupérer son enregistrement. Nous vous avons téléphoné d'une cabine située à cent mètres de chez vous.

— Où est-elle maintenant ?

— Dans le coffre, un bâillon sur la bouche.

Gaylen a foncé sur la 91, vers l'est. Non loin de la limite du comté, il a pris la route à péage 241. Sur la longue rampe qui menait à Windy Ridge, j'ai observé les étoiles qui scintillaient au-dessus des collines sombres et j'ai senti le poids de l'automatique 45, qu'ils n'avaient pas trouvé. Personne ne cherche trois armes. Sous l'aisselle droite, pour un gaucher, sept coups.

L'homme à ma droite avait un revolver posé sur sa cuisse et l'extrémité de la corde enroulée trois fois autour de son poing gauche. Celui à ma gauche m'enfonçait un pistolet dans les reins. Il l'a enfoncé un peu plus fort pour attirer mon attention et m'a adressé un sourire de défi.

Rupaski s'est retourné. Dans le faible éclairage, son visage se découpait en noir et gris. Sous ses sourcils broussailleux, je devinais ses yeux de vautour, petits et brillants.

— Ils n'iront pas loin avec la confession de Millie, a-t-il dit. Vous avez imité la voix de Gaylen, d'une manière ou d'une autre, et Gaylen lui-même en témoignera. Nous allons nous serrer les coudes, Joe. Moi, Jack, Millie et John. Une fois que vous aurez disparu du tableau, il ne leur restera plus rien. Birch pourra nous interroger jusqu'à ce qu'il gèle en enfer, il ne tirera rien d'autre de nous que ce que nous voudrons bien lui dire.

— Il trouvera le moyen de vous faire parler.

— Il est plus vieux que moi. Nous en serons toujours à nier et à invoquer le cinquième amendement quand on le descendra en terre.

Je voyais s'approcher les lumières du poste de péage de Windy Ridge. C'était le seul éclairage sur des kilomètres à la ronde, les ténèbres dans toutes les directions, jusqu'aux étoiles, tout là-haut.

— La route de service approche, John, a dit Rupaski. Juste après ce panneau.

— Je la connais.

Gaylen a gardé le pied sur l'accélérateur jusqu'au dernier moment, puis il a freiné brutalement et a obliqué vers la bretelle. J'ai entendu le gravier et le sable gicler contre le soubassement de la voiture ainsi que le crissement des freins. Le vent agitait les branches vigoureuses et basses d'armoise et de manzanita. Quelques mètres après le panneau, il a ralenti et engagé la voiture à travers une ouverture pratiquée dans un grillage envahi par l'amarante pour gagner une route de service non asphaltée. Il a obliqué à droite, coupé les feux de route, puis il est revenu lentement en arrière.

Cent mètres. Deux cents. Puis Gaylen a tourné à gauche pour suivre une route de terre battue qui grimpait légèrement. Je voyais la poussière voler dans la faible lueur orangée des feux de signalisation. Les collines étaient d'un noir profond. J'ai baissé les yeux vers la route à péage et j'ai vu les phares des voitures qui poursuivaient imperturbablement leur route. Après un faux plat, la route a commencé à descendre. Dès lors, je n'ai plus distingué que les collines noires et la morne vallée éclairées aux seuls endroits où la route les traversait.

— Tu peux rallumer les phares, maintenant, a dit Rupaski. Tourne à gauche après le château d'eau.

L'armoise et le sarrasin avaient des reflets argentés dans les feux de la voiture. Les herbes sèches, elles, paraissaient dorées. Elles tremblaient dans le vent, puis s'immobilisaient et se remettaient à trembler.

Un instant plus tard, le château d'eau est apparu, un château de grande taille avec la pompe et le bras pour remplir les camions-citernes, le sigle de l'OCTA sur le côté. Gaylen a obliqué à gauche, et la route est devenue plus accidentée.

On a remonté le long d'une colline, avant de redescendre vers une prairie. Je savais que c'était une prairie parce que les étoiles descendaient plus bas à l'horizon et que le vent soufflait moins fort. La route était parsemée de nids-de-poule, et la grande Impala accusait les chocs. Les pierres heurtaient le soubassement et, toutes les dix secondes, un nuage de sable balayait la carrosserie.

— Vous allez aimer ça, Joe, a dit Rupaski. Je suis venu ici, ce matin, après le coup de fil de Millie ; il devait être trois heures. Les ténèbres. Le calme. J'ai amené une excavatrice jusqu'ici. Quand j'étais plus jeune, je me faisais de l'argent de poche en conduisant une excavatrice pour mon vieux. J'ai toujours aimé ces engins. Quoi qu'il en soit, je suis venu ici, dans ce même pré, j'ai actionné la bonne vieille lame tranchante de l'excavatrice, et devinez ce que j'ai fait ?

— Vous avez creusé ma tombe.

— Tout juste. A peu près deux mètres cinquante de profondeur et, pour la largeur, juste un peu plus que ta carrure. La délicieuse Bridget te tiendra compagnie. Ainsi, tu ne prendras pas froid.

L'homme à ma gauche a ri et a enfoncé encore un peu plus son arme dans mes reins.

— On devrait l'enterrer vivant.

— La ferme, a dit Rupaski. Nous ne sommes pas des sauvages. Nous sommes des fonctionnaires. Des fonctionnaires de la régie des transports. Et nous allons transporter Joe et Bridget vers un monde meilleur, voilà tout. Nous sommes au service du public. C'est notre boulot et notre passion. Vous savez le plus drôle, Joe ? Je vais vous le dire. Dix acres de ce pré vont être nivelés et pavés le mois prochain. La régie des transports a besoin d'un nouvel entrepôt pour abriter ses véhicules d'entretien qui opèrent sur les nouvelles routes à péage du Sud. Ce n'est pas rentable de faire venir tous ces engins depuis Irvine. Ainsi, Bridget et vous, vous pourrez contempler de dessous notre tout nouvel entrepôt. Vous en serez en quelque sorte les... pierres de fondation. Je trouve ça drôle : le monstrueux fils adoptif de Will Trona et une des multiples conquêtes du vieux Will enterrés sous un terrain de la régie. On se croirait revenus au bon vieux temps de Chicago. John, gare-toi là. Le sol est un peu meuble près du trou, et je n'ai pas envie qu'on s'y embourbe. On fera le reste à pied.

Gaylen a arrêté la voiture et a coupé les feux et le moteur. Rupaski s'est tourné vers l'homme à ma droite.

— Restez avec lui, tous les deux. Ne le faites sortir que lorsque je vous le dirai. Combien d'armes lui avez-vous pris ?

— Les deux, a fait l'homme à ma droite.

Rupaski a souri et il est sorti en refermant doucement la portière d'un coup de hanche.

Le patron sorti, le type à ma gauche a recommencé à m'enfoncer le canon de son arme dans les reins.

— Je t'enterrerais vivant, moi.

— J'avais compris la première fois.

J'ai entendu le coffre s'ouvrir et j'ai observé la modification du poids de la voiture. Je les ai vus entraîner Bridget sur la gauche du véhicule, les mains liées dans le dos ; ils lui tenaient chacun un bras.

— Faites-le sortir, a lancé Rupaski. Par ici.

Le spécialiste des reins a ouvert sa portière et est sorti, son arme pointée vers mon visage. J'ai senti l'homme derrière moi qui serrait un peu plus la corde autour de mon cou. Je suis sorti à mon tour, en gardant les bras le long de mon corps. Mon meilleur espoir était coincé sous mon aisselle droite et je ne voulais pas que d'autres le découvrent.

Je me suis redressé et j'ai regardé Bridget. Elle gémissait doucement, comme si elle souffrait. Ses cheveux étaient défaits, son chemisier sorti de sa jupe, sa bouche bâillonnée, des larmes coulaient le long de ses joues.

— Ne vous en faites pas, ai-je dit.

— Ne vous en faites pas, a répété Rupaski. Joe que voici a la situation bien en main. En avant ! Nous avons une sacrée trotte devant nous et je dois être au bureau de bonne heure, demain matin.

Rupaski ouvrait la marche, lampe torche au poing. Bridget le suivait. Derrière elle venait Gaylen, une main sur le bord de sa robe. Bridget gémissait plus fort. M. Reins suivait Gaylen ; il a d'abord fait quelques pas à reculons, puis il s'est retourné, avant de marcher à nouveau à reculons pour me surveiller le plus possible. Derrière moi venait le cow-boy avec la corde et le six-coups.

Le terrain était plat et sablonneux. La conséquence d'une pluie récente, sans doute, ou peut-être d'un cours d'eau voisin ou d'une source. J'entendais le ronflement lointain des voitures sur la route à péage et le crissement des pieds sur le sable et l'herbe sèche. Un avion est passé au-dessus de nos têtes en direction de l'aéroport John-Wayne. Loin devant nous, je percevais le piaillement – *chick-chick* – des cailles ; nous devions approcher de leur nid. J'ai reconnu leur cri d'alarme, celui qu'elles lancent avant de s'envoler.

— Hé, Joe, a fait Rupaski. Comment va Mary Ann, ces temps-ci ?

J'ai continué à écouter le chant des cailles et je n'ai pas répondu. Lorsque M. Reins m'a tourné le dos pour faire quelques pas en marche avant, j'ai glissé la main gauche jusqu'à mon holster, pour dégager la courroie.

— J'ai toujours pensé que c'était vraiment un beau morceau, Joe. Je me suis toujours dit que pour un libéral, bienfaiteur de l'humanité, représentant de l'ordre, défenseur de la veuve et de l'orphelin comme Will, elle était une sacrée bonne affaire. Sans parler du fait qu'elle était multimillionnaire. Bien sûr, il s'aimait trop lui-même pour rester fidèle à une seule femme. Il lui en fallait toute une collection.

J'ai entendu à nouveau le chant des cailles – *chick-chick*. Puis encore. Plus leur chant est rapide, plus leur frayeur est grande. Toujours dans la même direction, devant nous et sur notre droite.

J'essayais de déterminer où pouvait se trouver leur nid. De hauts buissons. Des arbres. Peut-être même des cactus avec leur armure de piquants, pour autant qu'ils soient assez larges et hauts. Si nous passions assez près d'elles, elles ne manqueraient pas de s'élancer au milieu d'une formidable cacophonie, et cinq cœurs s'emballeraient subitement sous l'effet de la surprise.

Je sentais un grand calme m'envahir. Ma vision se faisait d'une précision rare. Je distinguais les contours des buissons devant nous, bien au-delà du faisceau tremblotant de la lampe torche. Mes oreilles percevaient des sons qui leur auraient été inaudibles en temps normal : la cadence particulière du pas du cowboy derrière moi, le froissement du manteau de M. Reins quand il pivotait pour me surveiller. Ma tête était solide et mes jambes légères.

— Ouais, Joe. Ce que je détestais le plus chez Will, hormis le fait qu'il s'opposait à chacun de nos projets, c'était Mary Ann et tout son fric. Ça m'exaspérait qu'une femme puisse être à la fois aussi belle et aussi riche. Ma femme est laide. Elle l'a toujours été et elle le sera toujours. Seulement, il se trouve que moi aussi, je suis laid, alors je ne me suis jamais imaginé épousant une Raquel Welch. Ah ! Raquel Welch ! Voilà qui trahit mon âge. J'aurais dû choisir une actrice plus jeune, mais je n'en connais pas. Je ne vais même plus au cinéma. Je ne fais rien d'autre que bosser.

Je l'écoutais et je regardais, devant lui, un bouquet de manzanita, légèrement sur sa droite.

Chick-chick. Chick-chick. Chick-chick.

— Dis quelque chose, Joe.

— Je crois que ma mère est effectivement très belle, monsieur.

Il a ricané.

— Faut l'enterrer vivant ! a dit M. Reins.

— Peut-être que je vais suivre ton conseil. Peut-être bien, oui. Hein, Joe ?

Bridget gémissait de plus en plus fort. Le bouquet de manzanita n'était plus qu'à une trentaine de mètres. J'entendais Rupaski qui respirait lourdement, le pas cadencé du cow-boy derrière moi, et les oiseaux qui s'agitaient dans leur nid.

Chick-chick-chick. Chick-chick-chick. Chick-chick-chick.

Bridget a trébuché et Gaylen l'a rattrapée par le bord de sa jupe. Ses cheveux brillaient dans l'obscurité. Elle pleurait sous son bâillon.

— Tu n'avais qu'à être plus raisonnable, Bridget, a dit Rupaski. Me faire chanter, moi ! Bon sang !

Cinq mètres du bouquet. Les cailles s'agitaient au milieu des branches. M. Reins s'est retourné pour me faire face et a marché à reculons. J'ai inspiré profondément et j'ai fait encore deux pas en avant.

Chick-chick-chick. Chick-chick-chick. Chick-chick-chick.

Un battement d'ailes.

Et tout à coup, les cailles se sont envolées de leur nid. M. Reins a pivoté et, ce faisant, m'a tourné le dos ; il a mis un genou en terre en position de tir.

— Bon sang, qu'est-ce qui se passe ? s'est exclamé Rupaski.

J'ai tiré deux balles sur M. Reins. Puis j'ai pivoté et tiré deux balles sur le cow-boy. Je m'agenouillais au moment où Gaylen a pointé son arme sur moi. Je l'ai abattu de deux autres balles.

Bridget s'est laissée tomber sur le sol et Rupaski s'est enfui.

Je me suis lancé derrière lui, la corde toujours autour du cou. Il ne m'a pas fallu longtemps pour le rattraper. Il était lent et lourd ; je m'attendais à ce qu'il se retourne et me tire dessus. Quand il a été à ma portée, je me suis jeté sur lui, les pieds en avant. Je l'ai envoyé rouler dans les buissons. J'ai atterri durement sur lui, ce qui lui a coupé le souffle. Je l'ai fouillé, je l'ai fait rouler sur lui-même et j'ai repris ma fouille. Il suffoquait et proférait des injures ; son langage était si ordurier que je l'ai envoyé au pays des songes d'un direct du gauche. Je lui ai attaché les mains dans le dos avec la corde qui pendait à mon cou et je l'ai ramené vers Gaylen. Celui-ci était allongé sur le dos ; il avait du mal à respirer. Des larmes coulaient sur ses joues, du sang sur ses lèvres. Son arme était près de lui et je l'ai écartée d'un coup de pied. Les deux autres ne respiraient plus. Le pouls du cow-boy était faible et il est mort sous mes doigts.

Je me suis redressé au-dessus de John Gaylen et j'ai contemplé l'homme qui avait tué Will. Je regrettais de ne pouvoir faire plus. Du sang et des larmes. Le souffle court. Ses doigts s'enfonçaient dans la terre. Puis le cou de Gaylen s'est tendu, un râle est sorti de sa gorge et ses doigts se sont relâchés dans la terre. Rien de tout cela n'avait plus d'importance pour Will.

Bridget était assise sur le sol, les cheveux dans les yeux, les jambes croisées, silencieuse. Les mains attachées dans le dos.

— Hummm, a-t-elle gémi doucement.

— Oui.

— Hummm-hummm.

— Je vais vous aider à vous relever.

— Hummm.

— Vous pouvez marcher ?

Elle a secoué la tête.

Je l'ai aidée à se relever. Elle s'est laissée aller contre ma poitrine, tandis que les grillons osaient à nouveau se faire entendre et que la lune se levait à l'est. Ma vue et mon ouïe étaient redevenues normales. Mon cœur battait la chamade. Mon corps s'est couvert d'une sueur si froide et si lourde qu'elle coulait jusque dans mes chaussettes. Je me sentais victorieux, je me sentais mal.

28

Trois jours plus tard, je suis arrivé dans une petite ville du comté de San Diego, Fallbrook. C'était un coin verdoyant, vallonné et chaud. Un panneau disait : BIENVENUE AU VILLAGE DE L'AMITIÉ. J'ai déjeuné dans un restaurant mexicain où j'ai consulté le journal local. En première page, on annonçait que Fallbrook avait été désignée « Centre d'intérêt » par le nouveau guide du Touring-Club de Californie du Sud. On ne précisait pas pour quelle raison. Un autre article signalait que les principales industries de Fallbrook étaient les pépinières, agrumes et avocats.

J'ai suivi le plan qui m'a conduit hors de la ville. Plus je m'éloignais, plus les maisons devenaient imposantes, la plupart enfouies à l'ombre d'avocatiers ou d'eucalyptus. Il y avait de tous côtés des clôtures blanches, des chevaux et des étables, ainsi que des magnolias aux feuilles brillantes et aux fleurs énormes.

J'ai trouvé la dernière adresse connue de Julie Falbo. J'ai dépassé la maison, je l'ai contournée et je suis allé me garer à cinquante mètres de la boîte aux lettres. D'où je me trouvais, je ne distinguais pas grand-chose de la maison, juste une parcelle de crépi blanc et une cheminée perdue dans les feuillages. J'ai continué à rouler pour l'observer de côté. De là, la vue était meilleure. Une allée de gravier menait à la maison, qui paraissait ancienne mais bien entretenue, avec un toit en tuiles d'argile et des fenêtres à moulures bleues. Des bougainvillées grimpaient le long des colonnes d'un porche, répandant de l'ombre sur la façade ouest.

A la droite de l'allée, s'étendait un jardin entouré d'une clôture blanche. Il y avait aussi une piscine avec des palmiers d'un côté, et des meubles de jardin de l'autre.

Une femme était assise au bord de la piscine et me tournait le dos, les pieds dans l'eau. Une petite fille jouait à côté d'elle. Un garçon courait sur le grand plongeoir, il a pris son envol et a atterri au milieu d'une gerbe d'eau.

Je suis sorti de la voiture, j'ai récupéré mon veston et mon chapeau, malgré la chaleur. Je me suis dirigé vers la porte. Le garçon remontait sur le plongeoir quand il m'a aperçu, il m'a montré du doigt et s'est exclamé :

— M'man ? Regarde !

Elle s'est retournée, m'a aperçu à son tour et s'est levée. Elle a resserré son chemisier blanc et l'a reboutonné en se dirigeant vers la porte. A dix mètres de moi, elle s'est arrêtée subitement, comme si une main invisible l'empêchait d'aller de l'avant. Elle paraissait avoir entre trente et quarante ans, mais je savais qu'elle était un peu plus âgée. Jolie silhouette, beau visage, d'épais cheveux sombres avec des reflets roux. Je l'ai reconnue, bien que ne l'ayant vue que de façon très imprécise sur la photo prise alors qu'elle quittait le tribunal et s'était arrêtée pour allumer une cigarette.

Elle a repris sa marche ; à trois mètres de moi, elle s'est arrêtée à nouveau. J'ai dit :

— Je suis Joe Trona.

— Je sais.

Elle m'a examiné et j'ai retrouvé dans son regard un peu de la dureté que j'avais observée dans la photographie. L'espace d'un instant, la dureté a disparu, mais elle est bien vite revenue, comme si elle pouvait la brancher et la débrancher à volonté.

— Je ne souhaite pas vous déranger, mais je voudrais vous poser une question.

— Là, ce sont mes enfants. Ici, c'est ma vie. Vous n'y avez pas votre place.

Sa voix était douce et plaisante.

La fillette s'est approchée et s'est agrippée à la jupe de sa mère. Elle m'a dévisagé, puis elle s'est détournée et a couru vers la piscine, dans laquelle elle a plongé. Son frère était dans l'eau, il me fixait, les coudes posés sur le bord du bassin. Il a hurlé quand sa sœur est retombée dans l'eau.

— Ils sont heureux, a dit Julie Falbo. Je suis satisfaite. Mon mari est prévenant et dévoué. Je suis une bonne épouse.

— J'en suis heureux pour vous tous.

— Que voulez-vous ?

— Thor m'a raconté pourquoi il m'avait jeté de l'acide au visage. Il m'a parlé de l'argent qu'il reçoit régulièrement. Je veux savoir qui est mon père.

Elle m'a considéré un long moment. J'entendais les enfants chuchoter dans l'eau. Il était question d'un monstre avec un chapeau. Mon demi-frère et ma demi-sœur me contemplaient depuis le bord de la piscine. Julie a regardé par-dessus mon épaule, vers la maison, et a appelé Maria. Les syllabes sont sorties de sa gorge, sonores, gutturales, autoritaires.

Presque aussitôt, une grosse femme noire est apparue, elle a descendu les marches du perron et s'est avancée vers nous. Elle m'a jeté un regard furtif, puis a baissé les yeux.

— Maria, surveillez les enfants.

Maria est passée rapidement devant moi et a ouvert la porte.

Julie est sortie et s'est dirigée vers ma voiture. L'allée était bordée de jacarandas qui dispensaient une ombre fraîche et répandaient sur l'asphalte de petites fleurs rouges. Nous avancions loin l'un de l'autre pour des personnes qui marchaient ensemble. Je l'ai regardée et j'ai aperçu quelque chose dans son visage que j'ai reconnu au-delà de ce que je connaissais d'elle par la photographie. J'ignorais de quoi il s'agissait.

— Cette conversation ne sera pas longue, a-t-elle dit.

— Elle n'a pas lieu de l'être.

— Je n'ai jamais été une brave fille. C'est la chose la plus importante que tu dois savoir à mon sujet. Jamais une brave fille, toujours en colère.

— Contre quoi ?

— Je l'ignore, a-t-elle répondu. Je me suis enfuie de la maison quand j'avais quinze ans, parce que j'ai réalisé que je pouvais manipuler mon père et obtenir de lui tout ce que je voulais. Je n'en dirai pas plus. Je suis devenue accro à la méthadone, parce que j'ai toujours aimé ce qui va vite, et quand mon cerveau s'emballait, j'adorais ça. J'ai roulé avec des motards jusqu'à mes dix-sept ans. J'ai été arrêtée pour consommation de drogue et ivresse sur la voie publique. Un jour, j'ai même été arrêtée pour coups et blessures. J'avais agressé mon mec, Fastball. Il l'avait mérité. Je l'ai frappé avec une barre en acier galvanisé. L'ennui, c'est que ça l'a mis KO et qu'il saignait beaucoup. J'ai paniqué et j'ai appelé la police ; ils sont venus et ils l'ont emmené. Ça se passait du côté d'Ortega Highway, près de San Juan Capistrano. J'ai raconté au flic que Fastball était saoul, qu'il était tombé et qu'il s'était cogné la tête sur le banc devant le garage. Le flic ne m'a pas crue. Il est revenu quelques heures plus tard pour me poser d'autres questions. Il ne m'a toujours pas crue. Mais il était sympa et il a dit que Fastball avait sûrement ce qu'il méritait. Il ne m'a pas fait inculper.

« Je me suis retrouvée enceinte quelques mois plus tard. Fastball n'était pas le père. J'essayais de me ranger, de rester loin de la drogue et des emmerdes. J'avais dix-huit ans. J'ai rencontré Thor. Il avait quarante ans. C'était un motard lui aussi, mais il n'était acoquiné à aucun gang ; rien qu'un type qui aimait les motos et la drogue. Il avait un boulot et il m'aimait bien. Je n'avais pas vraiment le temps de chercher mieux. J'ai commencé à sortir avec lui et, un mois plus tard, je lui ai balancé que j'avais pas eu mes règles et que j'allais avoir un bébé. Il en a été tout heureux, tout con. C'est après ta naissance qu'il a commencé à avoir des soupçons. J'ai peut-être laissé échapper quelque chose. Je sais pas, moi. On était bourrés tout le temps et on n'arrêtait pas de s'engueuler. Il a vérifié les dates, le calendrier et il a déclaré que je l'avais baisé, que tu ne pouvais pas être son fils. J'ai dit : et alors ? On s'en fout. Tu changes ses couches et c'est ton boulot de con à la station d'essence qui paie ce qu'il y a dans son biberon, alors le reste on s'en balance. Cette nuit-là, ça s'est vraiment mal passé. On a bu et on s'est battus encore une fois, et tout ce dont je me souviens ensuite c'est d'avoir vu la tasse à café pleine d'acide sulfurique que lui avait donné un gars qui lui fourguait de la méthadone. Tu étais dans un berceau orange au milieu de la cuisine. Il a balancé le contenu de la tasse vers toi et l'acide s'est répandu sur tout un côté de ton visage. Quand il a réalisé ce qu'il avait fait, il a perdu les pédales. Comme s'il n'en revenait pas que ce soit lui qui ait fait ça, comme s'il ne s'était pas attendu à ce que ça prenne de telles proportions. Il t'a pris dans ses bras et t'a mis la tête sous l'évier ; il a essayé de laver l'acide de ton visage. Ça ne marchait pas. Il a essayé de l'essuyer avec un bout de papier journal, mais ça ne marchait pas non plus. L'acide continuait à te bouffer les chairs.

Je l'ai regardée et elle m'a regardé. Ses yeux étaient brun sombre, comme les miens. Ni le temps ni le maquillage ni sa beauté naturelle ne parvenaient à effacer la froideur de ses traits.

— Qu'avez-vous fait ?

— Je me suis tirée. Je voulais pas me prendre le reste dans la figure.

Je l'ai regardée mais elle ne me regardait pas. Elle avait baissé les yeux et était rentrée en elle-même. Je retrouvais mes traits dans son visage, la même forme générale, les mêmes angles, la même disposition des oreilles et du nez. Et aussi quelque chose dans son maintien.

— J'ai téléphoné à un de mes amis flics depuis une cabine d'Elsinore. J'ai appris, par la suite, qu'il s'était rendu à la maison, mais Thor t'avait déjà conduit chez les pompiers. Il t'avait emmené sur sa moto, serré dans ses bras comme un ballon de football. Parce que je m'étais tirée avec la voiture. J'ai jamais compris comment il avait fait pour passer les vitesses. Peut-être qu'il s'est contenté de la première et de la deuxième. Il n'a pas eu à rouler bien loin. Quoi qu'il en soit, c'est comme ça que ça s'est passé. Il y a des histoires plus terribles. Quand je considère le passé, je me dis que c'était horrible, mais quand je lis les journaux, je réalise que c'était pas aussi affreux que ça, comparé à tout ce qu'on voit de nos jours. Je regarde autour de moi et je comprends qu'on peut évoluer, s'améliorer et se libérer du poids du passé. C'est ce que j'ai fait. Je n'y pense plus jamais.

Dans son profil, j'ai remarqué à nouveau ce que j'avais reconnu sans parvenir à l'identifier. Même dans la photo, un peu de ce quelque chose était déjà présent. Je ne parvenais toujours pas à lui donner un nom. Mais c'était là, je le savais, et je savais ce que c'était. C'était l'Effet Magique. Julie Falbo avait l'Effet Magique. Charlotte Wample l'avait eu, elle aussi.

Nous marchions en écrasant les fleurs de jacarandas tombées sur le sol. A travers les arbres, le ciel était bleu et barré de nuages. Je l'ai regardée, une fleur rouge était tombée et s'était collée dans ses cheveux noirs avec un reflet roux. Elle l'a prise entre ses doigts, l'a roulée et l'a jetée sur le sol comme un vulgaire mégot de cigarette. J'ai réalisé qu'elle était belle. Elle était devenue belle après l'époque où la photo avait été prise, vingt-trois ans plus tôt. En ce temps-là, elle paraissait avide et froide. Aujourd'hui, elle avait l'air pleine et forte. C'était un peu comme si un charpentier avait pris un morceau de bois brut pour sculpter quelque chose de beau, de lisse.

Et j'ai compris. Fastball avait vu l'Effet Magique chez elle. Thor l'avait vu, lui aussi. Et jusqu'à ce flic qui avait répondu à l'appel de détresse de Charlotte Wample. Il l'avait vu très précisément et cela avait coûté cher à tout le monde.

— Le flic qui a répondu au 911, ai-je dit. Ce n'était pas un simple flic, n'est-ce pas ? C'était un adjoint du shérif.

— Il avait dix ans de plus que moi, il était marié et il avait deux enfants. Il était merveilleux. Il parlait comme un dieu. Bon sang, ce qu'il parlait bien. Il avait de l'énergie à revendre. A côté de lui, mes doses de méthadone me faisaient l'effet de calmants. Il m'aimait. Adjoint de deuxième catégorie Will Trona, du département du shérif d'Orange, à votre service, ma petite dame.

Elle s'est arrêtée de parler et s'est tournée vers moi. Les yeux durs me contemplaient au milieu de ce visage si doux, et c'était comme si j'avais deux femmes en face de moi.

— J'ai trouvé ça bien, quand il a décidé de t'adopter. Je savais que sa femme et lui ne pouvaient plus avoir d'enfants. Je le connaissais assez pour savoir qu'il serait capable de te donner tout l'amour dont tu pourrais avoir besoin. Il a continué à payer Thor pour protéger sa famille contre les risques d'indiscrétion. Je suis heureuse que tu aies pu grandir dans un endroit décent, que tu aies pu aller au lycée et trouver ta place au sein du département du shérif. Je regrette que tu n'aies pas su que tu étais son fils avant ce jour.

— Merci de m'avoir dit la vérité.

— C'est ta voiture ?

— C'est celle de Will.

— J'ai la grosse Lexus. C'est la berline la plus rapide de sa catégorie.

— C'est ce qu'ils disent dans la publicité.

— Je t'en prie, va-t'en.

— Attendez. Si Thor cesse de recevoir ses mensualités, il va vouloir parler, raconter ce qui s'est passé et pourquoi. Ça lui reste sur l'estomac, toute cette histoire. Et puis, il va comprendre que ça pourrait lui valoir un nouveau moment de célébrité.

— Je continuerai à le payer. Au revoir.

— Je veux savoir une dernière chose. Vous avez dit que vous ne pouviez m'aimer. Pourquoi ?

Son visage était doux, mais ses yeux durs.

— Dieu ne m'a pas fait le cœur à l'endroit. Il ne bat que pour moi. Tout ce que je fais ne répond jamais qu'à un seul objectif : améliorer mon propre sort.

— Alors, pourquoi ne pas avoir avorté ?

— J'ai pensé que tu pourrais m'aider à tirer un peu d'argent de Will. Après ce que Thor a fait, je me suis dit que tu ne valais pas tous ces ennuis. Je n'ai plus du tout voulu de toi. J'avais misé sur toi et perdu.

J'ai réfléchi un moment. Elle a tourné le regard vers la piscine. Je voyais le garçon voler dans l'air, les bras tendus vers l'avant, les jambes bien droites, une flèche brune dans le ciel bleu.

— Je comprends le vide de votre cœur, ai-je dit. Il y en a aussi dans le mien.

— Pas autant, j'espère.

— Non.

— Will avait un trop grand cœur. Peut-être que tu as reçu juste la bonne mesure, toi.

— J'ai rencontré quelqu'un et mon cœur semble plein, désormais.

Elle a rougi et des larmes ont coulé de ses yeux pâles, sans réussir à faire fondre complètement sa dureté. Ses yeux semblaient froids et humides comme le quartz à trois mille mètres de profondeur.

— Au revoir, fiston. Pars, maintenant.

— Au revoir, maman. Je suis heureux d'avoir fait votre connaissance.

29

Je rêve toujours de coquelicots. Des champs de coquelicots qui s'étalent sur des flancs de colline à perte de vue. Parfois, ils deviennent des flammes qui rongent le visage d'un homme, et je réalise que ce visage est le mien. Mais parfois ce ne sont que des fleurs, des fleurs pour moi, brillantes, fragiles et courageuses.

Je rêve de beaux visages. Il en est un qui revient sans cesse. Il est fin et carré, avec des yeux d'un brun foncé qui parfois pétillent de joie et parfois lancent des éclairs. La peau est cuivrée et humide, et la bouche, petite. Mon cœur s'accélère. Il arrive que ce visage me tire de mon sommeil, alors je tends la main et je réalise qu'il est tout près de moi, qu'il est vraiment là, sur l'oreiller à côté du mien, et qu'il est endormi. J'en caresse les contours du bout des doigts et je sens la caresse des cheveux, de l'oreille et de la joue.

Et puis, il y a un autre visage, pas très différent du premier. Mais c'est le visage d'un homme et je remarque la force de ses mâchoires, les poils sur sa peau et la faim dans ses yeux. Parfois, la faim n'est rien d'autre que des regrets ; et il essaie de me dire quelque chose, seulement les mots ne veulent pas sortir de sa bouche. Il répète perpétuellement la même phrase : *Je pensais que tu devais le savoir... Je pensais que tu devais le savoir... Je pensais que tu devais le savoir...* Et quand je rêve de ce visage, je lui dis toujours la même chose : *Je sais, je sais, je sais.* Alors, il se renverse en arrière, les paupières mi-closes, mais les yeux vifs, et il me regarde avec la fierté du propriétaire, mais aussi avec le détachement critique qui donne à penser qu'il y a moyen de m'aider à devenir meilleur.

Et puis, je rêve d'une femme qui a de l'Effet Magique à revendre. Son visage est charmant mais ses yeux sont durs, et elle ne cesse de détourner la tête, de sorte que je dois tourner autour d'elle. Seulement, elle continue à tourner, toujours plus vite, et je ne parviens jamais à la rattraper, je ne parviens jamais à la regarder comme je le souhaiterais. En définitive, elle n'est plus qu'un tourbillon qui s'estompe lentement. Au revoir. Je suis heureux d'avoir fait votre connaissance.

Le baptême ne me sera plus utile. Le désir m'en est passé. En revanche, j'éprouve un terrible besoin de marcher dans de l'eau en mouvement. J'ai essayé la plage, mais il y avait trop de monde, et l'eau dont j'ai besoin doit s'écouler dans une direction unique. J'étais debout dans le caniveau de ma rue, un jour, quand un voisin arrosait son gazon, et l'eau coulait autour de mes pieds. J'ai commencé à ressentir les prémices d'une vraie purification, mais il aurait fallu un débit beaucoup plus important. C'était comme une chanson diffusée par une radio lointaine que je ne percevais pas assez clairement.

J'ai trouvé une petite rivière dans laquelle je vais parfois marcher. En fait, ce n'est qu'une crique. Il y a là des crapauds, des grenouilles, des tortues, de petits poissons et toutes sortes d'oiseaux aquatiques, exotiques et communs. Elle n'est pas très loin de chez moi et n'est jamais tarie, même en été. Quand je marche au beau milieu, à quelques mètres de chacune des berges, je sens le mouvement léger de l'eau sur mes chevilles.

Un torrent conviendrait mieux – un cours important, de deux kilomètres de large, avec des rapides, des tourbillons et une histoire. Ma crique n'a guère que quelques dizaines de centimètres de profondeur, mais si je ferme les yeux et si je laisse le péché, la cicatrice et la laideur s'écouler hors de mon cœur, alors l'eau de la crique réussit à les emporter.

J'ai établi une liste des grandes rivières du pays, et je veux me baigner dans chacune d'elles avant de mourir. Dans un petit carnet bleu, j'ai rédigé un programme qui court sur cinq décennies et recense trente et une rivières. Je vais commencer par le Colorado, qui se trouve à une distance raisonnable du comté d'Orange si on l'aborde par le sud, le long de la frontière entre la Californie et l'Arizona. Ensuite, viendront le tour des Russian, Eel, Sacramento, Columbia, etc. D'ici que j'arrive à l'Hudson, je serai un vieil homme. Je me demande si en m'asseyant dans un rocking-chair au milieu d'un fleuve je ressentirais le même effet. Peut-être que je pourrai alors m'allonger sur la berge et laisser pendre un pied ou un doigt.

Une semaine après ces événements, ils ont rendu Savannah à sa mère. Je lui parle une ou deux fois par jour, généralement au téléphone, et Savannah semble devenir de plus en plus forte, au fil des jours. Elle me dit qu'avec sa mère, elles vont aller passer le reste de l'été dans la maison d'Aspen. Je leur rends parfois visite à Pelican Point. Lorna paraît sobre et courageuse. Savannah a repris du poids. J'ai été surpris le jour où Lorna m'a remis un chèque de cent mille dollars en me disant qu'elle était au courant de l'offre de son mari si Savannah rentrait saine et sauve à la maison. Je l'ai accepté.

Nous avons libéré Alex en échange de son témoignage contre son père. De toute façon, Phil Dent ne croyait pas que l'accusation de kidnapping tiendrait le coup si l'avocat d'Alex appelait à la barre Savannah et si la fillette expliquait qu'elle s'était rendue délibérément chez son frère et qu'elle avait toujours été libre de ses mouvements. Alex a disparu, comme il sait si bien le faire.

Jack Blazak est resté en prison, bien sûr, au centre sécuritaire du quartier J, inculpé pour coups et blessures ayant entraîné la mort dans l'affaire Luria Blas, et de meurtre avec préméditation dans l'affaire Will Trona. Melissa, du labo de la police criminelle, a obtenu un échantillon de son sang et l'a comparé à l'échantillon de peau prélevé sous un ongle de Luria Blas ; elle a ainsi pu établir que la peau était bien celle de M. Blazak. Un ongle de Luria Blas – une simple égratignure – va le faire plonger si le film réalisé par Savannah n'est pas considéré comme une preuve suffisante.

Lorsque nous avons fouillé la voiture de Gaylen, après sa mort, Rick Birch y a trouvé trente-cinq mille dollars, cachés à l'emplacement de la roue de secours. Je suppose que c'est la somme que Jack Blazak avait payée pour transformer une bonne correction en un meurtre au premier degré. Même un assassin comme Gaylen a ses tarifs. Je crois que Bo Warren avait remis l'argent à Gaylen avant le meurtre, peut-être la veille, sur le parking du Bamboo 33. J'espère que Warren nous éclairera sur ce point quand Dent commencera à serrer le nœud autour de son cou.

Le vieux Carl Rupaski a lui aussi été incarcéré au quartier J, pour complicité dans le meurtre de Will, aggravée de kidnapping et de tentative de meurtre sur les personnes de Bridget Andersen et moi-même.

Bo Warren a été placé en isolement administratif au quartier F, parce que nous estimions qu'il n'avait pas le profil pour le quartier J. Les mêmes charges que sur Carl Rupaski pèsent sur lui. Ils l'ont mis dans la cellule 24, entre un tueur partisan de la suprématie de la race blanche, qui aime chanter, et un cambrioleur à main armée, qui aime parler. Mes amis me disent que Warren se sent déclassé au quartier F, or c'est exactement ce que nous espérions. L'orgueil a des chances de lui délier la langue. Les gardes ajoutent qu'ils n'ont jamais vu personne détester la prison comme lui.

Nous utilisons Millbrae pour étayer notre dossier contre ses trois complices. Bien sûr, ils pointent tous le doigt en direction de notre pauvre petit rat terrifié et de John Gaylen, lequel ne peut plus se défendre désormais. Il semble que leurs avocats alimentent régulièrement la presse. Millie est à deux doigts d'être inculpé. La décision dépend de Dent. Je m'en fous si Millbrae est condamné à une peine de prison. C'est un lâche, sa vie est ruinée et cela me suffit. De toute façon, c'était un factotum, pas un Brutus. Il était notre petite clé réticente.

Bernadette Lee, Pearlita Escobar et Del Pritchard coopèrent avec nous, pour servir leurs petits intérêts personnels.

Personne n'a mentionné les rapports étroits que le révérend Daniel Alter entretenait avec tous ces braves gens. Attendez seulement que les médias le découvrent. Ses sermons sont particulièrement exaltés ces derniers temps, pleins d'humilité et de prières pour la rédemption et le pardon. Dans un geste d'expiation que peu de gens ont compris, Daniel a inauguré une fondation au profit de la famille de Luria Blas et Miguel

Domingo. J'ai pensé y verser les cent mille dollars de Lorna, mais June m'a dit que ce serait stupide. Ensemble, nous avons rendu visite à Enrique Domingo, le petit frère de Luria. Nous l'avons invité à déjeuner et au moment de lui dire au revoir, nous lui avons remis un nouveau sac à dos, renfermant les cent mille dollars. J'avais glissé une de mes cartes de visite et celle de l'avocat de Mary Ann dans une pochette du sac, juste au cas où il se ferait arrêter avec une telle somme d'argent sur lui. Pour l'instant, Enrique ne s'est pas manifesté.

J'ai été surpris de recevoir un coup de téléphone de Jennifer Avila. Elle m'a expliqué que Pearlita l'avait manipulée. Pearlita, m'a-t-elle dit, était furieuse parce que Will avait refusé d'aider son frère, alors qu'elle l'avait renseigné sur le Ritz-Carlton de Dana Point, où il avait retrouvé Alex et Savannah. *Je ferai ce que je peux, mais je suis incapable de transformer du charbon en diamant.* Jennifer avait appelé Pearlita, cette nuit-là, pour confirmer que Will était au CCHA ; elle croyait que Pearlita voulait une nouvelle chance de plaider la cause de Felix auprès de Will. Ensuite, Pearlita avait téléphoné à Will – au numéro que Jennifer lui avait communiqué – afin de pouvoir prévenir Gaylen que Will était en route pour récupérer Savannah. Jennifer supposait que la fureur de Pearlita l'avait incitée à tuer Ike Cao pour aider Gaylen à se tirer d'affaire, même si cela avait dû lui rapporter de l'argent – la somme trouvée dans le coffre de la voiture de Gaylen prenait soudain un autre sens. Jennifer dit n'avoir compris tout ça que bien plus tard. Elle n'avait jamais entendu parler de John Gaylen avant les faits. Je l'ai crue. C'était une femme trop orgueilleuse pour s'excuser d'avoir été aussi stupide, mais le trouble dans sa voix était une forme d'excuse.

Elle m'a aussi apporté la réponse à une question dont je m'étais presque résigné à ce qu'elle reste à jamais irrésolue. Elle me tracassait depuis un certain temps déjà et je ne voyais pas à qui la poser jusqu'à ce moment précis. Si Will s'était confié à quelqu'un, ce ne pouvait être qu'à Jennifer.

— Pourquoi m'a-t-il laissé hors du coup ? ai-je demandé.

— Parce qu'il avait honte. Il utilisait une gamine pour faire plonger son père. Il n'était pas sûr d'avoir raison d'agir ainsi. Il changeait tout le temps d'avis. Il n'arrêtait pas de se demander ce que vous penseriez si vous saviez ce qu'il trafiquait. Je lui ai dit dès le début de se contenter de confier Savannah au Service de protection de l'enfance. Mais Will ne pouvait se résoudre à laisser passer une occasion de ruiner Blazak. Il se détestait de réagir de la sorte, mais il s'obstinait. Ça l'a tué. Il me disait qu'il voulait vous faire grandir dans le monde, pas vous rabaisser. C'est pour ça qu'il vous a laissé hors du coup, jusqu'au dernier moment. Jusqu'au moment du happy end. Il vous a emmené avec lui, cette nuit-là, pour apparaître à vos yeux sous les traits d'un héros.

J'ai dû réfléchir un long moment à ce que je venais d'entendre.

— En vingt ans, il ne m'a pas demandé une seule fois ce que je pensais de lui.

— Il vous adorait. Je crois qu'il vous aimait plus que ses propres fils, même si vous étiez un enfant adopté.

Le Dr Zussman m'ayant reconnu bon pour le service, le sergent Delano m'a attribué une nouvelle affectation ; il estimait que le risque de tension au quartier J serait trop grand, compte tenu du nombre de détenus impliqués dans l'affaire Will Trona. Je travaille maintenant à la Musik Honor Farm, qui est située en pleine campagne ; c'est un centre de détention moins contraignant. L'ordre et les règles strictes de la prison centrale et du quartier J me manquent.

La semaine dernière, ils ont procédé à un « grand chambardement » dans la cellule de Sammy, et ils ont trouvé un pistolet rudimentaire fabriqué à l'aide d'un stylo, de quelques bouts d'aluminium prélevés sur une boîte de soda et du ressort d'un piège à rats. La vis en acier de la monture de ses lunettes devait servir de détonateur ; il avait assemblé le tout à l'aide des vis minuscules du kit de réparation de ses lunettes. Ils n'ont jamais retrouvé le reste du piège. Il a dû le briser en petits morceaux et le faire disparaître dans les toilettes. Personne ne sait qui lui a fourni son piège à rats. Peut-être a-t-il suivi la même filière que son coupe-ongles pour chiens. Le pistolet rudimentaire, muni d'une cartouche de 22, aurait été parfaitement capable de tuer un homme. Le sergent Delano a déclenché une grande enquête pour savoir comment Sammy a pu se procurer des munitions sans sortir du quartier J. L'arme était assez petite pour être dissimulée et transportée dans une cavité organique ou glissée entre les couches de la semelle d'une tennis.

Le lendemain, ils ont intercepté un billet de Sammy destiné à Bernadette, dans lequel il détaillait son plan d'évasion. Sammy devait, pour commencer, feindre des convulsions pour être transporté à l'infirmerie. Là, il comptait descendre son gardien à l'aide du pistolet rudimentaire, se déguiser en médecin et retrouver Bernadette sur le parking. Dans son billet, Sammy précisait qu'il espérait que je ne serais pas le gardien de service, ce jour-là. Sammy risque une sérieuse aggravation de peine ; cela dit, le meurtre de l'officier Dennis Franklin devrait déjà lui valoir la peine capitale.

Pourtant, il me manque. Et Chapin Fortnell et Frankie Delsey et Giant Mike Staich, et tous les autres meurtriers, violeurs et sociopathes du quartier J. Je regrette aussi la tension paisible du réfectoire, la « voiture » blanche et la « voiture » noire, la « voiture » mexicaine et l'asiatique, cet alignement de criminels qui attendent de recevoir leur nourriture. Pas de discussion. Assis de gauche à droite. D'une certaine façon, tout ça me ramène à moi.

Je regrette le chariot de garagiste et les longues heures passées dans le conduit d'aération, à surprendre les plans, les rêves et les désirs d'hommes en cage. June m'a dit que l'air frais de Honor Farm me ferait du bien. Sûrement, puisque je crois tout ce qu'elle me dit, mais j'attends de voir. Il me reste une année à passer en prison – quel que soit le service auquel ils m'affecteront – ensuite, je pourrai postuler à un poste d'officier de patrouille.

Patrouille.

Je serai alors un vrai flic.

J'ai beaucoup réfléchi pour savoir si je devais parler à ma mère de Will et Charlotte Wample. Devais-je lui causer de nouvelles souffrances ? Son cœur avait déjà assez souffert. Devais-je laisser le mensonge persister et accomplir son œuvre lente d'intoxication, comme le font tous les mensonges ? Se pouvait-il qu'elle se sente plus forte en sachant que le sang de Will coulait dans mes veines – quelle que soit la manière dont il y était arrivé ?

Un dimanche matin, assis sous un parasol, au bord de la piscine de notre maison au milieu des collines de Tustin, je lui ai raconté toute l'histoire.

Lorsque je me suis tu, elle est restée assise là, à siroter son cocktail, en regardant les collines verdoyantes baignées de brume.

— Eh bien, Joe, je ne sais pas trop quoi dire.
— Tu n'es pas forcée de dire quoi que ce soit.
— Will, Will, Will. Ses mensonges n'en finiront donc jamais !
— Celui-ci, en tout cas, n'a plus de raison d'être. Je t'aime. Je t'ai toujours aimée. C'est toi, ma mère.

Nous nous sommes levés et elle m'a serré dans ses bras, longtemps, fort, et je l'ai serrée, moi aussi. Nous nous sommes dit beaucoup de choses à travers cette étreinte. Beaucoup de loyauté et de trahison, de silences et de secrets, de souffrance et de force, de pardon et d'amour. Surtout beaucoup d'amour.

June et moi, nous avons fait notre premier voyage ensemble vers la fin juillet. Juste un week-end – deux nuits dans un endroit baptisé Bullhead City. Bullhead City est situé sur le Colorado, et l'hôtel où j'avais réservé une chambre promettait une terrasse surplombant le majestueux fleuve.

Nous avons quitté la maison à neuf heures, un samedi matin. Je conduisais la Mustang, le comté ayant récupéré la voiture de Will. Ça m'avait attristé de devoir y renoncer, parce que c'était une bonne voiture et parce que c'était la sienne. La Mustang est bruyante, rapide mais éreintante ; après une heure de route, vous avez la sensation d'être sur un manège dont vous ne réussirez jamais à descendre. Nous nous sommes arrêtés pour faire l'amour à Riverside, Barstow et Needles, qui en cette saison est la ville la plus chaude du pays, avec près de cinquante degrés. A Riverside, nous avons pris un énorme petit déjeuner tardif. A Barstow, des hamburgers et des flots de limonade. A Needles, nous avons acheté une glacière et un pack de six bières, que nous avons bues sur la route. En définitive, nous avons mis neuf heures pour parcourir un trajet qui aurait dû en prendre quatre.

Bullhead City n'était pas aussi belle que la brochure le laissait entendre. Mais elle était située sur le Colorado, et notre chambre était fraîche, calme et spacieuse. L'ennui c'est que la rivière était encombrée de hors-bord et de types qui faisaient du ski nautique ; il y avait aussi des jet-skis conduits par des pochards suicidaires. Heureusement, la nuit, ils disparaissaient, et les eaux sombres s'écoulaient de droite à gauche jusqu'au Mexique, dans le lointain.

La nuit était bien avancée quand nous nous sommes engagés dans l'eau, jusqu'aux genoux, et que nous avons senti sa froide puissance nous traverser. Je tenais la main de June et j'ai fermé les yeux pour laisser tout ce que je ne voulais pas garder en moi s'écouler dans le lit de la rivière. J'imaginais le visage des hommes que j'avais tués, et ils s'écoulaient hors de moi dans la rivière. J'imaginais Will et ses secrets, toutes ces haines, ces rivalités, ces séductions, et ils s'écoulaient de mon sang jusque dans la rivière. J'imaginais mon visage et Thor, et ils s'écoulaient dans la rivière. Je me représentais toutes ces choses qui se répandaient dans le monde, s'éloignant toujours plus de moi. Je savais qu'elles reviendraient. Les choses importantes reviennent toujours, même si elles sont laides et si vous n'avez jamais voulu d'elles. La rivière ne garde rien. Elle se contente de recevoir les horreurs qu'on lui confie, d'en prendre soin pendant un temps, puis de les restituer. Parce qu'elles nous appartiennent.

Will était de retour en moi avant même que nous ayons regagné la berge. Je l'ai ramené à l'hôtel et il était avec moi sur la terrasse lorsque June et moi avons regardé l'eau dans laquelle se mirait la lune.

J'ai pris la main de June et j'ai songé à l'Effet Magique, et combien June en était pourvue. J'ai songé aux femmes chez qui je l'avais observé et j'ai compris qu'il était lié à la bonté, mais aussi à quelque chose de cruel. Il était surtout lié à quelque chose d'irrésistible. Il peut conduire l'homme vers la déchéance aussi bien que vers l'amour.

— A quoi penses-tu ? a demandé June.

— A toi.

— En bien ?

— En bien.

J'aurais pu lui en dire plus, tenter de lui expliquer à quel point l'Effet Magique m'attirait vers elle et combien il aurait pu me – nous – faire commettre mille folies.

Seulement voilà, je suis le fils de mon père. Aussi, j'ai suivi son avis pour la millième fois.

Je n'ai rien ajouté. J'ai serré la main de June et j'ai regardé la rivière couler, filet d'argent sur fond noir, emportant des péchés et des secrets, des rires et des lumières.

Tais-toi et observe. Il se pourrait que tu apprennes quelque chose.

J'ai parlé de mémoire. Il y a sûrement des trous dans mon histoire. Je n'ai sans doute pas tout dit. Je n'ai appris que quelques petites choses.

Epargne tes amis, perds tes ennemis.

Qui est coupable ?

Tout le monde.

Que dit-on quand on est un homme avec un visage comme le mien, du sang sur les mains, un cœur assez brûlant pour aimer et assez glacial pour tuer ? Que dit-on à la personne à ses côtés ?

Regarde-moi. Parce que, moi, je te regarde.

Remerciements

J'aimerais remercier pour leur aide les hommes et les femmes du service de médecine légale du département du shérif du comté d'Orange.

Et plus particulièrement : le shérif Michael Carona, l'adjoint Rocky Hewitt, le lieutenant Terry Boyd et l'adjoint Mike Peters, qui m'ont consacré du temps et m'ont fait bénéficier de leur expérience. Surtout Mike, qui m'a appris à surveiller mes arrières et m'a initié aux secrets des conduits d'aération.

Merci aussi à Rex Tomb, Matthew McLaughlin, Mark Hunter et Carl Swanson du FBI. Ces hommes sont extraordinaires. La vérité leur appartient et je suis heureux que nous soyons dans le même camp.

Comme tant de mes livres, celui-ci est né à la suite d'une conversation téléphonique avec Larry Ragle, chef du laboratoire d'analyse criminelle du comté d'Orange, aujourd'hui à la retraite. Il a ouvert bien des portes pour moi – dont de nombreuses portes de prison, que je n'aurais jamais pu franchir seul.

Merci aussi aux membres du personnel du foyer pour enfants d'Orangewood. Et pas seulement pour l'aide qu'ils m'ont apportée, mais avant tout pour l'aide qu'ils apportent à des centaines d'enfants, chaque année.

L'ancien assistant du district attorney, Chris Evans,

a répondu à mes questions avec expérience et bonne humeur, je lui en suis reconnaissant.

Byron Brenkus a répondu à mes questions concernant les voitures rapides.

Enfin, merci à Jonathan Lethem, dont les écrits m'ont donné envie d'écrire ce livre.

Reptile pervers

La mue du serpent

T. Jefferson Parker

Comté d'Orange, Californie. Un dangereux pédophile se faisant appeler Horridus, nom scientifique du crotale, sème la terreur en multipliant les enlèvements de fillettes qu'il relâche quelques jours plus tard, physiquement indemnes mais complètement traumatisées.
Terry Naughton, flic spécialisé dans la traque des pervers s'attaquant aux enfants, sait qu'il n'a que peu de jours pour agir avant qu'Horridus ne se mette à tuer…

(Pocket n° 11831)

www.pocket.fr
Le site qui se lit comme un bon livre
Informer
Toute l'actualité de Pocket, les dernières parutions collection par collection, les auteurs, des articles, des interviews, des exclusivités.
Découvrir
Des 1ers chapitres et extraits à lire.
Choisissez vos livres selon vos envies :
thriller, policier, roman, terroir, science-fiction...
POCKET
Il y a toujours un Pocket à découvrir sur www.pocket.fr

Achevé d'imprimer sur les presses de

BUSSIÈRE

GROUPE CPI

à Saint-Amand-Montrond (Cher)
en juin 2006

POCKET - 12, avenue d'Italie - 75627 Paris Cedex 13

— N° d'imp. : 61145. —
Dépôt légal : juillet 2006.

Imprimé en France